rororo

«Die Bilder einer geradezu tödlichen Mutter-Tochter-Beziehung im Roman ‹Die Klavierspielerin› von Elfriede Jelinek können einen schon weit über den Buchdeckel hinaus verfolgen.» (Ria Endres, «Der Spiegel»)

Elfriede Jelinek, geboren am 20. Oktober 1946 in Mürzzuschlag/Steiermark und in Wien aufgewachsen, studierte Theaterwissenschaft, Kunstgeschichte und Musik. Berühmt wurde sie durch den vorliegenden Roman und ihren Bestseller «Lust» (rororo 13042). 1998 erhielt Elfriede Jelinek den Georg-Büchner-Preis. Die Zeitschrift «Theater heute» wählte sie 1996 zur «Dramatikerin des Jahres».

In der Reihe der rororo-Taschenbücher liegen u. a. vor: «Die Kinder der Toten» (rororo 22161), «Die Liebhaberinnen» (rororo 12467), «Michael» (rororo 15880) und zwei Bände mit Theaterstücken (rororo 12996 und rororo 22276).

Elfriede Jelinek

Die Klavierspielerin

Roman

Verfilmt von Michael Haneke mit Isabelle Huppert

Mit Texten zum Film von
Elfriede Jelinek und Michael Töteberg

Rowohlt Taschenbuch Verlag

2. Auflage November 2001

Veröffentlicht im Rowohlt Taschenbuch Verlag GmbH,
Reinbek bei Hamburg, Oktober 2001

Die Taschenbuchausgabe erschien erstmalig 1986

Umschlaggestaltung any.way, Cathrin Günther

Gesamtherstellung Clausen & Bosse, Leck
Printed in Germany
ISBN 3 499 23166 2

Inhalt

I

Die Klavierlehrerin Erika Kohut stürzt wie ein Wirbelsturm in die Wohnung, die sie mit ihrer Mutter teilt. Die Mutter nennt Erika gern ihren kleinen Wirbelwind, denn das Kind bewegt sich manchmal extrem geschwind. Es trachtet danach, der Mutter zu entkommen. Erika geht auf das Ende der Dreißig zu. Die Mutter könnte, was ihr Alter betrifft, leicht Erikas Großmutter sein. Nach vielen harten Ehejahren erst kam Erika damals auf die Welt. Sofort gab der Vater den Stab an seine Tochter weiter und trat ab. Erika trat auf, der Vater ab. Heute ist Erika flink durch Not geworden. Einem Schwarm herbstlicher Blätter gleich, schießt sie durch die Wohnungstür und bemüht sich, in ihr Zimmer zu gelangen, ohne gesehen zu werden. Doch da steht schon die Mama groß davor und stellt Erika. Zur Rede und an die Wand, Inquisitor und Erschießungskommando in einer Person, in Staat und Familie einstimmig als Mutter anerkannt. Die Mutter forscht, weshalb Erika erst jetzt, so spät, nach Hause finde? Der letzte Schüler ist bereits vor drei Stunden heimgegangen, von Erika mit Hohn überhäuft. Du glaubst wohl, ich erfahre nicht, wo du gewesen bist, Erika. Ein Kind steht seiner Mutter unaufgefordert Antwort, die ihm jedoch nicht geglaubt wird, weil das Kind gern lügt. Die Mutter wartet noch, aber nur so lange, bis sie eins zwei drei gezählt hat.

Schon bei zwei meldet sich die Tochter mit einer von der Wahrheit stark abweichenden Antwort. Die notenerfüllte Aktentasche wird ihr nun entrissen, und gleich schaut der Mutter die bittere Antwort auf alle Fragen daraus entgegen. Vier Bände Beethovensonaten teilen sich indigniert den kargen Raum mit einem neuen Kleid, dem man ansieht, daß es eben erst gekauft worden ist. Die Mutter wütet sogleich gegen das Gewand. Im Geschäft, vorhin noch, hat das Kleid, durchbohrt von seinem Haken, so verlockend ausgesehen, bunt und geschmeidig, jetzt liegt es als schlaffer Lappen da und wird von den

Blicken der Mutter durchbohrt. Das Kleidergeld war für die Sparkasse bestimmt! Jetzt ist es vorzeitig verbraucht. Man hätte dieses Kleid jederzeit in Gestalt eines Eintrags ins Sparbuch der Bausparkassen der österr. Sparkassen vor Augen haben können, scheute man den Weg zum Wäschekasten nicht, wo das Sparbuch hinter einem Stapel Leintücher hervorlugt. Heute hat es aber einen Ausflug gemacht, eine Abhebung wurde getätigt, das Resultat sieht man jetzt: jedesmal müßte Erika dieses Kleid anziehen, wenn man wissen will, wo das schöne Geld verblieben ist. Es schreit die Mutter: Du hast dir damit späteren Lohn verscherzt! Später hätten wir eine neue Wohnung gehabt, doch da du nicht warten konntest, hast du jetzt nur einen Fetzen, der bald unmodern sein wird. Die Mutter will alles später. Nichts will sie sofort. Doch das Kind will sie immer, und sie will immer wissen, wo man das Kind notfalls erreichen kann, wenn der Mama ein Herzinfarkt droht. Die Mutter will in der Zeit sparen, um später genießen zu können. Und da kauft Erika sich ausgerechnet ein Kleid!, beinahe noch vergänglicher als ein Tupfer Mayonnaise auf einem Fischbrötchen. Dieses Kleid wird nicht schon nächstes Jahr, sondern bereits nächsten Monat außerhalb jeglicher Mode stehen. Geld kommt nie aus der Mode.

Es wird eine gemeinsame große Eigentumswohnung angespart. Die Mietwohnung, in der sie jetzt noch hocken, ist bereits so angejahrt, daß man sie nur noch wegwerfen kann. Sie werden sich vorher gemeinsam die Einbauschränke und sogar die Lage der Trennwände aussuchen können, denn es ist ein ganz neues Bausystem, das auf ihre neue Wohnung angewandt wird. Alles wird genau nach persönlichen Angaben ausgeführt werden. Wer zahlt, bestimmt. Die Mutter, die nur eine winzige Rente hat, bestimmt, was Erika bezahlt. In dieser nagelneuen Wohnung, gebaut nach der Methode der Zukunft, wird jeder ein eigenes Reich bekommen, Erika hier, die Mutter dort, beide Reiche säuberlich voneinander getrennt. Doch ein gemeinsames Wohnzimmer wird es geben, wo man sich trifft. Wenn man will. Doch Mutter und Kind wollen naturgemäß immer, weil sie zusammengehören. Schon hier, in diesem Schweinestall, der langsam verfällt, hat Erika ein eigenes Reich, wo sie schaltet und verwaltet wird. Es ist nur ein provisorisches Reich, denn die Mutter hat jederzeit freien Zutritt. Die Tür von Erikas Zimmer hat kein Schloß, und kein Kind hat Geheimnisse.

Erikas Lebensraum besteht aus ihrem eigenen kleinen Zimmer, wo sie machen kann, was sie will. Keiner hindert sie, denn dieses Zimmer ist ganz ihr Eigentum. Das Reich der Mutter ist alles übrige in dieser Wohnung, denn die Hausfrau, die sich um alles kümmert, wirtschaftet überall herum, während Erika die Früchte der von der Mutter geleisteten Hausfrauenarbeit genießt. Im Haushalt hat Erika nie schuften müssen, weil er die Hände des Pianisten mittels Putzmittel vernichtet. Was der Mutter manchmal, in einer ihrer seltenen Verschnaufpausen, Sorgen bereitet, ist ihr vielgestaltiger Besitz. Denn man kann nicht immer wissen, wo genau sich alles befindet. Wo ist dieser quirlige Besitz jetzt schon wieder? In welchen Räumen fegt er allein oder zu zwein herum? Erika, dieses Quecksilber, dieses schlüpfrige Ding, kurvt vielleicht in diesem Augenblick irgendwo herum und betreibt Unsinn. Doch jeden Tag aufs neue findet sich die Tochter auf die Sekunde pünktlich dort ein, wo sie hingehört: zuhause. Unruhe packt oft die Mutter, denn jeder Besitzer lernt als erstes, und er lernt unter Schmerzen: Vertrauen ist gut, Kontrolle ist dennoch angebracht. Das Hauptproblem der Mama besteht darin, ihr Besitztum möglichst unbeweglich an einem Ort zu fixieren, damit es nicht davonläuft. Diesem Zweck dient der Fernsehapparat, der schöne Bilder, schöne Weisen, vorfabriziert und verpackt, ins Haus liefert. Um seinetwillen ist Erika fast immer da, und wenn sie einmal fort ist, weiß man genau, wo sie herumschwirrt. Manchmal geht Erika abends in ein Konzert, doch sie tut es immer seltener. Entweder sitzt sie vor dem Klavier und drischt auf ihre längst endgültig begrabene Pianistinnenkarriere ein, oder sie schwebt als böser Geist über irgendeiner Probe mit ihren Schülern. Dort kann man sie dann notfalls anrufen. Oder Erika sitzt zu ihrem Vergnügen, zum Musizieren und Jubilieren, beim Kammermusizieren mit Kollegen, welche gleichgesinnt sind. Dort kann man sie auch anrufen. Erika kämpft gegen mütterliche Bande und ersucht wiederholt, nicht angerufen zu werden, was die Mutter übertreten kann, denn sie allein bestimmt die Gebote. Die Mutter bestimmt auch die Nachfrage nach ihrer Tochter, was damit endet, daß immer weniger Leute die Tochter sehen oder sprechen wollen. Erikas Beruf ist gleich Erikas Liebhaberei: die Himmelsmacht Musik. Die Musik füllt Erikas Zeit voll aus. Keine andere Zeit hat darin Platz. Nichts macht so viel Freude wie eine musikalische Höchstdarbietung, von Spitzenkräften erzeugt.

Wenn Erika einmal im Monat in einem Café sitzt, weiß die Mutter in welchem und kann dort anrufen. Von diesem Recht macht sie freizügig Gebrauch. Ein hausgemachtes Gerüst von Sicherheiten und Gewöhnungen.

Die Zeit um Erika herum wird langsam gipsern. Sie bröckelt sofort, schlägt die Mutter einmal mit der Faust gröber hinein. Erika sitzt in solchen Fällen mit den gipsernen orthopädischen Kragenresten der Zeit um ihren dünnen Hals herum zum Gespött der anderen da und muß zugeben: ich muß jetzt nach Hause. Nach Hause. Erika ist fast immer auf dem Heimweg, wenn man sie im Freien antrifft.

Die Mutter erklärt, eigentlich ist mir die Erika schon recht so wie sie ist. Mehr wird wohl nicht draus. Sie hätte zwar, und leicht auch noch bei ihren Fähigkeiten, wäre sie nur allein mir, der Mutter anvertraut geblieben, eine überregionale Pianistin werden können! Doch Erika geriet, wider Willen der Mutter, manchmal unter fremde Einflüsse; eingebildete männliche Liebe drohte mit Ablenkung vom Studium, Äußerlichkeiten wie Schminke und Kleidung reckten die häßlichen Häupter; und die Karriere endet, bevor sie sich noch richtig anläßt. Aber etwas Sicheres hat man sicher: das Lehramt für Klavier am Konservatorium der Stadt Wien. Und sie hat nicht einmal für Lehr- und Wanderjahre in eine der Zweigstellen, eine Bezirks-Musikschule müssen, wo schon viele ihr junges Leben ausgehaucht haben, staubgrau, buckelig – flüchtiger, rasch vergehender Schwarm vom Herrn Direktor.

Nur diese Eitelkeit. Die verflixte Eitelkeit. Erikas Eitelkeit macht der Mutter zu schaffen und bohrt ihr Dornen ins Auge. Diese Eitelkeit ist das einzige, auf das zu verzichten Erika jetzt langsam lernen müßte. Besser jetzt als später, denn im Alter, das vor der Tür steht, ist Eitelkeit eine besondre Last. Und das Alter allein ist doch schon Last genug. Diese Erika! Waren die Häupter der Musikgeschichte etwa eitel? Sie waren es nicht. Das einzige, was Erika noch aufgeben muß, ist die Eitelkeit. Notfalls wird Erika zu diesem Zweck von der Mutter ganz glattgehobelt, damit nichts Überflüssiges an ihr haften kann.
So versucht die Mama heute ihrer Tochter das neue Kleid aus den zusammengekrampften Fingern zu winden, doch diese Finger sind zu gut trainiert. Loslassen, sagt die Mutter, gib es her! Für deine Gier nach Äußerlichkeiten mußt du bestraft werden. Bisher hat dich das Leben durch Nichtbeachtung gestraft, und nun straft dich deine Mutter, indem sie dich ebenfalls nicht beachtet, obwohl du dich behängst und bemalst wie ein Clown. Hergeben das Kleid!
Erika stürzt plötzlich zu ihrem Kleiderschrank. Sie wird von einem finstren Argwohn ergriffen, der sich schon einige Male bestätigt hat. Heute zum Beispiel fehlt wieder etwas, das dunkelgraue Herbst-Complet nämlich. Was ist geschehen? In der Sekunde, da Erika merkt, es fehlt etwas, weiß sie auch schon die dafür Verantwortliche zu benennen. Es ist die einzige Person, die dafür in Frage kommt. Du Luder, du Luder, brüllt Erika wütend die ihr übergeordnete Instanz an und verkrallt sich in ihrer Mutter dunkelblond gefärbten Haaren, die an den Wurzeln grau nachstoßen. Auch ein Friseur ist teuer und wird am besten nicht aufgesucht. Erika färbt der Mutter jeden Monat die Haare mit Pinsel und Polycolor. Erika rupft jetzt an den von ihr selbst verschönten Haaren. Sie reißt wütend daran. Die Mutter heult. Als Erika zu reißen aufhört, hat sie die Hände voller Haarbüschel, die sie stumm und erstaunt betrachtet. Die Chemie hat diese Haare ohnehin in ihrem Widerstand gebrochen, aber auch die Natur hatte an ihnen nie ein Meisterwerk vollbracht. Erika weiß nicht gleich, wohin mit diesen Haaren. Endlich geht sie in

die Küche und wirft die dunkelblonden, oft fehlfarbigen Büschel in den Mistkübel.

Die Mutter steht mit reduziertem Kopfhaar greinend im Wohnzimmer, in dem ihre Erika oft Privatkonzerte gibt, in denen sie die Allerbeste ist, weil in diesem Wohnzimmer außer ihr nie jemand Klavier spielt. Das neue Kleid hält die Mutter immer noch in der zitternden Hand. Wenn sie es verkaufen will, muß sie das bald tun, denn solche kohlkopfgroßen Mohnblumen trägt man nur ein Jahr und nie wieder. Der Kopf tut der Mutter dort weh, wo ihr die Haare jetzt fehlen.

Die Tochter kehrt zurück und weint bereits vor Aufregung. Sie beschimpft die Mutter als gemeine Kanaille, wobei sie hofft, daß die Mutter sich gleich mit ihr versöhnen wird. Mit einem liebevollen Kuß. Die Mutter schwört, die Hand soll Erika abfallen, weil sie die Mama geschlagen und gerupft hat. Erika schluchzt immer lauter, denn es tut ihr jetzt schon leid, wo die Mutti sich bis auf die Knochen und Haare aufopfert. Alles, was Erika gegen die Mutter unternimmt, tut ihr sehr schnell leid, weil sie ihre Mutti liebhat, die sie schon seit frühester Kindheit kennt. Schließlich lenkt Erika, wie erwartet, ein, wobei sie bitterlich heult. Gern, nur allzu gern, gibt die Mutti nach, sie kann ihrer Tochter eben nicht ernsthaft böse sein. Jetzt koche ich uns erst einmal einen Kaffee, den wir gemeinsam trinken werden. Bei der Jause tut Erika die Mutter noch mehr leid, und die letzten Reste ihrer Wut lösen sich im Guglhupf auf. Sie untersucht die Löcher im Haar der Mutter. Sie weiß aber nichts dazu zu sagen, genau wie sie auch nicht gewußt hat, was sie mit den Büscheln anfangen sollte. Sie weint wieder ein bißchen zur Nachsorge, weil die Mutter schon alt ist und einmal enden wird. Und weil ihre, Erikas Jugend auch schon vorbei ist. Überhaupt weil immer etwas vergeht und selten etwas nachkommt.

Die Mutter beschreibt jetzt ihrem Kind, weswegen ein hübsches Mädel sich nicht aufzuputzen braucht. Das Kind bestätigt es ihr. Diese vielen vielen Kleider, die Erika im Kasten hängen hat und wozu? Sie zieht sie niemals an. Diese Kleider hängen unnütz und nur zur Zierde des Kastens da. Das Kaufen kann die Mutter

nicht immer verhindern, doch über das Tragen der Kleider ist sie unumschränkte Herrscherin. Die Mutter bestimmt darüber, wie Erika aus dem Haus geht. So gehst du mir nicht aus dem Haus, bestimmt die Mutter, welche befürchtet, daß Erika fremde Häuser mit fremden Männern darin betritt. Auch Erika selber ist zu dem Entschluß gekommen, ihre Kleider nie anzuziehen. Mutterpflicht ist es, bei Entschlüssen nachzuhelfen und falschen Entscheidungen vorzubeugen. Dann muß man später keine Wunden mühsam kleben, denn der Verletzung hat man nicht Vorschub geleistet. Die Mutter fügt Erika lieber persönlich ihre Verletzungen zu und überwacht sodann den Heilungsvorgang.
Das Gespräch ufert aus und schreitet zu dem Punkt, da Säure über jene verspritzt wird, die Erika links und rechts vorkommen oder vorzukommen drohen. Das wäre nicht nötig, man darf sie eben nicht lassen wie sie wollen! Du läßt es auch noch zu! Dabei könntest du gut als Bremserin fungieren, aber dazu bist du zu ungeschickt, Erika. Wenn die Lehrerin es entschlossen verhindert, kommt, zumindest aus ihrer Klasse, keine Jüngere hervor und macht unerwünschte und außerfahrplanmäßige Karriere als Pianistin. Du selbst hast es nicht geschafft, warum sollen es jetzt andere an deiner Stelle und auch noch aus deinem pianistischen Stall erreichen?
Erika nimmt, immer noch aufschnupfend, das arme Kleid in ihre Arme und hängt es unerfreut und stumm zu den anderen Kleidern, Hosenanzügen, Röcken, Mänteln, Kostümen in den Schrank. Sie zieht sie alle nie an. Sie sollen nur hier auf sie warten, bis sie am Abend nach Hause kommt. Dann werden sie ausgebreitet, vor den Körper drapiert und betrachtet. Denn: ihr gehören sie! Die Mutter kann sie ihr zwar wegnehmen und verkaufen, aber sie kann sie nicht selber anziehen, denn die Mutter ist leider zu dick für diese schmalen Hülsen. Die Sachen passen ihr nicht. Es ist alles ganz ihres. Ihres. Es gehört Erika. Das Kleid ahnt noch nicht, daß es soeben jählings seine Karriere unterbrochen hat. Es wird unbenutzt abgeführt und niemals ausgeführt. Erika will es nur besitzen und anschauen. Von fern

anschauen. Nicht einmal probieren möchte sie einmal, es genügt, dieses Gedicht aus Stoff und Farben vorne hinzuhalten und anmutig zu bewegen. Als fahre ein Frühlingswind hinein. Erika hat das Kleid vorhin in der Boutique probiert, und jetzt wird sie es nie mehr anziehen. Schon kann sich Erika an den kurzen flüchtigen Reiz, den das Kleid im Geschäft auf sie ausübte, nicht mehr erinnern. Jetzt hat sie eine Kleiderleiche mehr, die aber immerhin ihr Eigentum ist.

In der Nacht, wenn alles schläft und nur Erika einsam wacht, während der traute Teil dieses durch Leibesbande aneinandergeketteten Paares, die Frau Mama, in himmlischer Ruhe von neuen Foltermethoden träumt, öffnet sie manchmal, sehr selten, die Kastentür und streicht über die Zeugen ihrer geheimen Wünsche. Sie sind gar nicht so geheim, diese Wünsche, sie schreien laut hinaus, wieviel sie einmal gekostet haben und wofür jetzt das Ganze? Die Farben schreien die zweite und dritte Stimme mit. Wo kann man so etwas tragen, ohne von der Polizei entfernt zu werden? Normalerweise hat Erika immer nur Rock und Pulli oder, im Sommer, Bluse an. Manchmal schrickt die Mutter aus dem Schlaf empor und weiß instinktiv: sie schaut sich wieder ihre Kleider an, die eitle Kröte. Die Mutter ist dessen sicher, denn zu seinem Privatvergnügen quietscht der Schrank nicht mit seinen Türen.

Der Jammer ist, daß diese Kleiderkäufe die Frist ins Uferlose verlängern, bis man endlich die neue Wohnung beziehen kann, und stets ist Erika dabei in Gefahr, daß Liebesbande sie umschlingen; auf einmal hätte man ein männliches Kuckucksei im eigenen Nest. Morgen, beim Frühstück, erhält Erika bestimmt eine strenge Abmahnung für Leichtsinn. Die Mutter hätte gestern an den Haarwunden direkt sterben können, am Schock. Erika wird eine Zahlungsfrist erhalten, soll sie eben ihre Privatstunden ausbauen.

Nur ein Brautkleid fehlt zum Glück in der trüben Kollektion. Die Mutter wünscht nicht, Brautmutter zu werden. Sie will eine Normalmutter bleiben, mit diesem Status bescheidet sie sich.

Aber heute ist heute. Jetzt wird endgültig geschlafen! So verlangt es die Mutter vom Ehebett her, doch Erika rotiert immer noch vor dem Spiegel. Mütterliche Befehle treffen sie wie Hacken in den Rücken. Rasch befühlt sie jetzt noch ein flottes Nachmittagskleid mit Blumen, diesmal am Saum. Diese Blumen haben noch nie frische Luft geatmet, und auch Wasser kennen sie nicht. Das Kleid stammt aus einem, wie Erika versichert, erstklassigen Modehaus in der Innenstadt. Qualität und Verarbeitung sind für die Ewigkeit, die Paßform hängt von Erikas Körper ab. Nicht zu viele Süßigkeiten oder Teigwaren! Erika hat gleich beim ersten Anblick des Kleides die Vision gehabt: das kann ich jahrelang tragen, ohne daß es auch nur ein Haarbreit von der Mode abweicht. Das Kleid hält sich jahrelang auf dem Pfad der Mode! Dieses Argument wird an die Mutter vergeudet. Es wird überhaupt nie altmodisch werden. Die Mutter soll streng ihr Gewissen erforschen, ob sie ein ähnlich geschnittenes Kleid nicht in ihrer Jugend selbst getragen habe, Mutti? Diese bestreitet es aus Prinzip. Erika leitet trotzdem den Schluß ab, daß sich diese Anschaffung rentiert hat; aus dem Grund, daß das Kleid nie veraltet, wird Erika das Kleid noch in zwanzig Jahren genauso tragen wie heute.

Die Moden wechseln schnell. Das Kleid bleibt ungetragen, wenn auch bestens in Schuß. Doch keiner kommt und verlangt es zu sehen. Seine beste Zeit ist nutzlos vorbeigegangen und kommt nicht mehr zurück, und wenn, dann erst in zwanzig Jahren wieder.

Manche Schüler setzen sich gegen ihre Klavierlehrerin Erika entschieden zur Wehr, doch ihre Eltern zwingen zur Kunstausübung. Und daher kann das Fräulein Professor Kohut ebenfalls die Zwinge anwenden. Die meisten Klavierhämmerer allerdings sind brav und an der Kunst interessiert, die sie erlernen sollen. Sie kümmern sich sogar um diese Kunst, wenn sie von Fremden ausgeführt wird, ob im Musikverein oder im Konzerthaus. Sie vergleichen, wägen, messen, zählen. Es kommen viele Ausländer zu Erika, jedes Jahr werden es mehr. Wien, Stadt der Musik! Nur was sich bisher bewährt hat, wird sich in dieser Stadt auch hinkünftig bewähren. Die Knöpfe platzen ihr vom weißen fet-

ten Bauch der Kultur, die, wie jede Wasserleiche, die man nicht herausfischt, jedes Jahr noch aufgeblähter wird.
Der Schrank nimmt das neue Kleid in sich auf. Eins mehr! Die Mutter sieht nicht gern, wenn Erika aus dem Hause geht. Dieses Kleid ist zu auffallend, es paßt nicht zum Kind. Die Mutter sagt, irgendwo muß man eine Grenze ziehen, sie weiß nicht, was sie jetzt damit gemeint hat. Bis hierher und nicht weiter, das hat die Mutter damit gemeint.
Die Mutter rechnet Erika vor, sie, Erika, sei nicht eine von vielen, sondern einzig und allein. Diese Rechnung geht bei der Mutter immer auf. Erika sagt heute schon von sich, sie sei eine Individualistin. Sie gibt an, daß sie sich nichts und niemandem unterordnen kann. Sie ordnet sich auch nur schwer ein. Etwas wie Erika gibt es nur ein einziges Mal und dann nicht noch einmal. Wenn etwas besonders unverwechselbar ist, dann nennt man es Erika. Was sie verabscheut, ist Gleichmacherei in jeder Form, auch beispielsweise in der Schulreform, die auf Eigenschaften keine Rücksicht nimmt. Erika läßt sich nicht mit anderen zusammenfassen, und seien sie noch so gleichgesinnt mit ihr. Sie würde sofort hervorstechen. Sie ist eben sie. Sie ist so wie sie ist, und daran kann sie nichts ändern. Die Mutter wittert schlechte Einflüsse dort, wo sie sie nicht sehen kann, und will Erika vor allem davor bewahren, daß ein Mann sie zu etwas anderem umformt. Denn: Erika ist ein Einzelwesen, allerdings voller Widersprüche. Diese Widersprüche in Erika zwingen sie auch, gegen Vermassung entschieden aufzutreten. Erika ist eine stark ausgeprägte Einzelpersönlichkeit und steht der breiten Masse ihrer Schüler ganz allein gegenüber, eine gegen alle, und sie dreht am Steuerrad des Kunstschiffchens. Nie könnte eine Zusammenfassung ihr gerecht werden. Wenn ein Schüler nach ihrem Ziel fragt, so nennt sie die Humanität, in diesem Sinn faßt sie den Inhalt des Heiligenstädter Testaments von Beethoven für die Schüler zusammen, sich neben den Heros der Tonkunst mit aufs Postament zwängend.
Aus allgemein künstlerischen und individuell menschlichen Erwägungen heraus extrahiert Erika die Wurzel: nie könnte sie

sich einem Mann unterordnen, nachdem sie sich so viele Jahre der Mutter untergeordnet hat. Die Mutter ist gegen eine spätere Heirat Erikas, weil sich meine Tochter nirgends ein- und niemals unterordnen könnte. Sie ist eben so. Erika soll nicht einen Lebenspartner wählen, weil sie unbeugsam ist. Sie ist auch kein junger Baum mehr. Wenn keiner nachgeben kann, nimmt die Ehe ein schlimmes Ende. Bleibe lieber nur du selber, sagt die Mutter zu Erika. Die Mutter hat Erika schließlich zu dem gemacht, was sie jetzt ist. Sind Sie noch nicht verheiratet, Fräulein Erika, fragt die Milchfrau und fragt auch der Fleischhauer. Sie wissen ja, mir gefällt niemals einer, antwortet Erika.
Überhaupt stammt sie aus einer Familie von einzeln in der Landschaft stehenden Signalmasten. Es gibt wenige von ihnen. Sie pflanzen sich nur zäh und sparsam fort, wie sie auch im Leben immer zäh und sparsam mit allem umgehen. Erika ist erst nach zwanzigjähriger Ehe auf die Welt gestiegen, an der ihr Vater irr wurde, in einer Anstalt verwahrt, damit er keine Gefahr für die Welt würde.

Unter vornehmem Schweigen kauft Erika ein Achtel Butter. Sie hat noch ein Mütterlein und braucht daher keinen Mann zu frei'n. Kaum ist dieser Familie ein neuer Verwandter erwachsen, wird er auch schon ausgestoßen und abgelehnt. Der Verkehr mit ihm wird abgebrochen, sobald er sich, wie erwartet, als unbrauchbar und untauglich erwiesen hat. Die Mutter klopft die Mitglieder der Familie mit einem Hämmerchen ab und sondert sie einen nach dem anderen aus. Sie sortiert und lehnt ab. Sie prüft und verwirft. Es können auf diese Weise keine Parasiten entstehen, die dauernd etwas haben möchten, das man behalten will. Wir bleiben ganz unter uns, nicht wahr, Erika, wir brauchen niemanden.

Die Zeit vergeht, und wir vergehen in ihr. Unter einer gläsernen Käseglocke sind sie miteinander eingeschlossen, Erika, ihre feinen Schutzhüllen, ihre Mama. Die Glocke läßt sich nur heben, wenn jemand von außen den Glasknopf oben ergreift und ihn in die Höhe zieht. Erika ist ein Insekt in Bernstein, zeitlos, alterslos. Erika hat keine Geschichte und

macht keine Geschichten. Die Fähigkeit zum Krabbeln und Kriechen hat dieses Insekt längst verloren. Eingebacken ist Erika in die Backform der Unendlichkeit. Diese Unendlichkeit teilt sie freudig mit ihren geliebten Tonkünstlern, doch an Beliebtheit kann sie es mit jenen beileibe nicht aufnehmen. Erika erkämpft sich einen kleinen Platz, noch in Sichtweite der großen Musikschöpfer. Es ist ein heißumkämpfter Ort, denn ganz Wien will ebenfalls hier zumindest eine Schrebergartenhütte aufstellen. Erika steckt sich ihren Platz des Tüchtigen ab und fängt an, die Baugrube auszuheben. Sie hat sich diesen Platz durch Studieren und Interpretieren ehrlich verdient! Schließlich ist auch der Nachschöpfer noch eine Schöpferform. Er würzt die Suppe seines Spiels stets mit etwas Eigenem, etwas von ihm selber. Er tropft sein Herzblut hinein. Auch der Interpret hat noch sein bescheidenes Ziel: gut zu spielen. Dem Schöpfer des Werks allerdings muß auch er sich unterordnen, sagt Erika. Sie gibt freiwillig zu, daß das für sie ein Problem darstellt. Denn sie kann und kann sich nicht unterordnen.
Ein Hauptziel hat Erika jedoch mit allen anderen Interpreten gemeinsam: Besser sein als andere!

In Straßenbahnen hineingezerrt wird SIE vom Gewicht von Musikinstrumenten, die ihr vorne und hinten vom Leib baumeln, dazu die prall gefüllten Notentaschen. Ein sperrig behangener Falter. Das Tier fühlt, daß Kräfte in ihm schlummern, denen die Musik allein nicht genügt. Das Tier ballt die Fäustchen um Tragegriffe von Geigen, Bratschen, Flöten. Es lenkt seine Kräfte gern ins Negative, obwohl es die Wahl hätte. Die Auswahl bietet die Mutter an, ein breites Spektrum von Zitzen am Euter der Kuh Musik.

SIE schlägt ihre Streich- und Blasinstrumente und die schweren Notenhefte den Leuten in die Rücken und Vorderfronten hinein. In diese Speckseiten, die ihr die Waffen wie

Gummipuffer zurückfedern lassen. Manchmal nimmt sie, je nach Laune, ein Instrument samt Tasche in die eine Hand und setzt die Faust der anderen voll Heimtücke in fremde Wintermäntel, Umhänge und Lodenjoppen hinein. Sie schändet die österreichische Nationaltracht, die sie aus ihren Hirschhornknöpfen anbiedernd angrinst. In Kamikazemanier nimmt sie sich selbst als Waffe zur Hand. Dann wieder prügelt sie mit dem schmalen Ende des Instruments, einmal ist es eben die Geige, dann wieder die schwerere Bratsche, in einen Haufen arbeitsverschmierter Leute hinein. Wenn es sehr voll ist, so um sechs Uhr, kann man schon beim Schwungholen viele Menschen beschädigen. Zum Ausholen ist kein Platz. SIE ist die Ausnahme von der Regel, die sie ringsum so abstoßend vor Augen hat, und ihre Mutter erklärt ihr gerne handgreiflich, daß sie eine Ausnahme ist, denn sie ist der Mutter einziges Kind, das in der Spur bleiben muß. In der Straßenbahn sieht SIE jeden Tag, wie sie nie werden möchte. SIE durchpflügt die graue Flut derer mit und ohne Fahrschein, der Zugestiegenen und der sich zum Aussteigen Anschickenden, die dort, woher sie kommen, nichts bekommen haben und dort, wo sie hingehen, nichts zu erwarten haben. Schick sind sie nicht. Manche sind schon ausgestiegen, bevor sie noch richtig drinnensitzen.

Zwingt man SIE aufgrund von Volkszorn an der einen Haltestelle hinaus, wo sie noch zu weit von zu Hause entfernt ist, so verläßt sie auch wirklich folgsam den Waggon, weicht der geballten Wut, die ihr in die geballte Faust gelaufen ist, doch nur, um geduldig auf die nächste Elektrische zu warten, die wie das Amen im Gebet sicher einherkommt. Das sind Ketten, die nie abreißen. Dann geht sie erneut zum frisch aufgetankten Angriff über. Sie torkelt mühselig und instrumentenübersät in die Arbeitsheimkehrer hinein und detoniert mitten unter ihnen wie eine Splitterbombe. Sie verstellt sich fallweise absichtlich und sagt bitte ich muß hier aussteigen. Da sind sie dann alle gleich dafür. Sie soll das saubere und öffentliche Verkehrsmittel auf der Stelle verlassen! Für Leute wie sie wurde es nämlich nicht bereitgestellt! Zahlende Fahrgäste lassen so etwas gar nicht erst einreißen.

Sie blicken die Schülerin an und denken, die Musik habe ihr Gemüt schon früh erhoben, dabei erhebt es ihr nur die Faust. Manchmal wird ein grauer junger Mann mit abstoßenden Dingen in einem abgeschabten Seesack ungerecht beschuldigt, denn ihm wird es eher zugetraut. Er soll aussteigen und zu seinen Freunderln verschwinden, bevor er von einem kräftigen Lodenjoppenarm eine fängt.

Der Volkszorn, der schließlich genauestens bezahlt hat, hat immer recht für seine jeweils drei Schilling und kann es bei einer Fahrscheinkontrolle auch beweisen. Stolz reicht er den markierten Schein und hat eine Tramway für sich ganz allein. Er erspart sich damit auch Wochen des unangenehmsten Fegefeuers voller Angst, ob ein Kontrolleur kommt.

Eine Dame, die wie du den Schmerz fühlt, jault hell auf: ihr Schienbein, dieser lebenswichtige Teil, auf dem teilweise ihr Gewicht ruht, ist in Mitleidenschaft gezogen worden. Bei diesem lebensgefährlichen Gedränge ist der Schuldige getreu dem Verursacherprinzip nicht ausforschbar. Die Menge wird mit einem Sperrfeuer aus Beschuldigungen, Flüchen, Injurien, Beschwörungen, Klagen eingedeckt. Die Klagen fließen aus geifernden Mündern über das eigene Los, die Beschuldigungen werden über andere ausgegossen. Sie stehen dicht wie Fische in einer Sardinenbüchse, aber im Öl sind sie deswegen noch lange nicht, das kommt erst nach Feierabend.

SIE tritt wütend gegen einen harten Knochen, der einem Mann gehört. Freundlich fragt an einem Tag eine ihrer Mitschülerinnen, ein Mädchen, unter dem in zwei ewigen Flämmchen wunderbare hohe Absätze lodern, und das einen neuen pelzgefütterten Ledermantel neuester Bauart trägt: Was schleppst du hier und wie nennt es sich? Ich meine diesen Kasten hier und nicht deinen Kopf dort oben. Es ist eine sogenannte Bratsche, erwidert SIE höflich. Was ist das, eine Baatsche? Ich habe dieses seltsame Wort noch nie gehört, spricht ein geschminkter Mund belustigt. Da geht eine hin und trägt etwas spazieren, das sich Baatsche nennt und zu nichts Erkennbarem dient. Jeder muß ausweichen, weil diese Baatsche so viel Platz rundherum benö-

tigt. SIE geht damit öffentlich auf der Straße und keiner verhaftet sie auf frischer Tat.
Die schwer in den Haltegriffen der Straßenbahn Hängenden und jene wenigen beneideten Glückspilze, die sitzen können, recken sich hoch droben vergebens aus ihren abgenutzten Rümpfen heraus. Sie erspähen keinen in weitem Rund, an dem sie es auslassen können, wie man ihre Beine mit etwas Hartem malträtiert. Jetzt ist mir jemand auf die Zehen getreten, weht ein Schwall schlechter Literatur aus einem Mund hervor. Wer ist der Täter? Zusammentritt das in aller Welt berüchtigte Erste Wiener Straßenbahngericht, um eine Abmahnung und eine Verurteilung auszusprechen. In jedem Kriegsfilm meldet sich wenigstens einer freiwillig, und sei es für ein Himmelfahrtskommando. Doch dieser feige Hund verbirgt sich hinter unseren geduldigen Rücken. Ein ganzer Schub rattenartiger Handwerker dicht vor der Pensionierung, mit Werkzeugtaschen über den Schultern, drängt sich unter Schubsen und Treten aus dem Wagen. Jetzt gehen diese Leute zu Fleiß eine ganze Station zu Fuß! Wenn ein Widder unter all den Schafen im Wagen die Ruhe stört, benötigt man dringend frische Luft, und draußen findet man sie. Das Gebläse des Zorns, mit dem man dann zu Hause die Gattin traktieren wird, benötigt frischen Sauerstoff, sonst funktioniert es vielleicht nicht. Etwas von unbestimmter Farbe und Form gerät ins Schwanken, rutscht, etwas anderes schreit wie abgestochen auf. Ein dichter Sprühnebel von Wienerischem Gift dunstet über diese Volkswiese hin. Einer ruft gar nach einem Henker, weil sein Feierabend vorzeitig verdorben worden ist. So sehr ärgern sie sich. Ihre abendliche Ruhe, die schon vor zwanzig Minuten hätte beginnen sollen, ist heute nicht eingetreten. Oder die Ruhe ist jäh abgebrochen worden, abgebrochen wie die bunt bedruckte Lebenspackung des Opfers – mit Gebrauchsanweisung –, die es jetzt nicht mehr ins Regal zurückstellen kann. Das Opfer kann sich jetzt nicht einfach unauffällig eine neue und unversehrte Packung greifen, es würde von der Verkäuferin als Ladendieb arretiert. Folgen Sie mir unauffällig! Doch die Tür, welche ins Büro des Filialleiters

führt, zu führen schien, ist eine Scheintür, und außerhalb des nagelneuen Supermarkts gibt es keine Sonderangebote der Woche mehr, sondern dort ist nichts, absolut gar nichts, nur Dunkel, und ein Kunde, der nie geizig war, stürzt ins Bodenlose ab. Jemand sagt in der hier üblichen Schriftsprache: Verlassen Sie auf der Stelle den Wagen! Aus seiner Schädeldecke wuchert ein Gamsbart heraus, denn der Mann ist als Jäger verkleidet. SIE bückt sich jedoch rechtzeitig, um einen neuen üblen Trick anzuwenden. Vorher muß SIE den Sperrmüll ihrer Musikgeräte erst abstellen. Er bildet eine Art Zaun rings um sie her. Es geht um das scheinbare Zubinden des Schuhbands, aus dem sie dem Nachbarn in der Tramway einen Strick dreht. Sie zwickt wie nebenbei die eine oder die andere Frau, die genauso aussieht wie die eine, kräftig in die Wade. Dieser Witwe sind blaue Flecke so gut wie sicher. Die derart Verunstaltete schießt empor, ein strahlend heller, erleuchteter Hochstrahlbrunnen bei Nacht, der endlich im Brennpunkt der Aufmerksamkeit stehen darf, umreißt kurz und präzise ihre Familienverhältnisse und droht, daß sich diese Verhältnisse (vor allem ihr toter Ehemann) noch schrecklich für ihre Peinigerin auswirken werden. Sie fordert sodann Polizei! Die Polizei kommt nicht, weil sie sich nicht um alles kümmern kann.

Ein harmloser Musikerinnenblick wird über ein Gesicht gestülpt. SIE tut als gebe sie sich soeben jenen geheimnisvoll wirkenden, immer auf Steigerung bedachten gefühltsbetonten Kräften der musikalischen Romantik hin und habe für nichts sonst einen Gedanken übrig. Das Volk spricht daraufhin wie mit einer Stimme: das Mädchen mit dem Maschinengewehr ist es sicher nicht gewesen. Wie so oft irrt das Volk auch diesmal. Manchmal denkt einer etwas genauer nach, und das Ergebnis ist, daß er auf die wahre Täterin deutet: du bist es gewesen! SIE wird gefragt, was sie unter der grellen Sonne erwachsenen Verständnisses dazu zu sagen habe. SIE spricht nicht. Die Plombe, die ihre Konditionierer hinter ihrem Gaumensegel hineinoperiert haben, verhindert jetzt wirksam, daß sie sich unbewußt selbst bezichtigt. Sie verteidigt sich nicht. Einige fallen übereinander her, weil eine Taubstumme beschuldigt wurde. Die Stimme der Vernunft behauptet, jemand, der Violine spiele, könne auf keinen Fall taubstumm sein. Vielleicht ist sie nur stumm oder trägt die Violine zu jemand anderem hin. Sie werden sich nicht einig und lassen von ihrem Vorhaben ab. Ein Heuriger am Wochenende spukt bereits in ihren Köpfen herum und vernichtet mehrere Kilo Gedankenmaterial. Der Alkohol wird den Rest besorgen. Land der Alkoholiker. Stadt der Musik. Dieses Mädchen schaut in die Weite von Gefühlswelten, und ihr Ankläger schaut bestenfalls zu tief ins Bierglas, und so schweigt er bang vor ihrem Blick.

Drängeln ist unter IHRER Würde, denn es drängt der Mob, es drängt nicht die Geigerin und Bratschistin. Um dieser kleinen Freuden willen nimmt sie es sogar in Kauf, zu spät nach Hause zu kommen, wo die Mutter mit der Stoppuhr steht und abmahnt. Solche Strapazen nimmt sie noch auf sich, obwohl sie schon den ganzen Nachmittag lang musiziert und gedacht, gegeigt und Schlechtere als sie verlacht hat. Sie will den Leuten das Erschrecken und den Schauder beibringen. Von solchen Gefühlen strotzen die Programmhefte der Philharmonischen Konzerte.

Ein philharmonischer Besucher nimmt die einführenden Worte seines Programms zum Anlaß, einem anderen Besucher zu erklären, wie sein Innerstes vom Schmerz dieser Musik erbebt. Gerade vorhin hat er das und ähnliches gelesen. Beethovens Schmerz, Mozarts Schmerz, Schumanns Schmerz, Bruckners Schmerz, Wagners Schmerz. Diese Schmerzen sind nun sein alleiniger Besitz, und er wieder ist der Besitzer der Schuhfabrik Pöschl oder der Baustoffgroßhandlung Kotzler. Beethoven bewegt die Hebel der Furcht, und sie lassen dafür ihre Belegschaft furchtsam springen. Eine Frau Doktor steht mit dem Schmerz schon lang auf du und du. Sie ergründet jetzt seit zehn Jahren das letzte Geheimnis von Mozarts Requiem. Bis jetzt ist sie noch keinen Schritt weitergekommen, weil dieses Werk unergründlich ist. Begreifen können wir es nicht! Die Frau Doktor sagt, es sei das genialste Auftragswerk der Musikgeschichte, das steht für sie und wenige andere fest. Frau Doktor ist eine von wenigen Auserwählten, welche wissen, daß es Sachen gibt, die sich beim besten Willen nicht ergründen lassen. Was gibt es da noch zu erklären? Es ist unerklärlich, wie so etwas je entstehen konnte. Das gilt auch für manche Gedichte, die man ebenfalls nicht analysieren sollte. Das Requiem hat ein geheimnisvoller Unbekannter in einem schwarzen Kutschermantel angezahlt. Die Frau Doktor und andere, die diesen Mozartfilm gesehen haben, wissen: es war der Tod selber! Mit diesem Gedanken beißt sie ein Loch in die Hülse eines der ganz Großen und zwängt sich in ihn hinein. In seltenen Fällen wächst man an dem Großen mit.

Miese Menschenmassen umdrängen SIE ununterbrochen. Ständig zwängt sich jemand in IHRE Wahrnehmung. Der Pöbel bemächtigt sich nicht nur der Kunst ohne die leiseste Bezugsberechtigung, nein, er zieht auch noch in den Künstler ein. Er nimmt Quartier im Künstler und bricht sofort ein paar Fenster zur Außenwelt durch, um gesehen zu werden und zu sehen. Mit seinen Schweißfingern tappt dieser Klotz Kotzler etwas ab, das doch IHR allein gehört. Sie singen ungerufen und ungefragt Kantilenen mit. Sie fahren mit befeuchtetem Zeigefinger ein Thema nach, suchen das passende Seitenthema dazu, finden es nicht und begnügen sich daher mit dem kopfnickenden Auffinden und erneuten Wiederholen des Hauptthemas, welches sie schweifwedelnd wiedererkennen. Für die meisten besteht der Hauptreiz der Kunst im Wiedererkennen von etwas, das sie zu erkennen glauben.

Eine Fülle der Empfindung überschwemmt einen Herrn Fleischereibesitzer. Er kann sich nicht wehren, obwohl er ein blutiges Handwerk gewohnt ist. Er ist starr vor Staunen. Er sät nicht, er erntet nicht, er hört nicht gut, aber er kann in einem öffentlichen Konzert besichtigt werden. Neben ihm die weiblichen Teile seiner Familie, die mitgehen wollten.

SIE tritt eine alte Frau gegen die rechte Ferse. Jeder Phrase vermag sie den vorherbestimmten Ort zuzuordnen. Nur SIE allein kann jegliches Gehörte an die richtige Stelle schieben, wohin es gehört. Sie packt die Unwissenheit dieser blökenden Lämmer in ihre Verachtung und straft die Lämmer damit. Ihr Körper ist ein einziger großer Kühlschrank, in dem sich die Kunst gut hält.

IHR Sauberkeitsinstinkt ist unheimlich empfindlich. Schmutzige Leiber bilden einen harzigen Wald ringsumher. Nicht nur der körperliche Schmutz, die Unreinlichkeit gröbster Sorte, die sich den Achselhöhlen und Schößen entringt, der feine Uringestank der Greisin, das aus dem Leitungsnetz der Adern und Poren strömende Nikotin des Greises, jene unzählbaren Haufen von Nahrung billigster Qualität, die aus den Magen heraufdünsten; nicht nur der fahle Wachsgestank des Kopfschorfs, des Grinds, nicht nur der haardünne, doch für den Geübten durchdringende Gestank von Scheißemikrotomen unter den Fingernägeln – Rückstände der Verbrennung farbloser Nahrungsmittel, jener grauen, ledrigen Genußmittel, wenn man es Genuß nennen kann, die sie zu sich nehmen, peinigen IHREN Geruchssinn, IHRE Geschmacksknospen – nein, am schlimmsten trifft es SIE, wie sie einer im anderen hausen, sich einer den anderen schamlos aneignen. Einer drängt sich sogar noch in die Gedanken des anderen hinein, in seine innerste Aufmerksamkeit.

Dafür werden sie bestraft. Von IHR. Und doch kann sie sie niemals loswerden. Sie reißt an ihnen, schüttelt sie wie ein Hund seine Beute. Und dennoch wühlen sie ungefragt in ihr herum, sie betrachten IHR Innerstes und wagen zu behaupten, daß sie nichts damit anfangen können und daß es ihnen auch nicht gefällt! Sie wagen ja auch zu behaupten, daß ihnen Webern oder Schönberg nicht gefällt.

Die Mutter schraubt, immer ohne vorherige Anmeldung, IHREN Deckel ab, fährt selbstbewußt mit der Hand oben hinein, wühlt und stöbert. Sie wirft alles durcheinander und legt nichts wieder an seinen angestammten Platz zurück. Sie holt etliches nach kurzer Wahl heraus, betrachtet es unter der Lupe und wirft es dann weg. Anderes wieder legt sich die Mutter zurecht und schrubbt es mit Bürste, Schwamm und Putztuch ab. Es wird

dann energisch abgetrocknet und wieder hineingeschraubt. Wie ein Messer in eine Faschiermaschine.
Diese alte Frau ist jemand, der neu zugestiegen ist, obwohl sie sich nicht beim Schaffner meldet. Sie denkt, sie kann es verheimlichen, daß sie hier hereingetreten ist, in diesen Waggon. Eigentlich ist sie längst ausgestiegen aus allem und ahnt es auch. Das Zahlen lohnt sich gar nicht mehr. Die Fahrkarte ins Jenseits hat sie ja schon im Handtascherl. Die muß auch in der Straßenbahn Gültigkeit besitzen.
Jetzt wird SIE von einer Dame nach einem bestimmten Weg gefragt und antwortet nicht. SIE antwortet nicht, obwohl SIE den Weg genau kennt. Die Dame gibt nicht Ruhe damit, den ganzen Wagen zu durchstochern und Leute zu vertreiben, um unter deren Sitzen nach der gesuchten Straße herumzustieren. Eine grimmige Wanderin ist sie auf Waldwegen, die es sich zur Gewohnheit gemacht hat, mithilfe eines dünnen Stöckchens unschuldige Ameisenhaufen aus ihrer Beschaulichkeit zu kitzeln. Sie fordert es heraus, daß die aufgestörten Tiere Säure spritzen. Sie ist eine von den Leuten, die prinzipiell jeden Stein umwenden, ob vielleicht eine Schlange darunter ist. Jede Lichtung, und sei sie noch so klein, wird von dieser Dame gewiß nach Pilzen oder Beeren durchkämmt. Solche Menschen sind das. Aus jedem Kunstwerk müssen sie noch den letzten Rest herauspressen und allen lauthals erklären. Im Park werden Bänke mit Taschentüchern abgestaubt, bevor sie Sitz nehmen. Bestecke im Gasthaus polieren sie mit der Serviette nach. Den Anzug von einem nahen Verwandten durchwühlen sie mit dem Staubkamm nach Haaren, Briefen, Fettflecken.
Und diese Dame regt sich jetzt lautstark darüber auf, daß keiner ihr Auskunft geben kann. Sie behauptet, keiner wolle ihr Auskunft erteilen. Diese Dame steht stellvertretend für die unwissende Mehrheit, die aber ein einziges im Übermaß besitzt: Kampfesmut. Sie legt sich mit jedem an, wenn nötig.
SIE steigt genau in jener Gasse aus, nach der die Dame gefragt hat, und mustert die Fragerin höhnisch dabei.
Die Büffelin begreift, und ihre Kolben fressen sich fest vor

Zorn. Gleich wird sie dieses Stück ihres Lebens bei einer Freundin und bei Rindfleisch mit Fisolen repetieren, das Leben gleichsam um diese kleine Spanne des darüber Berichtens verlängernd, wäre nicht die Zeit während ihrer Erzählung, die ja ihrerseits unaufhaltsam verstreicht. Und der Dame damit Raum für neues Erleben nimmt.

SIE wendet sich mehrmals nach der vollkommen desorientierten Dame um, bevor SIE einen vertrauten Weg in ein vertrautes Zuhause einschlägt. SIE grinst die Dame dabei an, vergessend, daß SIE in ein paar Minuten unter der heißen Flamme des mütterlichen Schneidbrenners zu einem Häufchen Asche verbrennen wird, weil sie zu spät nach Hause gekommen ist. Dabei wird die ganze Kunst SIE nicht trösten können, obwohl der Kunst vieles nachgesagt wird, vor allem, daß sie eine Trösterin sei. Manchmal schafft sie allerdings das Leid erst herbei.

Erika, die Heideblume. Von dieser Blume hat diese Frau den Namen. Ihrer Mutter schwebte vorgeburtlich etwas Scheues und Zartes dabei vor Augen. Als sie dann den aus ihrem Leib hervorschießenden Lehmklumpen betrachtete, ging sie sofort daran, ohne Rücksicht ihn zurechtzuhauen, um Reinheit und Feinheit zu erhalten. Dort ein Stück weg und dort auch noch. Instinktiv strebt jedes Kind zu Schmutz und Kot, wenn man es nicht davor zurückreißt. Für Erika wählt die Mutter früh einen in irgendeiner Form künstlerischen Beruf, damit sich aus der mühevoll errungenen Feinheit Geld herauspressen läßt, während die Durchschnittsmenschen bewundernd um die Künstlerin herumstehen, applaudieren. Jetzt ist Erika endlich fertig zurechtgezartet, nun soll sie den Wagen der Musik in die Spur heben und auf der Stelle zu künsteln anfangen. So ein Mädchen ist auch nicht geschaffen, Grobes auszuführen, schwere Handarbeit, Hausarbeit. Sie ist den Finessen des klassischen Tanzes, des Gesanges, der Musik von Geburt an vorherbestimmt. Eine weltbekannte Pianistin, das wäre Mutters Ideal; und damit das Kind den Weg durch Intrigen auch findet, schlägt sie an jeder Ecke Wegweiser in den Boden und Erika gleich mit, wenn diese nicht üben will. Die Mutter warnt Erika vor einer neidischen Horde, die stets das eben Errungene zu stören versucht und fast durchwegs männlichen Geschlechts ist. Laß dich nicht ablenken! An keiner Stufe, die Erika erreicht, ist es ihr gestattet auszuruhen, sie darf sich nicht schnaufend auf ihren Eispickel stützen, denn es geht sofort weiter. Zur nächsten Stufe. Tiere des Waldes kommen gefährlich nah und wollen Erika ebenfalls vertieren. Konkurrenten wünschen Erika zu einer Klippe zu locken, unter dem Vorwand, ihr die Aussicht erklären zu wollen. Doch wie leicht stürzt man ab! Die Mutter schildert den Abgrund anschaulich, damit das Kind sich davor hütet. Am Gipfel herrscht Weltberühmtheit, welche von den meisten nie erreicht wird. Dort weht ein kalter Wind, der Künstler ist einsam und sagt es auch. Solange die Mutter noch lebt und Erikas Zukunft webt, kommt für das Kind nur eins in Frage: die absolute Weltspitze.

Die Mutti schiebt von unten, denn sie steht mit beiden Beinen fest im Erdboden verwurzelt. Und bald steht Erika schon nicht mehr auf dem angestammten Mutterboden, sondern auf dem Rücken eines anderen, den sie bereits hinausintrigiert hat. Ein wackliger Grund ist das! Erika steht zehenspitzig auf den Schultern der Mutter, krallt sich mit ihren geübten Fingern oben an der Spitze fest, welche sich leider bald als bloßer Vorsprung im Fels entpuppt, eine Spitze vortäuschend, spannt die Oberarmmuskulatur an und zieht und zieht sich hinauf. Jetzt guckt schon die Nase über den Rand, nur um einen neuen Felsen erblicken zu müssen, schroffer noch als der erste. Die Eisfabrik des Ruhmes hat hier aber schon eine Filiale und lagert ihre Produkte in Blöcken ab, auf diese Weise kosten sie nicht soviel Lagerkosten. Erika leckt an einem der Blöcke und hält ein Schülerkonzert bereits für den Gewinn des Chopin-Wettbewerbs. Sie glaubt, nur Millimeter fehlen noch, dann ist sie oben!

Die Mutter stichelt Erika wegen zu großer Bescheidenheit an. Du bist immer die allerletzte! Vornehme Zurückhaltung bringt nichts ein. Man muß immer zumindest unter den ersten dreien sein, alles, was später kommt, wandert in den Müll. So spricht die Mutter, die das Beste will und ihr Kind daher nicht auf die Straße läßt, damit es an sportlichen Wettkämpfen nur ja nicht teilnimmt und das Üben vernachlässigt.
Erika fällt nicht gern auf. Sie hält sich vornehm zurück und wartet, daß andere etwas für sie erreichen, klagt das verletzte Muttertier. Die Mutter beklagt bitter, daß sie alles alleine für ihr Kind besorgen müsse, und stürzt sich jubelnd in den Kampf. Erika setzt sich nobel selbst hintan, wofür sie nicht einmal ein paar Geschenkmünzen für Strümpfe oder Unterhosen erhält.
Die Mutter klappert Freunden und Verwandten, und viele sind es nicht, denn man hat sich frühzeitig vollkommen von ihnen abgesondert und auch das Kind von ihrem Einfluß abgetrennt, eifrig entgegen, daß sie ein Genie geboren habe. Sie merke es immer deutlicher, kommt aus dem Schnabel der Mutter. Erika ist ein Genie, was die Betätigung des Klaviers betrifft, nur wurde sie noch nicht richtig entdeckt. Sonst wäre Erika längst, einem Kometen gleich, über den Bergen hochgestiegen. Die Geburt des Jesusknaben war ein Dreck dagegen.

Die Nachbarn pflichten dem bei. Sie hören gern zu, wenn das Mädchen übt. Es ist wie im Radio, nur kostet es keine Gebühren. Man braucht bloß die Fenster und eventuell die Türen zu öffnen, schon dringt Klang herein und verbreitet sich wie Giftgas in die letzten Ecken und Winkel. Die über Lärm empörte Umwelt spricht Erika auf Wegen und Stegen an und bittet um Ruhe. Die Mutter spricht zu Erika von der nachbarlichen Begeisterung wegen hervorragender Kunstausübung. Erika wird von einem schütteren Bächlein mütterlicher Begeisterung dahingetragen wie ein Patzen Spucke. Später wundert sie sich, wenn ein Anrainer sich beklagt. Von Klagen hat ihr die Mutter nie etwas berichtet!
Im Lauf der Jahre übertrifft Erika ihre Mutter noch darin, wenn es gilt, auf jemanden herabzusehen. Auf diese Laien kommt es

letztlich nicht an, Mama, ihr Urteil ist roh, auch ihr Empfinden nicht ausgereift, nur die Fachleute zählen in meinem Beruf. Die Mutter entgegnet: Spotte du nicht des Lobes einfacher Menschen, die mit dem Herzen Musik hören und sich daran mehr freuen als die Überzüchteten, Verwöhnten, Blasierten. Die Mutter versteht selbst nichts von Musik, doch sie zwingt ihr Kind ins Geschirr dieser Musik. Es entwickelt sich ein fairer Rachewettkampf zwischen Mutter und Kind, denn das Kind weiß bald, daß es über seine Mutter musikalisch hinausgewachsen ist. Das Kind ist der Abgott seiner Mutter, welche dem Kind dafür nur geringe Gebühr abverlangt: sein Leben. Die Mutter will das Kinderleben selbst auswerten dürfen.

Mit einfachen Menschen darf Erika nicht verkehren, doch auf ihr Lob darf sie immer hören. Die Fachleute loben Erika leider nicht. Ein dilettantisches, unmusikalisches Schicksal hat sich den Gulda herausgegriffen und den Brendel, die Argerich und den Pollini u. a. Aber an der Kohut ging das Schicksal abgewandten Gesichts beharrlich vorüber. Das Schicksal will schließlich unparteiisch bleiben und sich nicht von einer feschen Larve täuschen lassen. Hübsch ist Erika nicht. Wollte sie hübsch sein, die Mutter hätte es ihr sofort verboten. Vergebens streckt Erika ihre Arme dem Schicksal entgegen, doch das Schicksal macht keine Pianistin aus ihr. Erika wird als Hobelspan zu Boden geschleudert. Erika weiß nicht, wie ihr geschieht, denn so gut wie die Großen ist sie schon lange.

Dann versagt Erika einmal bei einem wichtigen Abschlußkonzert der Musikakademie völlig, sie versagt vor den versammelten Angehörigen ihrer Konkurrenten und vor ihrer einzeln angetretenen Mutter, die ihr letztes Geld für Erikas Konzerttoilette ausgegeben hat. Nachher wird Erika von ihrer Mutter geohrfeigt, denn selbst musikalische Voll-Laien haben Erikas Versagen an ihrem Gesicht, wenn schon nicht an ihren Händen ablesen können. Erika hat zudem kein Stück für die breit sich dahinwälzende Masse gewählt, sondern einen Messiaen, eine Wahl, vor der die Mutter entschieden warnte. Das Kind kann sich auf diese Weise nicht in die Herzen dieser Masse schmug-

geln, welche die Mutter und das Kind immer schon verachtet haben, erstere, weil sie immer nur ein kleiner, unscheinbarer Teil jener Masse war, letztere, weil sie niemals ein kleiner, unscheinbarer Teil der Masse sein möchte.
Unter Schimpf taumelte Erika vom Podium, unter Schande empfängt sie ihre Adressatin, die Mutter. Auch ihre Lehrerin, eine ehemalige bekannte Pianistin, rügt Erika auf das heftigste wegen Konzentrationsmangels. Eine große Chance ist nicht genützt worden und kommt nie mehr zurück. Es wird bald ein Tag herannahen, da Erika von niemandem mehr beneidet wird und der Wunsch von niemand mehr ist.
Was bleibt ihr anderes übrig, als in das Lehrfach überzuwechseln. Ein harter Schritt für den Meisterpianisten, der sich plötzlich vor stammelnden Anfängern und seelenlosen Fortgeschrittenen wiederfindet. Konservatorien und Musikschulen, auch der private Musiklehrbereich, nehmen in Geduld vieles in sich auf, was eigentlich auf eine Müllkippe oder bestenfalls ein Fußballfeld gehörte. Viele junge Menschen treibt es immer noch, wie in alten Zeiten, zur Kunst, die meisten von ihnen werden von ihren Eltern dorthin getrieben, weil diese Eltern von Kunst nichts verstehen, gerade nur wissen, daß es sie gibt. Und darüber freuen sie sich so! Viele drängt die Kunst allerdings wieder von sich ab, denn es muß auch Grenzen geben. Die Grenze zwischen den Begabten und den Nichtbegabten zieht Erika besonders gern im Laufe ihrer Lehrtätigkeit, das Aussortieren entschädigt sie für vieles, ist sie doch selbst einmal als Bock von den Schafen geschieden worden. Erikas Schüler und Schülerinnen sind gröbstens aus allen möglichen Sorten zusammengemischt, und keiner hat sie vorher auch nur andeutungsweise abgeschmeckt. Nur selten ist eine rote Rose darunter. Manchen entreißt Erika schon im ersten Lehrjahr mit Erfolg die eine oder andere Clementi-Sonatine, während andere noch grunzend in den Czerny-Anfängeretüden herumwühlen und bei der Zwischenprüfung abgekoppelt werden, weil sie absolut kein Blatt und kein Korn finden wollen, während ihre Eltern fest glauben, bald werden ihre Kinder Pastete essen.

Erikas gemischte Freude sind die tüchtigen Fortgeschrittenen, die sich Mühe geben. Ihnen entringen sich Schubert-Sonaten, Schumanns Kreisleriana, Beethoven-Sonaten, jene Höhepunkte im Klavierschülerleben. Das Arbeitsgerät, der Bösendorfer, sondert intrikates Mischgewebe ab, und daneben steht der Lehrer-Bösendorfer, den nur Erika bespielen darf, es sei denn, man übt etwas für zwei Klaviere ein.
Nach jeweils drei Jahren muß der Klavierschüler in die nächsthöhere Stufe eintreten, zu diesem Zweck besteht er eine Übertrittsprüfung. Die meiste Arbeit mit dieser Prüfung hat Erika, die den trägen Schülermotor durch heftigeres Gasgeben auf höhere Touren schrauben muß. Manchmal springt der so Bearbeitete nicht richtig an, weil er lieber etwas ganz anderes täte, das mit Musik nur insofern zu tun hat, als er Worte wie Musik in das Ohr eines Mädchens träufelt. So etwas sieht Erika nicht gern und unterbindet sie, wenn sie kann. Oft predigt Erika vor der Prüfung, daß ein Danebengreifen weniger schädlich sei, als das Ganze im falschen Geist wiederzugeben, der dem Werk nicht gerecht wird; sie predigt tauben Ohren, die sich vor Angst verschließen. Denn für viele ihrer Schüler ist Musik der Aufstieg aus den Tiefen der Arbeiterschaft in die Höhen künstlerischer Sauberkeit. Sie werden später ebenfalls Klavierlehrer und Klavierlehrerinnen. Sie fürchten, daß bei der Prüfung ihre angstgedopten, schweißnassen Finger, vom rascheren Pulsschlag angetrieben, auf das falsche Tastenbrett rutschen. Da kann Erika von Interpretation reden, soviel sie will, sie wollen es nur bis zum Ende richtig durchspielen können.
Erikas Gedanken wenden sich erfreut Herrn Walter Klemmer zu, einem hübschen blonden Burschen, der neuerdings als erster in der Früh kommt und abends als letzter geht. Er ist ein fleißiges Lieschen, muß Erika zugeben. Er ist Student an der Technik, wo er den Strom und seine wohltätigen Eigenschaften studiert. Er wartet in letzter Zeit sämtliche Schüler ab, und zwar vom ersten zögernden Fingerübungspicken bis zum letzten Kracks von Chopins Phantasie f-Moll, op. 49. Er sieht aus, als habe er sehr viel überflüssige Zeit, was bei einem Studenten in

der Endphase seines Studiums unwahrscheinlich ist. Erika fragt ihn eines Tages, ob er nicht lieber den Schönberg ausüben wolle, anstatt hier unproduktiv herumzusitzen. Ob er nichts fürs Studium zu lernen habe? Keine Vorlesungen, Übungen, nichts? Sie erfährt von Semesterferien, an die sie nicht gedacht hat, obwohl sie viele Studenten unterrichtet. Die Klavierferien decken sich nicht mit den Universitätsferien, strenggenommen gibt es von der Kunst niemals Urlaub, sie verfolgt einen überall hin, und dem Künstler ist das nur recht.

Erika wundert sich: wieso kommen Sie denn immer schon so früh, Herr Klemmer? Wenn man, wie Sie, Schönbergs 33b studiert, kann man doch unmöglich am Liederbuch Frohes Singen, frohes Klingen Gefallen finden. Warum hören Sie also zu? Der emsige Klemmer lügt, daß man überall und immer von etwas profitieren kann, und sei es auch nur wenig. Aus allem läßt sich eine Lehre ziehen, sagt dieser Schwindler, der nichts Besseres vorhat. Er gibt an, daß selbst vom Kleinsten und Geringsten seiner Brüder noch unter den Umständen der Wißbegier etwas haftenbleiben kann. Nur muß man es bald überwinden, um weiterzukommen. Beim Kleinsten und Geringsten darf der Schüler nicht verharren, sonst greifen seine Vorgesetzten ein.

Außerdem hört der junge Mann seiner Lehrerin gerne zu, wenn sie etwas vorspielt, und sei es nur mit Singsang und Klingklang fallera oder die H-Dur-Tonleiter. Erika sagt, machen Sie Ihrer alten Klavierlehrerin keine Komplimente, Herr Klemmer, welcher antwortet, von alt kann keine Rede sein und auch Kompliment stimmt nicht, denn es ist meine vollste und ehrlichste innerste Überzeugung! Manchmal erbittet sich dieser hübsche Bursch die Gunst, etwas zusätzlich zu seinem Pensum dazuüben zu dürfen, weil er übereifrig ist. Er sieht seine Lehrerin erwartungsvoll an und wartet auf Winke. Er lauert auf einen Fingerzeig. Die Lehrerin, die auf ihrem hohen Roß sitzt, dämpft den jungen Mann ab, indem sie in bezug auf den Schönberg spitz sagt: so gut können Sie ihn wieder auch noch nicht. Wie gern überläßt der Schüler sich einer solchen Lehrkraft, selbst wenn sie auf ihn herabblickt, wobei sie die Zügel fest in der Hand behält.

Mir scheint gar, dieser fesche Kerl ist in dich verliebt, ätzt die Mutter schlechtlaunig, als sie Erika wieder einmal vom Konservatorium abholt, damit die Damen einen Spaziergang, eingehängt ineinander und kompliziert miteinander verwoben, durch die Innenstadt unternehmen können. Das Wetter spielt mit, wie die Damen dirigieren. In den Auslagen gibt es viel zu sehen, was Erika unter keinen Umständen sehen soll, aus diesem Grund ist die Mutter sie schließlich abholen gekommen. Elegante Schuhe, Taschen, Hüte, Schmuck. Die Mutter lenkt Erika daher auf einen Umweg und spiegelt die falsche Tatsache vor, daß wir heute einen Umweg machen wegen schönen Wetters. In den Parks blüht alles bereits, vor allem Rosen und Tulpen, die ihre Kleider auch nicht gekauft haben. Die Mutter spricht zu Erika von natürlicher Schönheit, welche keinen künstlichen Aufputz benötigt. Sie ist von alleine schön, Erika, was auch du bist. Wozu der ganze Tand?

Schon winkt der achte Bezirk mit warmer Heimatnotdurft, im Stall frisches Heu. Die Mutter atmet auf, sie bugsiert die Tochter, vorbei an Boutiquen, in die Einflugschneise der Josefstädterstraße. Die Mutter freut sich, daß der Spaziergang auch diesmal nicht mehr gekostet hat als ihre Schuhsohlen. Besser abgetretene Sohlen, als daß sich einer an den Damen Kohut die Schuhe abputzt.

Dieser Wohnbezirk ist, was seine engere Bevölkerung betrifft, ziemlich überaltert. Vor allem alte Frauen. Zum Glück hat diese eine alte Frau, die Mutter Kohut, ein jüngeres Anhängsel ergattert, auf das sie stolz sein kann und das für sie sorgen wird, bis der Tod sie scheidet. Nur der Tod kann die beiden trennen, und er steht auf dem Kofferanhänger Erika als Zielhafen angegeben. Manchmal kommt in diesem Bezirk eine Mordserie vor, und ein paar alte Weiberln sterben in ihren mit Altpapier völlig zugewachsenen Fuchsbauten. Wo ihre Sparbücher geblieben sind, weiß nur Gott allein, und der feige Mörder weiß es auch, der unter der Matratze nachgeschaut hat. Der Schmuck, das bißchen

Schmuck, ist ebenfalls weg. Und der einzige Sohn, Vertreter für Eßbestecke, kriegt nichts. Der achte Wiener Gemeindebezirk ist ein beliebtes Viertel, was das Morden angeht. Es ist nie schwer auszukundschaften, wo eine dieser alten Damen wohnt. Faktisch wohnt zum Gespött der Mitmieter in jedem Haus mindestens ein so ein altes Muatterl und öffnet brav dem Gaskassier, der sich falsch als Amtsperson legitimiert. Sie sind schon oft gewarnt worden, aber immer noch öffnen sie ihr Herz und ihre Tür, denn sie sind einsame Menschen. So spricht die alte Frau Kohut zum Fräulein Kohut, um diese davon abzuschrecken, ihre Mutter je allein zu lassen.
Ansonsten kleine Beamte und ruhige Angestellte. Wenig Kinder. Die Kastanien blühen und im Prater wieder die Bäume. Im Wienerwald grünt schon der Wein. Leider müssen die Kohuts alle Träume fahrenlassen, es sich einmal gründlich anzuschauen, denn sie haben kein Auto.

Aber sie fahren öfter mit der Straßenbahn zu einer sorgfältig ausgesuchten Endstelle, wo sie mit allen anderen gemeinsam aussteigen und froh dahinwandern. Mutter und Tochter, äußerlich Charley Frankensteins Tollen Tanten gleichend, die Rucksäcke auf dem Rücken. Das heißt, nur die Tochter trägt einen Rucksack, welcher auch die wenigen Habseligkeiten der Mutter schützt und vor Neugierigen verbirgt. Haferlschuhe mit Festen Sohlen. Regenschutz wird nicht vergessen, wie der Wanderführer mahnt. Vorsorge ist besser als das Nachsehen zu haben. Die beiden Damen schreiten rüstig fürbaß. Ein Lied singen sie nicht, weil sie, die von Musik etwas verstehen, die Musik nicht mit ihrem Gesang schänden wollen. Es sei wie zu Eichendorffs Zeiten, trällert die Mutter, denn auf den Geist, auf die Einstellung zur Natur komme es an! Nicht auf die Natur selber. Diesen Geist besitzen die beiden Damen, denn sie vermögen sich an Natur zu erfreuen, wo immer sie ihrer ansichtig werden. Kommt ein rieselndes Bächlein daher, wird daraus auf der Stelle frisches Wasser getrunken. Hoffentlich hat kein Reh hineingepißt. Kommt ein dicker Baumstamm oder ein dichtes Untergehölz, dann kann man

selbst hinpissen, und der jeweils andere paßt auf, daß keiner kommt und frech zuschaut.
Bei diesem Tun tanken die beiden Kohuts Energie für eine neue Arbeitswoche, in der die Mutter wenig zu tun hat und der Tochter von Schülern das Blut ausgesogen wird. Hast dich recht herumärgern müssen, fragt die Mutter die verhinderte Pianistin Erika jeden Abend aufs neue. Nein, es geht schon, antwortet die Tochter, die noch Hoffnung hat, welche nun langatmig von der Mutter zerpflückt wird. Die Mutter beklagt sich über mangelnden Ehrgeiz des Kindes. Das Kind hört diese falschen Töne nun seit über dreißig Jahren. Die Tochter, die Hoffnung heuchelt, weiß, daß alles, was jetzt noch nachkommen kann, der Professorentitel ist, von welchem sie bereits jetzt Gebrauch macht und welchen der Herr Bundespräsident verleiht. In einer schlichten Feier für langjährige Dienste. Irgendwann, so fern ist es gar nicht mehr, kommt die Pensionierung. Die Gemeinde Wien ist großzügig, doch in einen künstlerischen Beruf schlägt der offizielle Ruhestand ein wie ein Blitz. Wen es trifft, den trifft es. Die Gemeinde Wien beendet brutal die Weitergabe von Kunst von einer Generation an die andere. Die beiden Damen sagen, wie sehr sie sich schon auf Erikas Pensionierung freuen! Sie hegen zahlreiche Pläne für diesen Zeitpunkt. Bis dahin ist die Eigentumswohnung längst voll eingerichtet und abgezahlt. Man hat dann zusätzlich noch ein Grundstück in Niederösterreich erworben, wo man bauen kann. Ein Häuschen soll es sein, für die Damen Kohut ganz allein. Wer plant, gewinnt. Wer vorsorgt, hat in der Not. Die Mutter wird bis dahin an die hundert sein, aber sicher noch rüstig.
Das Wienerwaldlaub flammt am Abhang hell auf unter der Sonneneinwirkung.
Hier und dort wagen sich Frühlingsblumen hervor, sie werden von Mutter und Tochter abgepflückt und eingesackt. Recht geschieht ihnen. Vorwitz wird bestraft, dafür steht Frau Kohut senior gerade. Sie passen einfach zu gut in die hellgrüne Kugelvase aus Gmunden, gelt Erika, diese Blümelein.

Die Pubertärin lebt in dem Reservat der Dauerschonzeit. Sie wird vor Einflüssen bewahrt und Versuchungen nicht ausgesetzt. Die Schonzeit gilt nicht für die Arbeit, nur für das Vergnügen. Mutter und Oma, die Frauenbrigade, steht Gewehr bei Fuß, um sie vor dem männlichen Jäger, der draußen lauert, abzuschirmen und den Jäger notfalls handgreiflich zu verwarnen. Die beiden älteren Frauen mit ihren zugewachsenen verdorrten Geschlechtsteilen werfen sich vor jeden Mann, damit er zu ihrem Kitz nicht eindringen kann. Dem Jungtier sollen nicht Liebe, nicht Lust etwas anhaben können. Die kieselsäurig erstarrten Schamlippen der beiden Altfrauen schnappen unter trockenem Rasseln wie die Zangen eines sterbenden Hirschkäfers, doch nichts gerät in ihre Fänge. So halten sie sich an das junge Fleisch ihrer Tochter und Enkelin und reißen es langsam in Stücke, während ihre Panzer vor dem jungen Blut wachen, damit kein anderer kommt und es vergiftet. Sie haben im weiten Umkreis Späher unter Vertrag, die das Betragen des weiblichen Kindes außerhalb seines Hauses ausspionieren und bei einem Schalerl Kaffee vor den weiblichen Erziehungsberechtigten gemütlich auspacken. Sie berichten alles, dazu gibt es selbstgebackenen Kuchen. Dann sagen die Kundschafterinnen, was sie beim alten Stauwehr gesehen haben: das kostbare Kind mit einem Studenten aus Graz! Das Kind wird jetzt nicht mehr aus der häuslichen Umhüllung herausgelassen, bis es sich gebessert hat und dem Mann abschwört.

Das eigene Bauernhaus blickt in ein Tal herunter, in dem die Spioninnen wohnen, und diese blicken aus Gewohnheit mit Feldstechern zurück. Sie denken nicht daran, vor ihrer eigenen Türe zu kehren, und vernachlässigen ihre Hauswirtschaft, wenn die Bewohner aus der Hauptstadt endlich eintreffen, weil es Sommer geworden ist. Ein Bach rieselt durch eine Wiese. Ein großer Haselnußstrauch beendet den Lauf des Baches abrupt für das Auge des Beschauers, unsichtbar fließt der Bach jenseits des Busches in die Wiese des Nachbarbauern hinein. Links vom Haus steigt eine Bergwiese steil in die Höhe und endet in einem Wald, von dem einem nur ein Stück gehört, der Rest dem Staat.

Ringsherum engen dichte Nadelwälder die Aussicht stark ein, doch was der Nachbar treibt, sieht man genau, und auch dieser sieht, was man selber treibt. Auf Wegen gehen Kühe auf die Weide. Hinten links ein aufgelassener Kohlenmeiler, hinten rechts eine Schonung, ein Erdbeerschlag. Senkrecht oben Wolken, Vögel, auch Habichte und Bussarde.

Der Habicht Mutter und der Bussard Omutter verbieten dem ihnen anvertrauten Kind das Verlassen des Horstes. In dicken Scheiben schneiden sie IHR das Leben ab, und die Nachbarinnen schnippeln schon an einer Ehrabschneidung herum. Jede Schichte, in der sich etwas Leben regt, wird als verfault erkannt und weggesäbelt. Zuviel Herumflanieren schadet dem Musikstudieren. Unten, beim Wehr, spritzeln junge Männer herum, dorthin zieht es SIE. Die lachen laut und tauchen untereinander weg. Dort könnte SIE brillieren unter Landpomeranzen. Auf das Brillieren ist sie dressiert worden. Sie bekommt eingelernt, daß sie die Sonne ist, um die sich alles dreht, nur stillezustehen hat sie, dann kommen eilends die Trabanten und beten sie an. Sie weiß: sie ist besser, weil man ihr das immer sagt. Überprüfen will man es aber lieber nicht.

Widerwillig ruckt endlich die Geige ans Kinn, von einem widerstrebenden Arm hochgehievt. Draußen lacht die Sonne und lockt zum Bad. Die Sonne lockt, daß man sich vor anderen auszieht, was von den Altfrauen im Haus verboten worden ist. Die linken Finger drücken die schmerzenden Stahlsaiten auf das Griffbrett hinab. Der gefolterte Geist Mozarts entringt sich ächzend und unter Würgen dem Instrumentenkörper. Der Geist Mozarts schreit aus einer Hölle hervor, weil die Spielerin nichts empfindet, sie muß aber unablässig Töne hervorlocken. Kreischend und knurrend entfliehen die Töne dem Instrument. Kritik braucht SIE nicht zu fürchten, die Hauptsache ist, daß etwas erklingt, denn das ist das Zeichen dafür, daß das Kind über die Tonleiter in höhere Sphären aufgestiegen und der Körper als tote Hülle untengeblieben ist. Die abgestreifte Körperhülse der Tochter wird sorgfältig nach den Spuren männlicher Benützung abgeklopft und dann energisch ausgeschüttelt.

Frisch kann sie nach dem Spiel wieder übergestreift werden, schön trocken und raschelnd steif gestärkt. Fühllos und keinem zum Fühlen preisgegeben.
Die Mutter macht eine spitze Bemerkung, daß SIE, ließe man es ihr ohne weiteres durchgehen, für einen jungen Mann sicher mehr Eifer an den Tag legte als für das Klavierspiel. Dieses Klavier hier muß jedes Jahr neu gestimmt werden, denn in diesem rauhen Alpenklima läßt es die beste Stimmung gleich wieder unter sich. Der Stimmer kommt aus Wien angereist, mit der Bahn, und keucht den Berg hinan, wo einige Irre behaupten, einen Flügel hingestellt zu haben, auf tausend Meter Seehöhe! Der Stimmer prophezeit, daß dieses Gerät bestenfalls noch ein, zwei Jahre beackert werden kann, dann haben es der Rost und die Fäulnis und der Schimmelpilz im Verein traulich aufgefressen. Die Mutter achtet auf gute Stimmung des Instruments, und auch an den Wirbeln der Tochter dreht sie unaufhörlich herum, nicht besorgt um die Stimmung des Kindes, sondern allein um ihren mütterlichen Einfluß auf dieses störrische, leicht verbildbare, lebendige Instrument.
Die Mutter besteht darauf, daß die Fenster beim sogenannten «Konzertgeben», jener süßen Belohnung für braves Üben, stets weit geöffnet sind, damit die Nachbarn ebenfalls in den Genuß süßer Weisen gelangen. Mutter und Omutter stehen, mit dem Fernglas bewaffnet, hoch droben und beobachten, ob die Nachbarbäuerin samt Verwandtschaft auch ruhig und diszipliniert vor ihrer Kate auf dem Hausbankerl sitzt und ordentlich lauscht. Die Nachbarin will Milch, Topfen, Butter, Eier und Gemüse verkaufen und muß sich daher zum Zuhören vor das Haus begeben. Die Großmutter lobt, daß die alte Nachbarin endlich Muße hat, die Hände in den Schoß zu legen und auf Töne zu hören. Darauf hat sie ihr Leben lang gewartet. Im Alter hat sie es erreicht. Gar so schön war es wieder. Die Sommergäste scheinen ebenfalls daneben zu sitzen und auf den Brahms zu horchen. Sie bekommen, tönt die Mutter fröhlich, garantiert echte frische Musik zu ihrer garantiert echten kuhwarmen Milch dazugeliefert. Heute wird der Bäuerin und ihren Gästen der

frisch ins Kind eingepflanzte Chopin vorgetragen. Die Mutter mahnt, daß das Kind schön laut spielen soll, denn die Nachbarin wird langsam ein wenig taub. Die Nachbarn hören also eine neue Melodie, die sie bisher noch nicht kannten. Noch oft werden sie sie hören dürfen, bis sie das Stück im Dunkeln wiedererkennen würden. Wir machen die Tür auch noch auf, damit sie besser hören. Der schmutzige Schwall Klassik schwappt durch sämtliche Öffnungen des Hauses und ergießt sich über die Hänge ins Tal hinab. Es wird den Nachbarn sein, als stünden sie dicht daneben. Sie müssen nur den Mund aufmachen, schon fließt ihnen die warme Molke Chopins ins Maul. Und später noch der Brahms, dieser Musiker der Unbefriedigten, speziell der Frau.

Sie sammelt kurz alle Energie, spannt ihre Flügel an und wirft sich dann jäh vorwärts, den Tasten entgegen, die ihr zurasen wie die Erde bei einem Flugzeugabsturz. Jeden Ton, den sie nicht im ersten Anlauf erwischt, läßt sie einfach aus. Mit dieser subtilen Rache an ihren musikalisch ungebildeten Peinigerinnen, dem Auslassen von Tönen, verschafft sie sich einen winzigen Kitzel der Befriedigung. Ein ausgelassener Ton wird von keinem Laien wahrgenommen, doch ein falsch ausgespielter reißt die Sommerfrischler grob aus den Liegestühlen. Was kommt dort von der Höh? Jedes Jahr bezahlen sie der Bäuerin teuer die ländliche Stille, und nun dröhnt lautes Musikspiel vom Hügel.

Die beiden Giftmütter belauschen ihr Opfer, das sie schon fast ganz ausgesogen haben, diese Kreuzspinnen. In ihren Dirndlkleidern mit ihren blumigen Schürzen darüber. Selbst ihre Kleider schonen sie mehr als die Gefühle ihrer Gefangenen. Sie sonnen sich jetzt schon in ihren eigenen Prahlereien, wie bescheiden das Kind geblieben sein wird, obzwar es eine weltumspannende Karriere gemacht hat. Das Kind und Enkelkind wird vorläufig der Welt vorenthalten, damit es später einmal nicht mehr Mutti und Omi gehört, sondern dieser Welt im gesamten. Sie raten der Welt zur Geduld, das Kind wird ihr erst später anvertraut werden können.

Soviel Publikum hast du heute wieder! Schau nur, mindestens

sieben Menschen in bunt gestreiften Strecksesseln. Es ist eine Bewährungsprobe. Doch als das Brahmsabasieren endlich beendet ist, was müssen sie hören? Es erschallt, gleichsam als unfeiner Nachklang auf das soeben Gehörte, ein brüllender Lachanfall aus den Kehlen dieser Sommerfrischlinge unten. Worüber lachen sie so geistlos? Haben sie keine Ehrfurcht? Mutter und Tochter schreiten, bewaffnet mit Milchkannen, in die Tiefe, um im Namen von Brahms einen Rachefeldzug wegen Lachens zu führen. Die Sommergäste beschweren sich bei dieser Gelegenheit über Lärm, der die Natur aufgestört hat. Die Mutter erwidert messerscharf, daß in Schuberts Sonaten mehr Friede des Waldes herrsche als im Frieden des Waldes selber. Nur verstehen sie es nicht. Hochmütig und abgewandten Gesichts ersteigt die Mutter samt Landbutter und Leibesfrucht wieder ihren einsamen Berg. Stolz geht die Tochter und trägt ihre Milchkanne. Erst am nächsten Abend werden sich die beiden wieder öffentlich zeigen. Die Sommergäste sprechen noch lange über ihr Hobby: das Bauernschnapsen.
SIE fühlt sich von allem ausgeschlossen, weil sie von allem ausgeschlossen wird. Andere gehen weiter, steigen sogar über sie hinweg. Ein solch kleines Hindernis nur erscheint sie. Der Wanderer geht, doch sie bleibt, wie ein fettiges Butterbrotpapier, auf dem Weg liegen, weht höchstens ein wenig im Wind. Das Papier kann nicht weit fort, es verrottet an Ort und Stelle. Dieses Verrotten nimmt Jahre in Anspruch, Jahre ohne Abwechslung.
Zur Abwechslung ist ihr Cousin zu Besuch gekommen und erfüllt das Haus mit seinem regen Leben. Nicht genug damit, er bringt auch noch Leben mit, fremdes Leben, das er anzieht wie das Licht Flugungeziefer. Der Cousin studiert Medizin und zieht dörfliche Jugend mittels prahlerischer Lebendigkeit und sportlicher Kenntnisse herbei. Er erzählt einen Medizinerwitz, wenn ihm danach zumute ist, und wird Burschi genannt, weil er ein Bursch ist, der Spaß versteht. Wie ein Fels ragt er aus der kochenden Brandung von Landjugend rings um ihn her, die ihm alles nachmachen will. Plötzlich ist Leben in das Haus

eingekehrt, denn ein Mann bringt doch immer Leben ins Haus. Nachsichtig lächelnd, doch voll Stolz blicken die Frauen des Hauses auf den jungen Mann, der sich austoben muß. Sie warnen ihn nur vor weiblichen Nattern, die sich eine spätere Heirat versprechen könnten. Dieser junge Mann tobt sich am liebsten im Angesicht der Öffentlichkeit aus, er benötigt Publikum und erhält es auch. Sogar IHRE strenge Mutter lächelt. Der Mann muß schließlich hinaus ins feindliche Leben, doch die Tochter muß derweil streben, sich an Musik überheben.

Der Burschi trägt am liebsten ein sehr knappes Badehöschen und bevorzugt, was Mädchen betrifft, einen möglichst knappen Bikini, der neu in der Mode der Epoche ist. Mit seinen Freunden legt er gemeinsam ein Zentimetermaß an das, was ein Mädchen ihm zu bieten hat, und spottet über das, was es nicht bietet. Mit den Dorfmädchen spielt der Burschi Federball. Er bemüht sich sehr, die Mädchen in diese Kunst einzuweihen, für die man in erster Linie Konzentration braucht. Er führt den Mädchen gern die Hand mit dem Schläger, während sich das Mädchen in seinem knappen Bikini schämt. Diesen Badeanzug hat es sich vom Lohn als Verkäuferin abgespart. Das Mädchen möchte einen Arzt heiraten und zeigt Figur, damit der künftige Arzt weiß, was er bekommt. Er braucht nicht die Katze im Sack zu kaufen. Das Genital vom Burschi ist nur notdürftig in ein Säckchen hineingezwängt worden, das an zwei Schnüren angenäht ist, welche über die Hüften laufen und seitlich zu je einer Schleife verknüpft sind, links und rechts. Nachlässig, denn er nimmt es damit nicht so genau. Manchmal gehen die Schnüre auf, und der Burschi muß sie neu binden. Es ist eine Minibadehose.

Am liebsten jedoch führt der junge Mann hier auf dem Berg, wo er noch Bewunderung zu ernten vermag, seine neuesten Ringerkunststücke vor. Auch ein paar komplizierte Judogriffe beherrscht er. Oft zeigt er ein neues Kunststück. Diesen Griffen kann kein Laie, der ahnungslos ist in dieser Sportart, widerstehen und geht rasch zu Boden. Heulendes Gelächter stößt aus den Mündern hervor, und der zu Fall Gebrachte lacht gutmütig mit, um sich nicht dem Gespött auszusetzen. Die Mädchen kugeln um den Burschi herum wie reife Früchte, die vom Baum gefallen sind. Er braucht sie nur noch aufzuheben und zu verspeisen, dieser junge Sportler. Die Mädchen kreischen hell auf, sich dabei sorgsam aus den Augenwinkeln heraus beobachtend und Platzvorteile nutzend. Sie kollern Hügel hinab und kichern, sie fliegen in den Kies oder in Disteln und kreischen. Über ihnen steht der junge Mann und triumphiert. Er nimmt das Mädchen, welches sich anbietet, bei den Handgelenken und drückt und drückt. Er wendet eine geheime Hebelwirkung an, man sieht nicht genau wie, aber gezwungen von seiner überlegenen Kraft und einem schmutzigen Trick, sinkt die Versuchsperson in die Knie, hin zu Burschis Füßen. Halb zog er sie, halb sank sie hin. Wer könnte dem jungen Studenten widerstehen? Hat er besonders gute Laune, darf das Mädchen, das vor ihm am Erdboden krabbelt, ihm auch noch die Füße küssen, denn vorher läßt der Burschi nicht los. Die Füße werden geküßt, und das willige Opfer hofft dabei auf weitere Küsse, die süßer sind, weil sie dann heimlich gegeben und genommen werden.

Das Sonnenlicht spielt mit den Köpfen; aus dem kleinen Planschbecken wird Wasser hoch emporgeschleudert und blitzt. SIE übt Klavier und ignoriert die Salven von Gelächter, die stoßweise emporschießen. IHRE Mutter hat dringend empfohlen, nicht darauf zu achten. Die Mutter steht auf den Verandastufen und lacht, sie lacht und hält einen Teller mit Bäckerei in der Hand. Die Mutter sagt, daß man nur einmal jung ist, doch bei dem Gekreisch versteht sie niemand.

Mit einem Ohr ist SIE stets bei dem Lärm draußen, den ihr Cousin mit den Mädchen veranstaltet. Sie lauscht darauf, wie er seine gesunden Zähne in die Zeit gräbt, sie mit Appetit verschlingend. IHR selbst wird die Zeit jede Sekunde schmerzlicher bewußt, wie ein Uhrwerk ticken ihre Finger die Sekunden in die Tasten. Die Fenster zu dem Zimmer, in dem sie übt, sind vergittert. Der Gitterschatten ein Kreuz, das dem bunten Treiben draußen vorgehalten wird wie einem Vampir, der Blut saugen möchte.

Hineinstürzt sich jetzt zur verdienten Abkühlung der junge Mann ins Becken. Das Wasser ist frisch eingelassen, es ist eiskaltes Brunnenwasser, nur der Mutige, dem die Welt gehört, wagt sich in dieses Naß. Lustig prustend wie ein Walfisch kommt der Burschi an der Oberfläche wieder zum Vorschein. SIE bemerkt es, ohne es zu sehen. Unter lauten Bravorufen werfen sich die frischgebackenen Freundinnen des künftigen Arztes, soviele hineingehen, flugs dazu. Ist das ein Gespritze und ein Gewühl. Sie machen dem Burschi immer alles nach, lacht die Mutter. Sie ist nachsichtig. Auch die alte Omama, die SIE sich mit dem Cousin teilt, kommt herbeigeeilt, um einem Studentenschabernack zuzuschauen. Die uralte Oma wird auch angespritzt, weil dem Burschi nichts heilig ist, nicht einmal das Alter. Doch es wird über das männliche, lebhafte Enkelkind gelacht. Die Mutter macht einen vernünftigen Einwand, weil der Burschi sich vorher nicht langsam die Herzgrube abgekühlt hat, muß aber letzten Endes noch viel heftiger lachen als die anderen, wider Willen; es schüttelt sie, es zuckt in ihr vor Lachstößen, als Burschi täuschend lebensecht einen Seehund imitiert. In der Mutter zuckt und stößt es, als würden Glaskugeln in ihrem Innern herumgeschleudert. Der Burschi geht jetzt so weit, einen alten Ball in die Luft zu schleudern und mit der Nase wieder aufzufangen, doch auch das Jonglieren will geübt sein. Alles biegt sich vor Lachen, es regt und bewegt sich vor lauter Lachen, Tränen rinnen. Jemand jodelt laut. Einer jauchzt, wie man es in den Bergen tut. Gleich gibt es Mittagessen. Besser sich vorher abkühlen als gleich nachher, wenn es gefährlich ist.

Der letzte Klavierton verstummt, verhallt, IHRE Sehnen lockern sich, der Wecker, von der Mutter persönlich eingestellt, hat geklingelt. Sie springt mitten im Satz hoch und läuft voll komplizierter Jugendgefühle hinaus, um eventuell noch einen letzten kleinen Teil des allgemeinen Singens und Springens mitzukriegen. Gebührend wird die Cousine draußen empfangen. Hast schon wieder so lang üben müssen? Die Mutter soll sie doch in Ruhe lassen, weil Ferien sind. Die Mutter erbittet sich keinen schlechten Einfluß auf ihr Kind. Der Bur-

schi, Nichtraucher und Nichttrinker, faßt mit seinen Zähnen ein Wurstbrot. Obwohl das Essen gleich fertig ist, können die Damen des Hauses ihrem Liebling kein Brot abschlagen. Dann schüttet Burschi großzügig Himbeersirup, dessen Ausgangsmaterial selbst gepflückt wurde, in ein Halbliterglas, füllt es mit Brunnenwasser auf und gießt es sich in die Gurgel. Jetzt hat er eine neue Kraft geschöpft. Jetzt schlägt er sich mit der flachen Hand genießerisch auf den muskulösen Bauch. Er schlägt sich auch auf andere Muskeln. Die Mutter und die Großmutter können stundenlang über den gesegneten Appetit vom Burschi diskutieren. Sie überbieten sich gegenseitig mit einfallsreichen Nahrungsdetails, sie streiten den ganzen Tag, was der Burschi lieber ißt, Kalbs- oder Schweinsschnitzerl. Die Mutter fragt ihren Neffen, was das Studium macht, und der Neffe antwortet, daß er das Studium jetzt eine Weile vergessen möchte. Er will einmal richtig jung sein und sich austoben. Irgendwann wird er dann von sich behaupten, seine Jugendzeit läge weit.
Der Burschi faßt SIE ins Auge und rät ihr, ein bißchen zu lachen. Warum ist SIE so ernst? Ihr wird zu Sport geraten, der zu Gelächter Anlaß gibt und allgemein sich günstig auswirken kann. Der Cousin lacht aus Sportsfreude so laut auf, daß ihm Wurstbrottrümmer vom aufgespreizten Rachen davonfliegen. Er stöhnt vor Wonne. Er streckt sich so richtig. Er taumelt um sich selbst herum wie ein Kreisel und wirft sich in die Wiese, als wäre er tot. Gleich springt er aber wieder auf, keine Angst. Jetzt ist nämlich der Zeitpunkt gekommen, der kleinen Cousine, die man aufheitern möchte, den patentierten Ringergriff vorzuführen. Die Cousine wird damit erfreut, die Tante geärgert.
Sausend abwärts geht für SIE schon die Fahrt, lebewohl. Reise ohne Wiederkehr. Sie sinkt an ihrer Längsachse zusammen, ab geht die Post und abwärts der Lift; rasend schnell schießen die Bäume, das kleine Treppengeländer mit der wilden Rosenhecke, die Umstehenden an ihren Augen vorüber, verschwinden aus dem Blickfeld. Nach oben jählings gezogen. Zusammengestaucht wird ihr Gerippe, die Brusthaare Burschis verlieren sich über ihrem Kopf, der Begrenzungsrand verschiebt sich, schon

kommen die Schnüre ins Augenbild, an denen sein Hodenpaket aufgehängt ist. Unerbittlich taucht gleich darauf der kleine rote Mount Everest auf, in Großaufnahme darunter die langen hellen Flaumhaare der Oberschenkel. Jäh hält der Aufzug an. Erdgeschoß. Irgendwo hinten an ihrem Rücken knacken ihre Knochen unsanft, quietschen Scharniere, so fest wurden sie plötzlich zusammengedrückt. Und schon kniet sie da, hurra. Es ist dem Burschi wieder einmal gelungen, ein Mädchen zu überrumpeln. Sie kniet da vor ihrem Cousin auf Sommerferien, dieses eine Ferienkind vor dem anderen Ferienkind. Ein leichter Firnis von Tränen glänzt auf IHREM Gesicht, das sie hebt, um in eine Lachmaske zu blicken, die fast aus den Nähten birst. Dieser Schlingel hat sie richtig drangekriegt und freut sich seines Sieges sehr. Sie wird in den Almboden hineingepreßt. Die Mutter erhebt einen Ruf, wie ihr Kind vor der Dorfjugend behandelt wird, diese begabte Tochter, die alle bewundern.
Das rote Päckchen voll Geschlecht gerät ins Schlingern, es kreiselt verführerisch vor IHREN Augen. Es gehört einem Verführer, dem keine widersteht. Daranlehnt sie für einen kurzen Augenblick nur ihre Wange. Weiß selbst nicht, wieso. Sie will es nur einmal spüren, sie will diese glitzernde Christbaumkugel nur ein einziges Mal mit den Lippen berühren. Einen Augenblick ist SIE die Empfängerin dieses Pakets. SIE streift mit den Lippen darüber hin oder war es mit dem Kinn? Es war wider die eigene freie Absicht. Der Burschi weiß nicht, daß er eine Steinlawine losgetreten hat bei seiner Cousine. Sie schaut und schaut. Das Päckchen ist ihr wie ein Präparat unter dem Mikroskop zurechtgelegt worden. Dieser Augenblick soll bitte verweilen, er ist so schön.

Keiner hat etwas bemerkt, alle haben sich um Eßwaren geschart. Der Burschi gibt SIE sofort frei und wippt einen Schritt zurück. Umständehalber entfällt heute das Fußküssen, das die Übung sonst meist abschließt. Er federt ein wenig, um sich aufzulockern, hüpft verlegen ein wenig aus dem Stand in die Luft und hetzt in Weitsprüngen auflachend davon. Die Wiese verschluckt ihn, die Damen rufen zur Essenszeit.

Burschi ist davongeflogen, er ist aus dem Nest gesprungen. Er sagt nichts. Gleich wird er ganz verschwunden sein, und ein paar männliche Kameraden rasen gefällig hinterdrein. Ab geht die wilde Jagd. Burschi wird wegen Tollerei in Abwesenheit von der Mutter mild verurteilt. Die Mutter hat unter Mühen gekocht und steht jetzt damit im Regen.
Der Burschi findet sich erst viel später wieder ein. Abendstille schon überall, nur am Bach die Nachtigall. Alle spielen auf der Veranda Karten. Schmetterlinge umflattern halb bewußtlos die Petroleumlampe. SIE wird von keinem hellen Kreis angezogen. SIE sitzt allein in ihrem Zimmer, abgesondert von der Menge, die sie vergessen hat, weil sie so ein leichtes Gewicht ist. Sie drückt auf niemand. Aus einem vielschichtigen Paket wickelt sie sorgfältig eine Rasierklinge heraus. Die trägt sie immer bei sich, wohin sie sich auch wendet. Die Klinge lacht wie der Bräutigam der Braut entgegen. SIE prüft vorsichtig die Schneide, sie ist rasierklingenscharf. Dann drückt sie die Klinge mehrere Male tief in den Handrücken hinein, aber wieder nicht so tief, daß Sehnen verletzt würden. Es tut überhaupt nicht weh. Das Metall fräst sich hinein wie in Butter. Einen Augenblick klafft ein Sparkassen-Schlitz im vorher geschlossenen Gewebe, dann rast das mühsam gebändigte Blut hinter der Sperre hervor. Vier Schnitte sind es insgesamt. Dann ist es genug, sonst verblutet sie. Die Rasierklinge wird wieder abgewischt und verpackt. Die ganze Zeit rieselt und rinnt hellrotes Blut aus den Wunden heraus und verschmutzt alles auf seinem Lauf. Es rieselt warm und lautlos und nicht unangenehm. Es ist so stark flüssig. Es rinnt ohne Pause. Es färbt alles rot ein. Vier Schlitze, aus denen es pausenlos herausquillt. Auf dem Fußboden und auch schon auf dem Bettzeug vereinigen sich die vier kleinen Bächlein zum reißenden Strom. Folge nach nur meinen Tränen, nimmt dich bald das Bächlein auf. Eine kleine Lache bildet sich. Und es rinnt immer weiter. Es rinnt und rinnt und rinnt und rinnt.

Die wie immer adrette Lehrerin Erika verläßt ohne Bedauern für heute ihre musikalische Wirkungsstätte. Ihr unauffälliger Abgang wird begleitet von Horn- und Posaunenstößen sowie einem vereinzelten Geigentirili, die alle gemeinsam aus den Fenstern dringen. Zur Begleitung. Kaum beschwert Erika die Treppenstufen. Heute wartet die Mutter einmal nicht. Erika schlägt sofort zielstrebig einen Weg ein, den sie jetzt schon einige Male gegangen ist. Er führt nicht auf geradem Weg nach Hause, vielleicht lehnt ein prächtiger Wolf, ein böser Wolf, an einem ländlichen Telegrafenmast und stochert sich die Fleischreste seines letzten Opfers aus den Zähnen. Erika möchte einen Meilenstein setzen in ihr doch recht eingleisiges Leben und den Wolf mit Blicken einladen. Schon von fern wird sie ihn erblicken und ein Zerreißen von Stoff, ein Zerplatzen von Haut vernehmen. Es wird dann spät am Abend sein. Aus dem Nebel musikalischer Halbwahrheiten wird das Erlebnis herausragen. Strebsam setzt Erika die Füße.

Schluchten von Straßen tun sich auf und schließen sich wieder, weil Erika sich nicht entschließt, sie einzuschlagen. Sie blickt nur starr nach vorne, wenn ein Mann ihr zufällig mit dem Auge zublinkt. Er ist der Wolf nicht, und ihr Geschlecht flattert nicht auf, es verkorkt sich stählern. Wie eine große Taube ruckt Erika mit dem Kopf, so daß der Mann gleich weitergeht und sich nicht länger aufhält. Der Mann ist erschrocken über den Erdrutsch, den er losgetreten hat. Die Idee, diese Frau zu benützen oder zu beschützen, schlägt der Mann sich aus dem Kopf. Ihr Gesicht spitzt Erika arrogant; Nase, Mund, alles wird zu einem Richtungspfeil, der sich durch die Gegend pflügt und andeuten soll: es geht voran. Ein Rudel Jugendlicher macht eine abfällige Bemerkung über die Dame Erika. Sie wissen nicht, daß sie es mit einer Frau Professor zu tun haben, und erweisen keinen Respekt. Erikas karierter Faltenrock bedeckt genau die Knie, kein Millimeter drunter, keiner drüber. Dazu eine seidene Hemdbluse, die, was ihre Größe angeht, genau das Oberteil Erikas bedeckt. Die Notentasche wie immer unter dem Arm fixiert, ihr Reißverschluß

streng zugezogen. Erika hat alles an sich geschlossen, was da Verschlüsse hat.
Nehmen wir ein Stück die Straßenbahn, sie transportiert in die Vorstädte hinaus. Hier gilt die Streckenkarte nicht, und Erika muß einen eigenen Fahrschein lösen. Sonst fährt sie hier nie. Das sind Gegenden, die man nicht aufsucht, wenn man nicht muß. Auch die Schüler kommen nur selten von hier. Keine Musik hält sich hier länger, als eine Platte in der Musicbox braucht.
Kleine Eckbeiseln spucken schon ihr Licht auf den Gehsteig hinaus. In den Lampeninseln streitende Gruppen, denn jemand hat eine unzutreffende Behauptung aufgestellt. Erika muß vieles erblicken, was sie so nicht kennt. Hier und dort werden Mopeds angelassen oder schicken ihre knatternden Nadelstiche unerwartet plötzlich in die Lüfte. Dann entfernen sie sich eilig, als würden sie erwartet. Im Pfarrheim, wo bunter Abend ist, und wo man die Mopedfahrer sofort wieder entfernen will, weil sie einen Frieden stören. Meist sitzen zwei Personen auf dem kraftlosen Rad, um den Platz auszunützen. Nicht jeder kann ein Moped besitzen. Kleinstwagen werden hier draußen noch bis zum letzten Platz ausgefüllt. Oft sitzt eine Uroma stolz in der Verwandtschaft mittendrinnen und wird auf den Friedhof spazierengeführt.
Erika steigt aus. Sie geht von jetzt an zu Fuß weiter. Sie schaut nicht links und nicht rechts. Angestellte verriegeln die Tore eines Supermarkts, davor die letzten sanft pulsierenden Motore von Hausfrauengesprächen. Ein Diskant setzt sich gegen einen Bariton durch, daß die Weintrauben recht verschimmelt waren. Die untersten im Plastikkorb hat es am meisten betroffen. Deswegen hat man sie heute auch nicht mehr gekauft, was man lautstark scheppernd vor den anderen ausbreitet, ein Haufen Abfall aus Klagen und Zorn. Eine Kassiererin ringt hinter den versperrten Glastüren mit ihrem Gerät. Sie kann den Fehler nicht und nicht finden. Ein Kind auf einem Tretroller und eines, das nebenher läuft, weinerlich posaunend, daß es jetzt auch, wie zugesagt, einmal fahren möchte. Das andere Kind ignoriert die

Bitten des schlechtergestellten Kollegen. In anderen Vierteln sieht man diese Roller schon gar nicht mehr, überdenkt Erika. Sie hat auch einmal einen geschenkt bekommen und sich sehr darüber gefreut. Allerdings durfte sie damals nicht darauf fahren, weil die Straße Kinder tötet.
Der Kopf einer etwa Vierjährigen wird von einer mütterlichen Orkanwatsche in das Genick zurückgeworfen und rotiert einen Augenblick hilflos wie ein Stehaufmännchen, das sein Gleichgewicht verloren und daher größte Mühe hat, wieder in den Stand zu kommen. Endlich steht der Kinderkopf wieder senkrecht wo er hingehört und gibt schauerliche Laute von sich, worauf er von der ungeduldigen Frau sogleich wieder aus der Lotrechten befördert wird. Der Kinderkopf ist jetzt schon mit unsichtbarer Tinte gezeichnet, für noch viel Schlimmeres vorgesehen. Sie, die Frau, hat schwere Taschen zu tragen und sähe dieses Kind am liebsten in einem Kanalgitter verschwinden. Damit sie die Kleine malträtieren kann, muß sie nämlich jedes Mal vorübergehend die schweren Taschen auf dem Boden abstellen, und das ergibt einen zusätzlichen Arbeitsgang. Aber die kleine Mühe scheint es ihr wert zu sein. Das Kind lernt die Sprache der Gewalt, aber es lernt nicht gern und merkt sich auch in der Schule nichts. Ein paar Vokabeln, die nötigsten, beherrscht es bereits, wenn man sie auch bei dem Geplärre nur unvollkommen verstehen kann.
Doch bald fallen die Frau und das laute Kind hinter Erika zurück. Wenn sie auch dauernd stehenbleiben! Nie können sie so Schritt halten mit schnellebiger Zeit. Die Karawane Erika schreitet fort. Es ist eine reine Wohngegend, aber keine gute. Nachzüglernde Familienväter schlagen sich seitlich in die Haustore, wo sie wie gräßliche Hammerschläge auf ihre Familien niederfahren. Letzte Autotüren knallen zu, stolz und selbstbewußt, denn die Kleinwagen hier sind die erklärten Lieblinge dieser Familien und können sich einfach alles erlauben. Freundlich blitzend bleiben sie am Gehsteigrand zurück, ihre Besitzer eilen dem Abendessen entgegen. Wer jetzt kein Heim hat, wünscht sich zwar eins, wird sich aber nie etwas dergleichen

bauen können, nicht einmal mit der Bausparkasse und weitgehenden Krediten. Wer hier, ausgerechnet hier, sein Heim hat, ist oft lieber unterwegs als dort zu finden.
Immer mehr Männer kreuzen jetzt Erikas Pfad. Die Frauen sind wie auf ein geheimes Zauberwort in den Löchern verschwunden, die man hier Wohnungen nennt. Um diese Zeit gehen sie nicht allein auf die Straße. Nur in Familienbegleitung ein Bier trinken oder Verwandte besuchen. Nur wenn ein Erwachsener dabei ist. Allerorten ihr unauffälliges, aber so dringend benötigtes Wirken und Weben. Küchendünste. Manchmal leises Töpfeklirren und Gabelkratzen. Blau wabert die erste Vorabend-Familienserie aus erst diesem, dann jenem, dann vielen Fenstern. Funkelnde Kristalle, mit denen sich die hereinbrechende Nacht besteckt. Die Fassaden werden zu flächigen Bühnenkulissen, hinter denen nichts zu vermuten ist; alles ist gleich und gesellt sich zu gleichem. Nur die Fernsehgeräusche sind real, sie sind das eigentliche Geschehen. Ringsumher erleben alle Leute zur gleichen Zeit dasselbe, außer in jenen seltenen Fällen, da ein Einzelgänger einmal im zweiten Programm Aus der Welt der Christenheit eingeschaltet hat. Diese Individualisten werden über einen eucharistischen Kongreß belehrt, der mit Zahlen untermauert ist. Es hat heute eben seinen Preis, wenn man anders sein will als die anderen.
Hier: bellende türkische Ü-Laute. Die zweite Stimme setzt sofort ein – kehlige serbokroatische Kontratenöre. Wie aus Flitzebogen abgeschossene Männerrudel, kleine Trüppchen, die getrennt einhergejagt kommen und jetzt vereint schlagen: ein Bogen unter der Stadtbahn, in den eine Peep-Show hineingebaut ist. In eins der Viaduktgewölbe, über das die Bahn hinwegbraust. Säuberlich wurde jeder noch so kleine Raum dafür ausgenutzt, kein Fleck ist verlorengegangen. Den Türken ist die Bogenform sicherlich vage von ihren Moscheen her vertraut. Vielleicht erinnert sie das Ganze auch an einen Harem. Ein Viaduktbogen, unter sich ganz ausgehöhlt und voller nackter Frauen. Immer eine nach der anderen, alle kommen sie dran. Ein Venusberg im kleinen. Im Miniaturformat. Schon naht Tann-

häuser heran und klopft mit seinem Stab dagegen. Aus Ziegeln erbaut, dieser Stadtbahnbogen, und drinnen hat sich schon mancher in eine schöne Frau verschaut. Er ist ganz genau eingepaßt, dieser kleine Laden, in dem sich die nackten Frauen strecken und rekeln. Sie wechseln sich ab, die Frauen. Sie rotieren nach einem ganz bestimmten Unlustprinzip innerhalb einer ganzen Kette von Peep-Shows, damit der Dauerkunde und Stammgast stets in gewissen Intervallen ein anderes Fleisch zu sehen bekommt. Sonst kommt er ja nicht mehr. Der Abonnent. Schließlich trägt er sein teures Geld her und wirft es, Münze um Münze, in einen unersättlich klaffenden Schlitz hinein. Denn immer genau dann, wenn es recht spannend wird, muß er einen neuen Zehner nachwerfen. Die eine Hand wirft, die andere pumpt die Manneskraft sinnlos zum Fenster hinaus. Der Mann ißt zuhause für drei, und hier läßt er es einfach achtlos zu Boden klatschen.

Alle zehn Minuten donnert oben die Wiener Elektrische Stadtbahn. Sie erschüttert das ganze Gewölbe, doch unerschütterlich verdrehen die Mädchen sich weiter. Sie kennen das schon. Man gewöhnt sich daran, daß es manchmal dumpf aufdröhnt. Der Münzschlitz wird beschickt, das Fenster klickt, und rosiges Fleisch erscheint, es ist ein Wunder der Technik. Man darf dieses Fleisch nicht angreifen, man könnte es auch gar nicht, weil eine Wand dazwischengeschaltet ist. Das Fenster zum Radfahrweg draußen ist mit schwarzem Papier ganz zugeklebt. In Gelb sind schöne Ornamente zur Zierde darauf angebracht. Ein kleiner Spiegel ist in das schwarze Papier eingelassen, in dem man sich betrachten kann. Man weiß nicht wozu, vielleicht damit man nachher seine Haare kämmen kann. Ein kleiner Sex-Shop ist nebenbei angeschlossen. Dort kann man kaufen, worauf man Lust bekommen hat. Frauen gibt es nicht zu erwerben, aber zum Ausgleich winzige Nylonwäsche mit vielen Schlitzen, die sich wahlweise vorne oder hinten befinden. Man zieht sie der Frau daheim an und kann dann hineingreifen, ohne daß die Frau diese Hose ganz ausziehen muß. Es gibt auch passende Hemdchen dazu; sie haben oben zwei kreisrunde Löcher, da steckt die Frau die Brüste durch. Der Rest bleibt ganz durchsichtig bedeckt. Alles ist mit winzigen Rüschen eingesäumt. Man kann wählen, ob man die Sachen in Dunkelrot oder in Schwarz möchte. Einer blonden Frau steht Schwarz besser, einer Schwarzen steht Rot besser. Er gibt auch noch Bücher und Hefte, Schmalfilme und Video-Kassetten in verschiedenen Stadien des Verstaubens. Dieser Artikel geht hier gar nicht. Der Kunde hat das dazugehörige Gerät nicht bei sich zu Hause stehen. Die hygienischen Gummiartikel mit verschiedener Oberflächenriffelung verkaufen sich schon besser und auch die aufblasbaren Frauenimitationen. Zuerst sehen sie drinnen die echte Frau, dann kaufen sie draußen das Imitat. Weil der Käufer leider die schönen nackten Damen nicht mitnehmen kann, damit er sie im schützenden Kämmerlein bis zum Zerplatzen hernimmt. Diese Frauen haben ja noch gar nichts Tiefgreifendes erlebt, sonst stellten sie sich nicht so zur Schau. Sondern gingen gleich gutwillig mit, anstatt nur so zu tun als ob. Dieser Beruf ist doch nichts für eine Frau. Am liebsten nähme man eine gleich mit, egal welche, im Prinzip sind sie alle gleich. Sie unterscheiden sich nicht grundsätzlich, höchstens in der Haarfarbe, während die Männer doch mehr Einzelpersönlichkeiten sind, von denen der eine lieber das hat und der andere lieber das. Die geile Sau hinter dem Fenster, also quasi auf der anderen Seite der Barriere, hat zum Ausgleich den dringenden Wunsch, daß diesen Ochsen hinter den Glasfenstern der Schwanz abreißt beim Wichsen. Auf diese Weise hat jeder etwas vom anderen, und die Atmosphäre ist recht entspannt. Kein Dienst ohne Gegenleistung. Sie zahlen und bekommen dafür etwas.

Erikas Täschchen, das sie zusätzlich zur Notenmappe trägt, wird von gesammelten Zehnschillingsmünzen ausgebeutelt. So gut wie nie verirrt sich eine Frau hierher, aber Erika will ja immer eine Extrawurst haben. Sie ist eben so. Wenn viele so und so sind, dann ist sie prinzipiell das Gegenteil davon. Sagen die einen hü, sagt sie alleine hott und ist noch stolz darauf. Nur so kann Erika auffallen. Jetzt will sie dort hineingehen. Die türkischen und die jugoslawischen Enklaven und Sprachinseln weichen vor dieser Erscheinung aus einer anderen Welt scheu zurück. Auf einmal können sie nicht bis drei zählen, aber am liebsten würden sie Frauen schänden, wenn sie könnten. Sie rufen hinter Erikas Rücken Sachen, die Erika zum Glück nicht versteht. Sie hat ein hocherhobenes Haupt. Keiner greift nach Erika, nicht einmal ein Schwerbetrunkener. Außerdem paßt ein älterer Mann auf. Ist er der Besitzer, der Pächter? Die nur vereinzelt auftretenden Einheimischen drücken sich an der Mauer entlang. Ihnen stärkt keine Gruppe das Selbstvertrauen, und zusätzlich noch müssen sie hier an Leute anstreifen, denen sie sonst aus dem Weg gehen. Sie bekommen unerwünschten Körperkontakt, und der erwünschte kommt nicht zustande. Leider ist der Trieb des Mannes stark. Für einen echten G'spritzten reicht es nicht mehr, es ist vor dem Letzten. Die Eingeborenen traben zögernd an der Viaduktwand entlang. In den Bogen vor der großen Show ist ein Schisport-Fachgeschäft und noch einen Bogen davor ein Fahrradhandel eingepaßt. Die schlafen jetzt alle, innen ist es ganz schwarz. Hier jedoch dringt freundlicher Lampenschein heraus und lockt sie an, diese Nachtschmetterlinge, diese kecken Falter. Die etwas für ihr Geld sehen wollen.

Einer ist vom anderen streng separiert. Sperrholzkabinen sind ihnen genau nach Maß angepaßt. Die Kabinen sind eng und klein, und ihre temporären Bewohner sind kleine Leute. Außerdem – je geringer die Ausmaße, desto mehr Kabinen. So können sich relativ viele in relativ kurzer Zeit beträchtlich erleichtern. Die Sorgen nehmen sie wieder mit, aber ihr kostbarer Samen bleibt da. Putzfrauen sorgen stetig dafür, daß er nicht ins Kraut schießen kann. Obwohl sich jeder von ihnen für extra fortpflanzungswürdig hält, wenn man ihn fragt. Meist ist alles besetzt. Der Betrieb ist eine Goldgrube, ein Schatzkästlein. Geduldig stellen sich die ausländischen Arbeitnehmer gruppenweise hintereinander an. Sie vertreiben sich die Zeit mit Witzen über Frauen. Die Kleinheit der Kästchen ist direkt proportional zur Kleinheit ihrer privaten Behausungen, in denen sie manchmal nur ein Eck bewohnen können. Sie sind die Enge also gewohnt.

und können sich hier sogar mittels einer Trennwand von anderen separieren. Es darf in jede Box nur einer zur selben Zeit hinein. Dort ist er mit sich selbst allein. Die schöne Frau erscheint im Ausguck, sobald das Geld eingeworfen ist. Die zwei Solo-Apartments mit individueller Bedienung für den anspruchsvollen Mann stehen hier fast immer leer. Denn es findet sich nur selten ein Mann, der Sonderwünsche äußern kann.
Erika betritt, ganz Frau Lehrerin, die Lokalität.
Eine Hand streckt sich, schon zögernd, nach ihr aus, zuckt aber zurück. Sie geht nicht in die Abteilung für Angestellte des Hauses, sondern in die Abteilung für zahlende Gäste. Es ist die wichtigere Abteilung. Diese Frau will sich etwas anschauen, das sie sich zu Hause viel billiger im Spiegel betrachten könnte. Die Männer staunen laut, weil sie sich das Geld vom Munde absparen müssen, mit dem sie hier heimlich auf Frauenpirsch gehen. Auf dem Hochstand, diese Jäger. Sie lugen durch die Gucklöcher, und das Wirtschaftsgeld verbraucht sich schnell. Nichts kann den Männern beim Schauen entgehen.
Auch Erika will nichts weiter als zuschauen. Hier, in dieser Kabine, wird sie zu garnichts. Nichts paßt in Erika hinein, aber sie, sie paßt genau hinein in diese Kartause. Erika ist ein kompaktes Gerät in Menschenform. Die Natur scheint keine Öffnungen in ihr gelassen zu haben. Erika hat ein Gefühl von massivem Holz dort, wo der Zimmermann bei der echten Frau das Loch gelassen hat. Es ist schwammiges, morsches, einsames Holz im Hochwald, und die Fäulnis schreitet voran. Dafür stolziert Erika als Herrin herum. Sie verwest innerlich, doch die Türken weist sie mit Blicken zurück. Die Türken wollen sie zum Leben erwecken, prallen aber an ihrer Hoheit ab. Erika schreitet, ganz Herrin, in die Venusgrotte hinein. Die Türken bringen keine Höflichkeit vor, aber auch keine Unhöflichkeit. Sie lassen Erika einfach hineingehen mit ihrer Aktentasche voll Noten. Sogar vordrängen darf sie sich unbeanstandet. Handschuhe trägt sie auch. Der Mann am Eingang nennt sie tapfer gnädige Frau. Bitte kommen Sie doch weiter, bittet er sie gleich in seine gute Stube hinein, in der beschaulich die Lämpchen über Brüste

und Fotzen hinweg glühen. Haarbuschige Dreiecke erglimmend herausmeißeln, denn das ist das allererste, worauf der Mann schaut, da gibt es ein Gesetz dafür. Der Mann schaut auf das Nichts, er schaut auf den reinen Mangel. Zuerst schaut er auf dieses Nichts, dann kommt die restliche Mutti auch noch dran.
Erika bekommt persönlich eine Kabine de luxe zugewiesen. Sie muß nicht warten, die Dame Erika. Dafür warten die anderen länger. Das Geld hat sie griffbereit wie die linke Hand beim Geigenspiel. Tagsüber rechnet sie manchmal aus, wie oft sie für ihre gesparten Zehner schauen kann. Sie spart sich dieses Geld von der Jause ab. Jetzt streift ein blauer Scheinwerfer ein Fleisch. Sogar Farben setzen sie gezielt ein! Erika hebt ein von Sperma ganz zusammengebackenes Papiertaschentuch vom Boden auf und hält es sich vor die Nase. Sie atmet tief ein, was ein anderer in harter Arbeit produziert hat. Sie atmet und schaut und verbraucht ein bißchen Lebenszeit dabei.
Es existieren auch Clubs, wo man fotografieren darf. Dort sucht sich jeder sein Modell je nach Laune und Geschmack selbst aus. Erika will jedoch keine Handlung vollführen, sie will nur schauen. Sie will einfach still dasitzen und schauen. Zuschauen. Erika, die zuschaut ohne anzustreifen. Erika hat keine Empfindung und keine Gelegenheit, sich zu liebkosen. Die Mutter schläft im Nebenbett und achtet auf Erikas Hände. Diese Hände sollen üben, sie sollen nicht wie die Ameisen unter die Decke huschen und dort an das Marmeladeglas fahren. Auch wenn Erika schneidet oder wenn sie sich sticht, spürt sie kaum etwas. Nur was den Gesichtssinn betrifft, hat sie es zu hoher Blüte gebracht.
Die Kabine stinkt nach Desinfektos. Die Putzfrauen sind auch Frauen, doch sie sehen nicht so aus. Sie pflegen das hingepatzte Sperma dieser Jäger vom Fall achtlos in einen dreckigen Kübel zu schlappen. Und schon wieder liegt ein betonhartes zerknülltes Taschentuch herum. Was Erika betrifft, können sie diesbezüglich pausieren und ihre aufgebrachten Knochen beruhigen. Immer müssen sie sich bücken. Erika sitzt einfach und blickt hinein. Nicht einmal ihre Handschuhe legt sie ab, damit sie in

diesem stinkigen Verlies nirgends anzustreifen braucht. Vielleicht behält sie die Handschuhe an, damit man ihre Handschellen nicht sieht. Vorhang auf für Erika, man erblickt sie, wie sie hinter der Bühne die Fäden zieht. Für sie allein wird das Ganze veranstaltet! Eine verunstaltete Frau wird hier nicht aufgenommen. Hübsch und gute Figur sind gefragt. Eine jede muß vorher die genaueste Leibesprobe über sich ergehen lassen, kein Besitzer kauft die Katze im Kleid. Was Erika auf dem Konzertpodium nicht erbracht hat, das erbringen jetzt andere Damen an ihrer Stelle. Bewertung je nach der Größe, die die weiblichen Kurven haben. Sie schaut andauernd hin. Kaum schaut sie einmal weg, sind schon wieder ein paar Schilling futsch.
Eine Schwarzhaarige macht eine schöpferische Pose, bei der man in sie hineinsieht. Sie rotiert auf einer Art Töpferscheibe im Kreis herum. Doch wer bewegt das Rad? Zuerst schließt sie die Schenkel, man sieht nichts, doch das schwere Wasser der Vorfreude schießt in die Münder. Dann spreizt sie ihre Beine langsam und fährt an etlichen weiteren Fensterchen vorüber. Manchmal sieht trotz angestrebter Gerechtigkeit das eine Fenster mehr als das andere, weil diese Scheibe sich fortwährend bewegt. Nervös klicken die Sehschlitze. Wer wagt, gewinnt, wer noch einmal wagt, gewinnt vielleicht noch ein Mal.
Fleißig reibt und massiert die Masse ringsumher und wird ihrerseits die ganze Zeit schon von einem riesigen unsichtbaren Teigrührer sorgsam vermengt. Zehn kleine Pumpwerke sind unter Volldampf in Betrieb. Manche melken draußen schon heimlich vor, damit es weniger Geldes bedarf, bis es endlich herausschießt. Die jeweilige Dame leistet dabei Gesellschaft.
Zuckend und stoßend entledigen sich in den Nachbareinsiedeleien die Schwengel ihres kostbaren Frachtguts. Bald sind sie aufs neue gefüllt, und man muß wieder seine Sehnsucht stillen. Mit vierzig, fünfzig Schilling muß man manchmal rechnen, wenn man Ladehemmung hat. Vor allem, wenn man über dem Schauen das Arbeiten am eigenen Walzwerk vergißt. Deswegen treffen oft neue Frauen hier ein und machen eine Ablenkung. Der Tölpel glotzt nur und tut nichts.

Erika schaut an. Das Objekt ihrer Schaulust fährt sich gerade zwischen die Schenkel und zeigt, daß es genießt, indem es mit dem Mund ein kleines o macht. Es schließt, entzückt, daß so viele zusehen, die Augen und öffnet diese ganz nach oben in den Kopf gedreht wieder. Es hebt die Arme und massiert sich die Brustwarzen, damit sie sich hoch aufrichten. Es setzt sich gemütlich hin und spreizt die Beine stark, und jetzt kann man aus der Froschperspektive in die Frau hineinlugen. Sie spielt spielerisch mit den Schamhaaren herum. Sie leckt sich deutlich die Lippen ab, während vor ihr einmal der eine, dann wieder der andere Schütze seinen Gummiwurm ins Ziel bringt. Sie zeigt mit dem gesamten Gesicht, wie toll es wäre, könnte sie nur bei dir sein. Aber leider ist dies aufgrund der starken Nachfrage nicht möglich. So haben sie alle etwas davon, nicht nur ein einzelner.

Erika schaut ganz genau zu. Nicht um zu lernen. In ihr rührt und regt sich weiter nichts. Doch schauen muß sie trotzdem. Zu ihrem eigenen Vergnügen. Immer wenn sie fortgehen möchte, drückt etwas von oben ihren gutfrisierten Kopf energisch wieder gegen die Scheibe, und sie muß weiterhin blicken. Die Drehscheibe, auf der die schöne Frau sitzt, fährt im Kreis herum. Erika kann nichts dafür. Sie muß und muß schauen. Sie ist für sich selbst tabu. Anfassen gibt es nicht.

Links und rechts von ihr stöhnt und heult es vor Freude. Ich persönlich kann das nicht ganz nachvollziehen, erwidert Erika Kohut darauf, ich habe mir mehr erwartet. Ein Schlatz patzt gegen die Sperrholzwand. Die Wände sind leicht zu reinigen, denn ihre Oberflächen sind glatt. Irgendwo rechts seitlich hat ein Herr Besucher die Worte St. Maria besoffene Hure in korrektem Deutsch liebevoll in die Trennwand gekratzt. Nicht oft ritzt einer etwas in die Wand, denn der Mann muß sich auf anderes konzentrieren. Mit dem Schreiben stehen sie oft nicht auf du und du. Sie haben nur eine Hand frei, meist nicht einmal die. Und Geld müssen sie ja auch noch nachwerfen.

Eine rotgefärbte Drachenlady schiebt jetzt ihre leicht fettliche Rückseite ins Bild. An ihrer vermeintlichen Zellulitis arbeiten sich billige Masseure seit Jahren die Finger wund. Doch die Männer erhalten bei ihr mehr für ihr Geld. Die Kabinen rechts haben die Frau vorne schon gesehen, jetzt müssen auch noch die Kabinen links ihre Vorderseite genießen. Manche begutachten eine Frau lieber vorne, andere wieder hinten. Die Rothaarige bewegt eine Muskulatur, mit der sie ansonsten geht oder sitzt. Heute verdient sie Geld damit. Sie massiert sich mit der rechten Hand, an die blutrote Krallen gesteckt sind. Links kratzt sie an ihren Brüsten herum. Sie zieht die Warze mit ihren spitzigen Kunstnägeln gummibandartig ein wenig vom Körper weg und läßt sie dann zurückschnellen. Die Warze steht wie ein Fremdkörper vom Körper ab. Die Rote weiß durch Übung in diesem Augenblick: der Kandidat hat 99 Punkte! Wer jetzt nicht kann, der kann nie mehr. Wer jetzt allein ist, wird es lange und ungern bleiben.

Erika ist an eine Grenze gestoßen. Bis hierher und nicht weiter. Das geht denn doch zu weit, sagt sie wie schon oft. Sie steht auf. Ihre eigenen Grenzen hat sie längst abgesteckt und durch unkündbare Verträge abgesichert. Dafür überschaut sie alles von einer hohen Warte aus und sieht dementsprechend weit ins Land. Gute Fernsicht ist Bedingung. Das Weiter will Erika auch diesmal nicht kennenlernen. Sie geht nach Hause.

Nur mit Blicken schiebt sie draußen die Herren Besucher in Wartestellung beiseite. Ein Herr nimmt sogleich gierig ihren Platz ein. Eine Gasse entsteht, durch welche Erika hindurchschreitet und davonmarschiert. Sie geht und geht, ganz mechanisch, genau wie sie vorhin geschaut und geschaut hat. Was Erika tut, tut sie ganz. Keine Halbheiten, hat die Mutter immer gefordert. Keine Verschwommenheiten. Kein Künstler duldet etwas Unfertiges, Halbes in seinem Werk. Manchmal ist das Werk unfertig, weil der Künstler zu früh stirbt. Erika zieht dahin. Nichts ist zerrissen, nichts hat abgefärbt. Nichts ist ausgebleicht. Nichts hat sie erreicht. Nichts, was vorher nicht da war, ist jetzt da, und nichts, was vorher nicht da war, ist inzwischen angekommen.

Zuhause strahlt ein milder Vorwurf von seiten der Mutter auf den warmen Brutkasten hernieder, den sie beide bewohnen. Hoffentlich hat sich Erika nicht verkühlt auf ihrer Reise, über deren Ziel sie der Mutter etwas vorlügt. Gleich zieht Erika einen warmen Schlafrock an. Erika und ihre Mutter essen eine mit Kastanien und sonstigem angefüllte Ente. Es ist ein Festessen. Die Maroni quellen der Ente bei allen Nähten heraus, die Mutter hat des Guten zuviel getan, wie es ihre Art ist. Salz- und Pfefferstreuer sind partiell aus Silber, das Besteck ganz. Das Kind hat heute richtige rote Backen, was die Mutter freut. Hoffentlich rühren diese Rotbacken nicht von einer fiebrigen Erkrankung her. Die Mutter sondiert mit ihren Lippen Erikas Stirn. Mit dem Thermometer wird es zum Nachtisch noch zusätzlich überprüft. Fieber scheidet als Ursache zum Glück aus. Erika ist vollkommen gesund, dieser Fisch im Fruchtwasser der Mutter, der gut genährt worden ist.

Es brausen Ströme von Neonlicht in Eiseskälte durch Eissalons, durch Tanzhallen. Es hängen Trauben von summendem Licht an Peitschenmasten über Minigolfanlagen. Ein flimmernder Kältestrom. Gestalten IHRES Alters lagern in der schönen Ruhe der Gewohnheit vor Nierentischen mit gläsernen Kelchen, in denen lange Löffel wippen, diese Stengel kühler Blumen. Braun, gelb, rosa. Schoko, Vanille, Himbeer. Die dampfenden bunten Kugeln sind von den Deckenleuchten zu beinahe einförmigem Grau getönt. Blitzende Portionierer warten in wassergefüllten Behältern, auf dem Wasser Eisfasern. In der Zwanglosigkeit der Freude, die sich nicht ständig ausweisen muß, lagern die jungen Silhouetten vor ihren Eistürmen, bunte Papierschirmchen sticheln daraus hervor. Dazwischen versteckt das grelle Geröll von Cocktailkirschen, Ananasziegeln, Schokosplitt. Sie gabeln unaufhörlich ihre Kältebissen in ihre Eishöhlen, kalt zu kalt, oder sie lassen es achtlos schmelzen, weil sie einander Berichte zu geben haben, die wichtiger sind als der kalte Genuß.

Nur davon, daß SIE es betrachtet, wird IHR Gesicht schon abfällig. SIE hält ihr Gefühl für einmalig, wenn sie einen Baum betrachtet, sie sieht ein wunderbares Universum in einem Tannenzapfen. Mit einem kleinen Hammer klopft sie die Wirklichkeit ab, eine eifrige Zahnärztin der Sprache; simple Fichtenwipfel türmen sich ihr zu einsamen Schneegipfeln. Ein Spektrum von Farben lackiert den Horizont. Etliche unkenntliche sehr große Maschinen fahren fern vorbei, ihr sanftes Donnern ist kaum zu vernehmen. Es sind die Giganten der Tonkunst und die Giganten der Dichtkunst, mit riesigen Tarntüchern ganz verhüllt. Ein paar hunderttausend Informationen zucken durch IHR darauf dressiertes Gehirn, ein wahnsinniger wie betrunkener Rauchpilz wabert sekundenschnell hoch, setzt sich in einem aschegrauen Akt des sich Übergebens langsam wieder zu Boden. Feiner grauer Staub überzieht rasch die Apparate, all die Kapillarröhrchen und Kolben, all die Eprouvetten und Kühlspiralen. IHR Zimmer wird zu absolut Stein. Grau. Kalt nicht und nicht warm. Mittel. Knistert ein rosa Nylonvorhang am Fenster, nicht bewegt von einem Windhauch. Innen fein säuberlich eine Garnitur. Unbehaust. Unbesessen.
Das Getaste des Klaviers hebt unter Fingern zu singen an. Der gigantische Schweif von Kulturschutt schiebt sich leise raschelnd von allen Seiten her vorwärts, millimeterweise schließt sich die Umzingelung. Schmutzige Konservendosen, verschmierte Teller mit Essensresten, dreckiges Besteck, schimmlige Obst- und Brotreste, zerbrochene Schallplatten, zerfetztes, zerknülltes Papier. In anderen Behausungen zischt in dampfenden Strahlen heißes Badewasser in die Wannen. Ein Mädchen probiert ohne Gedanken eine neue Frisur aus. Ein anderes wählt eine passende Bluse zu einem passenden Rock. Es stehen neue, ganz spitze Schuhe da, die einmal zum ersten Mal angezogen werden. Ein Telefon klingelt. Einer hebt ab. Einer lacht. Einer sagt etwas.
Unermeßlich breit schleppt sich der Müll zwischen IHR und DEN ANDEREN dahin. Jemand läßt sich eine neue Dauerwelle machen. Jemand stimmt einen Nagellack auf einen Lip-

penstift ab. Stanniol blinzelt in die Sonne. Ein Strahl fängt sich in einer Gabelzinke, einer Messerschneide. Die Gabel ist eine Gabel. Das Messer ist ein Messer. Von sanfter Brise aufgestört, erheben sich Zwiebelschalen sacht, erhebt sich Seidenpapier, verklebt von süßlichem Himbeersirup. Der Moder älterer, darunterliegender Schichten wird, schon verwest, zu Staub geworden, Unterfutter für die vergammelnden Käserinden und Melonenschalen, für die Glasscherben und schwärzlichen Wattebäusche, denen das gleiche Schicksal bevorsteht.

Und an IHREN Leitseilen zieht die Mutter kräftig. Schon schnellen zwei Hände vor und wiederholen den Brahms, und diesmal besser. Brahms wird ganz kalt, wenn er die Klassiker beerbt, aber er ist rührend, wenn er schwärmt oder trauert. Die Mutter ist damit noch lange nicht zu rühren.

Ein Metallöffel wird einfach im schmelzenden Erdbeereis steckengelassen, weil ein Mädchen dringend etwas zu sagen hat, worüber ein anderes lacht. Das andere Mädchen richtet sich die riesige perlmuttschimmernde Plastikspange in seiner Aufsteckfrisur. Sie sind beide vertraut mit weiblichen Bewegungen! Die weibliche Art entspringt ihren Gliedern wie saubere kleine Bäche. Eine Puderdose aus Bakelit wird aufgeklappt, im Schein des Spiegels wird etwas in frostigem Pink nachgezogen und etwas mit Schwarz betont.

Ein müder Delphin ist SIE, lustlos zum Endkunststück ansetzend. Schon erschöpft den lächerlichen bunten Ball ins Auge fassend, den das Tier in alter Routinebewegung sich auf die Schnauze schupft. Es holt tief Atem und versetzt sein Gerät in kreiselige Bewegung. In Buñuels Andalusischem Hund stehen da zwei Konzertflügel. Dann diese beiden Esel, halbverweste, blutschwere Häupter, auf die Tasten niederhängend. Tot. Verrottet. Außerhalb von allem. In einem streng luftentzogenen Raum.

Eine Kette aus Kunstwimper wird auf Naturwimpern geklebt. Tränen fließen. Ein Brauenbogen wird heftig ausgemalt. Derselbe Brauenstift macht einen schwarzen Punkt auf ein Muttermal dicht beim Kinn. Der Stiel eines Kamms fährt etliche Male in einen hoch auftoupierten Knoten hinein, um den Heuschober aufzulockern. Dann steckt eine Haarklammer etwas wieder fest. Strümpfe werden hochgezogen, eine Naht wird geradegerichtet. Ein Lacktäschchen schwebt hoch und wird fortgetragen. Petticoats knistern unter Taftröcken. Sie haben schon gezahlt, jetzt gehen sie hinaus.

Es erschließt sich IHR eine Welt, von der andere nichts ahnen. Es ist die Welt Legoland, Minimundus, eine Welt ganz im kleinen, aus roten, blauen, weißen Plastiksteinchen hergestellt. Aus den Warzen, mit denen man sich die Welt zusammenstecken kann, ertönt, ebenfalls ganz im kleinen, eine Welt voll Musik. IHRE steifkrallige linke Hand, gelähmt in unheilbarer Ungeschicklichkeit, kratzt schwach an etlichen Tasten. Emporfliegen will sie zum Exotischen, zum Sinnebetäubenden, zum den Verstand Sprengenden. Es gelingt ihr nicht einmal die Lego-Tankstelle, für die es eine ganz präzise Vorlage gibt. SIE ist nichts als plumpes Gerät. Belastet von schwerem, langsamem Verstand. Bleiernes totes Gewicht. Hemmschuh! Niemals abschießende Waffe gegen sich selbst. Zwinge aus Blech.

Orchester aus nichts als fast hundert Blockflöten heulen los. In vermischten Größen und Sorten von Flöten. Kinderfleisch wird hineingehaucht. Die Töne werden mit Kinderatem erzeugt. Es werden keine Tasteninstrumente zuhilfe gerufen. Futterale aus Plastik sind für die Flöten von Müttern genäht worden. In den Futteralen befinden sich auch kleine runde Bürsten zur Reinigung. Flötenkörper überziehen sich mit warmem Atemdunst. Die vielen Töne werden unter Zuhilfenahme der Atemluft von kleinen Kindern erzeugt. Es erfolgt keine Unterstützung von seiten eines Klaviers!

Das ganz private Kammerkonzert findet unter freiwilligen Interessenten in einer alten Patrizierwohnung am Donaukanal statt, zweiter Gemeindebezirk, wo eine polnische Emigrantenfamilie der vierten Generation ihre zwei Flügel und dazu die reichhaltige Partiturensammlung aufgeschlagen hat. Außerdem besitzen sie dort, wo ein anderer sein Auto hat, nämlich ihrem Herzen sehr nahestehend, eine Sammlung alter Instrumente. Sie haben kein Fahrzeug, aber sie haben ein paar schöne Mozartgeigen und -bratschen und eine ganz auserlesene Viola d'Amore, welche an der Wand hängt, von einem Familienmitglied ständig bewacht, wenn die Kammermusik in der Wohnung ausbricht, und nur zu Studienzwecken heruntergenommen wird. Oder anläßlich einer Feuersbrunst.

Diese Menschen lieben Musik und wollen, daß auch andere dazu gebracht werden. Mit Geduld und Liebe, wenn nötig mit Gewalt. Sie wollen bereits halbwüchsigen Kindern die Musik zugänglich machen, denn alleine diese Gefilde abzuweiden, bereitet nicht so viel Freude. Wie Alkoholiker oder Drogensüchtige müssen sie ihre Liebhaberei unbedingt mit möglichst vielen teilen. Kinder werden ihnen raffiniert zugetrieben. Das allseits bekannte fette Großelternkind, dessen Haar feucht am Kopf klebt und das bei geringfügigsten Anlässen um Hilfe schreit, ebenso wie das Schlüsselkind, das sich heftig wehrt, aber schließlich doch ergeben muß. Kein Imbiß wird bei den Konzerten herumgereicht. Und die weihevolle Stille läßt sich auch nicht anbeißen. Keine Brotbrösel, keine Fettflecken auf den Polstermöbeln, keine Rotweinflecken auf der Klavierschondecke eins und der Klavierschondecke zwei. Absolut kein Kaugummi! Die Kinder werden gesiebt, ob sie Unrat von draußen mitbringen. Die gröberen Kinder bleiben oben im Sieb liegen und werden auf ihrem Instrument nie etwas erreichen.

Diese Familie macht sich keine unnötigen Ausgaben, nur die Musik allein soll durch sich und von sich aus Wirkung nehmen. Sie soll sich ihren Trampelpfad in die Herzen bahnen. Für sich selbst geben sie ja auch kaum etwas aus.

Erika hat ihre Klavierschüler geschlossen hinzitiert. Ein Wink mit dem kleinen Finger der Frau Professor hat schon ausgereicht. Die Kleinen bringen eine stolze Mutter, einen stolzen Vater oder beide gemeinsam und füllen als intakte Familien die

Räumlichkeiten. Sie wissen, sie bekämen im Klavierzeugnis eine schlechte Note, schlössen sie sich hier aus. Nur der Tod wäre ein Grund, sich der Kunst zu enthalten. Andere Gründe werden absolut nicht begriffen vom professionellen Kunstfreund. Erika Kohut brilliert.
Zur Eröffnung das zweite Bachkonzert für zwei Klaviere. Das zweite Klavier wird von einem Greis bespielt, der in seinem früheren Leben einmal im Brahmssaal aufgetreten ist und dabei ein einziges Klavier ganz für sich allein gehabt hat. Diese Zeiten sind vorbei, doch die ältesten Leute können sich noch daran erinnern. Der nahende Sensenmann scheint diesen Herrn, der sich Dr. Haberkorn nennt, keineswegs zu größeren Leistungen anspornen zu können, wie er es noch bei Mozart und Beethoven vermochte, auch bei Schubert. Und dieser hatte nun wirklich nicht viel Zeit. Der Greis begrüßt seine Partnerin am zweiten Flügel, Frau Prof. Erika Kohut, mit einem galanten Handkuß in Landessitte, trotz Alter, bevor wir gemeinsam beginnen.
Liebe Musikfreunde und Gäste. Die Gäste stürzen sich auf die Tafel und schmatzen am barocken Ragout. Schüler scharren schon zu Beginn, Böses wollend, doch zur Ausführung fehlt der Mut. Sie brechen nicht aus diesem Hühnerstall der künstlerischen Weihe aus, obwohl dessen Latten reichlich dünn sind. Erika trägt einen schlichten bodenlangen Kaminrock aus schwarzem Samt und eine Seidenbluse. Dazu mißt sie einen und den anderen Schüler mit einem Blick, der Glas schneiden könnte, wozu sie ganz leicht den Kopf schüttelt. Es ist genau die Geste, die Erikas Mutter nach deren verpatztem Konzert der Tochter an den Schädel schmetterte. Die beiden Schüler haben schon durch Schwätzen die Einleitung des Gastgebers gestört. Noch einmal werden sie nicht gewarnt. In der vordersten Reihe, neben der Frau des Gastgebers, sitzt Erikas Mutter in einem bereitgestellten Sonderfauteuil und weidet, als einzige, eine Bonbonsdose und sich selbst an der einmaligen Beachtung, die ihre Tochter genießt. Das Licht wird gewaltsam abgedämpft, indem man ein Kissen gegen die Klavierlampe lehnt, das unter den Peitschenschlägen des verschlungen zu Mustern gehäkelten

Kontrapunktgewebes erzittert. Das Kissen hüllt die Spieler in dämonisch roten Schein ein. Ernst rauscht der Bach. Die Schüler tragen Sonntagskleidung oder was ihre Eltern dafür halten. Die Eltern pferchen das, was sie einst geboren haben, in diesen polnischen Hausflur hinein, damit sie vor den Kindern Ruhe haben und die Kinder lernen, Ruhe zu geben. Der Hausflur der Polen ist mit einem riesigen Jugendstilspiegel geschmückt, darstellend ein nacktes Mädchen mit Seerosen, wo die kleinen Buben immer stehenbleiben. Später, oben in der Musikwohnung, sitzen die Kleinen vorne und die Großen hinten, weil sie über alles drübersehen. Die Älteren gehen den Gastgebern zur Hand, wenn ein jüngerer Kollege stillzulegen ist.
Walter Klemmer hat hier noch keinen Abend ausgelassen, seit er mit süßen Siebzehn ernsthaft, nicht nur zum Spaß, ein Klavier zu bearbeiten begann. Er läßt sich hier Inspirationen für sein eigenes Spiel in bar ausbezahlen.
Der Bach rieselt in den schnellen Satz hinein, und Klemmer mustert mit von selbst erwachendem Hunger den unter dem Sitzteil abgeschnittenen Leib seiner Klavierlehrerin von hinten. Mehr kann er von ihrer Figur zur Beurteilung nicht heranziehen. Vom Vorderteil seiner Lehrerin ist infolge einer fetten Kindsmutter, welche sich davor placiert hat, nichts auszunehmen. Sein Leibplatz ist heute besetzt. Im Unterricht sitzt sie stets neben ihm am zweiten Klavier. Neben der Mutterfregatte hockt deren winziges Rettungsboot von einem Anfängersohn, der eine schwarze Hose, ein weißes Hemd und dazu eine rote weißgepunktete Fliege trägt. Das Kind hängt jetzt schon im Sitz wie ein Flugzeugpassagier, dem schlecht geworden ist und der nichts als die endliche Landung erwünscht. Erika schwebt mittels Kunst in höheren Luftkorridoren und beinahe durch den Äther davon. Walter Klemmer sieht sie ängstlich an, weil sie sich von ihm entfernt. Doch nicht nur er greift unwillkürlich nach ihr, auch die Mutter hascht nach dem Halteseil dieses Winddrachens Erika. Nur das Halteseil nicht loslassen! Schon reißt es auch die Mutter auf ihre Zehenspitzen empor. Der Wind heult laut, wie er in dieser Höhe immer heult.

Beim letzten Satz vom Bach bekommt Herr Klemmer links und rechts auf der Wange eine rote Rosette. Eine rote Einzelrose hält er in seiner Hand, um sie nachher zu überreichen. Er bewundert uneigennützig die Technik Erikas und wie sich ihr Rücken rhythmisch mitbewegt. Er betrachtet, wie sich ihr Kopf wiegt, etliche Nuancen, die sie spielt, gegeneinander abwägend. Er sieht das Muskelspiel ihrer Oberarme, was ihn aufgrund des Zusammenpralls von Fleisch und Bewegung aufgeregt macht. Das Fleisch gehorcht der inneren Bewegung durch Musik, und Klemmer fleht, daß seine Lehrerin dereinst ihm gehorchen möge. Er wetzt im Sitz. Eine seiner Hände zuckt unwillkürlich an die gräßliche Waffe seines Geschlechts. Der Schüler Klemmer beherrscht sich mit Mühe und schätzt im Geist Erikas Gesamtausmaße ab. Er vergleicht ihr Oberteil mit ihrem Unterteil, das vielleicht eine Idee zu dick geraten ist, was er aber im Grunde recht gern hat. Er rechnet das Oben gegen das Unten auf. Oben: wieder eine Idee zu dünn. Unten: hier ist ein Plus zu verbuchen. Ihm gefällt jedoch das Gesamtbild von Erika gut. Er persönlich findet: das Fräulein Kohut ist eine ganz delikate Frau. Wenn sie zudem noch etwas davon, was unten zuviel ist, oben hinaufpatzen würde, dann stimmte es wahrscheinlich. Auch umgekehrt ginge es natürlich, doch das wäre ihm weniger erwünscht. Wenn sie unten etwas weghobelte, könnte es auch recht gut zusammen harmonieren. Aber dann wäre sie wieder zu dünn! Diese kleine Imperfektion macht die Dame Erika für den erwachsenen Schüler erst begehrenswert, weil erreichbarer. Mit dem Bewußtsein ihres körperlichen Ungenügens kann man jede Frau an sich ketten. Außerdem wird diese Frau deutlich älter, und er ist noch jung. Der Schüler Klemmer hat eine Nebenabsicht, nebst Musik, die er jetzt zuende denkt. Er ist ein Musiknarr. Er ist heimlich in seine Musiklehrerin vernarrt. Er ist der ganz persönlichen Ansicht, daß Fräulein Kohut genau jene Frau ist, die ein junger Mann sich zum Einspielen ins Leben wünscht. Der junge Mann fängt klein an und steigert sich rasch. Einmal muß jeder anfangen. Er wird bald die Anfängerstufe verlassen können, genau wie der Anfänger beim Autofahren sich zuerst ein gebrauchtes Kleinauto kauft und dann, beherrscht er es einmal, auf ein größeres und neues Modell umsteigt. Fräulein Erika besteht ganz aus Musik, und sie ist eigentlich noch gar nicht so alt, wertet der Schüler sein Versuchsmodell auf. Klemmer fängt sogar eine Stufe höher an, kein VW, sondern Opel Kadett. Der insgeheim verliebte Walter Klemmer verbeißt sich in den Resten eines seiner Fingernägel. Er hat einen insgesamt roten Kopf – die Rosetten haben sich ausgebreitet – mit dunkelblondem Halblanghaar. Er ist in Maßen modisch. Er ist in Maßen intelligent. Nichts steht bei ihm vor, nichts ist übertrieben. Das Haar hat er sich gerade ein bißchen wachsen lassen, um nicht zu sehr von heute, aber auch nicht um zu sehr von gestern auszusehen. Keinen Bart läßt er sich stehen, obwohl er oft in Versuchung war. Er hat dieser Versuchung bisher immer widerstehen können. Er will seiner Lehrerin einmal einen langen Kuß geben und ihren Körper abgreifen. Er will sie mit seinen tierischen Instinkten konfrontieren. Er will mehrmals wie unabsichtlich an sie stark anstreifen. Dabei will er so tun, als schiebe ein Ungeschickter ihn gegen sie. Stärker wird er dann gegen sie drücken und sich dabei entschuldigen. Später einmal will er sich mit voller Absicht an sie pressen und eventuell, falls sie auch das zuläßt, an ihr heftig reiben. Er wird tun was sie sagt und wünscht, daraus für spätere ernsthaftere Lieben zu profitieren. Lernen möchte er im Umgang mit einer um vieles älteren Frau – mit der sorgsam umzugehen nicht mehr nötig ist –, wie man mit jungen Mädchen umspringt, die sich weniger gefallen lassen. Könnte dies mit Zivilisation zu tun haben? Der junge Mann muß seine Grenzen erst abstecken, dann kann er sie mit Erfolg überschreiten. Er wird seine Lehrerin bald einmal küssen, bis sie fast daran erstickt. Er wird an ihr überall saugen, wo er darf. Er wird sie dorthin beißen, wo sie ihn läßt. Später aber wird er bewußt bis zu äußersten Intimitäten gehen. Mit ihrer Hand wird er beginnen und sich hinaufarbeiten. Ihren Körper wird er sie lieben oder zumindest akzeptieren lehren, den sie bislang noch negiert. Er wird ihr alles behutsam beibringen, was sie für die Liebe benötigt, doch anschließend wird er sich lohnenderen

Zielen und schwierigeren Aufgaben zuwenden, was das Rätsel Frau betrifft. Das ewige Rätsel. Nun wird einmal er ihr Lehrer sein. Er mag auch nicht diese ewigen dunkelblauen Faltenröcke und Hemdblusen, die sie immer trägt und mit wenig Selbstbewußtsein dazu. Jung und bunt soll sie sich bekleiden. Farben!! Erklären wird er ihr, was er unter Farben versteht. Er wird ihr zeigen, was es bedeutet, so richtig jung und vielfarbig zu sein und sich darüber mit Recht zu freuen. Und wenn sie dann weiß, wie jung sie in Wahrheit ist, wird er sie um einer Jüngeren willen verlassen. Ich habe das Gefühl, daß Sie Ihren Körper verachten, nur die Kunst gelten lassen, Frau Professor. Spricht Klemmer. Nur seine dringenden Bedürfnisse lassen Sie gelten, doch essen und schlafen ist zuwenig! Fräulein Kohut, Sie denken, Ihr Äußeres ist Ihr Feind und die Musik allein Ihr Freund. Ja, schauen Sie doch in den Spiegel, dort drinnen sehen Sie sich, und einen besseren Freund als sich werden Sie niemals haben. Machen Sie sich daher ein bißchen hübsch, Fräulein Kohut. Wenn ich Sie so nennen darf.

Herr Klemmer will so gern Erikas Freund werden. Dieser formlose Kadaver, diese Klavierlehrerin, der man den Beruf ansieht, kann sich schließlich noch entwickeln, denn zu alt ist er gar nicht, dieser schlaffe Gewebesack. Sie ist sogar relativ jung, vergleicht man sie mit ihrer Mutter. Dieses krankhaft verkrümmte, am Idealen hängende Witzwesen, veridiotet und verschwärmt, nur geistig lebend, wird von diesem jungen Mann auf das Diesseits umgepolt werden. Die Freuden der Liebe wird sie genießen, warte nur! Walter Klemmer fährt im Sommer und schon im Frühjahr auf Wildwassern Paddelboot, sogar Tore umrundet er dabei. Er bezwingt ein Element, und Erika Kohut, seine Lehrerin, wird er auch noch unterwerfen. Er wird ihr eines schönen Tages sogar demonstrieren, wie ein Boot überhaupt beschaffen ist. Anschließend muß sie begreifen lernen, wie man sich darin über Wasser hält. Bis dahin wird er sie bereits beim Namen nennen: Erika! Dieser Vogel Erika wird schon noch seine Schwingen wachsen fühlen, dafür sorgt der Mann.
Der eine mag eben das, Herr Klemmer das.

Der Bach ist zur Ruhe gekommen. Sein Lauf beendet. Die beiden Meister, Herr Meister und Frau Meisterin, stehen von ihren Klavierschemeln auf und beugen die Köpfe, geduldige Pferde vor den Hafersäcken des aufs neue erwachten Alltags. Sie erklären, sie beugen die Köpfe mehr vor Bachs Genius als vor dieser schütter applaudierenden Menge, die nichts versteht und selbst zum Fragen zu dumm ist. Nur die Mutter Erikas klatscht sich die Finger wund. Sie ruft Bravo! Bravo! Lächelnd unterstützt sie die Gastgeberin noch darin. Die vom Misthaufen zusammengefangene Menge, in häßlichen Farben gemustert, mustert ihrerseits Erika. Sie zwinkern ins Licht. Einer hat den Polster vor der Lampe weggeräumt, jetzt kann es ungehindert scheinen und glühen. Das also ist Erikas Publikum. Wüßte man es nicht, könnte man es nur schwer glauben, daß das Menschen sein sollen. Erika erhebt sich über jeden einzelnen von ihnen, doch sie drängen sich schon heran, streifen sie, sprechen Ungereimtheiten. Dieses jugendliche Publikum hat sie in ihrem eigenen Brutofen herangezüchtet. Mit den unlauteren Mitteln der Erpressung, schweren Nötigung, gefährlichen Drohung hat sie es hierher befohlen. Als einziger käme ohne Zwang wahrscheinlich der Herr Klemmer, der fleißige Ausbildungsschüler. Die übrigen würden ein Fernsehspiel vorziehen, ein Tischtennismatch, ein Buch und sonstige Dummheiten. Sie müssen alle herkommen. Sie scheinen sich noch an ihrer Mittelmäßigkeit zu erfreuen! Aber an Mozart, an Schubert wagen sie sich heran. Sie machen sich breit, fette Inseln, schwimmend im Fruchtwasser der Töne. Sie nähren sich temporär davon, doch sie verstehen nicht, was sie da trinken. Der Herdeninstinkt schätzt ja überhaupt das Mittlere hoch ein. Er preist es als wertvoll. Sie glauben, sie seien stark, weil sie die Mehrheit bilden. In der mittleren Schicht gibt es keinen Schrecken, keine Furcht. Aneinanderdrängen sie sich um der Illusion von Wärme willen. Mit nichts ist man im Mittleren allein, mit sich selbst schon gar nicht. Und wie zufrieden sie damit noch sind! Nichts an ihrer Existenz gereicht ihnen zum Vorwurf, und niemand könnte ihnen einen Vorwurf aus ihrer Existenz machen. Auch Erikas Vorwürfe,

eine Interpretation sei nicht gelungen, würden abprallen an dieser geduldigen weichen Wand. Sie, Erika, steht nämlich allein auf der anderen Seite, und statt darauf stolz zu sein, rächt sie sich. Indem sie sie einmal alle drei Monate zum Zuhören durchs Gatter zwingt, das sie offenhält, damit die Hammel durchkönnen. In Selbstzufriedenheit bis Langeweile jagen sie nun, bäh schreiend, sich gegenseitig rempelnd, hindurch und treten einander noch über den Haufen, wenn ein Vernunftloser sie aufhält, weil er seinen Mantel ganz unten hingehängt hat und jetzt nicht finden kann. Zuerst wollen sie alle hinein, dann wollen sie so schnell wie möglich wieder hinaus. Und immer alle gemeinsam. Sie denken, je schneller sie auf der anderen Weide sind, auf der Weide der Musik, desto schneller können sie diese auch wieder verlassen. Aber es kommt jetzt noch der ganze Brahms dran, nach einer kurzen Pause, die wir jetzt machen, meine Damen und Herren. Liebe Schülerinnen und Schüler. Heute einmal ist das Ausnahmesein von Erika keine Schuld, sondern ein Vorzug. Denn alle glotzen jetzt auf sie, auch wenn sie sie insgeheim hassen.
Herr Klemmer, der sich zu ihr durchwindet, strahlt sie aus festlich eingestimmten blauen Augen an. Er greift mit beiden Händen nach einer Pianistinnenhand und sagt küßdiehand und daß er über gar keine Worte verfügt, Frau Professor. Erikas Mama sticht zwischen die beiden hinein und untersagt den Händedruck nachdrücklich. Es soll kein Zeichen der Freundschaft und Verbundenheit geben, weil das die Sehnen verbiegen könnte, und dann wäre das Spiel beeinträchtigt. Die Hand soll gefälligst in ihrer natürlichen Stellung verharren. Nun, so genau nehmen wir es nicht für dieses drittklassige Publikum, nicht wahr, Herr Klemmer? Man muß sie schon tyrannisieren, man muß sie knebeln und knechten, damit sie überhaupt durch Wirkung berührt werden. Mit Keulen müßte man auf sie einschlagen! Sie wollen Prügel und einen Haufen Leidenschaften, die der jeweilige Komponist noch an ihrer Statt erleben und sorgsam aufschreiben soll. Sie wollen das Schreiende, sonst müßten sie ja selbst dauernd laut schreien. Vor Langeweile. Die

Grautöne, die feinen Zwischenstufen, die zarten Differenzierungen vermögen sie ohnedies nicht aufzufassen. Dabei ist es in der Musik wie überhaupt im Kunstreich viel leichter, grelle Kontraste nebeneinanderzustellen, brutale Gegensätze. Doch das ist Kolportage, nichts Besseres! Diese Lämmer wissen es nicht. Sie wissen auch sonst nichts. Erika nimmt Klemmer vertraulich beim Arm, der sofort zittert. Er friert doch nicht inmitten dieser gesund durchbluteten Halbwüchsigenhorde. Diese sattgegessenen Barbaren in einem Land, in dem kulturell überhaupt Barbarei herrscht. Schauen Sie nur einmal in die Zeitungen: die sind noch barbarischer als das, worüber sie berichten. Ein Mann, der Gattin und Kinder sorgsam zerstückelt und in den Kühlschrank packt zum späteren Verzehr, ist nicht barbarischer als die Zeitung, die es aufschreibt. Und hierorts sprach einmal ein Anton Kuh gegen den Affen Zarathustras! Heute spricht der Kurier gegen die Kronenzeitung. Klemmer, stellen Sie sich das einmal genau vor! Und jetzt muß ich die Frau Professor Vyoral begrüßen, Herr Klemmer, wenn Sie nichts dagegen haben. Ich komme später noch einmal auf Sie zurück.
Die Mutter legt ihr auf der Stelle ein selbstgehäkeltes hellblaues Angorajäckchen um die Schultern, damit in diesen Gelenkkugeln die Schmierflüssigkeit nicht jäh erstarrt und der Reibungswiderstand sich erhöht. Das Jäckchen ist wie ein Teewärmer auf einer Kanne. Manchmal besitzen auch Nützlichkeiten wie Toilettepapierrollen solch selbstgefertigte Schatullen, auf denen Pompons farblich abgesetzt thronen. Sie zieren dann die Rückfenster von Autos. Genau in deren Mitte. Erikas Pompon ist ihr eigener Kopf, der stolz oben herausragt. Sie stöckelt über das glatte Eis des Parketts, das heute an besonders beanspruchten Stellen durch billige Läufer geschont ist, auf die ältere Kollegin zu, um einen Glückwunsch aus fachkundigem Mund zu erhalten. Die Mutter schiebt sie dabei von hinten zart hervor. Die Mutter hat eine Hand auf ihren Rücken, auf Erikas rechtes Schulterblatt gelegt, auf die Angorajacke drauf.
Walter Klemmer ist immer noch Nichtraucher und Nichttrin-

ker, seine Energie ist trotzdem erstaunlich. Wie mit Saugnäpfen haftend, pflügt er sich hinter seiner Lehrerin durch die schnatternde Horde. Er bleibt an ihr kleben. Wenn sie ihn brauchen wird, hat sie ihn gleich zur Hand. Wenn sie männlichen Schutz benötigt. Sie braucht sich bloß umzuwenden und stößt schon an ihn an. Er sucht sogar diesen Bodycheck. Gleich ist die kleine Pause zuende. Er atmet Erikas Anwesenheit mit geblähten Nüstern ein, als befände er sich auf einer hochgelegenen Almwiese, wo man nur selten hinkommt und daher besonders tief einatmet. Damit man besonders viel Sauerstoff in die Stadt mitnimmt. Er entfernt ein losgelöstes Haar vom hellblauen Jackenärmel und wird dafür bedankt, mein lieber Schwan. Die Mutter ahnt etwas Nebulöses, kann jedoch nicht umhin, seine Höflichkeit und sein Pflichtgefühl anzuerkennen. Dies steht in krassem Gegensatz zu allem, was derzeit zwischen den Geschlechtern üblich und nötig ist. Der Herr Klemmer ist für die Mutter ein junger Mann, doch sein Schrot und Korn sind alt.
Noch ein kleines Geplauder, bevor es in die Endrunde geht. Klemmer will wissen und bedauert es gleichzeitig, warum solche gepflegten Hauskonzerte langsam aussterben. Zuerst starben die Meister vor, dann stirbt ihre Musik, weil alle nur mehr Schlager, Pop und Rock hören wollen. Es gibt Familien wie diese heute nicht mehr. Früher waren sie zahlreich. Generationen von Laryngologen haben sich an Beethovens späten Quartetten gesättigt, wenn nicht aufgerieben. Bei Tag pinselten sie wundgeriebene Hälse, am Abend kam die Belohnung, und sie rieben sich selber an Beethoven. Heute stampfen die Akademiker nur noch im Takt zu Bruckners Elefantentrompeten und preisen diesen oberösterreichischen besseren Handwerker. Es ist eine Jugendtorheit, Bruckner zu verachten, der schon viele erlagen, Herr Klemmer. Man versteht ihn erst viel später, glauben Sie mir. Enthalten Sie sich modischer Urteile, bevor Sie nicht mehr davon verstehen, Herr Kollege Klemmer. Der Angesprochene ist glücklich über das Wort Kollege aus berufenem Mund und spricht sofort in bewegenden Fachausdrücken vom Verdämmern Schumanns und des späten Schubert. Er redet von

deren zarten Zwischentönen und tönt dabei selbst mottenhaft grau in grau.
Es folgt ein Duett Kohut/Klemmer, in giftigem Zitronengelb, den heimischen Konzertbetrieb betreffend. Molto vivace. Dieses Duett haben sie gut geübt. Sie haben beide an diesem Betrieb keinen Anteil. Nur als Konsumenten ist es ihnen gestattet teilzunehmen, doch ihre Qualifikationen liegen weit höher! Sie sind aber nichts als Zuhörer und machen sich über ihre Kenntnisse Illusionen. Fast hätte ein Teil von ihnen teilnehmen dürfen: Erika. Doch es kam nicht so.
Nun wandeln sie zart zu zweit über den locker geschichteten Staub der Zwischentöne, Zwischenwelten, Zwischenbereiche dahin, denn damit kennt die Mittelschicht sich aus. Das uneitle Verdämmern Schuberts eröffnet also den Reigen, oder, wie Adorno beschreibt, das Verdämmern in Schumanns C-Dur-Phantasie. Es fließt in die Weite, ins Nichts hinein, aber ohne sich dabei die Apotheose des bewußten Verglimmens überzustülpen! Verdämmern, ohne dessen gewahr zu werden, ja ohne sich selbst zu meinen! Beide schweigen sie einen Augenblick, um genießen zu können, was sie an unpassendem Ort laut aussprechen. Jeder von beiden denkt, er verstehe es besser als der andere, der eine wegen seiner Jugend, die andere wegen ihrer Reife. Abwechselnd überbieten sie einander in ihrer Wut auf die Unwissenden, Verständnislosen, hier sind zum Beispiel viele von ihnen versammelt. Schauen Sie sie doch an, Frau Professor! Schauen Sie sie doch nur genau an, Herr Klemmer! Das Band der Verachtung verbindet Ausbildnerin und Auszubildenden. Dieses Verglühen von Schuberts, Schumanns Lebenslicht ist doch der äußerste Gegensatz zu dem, was die gesunde Menge meint, wenn sie eine Tradition gesund nennt und sich in ihr wohlig suhlt. Gesundheit pfui Teufel. Gesundheit ist die Verklärung dessen, was ist. Die Programmheftschmierer der Philharmonischen Konzerte in ihrem widerwärtigen Konformismus machen etwas wie Gesundheit, man muß es sich einmal vorstellen, zum Hauptkriterium bedeutender Musik. Nun, die Gesundheit hält es immer mit den Siegern; was

schwach ist, fällt ab. Es fällt bei diesen Saunabesuchern und Mauerpissern durch. Beethoven, der ihnen als gesund geltende Meister, nur leider war er taub. Auch dieser zutiefst gesunde Brahms. Klemmer wagt den Einwurf (und trifft damit in den Korb), daß ihm auch Bruckner stets sehr gesund vorgekommen sei. Er wird dafür ernst zurechtgewiesen. Erika zeigt bescheiden ihre Wunden vor, die sie sich in persönlicher Reibung mit dem Musikbetrieb Wiens und der Provinz zugezogen hat. Bis sie resignierte. Der Sensible muß verbrennen, dieser zarte Nachtfalter. Und daher stehen, spricht Erika Kohut, diese beiden im höchsten Ausmaß Kranken, nämlich Schumann und Schubert, die die Vorsilbe miteinander gemeinsam haben, meinem geschundenen Herzen am nächsten. Nicht jener Schumann, dem schon alle Gedanken davongeflüchtet sind, sondern der Schumann ganz ganz knapp davor! Ein Haar breit davor! Er ahnt bereits seine Geistesflucht, er leidet schon bis in die feinsten Äderchen darunter, verabschiedet sich von seinem bewußten Leben bereits in die Engels- und Dämonenchöre hinein, doch er hält es noch ein allerletztes Mal fest, schon seiner selbst nicht mehr voll bewußt. Ein sehnsüchtiges Nachhorchen noch, die Trauer um den Verlust des Kostbarsten: seiner selbst. Die Phase, in der man noch weiß, was man an sich selbst verliert, bevor man ganz preisgegeben ist.

Erika sagt in sanfter Musik, daß ihr Vater, vollständig umnachtet, in Steinhof gestorben sei. Daher müsse man im Grunde Rücksicht auf Erika nehmen, denn Schweres habe sie schon durchzumachen gehabt. In all dieser protzig prangenden Gesundheit will Erika nicht weiter davon sprechen, doch sie deutet einiges an. Erika will bei Klemmer einige Gefühle herausschinden und setzt rücksichtslos den Meißel an. Für ihr Leid verdient diese Frau jedes Gramm männlicher Zuneigung, das nur herauszuholen ist. Das Interesse des jungen Mannes erwacht sofort neu und grell.

Ende der Pause. Nehmen Sie bitte wieder Ihre Plätze ein. Es folgen Brahmslieder, von einer jungen Nachwuchssopranistin vorgetragen. Und dann ist bald Schluß, besser konnte es nach dem Duo Kohut-Haberkorn ohnedies nicht mehr werden. Es wird noch stärker applaudiert als vor der Pause, weil alle erleichtert sind, daß es vorbei ist. Noch mehr Bravo-Rufe, diesmal nicht nur von Erikas Mama, sondern auch von Erikas bestem Schüler. Die Mutter und der beste Schüler mustern einander aus den Augenwinkeln, beide schreien laut und energisch und schöpfen dazu literweise Argwohn. Der eine will etwas, die andere möchte es aber nicht gern hergeben. Das Licht wird voll aufgeblendet, zusätzlich die Deckenluster, an nichts wird gespart in diesem schönen Moment. Der Hausherr hat Tränen in den Augen. Erika hat als Zugabe einen Chopin gespielt, und der Hausherr denkt an Polen in der Nacht, wo er herstammt. Die Sängerin und Erika, ihre charmante Begleiterin, erhalten gigantische Blumenbuketts. Ferner erscheinen zwei Mütter und ein Vater, die ebenfalls Sträuße überreichen, der Frau Professor, die ihr Kind fördert. Die begabte junge Sangeskollegin erhält nur einen einzigen Strauß. Erikas Mutter hilft leutselig, die Sträuße für den Transport einzubalsamieren, mithilfe von Seidenpapier. Wir müssen mit diesen wunderschönen Blumen ja nur bis zur Station, und dann transportiert uns die Tramway bequem fast bis zu unserer Wohnungstür. An einem Taxi beginnt man zu sparen, bei einer Wohnung hört man auf. Es bieten sich unentbehrliche Freunde und Helfer an, den Transport mit eigenem PKW zu organisieren, doch die Mutter bezeichnet sie alle als entbehrlich. Vielen Dank. Wir nehmen keinen Gefallen an und erweisen auch selbst keinen.

Herbeistiefelt Walter Klemmer und hilft seiner Klavierprofessorin in den Wintermantel mit Fuchskragen, den er vom Unterricht her schon gut kennt. Der ist in der Taille gegürtet und hat eben diesen reichhaltigen Pelzkragen. Er überzieht die Mutter mit ihrem schwarzen Persianerklauenmantel. Er will das Gespräch fortsetzen, das unterbrochen werden mußte. Er sagt sofort etwas über Kunst und Literatur, für den Fall, daß Fräulein Kohut von Musik jetzt ausgeblutet ist, nach diesem Triumph, den sie feiern konnte. Er saugt sich an ihr fest, schlägt seinen Zahnkranz in Erika ein. Er hilft ihr in die Ärmel, ist sogar

so kühn, ihr die halblangen Haare hinten aus dem Pelzkragen herauszuziehen und ordentlich oben draufzulegen. Er bietet sich an, die beiden Damen zur Haltestelle zu begleiten.
Die Mutter ahnt etwas, das man derzeit gar nicht laut aussprechen kann. Erika freut sich gemischt über Aufmerksamkeiten, die auf sie herniederprasseln. Hoffentlich wird das kein hühnereigroßer Hagel und schlägt ihr Löcher! Eine riesige zusätzliche Bonbonniere hat sie erhalten, die trägt jetzt Walter Klemmer, der sie ihr entrissen hat. Auch einen orange Lilienstrauß oder etwas ähnliches bekommt er aufgebürdet. Von verschiedenartigen Lasten, und die Musik ist nicht die kleinste darunter, niedergedrückt, schleichen die drei, nachdem wir uns herzlich von unseren Gastgebern verabschiedet haben, zur Straßenbahn. Die jungen Leute sollen ein Stück vorausgehen, die Mama kann nicht so schnell nachkommen, wie die jungen Füße vorne dahingehen. Doch von hinten hat die Mama den besseren Ausguck und den besseren Horchposten. Schon zögert Erika, bereits in diesem Frühstadium, weil die arme Mama hinten nachtrippeln muß, ganz allein. Die beiden Kohutdamen genießen es sonst immer, Arm in Arm Erikas Leistungen durchzusprechen und schamlos zu lobpreisen. Heute nimmt ein hergelaufener junger Mann die Stelle der altbewährten Mutter ein, welche, zerknittert und vernachlässigt, die Nachhut bilden muß. Die Mutterbänder straffen sich und zerren Erika im Kreuz nach hinten. Es zwickt schon sehr, daß die Mutter alleine hinten gehen muß. Daß sie sich selbst dazu erboten hat, macht es nur noch schlimmer. Wäre Herr Klemmer nicht so scheinunentbehrlich, könnte Erika bequem neben ihrer Erzeugerin dahinschreiten. Sie könnten gemeinsam das eben Erlebte wiederkäuen und vielleicht aus der Bonbonsdose äsen. Ein Vorgeschmack auf die behagliche Wärme und Gemütlichkeit, die sie gleich in ihrem Wohnzimmer erwarten wird. Niemand hat die Wärme daraus abgelassen. Vielleicht erreichen sie sogar noch den späten Nachtfilm im Fernsehen. Das wäre der beste Ausklang für solch klingenden Tag. Und dieser Schüler rückt ihr immer näher. Kann er nicht Abstand halten? Es ist peinlich, einen jugendlich dampfenden,

warmen Körper neben sich zu fühlen. Dieser junge Mann scheint so schrecklich intakt und unbeschwert, daß Erika in Panik gerät. Er wird ihr doch seine Gesundheit nicht etwa aufbürden wollen? Die Zweisamkeit zu Hause scheint bedroht, an der niemand Anteil haben darf. Wer als die Mutter könnte Ruhe, Ordnung und Sicherheit in den eigenen vier Wänden besser gewehrleisten? Mit allen Fasern zieht es Erika zu ihrem weichen Fernsehsessel, und die Tür fest zugesperrt. Sie hat ihren Stammstuhl, die Mutter hat den ihren, wobei sie ihre oft geschwollenen Füße auf einem persischen Puff hochlagert. Der Haussegen neigt sich schräg, weil dieser Klemmer sich nicht wegräumt. Er wird doch nicht in ihre Behausung eindringen wollen? Erika will in ihre Mutter am liebsten wieder hineinkriechen, sanft in warmem Leibwasser schaukeln. Außen so warm und feucht wie leibinnerlich. Sie versteift sich vor der Mutter, wenn Klemmer zu dicht an sie heranfährt.

Klemmer spricht und spricht auch weiterhin. Erika schweigt. Ihre seltenen Experimente mit dem entgegengesetzten Geschlecht schießen ihr durch den Kopf, doch die Erinnerung tut nicht gut. Und die Gegenwart tat damals auch nicht besser. Einmal fand es mit einem Vertreter statt, der sie im Kaffeehaus anflötete, bis sie, um ihn zum Verstummen zu bringen, nachgab. Die kümmerliche Ansammlung weißhäutiger Stubenhocker wird von einem jungen Juristen und einem jungen Gymnasialprofessor komplettiert. Doch inzwischen sind Jahre ins Land und wieder hinausgegangen. Die beiden Akademiker hatten ihr nach einem Konzert urplötzlich ihre, Erikas Mantelärmel präsentiert wie die Läufe von Maschinenpistolen. Damit entwaffneten sie Erika, verfügten sie doch über die gefährlicheren Werkzeuge. Erika wünschte jedes dieser Male nur, so rasch wie möglich zu ihrer Mutter zurückzugelangen. Die Mutter war diesbezüglich nichtsahnend. Zwei, drei Junggesellenwohnungen mit Einbauküchen und Sitzbadewannen hat man auf diese Weise abgegrast. Saure Weiden für die Feinschmeckerin der Künste.

Zuerst zog sie einen gewissen Genuß daraus, sich als Pianistin,

wenn auch zur Zeit außer Dienst, aufblasen zu können. Keiner dieser Herren hatte je eine Pianistin daheim auf dem Kanapee sitzen gehabt. Sofort verhält der Mann sich ritterlich, und die Frau genießt die Aussicht in weitem Umkreis, über den Mann hinweg. Doch beim Liebesakt bleibt keine Frau lang grandios. Recht bald nahmen die jungen Herren sich charmante Freiheiten heraus, die auch noch im Freien andauerten. Keine Autotür wird mehr aufgehalten, Spott wird über Ungeschicklichkeiten ausgegossen. Die Frau wird hernach belogen, betrogen, gequält und nicht oft angerufen. Die Frau wird absichtlich über eine Absicht im unklaren gelassen. Ein, zwei Briefe werden nicht beantwortet. Die Frau wartet und wartet, allerdings umsonst. Und sie fragt nicht, warum sie wartet, weil sie die Antwort mehr fürchtet als das Warten. Und der Mann läßt derweil entschlossen anderen Frauen in einem anderen Leben eine Behandlung angedeihen.
Die Lust brachten die jungen Herren bei Erika ins Rollen, dann stoppten sie die Lust wieder. Sie drehten Erika den Hahn zu. Gerade nur ein bißchen Gas durfte sie riechen. Erika versuchte, sie mit Leidenschaft und Lust an sich zu fesseln. Heftig mit Fäusten schlug sie auf das wippende tote Gewicht über ihr ein, vor Begeisterung konnte sie ein Schreien nicht zurückhalten. Mit Nägeln gezielt kratzte sie den Rücken des jeweiligen Gegenspielers. Sie hat nichts verspürt. Sie hat überwältigende Lust angedeutet, damit der Mann endlich wieder aufhört. Der Herr hört zwar auf, doch ein anderes Mal kommt er wieder. Erika spürt nichts und hat nie etwas gespürt. Sie ist empfindungslos wie ein Stück Dachpappe im Regen.
Jeder Herr hat Erika bald verlassen, und nun will sie keinen Herrn mehr über sich haben. Nur schwächliche Reize gehen vom Mann aus, der sich auch nur wenig Mühe gibt. Sie machen sich keine Arbeit um einer außergewöhnlichen Frau wie Erika willen. Dabei werden sie solch eine Frau niemals wieder kennenlernen. Denn diese Frau ist einmalig. Sie werden es immer bereuen, doch sie tun es trotzdem. Sie sehen Erika, drehen sich um und gehen fort. Sie machen sich nicht die Mühe, die wirklich

einmaligen künstlerischen Fähigkeiten dieser Frau genauer zu untersuchen, lieber beschäftigen sie sich mit ihren eigenen mediokren Kenntnissen und Chancen. Diese Frau scheint ihnen ein zu großer Brocken für ihre stumpfen Messerchen. Sie nehmen in Kauf, daß diese Frau bald verdorrt und verwelkt. Das kostet sie keine Minute ihres Schlafs. Erika schrumpft zu einer Mumie, und sie gehen ihren langweiligen Geschäften nach, als verlange da nicht eine seltene Blume, begossen zu werden.
Herr Klemmer wippt ohne Ahnung solcher Geschehnisse wie ein lebendiger Blumenstrauß neben der Dame Kohut junior dahin, die Dame Kohut senior in seinem Kielwasser. Er ist so jung. Er ahnt gar nicht, wie jung er ist. Er bedenkt seine Lehrerin mit einem verehrerischen, verschwörerischen Seitenblick. Er teilt das Geheimnis des Kunstverständnisses mit ihr. Sicher überlegt diese Frau neben ihm, genau wie er, auf welche Weise man augenblicklich diese Mutter unschädlich machen könnte. Wie kann er Erika noch zu einem Glas Wein einladen, damit der Tag festlich ausklingt. An ein Mehr denkt Klemmer nicht. Die Lehrerin ist ihm rein. Die Mutter abliefern, Erika ausführen. Erika! So sagt er ihren Namen. Diese täuscht ein Mißverstehen vor und beschleunigt ihren Schritt, damit wir vorankommen und der junge Mann nicht auf einen sonderbaren Gedanken kommt. Er soll endlich fortgehen! Hier sind so viele Wege, auf denen er verschwinden könnte. Sie wird, ist er endlich auf und davon, mit der Mutter ausführlich durchhecheln, daß dieser Schüler sie insgeheim verehrt. Schauen Sie sich heute auch noch den Fred Astaire-Film an? Ich schon! Ich lasse ihn mir sicher nicht entgehen. Jetzt weiß Herr Klemmer, was ihn erwartet, nämlich nichts.
Auf der dunklen Stadtbahnüberführung kommt es zu einem tollkühnen Mutversuch des Klemmer, denn er hascht in aller Kürze nach der Hand der Frau Professor. Geben Sie mir die Hand, Erika. Diese Hand kann so wunderbar Klavier spielen. Jetzt schlüpft die Hand kalt durch die Maschen und ist gleich wieder fort. Es hat sich ein Lüftchen erhoben, dann war es wieder still. Sie tut, als habe sie die Näherung nicht wahrgenom-

men. Erster Fehlversuch. Die Hand hat sich nur getraut, weil die Mama eine kurze Strecke nebenher lief. Die Mama wird zum Beiwagen, um die Vorderfront des jungen Paares überwachen zu können. Kein Auto gefährdet zu dieser Zeit noch, und der Gehsteig ist an dieser Stelle schmal. Die Tochter sieht eine Gefahr und bringt ihre waghalsige Mutter sofort wieder auf dem Trottoir unter. Auf der Strecke bleibt dabei die Klemmerhand.

Als nächstes auf die eifrige Reise geht der Klemmermund. Ohne die feinen Fältchen des Alters rings um ihn öffnet und schließt er sich. Ohne jede Beschwernis. Er will einen Buchinhalt mit Erika austauschen. Von Norman Mailer, den Klemmer als Mann und Künstler bewundert. Er hat das und das in dem Buch gesehen, vielleicht hat Erika etwas komplett anderes gesehen? Erika hat es nicht gelesen, und der Austausch versickert. Auf diese Weise kann niemals ein Handel und Wandel zustande kommen. Erika würde sich gern wieder ihre vergangene Jugend einhandeln, und Klemmer wandelt auf Freiersfüßen. Das junge Gesicht des jungen Mannes schimmert weich unter Laternen und erleuchteten Auslagenscheiben, daneben schrumpft die Klavierspielerin, ein brennendes Blatt Papier im Ofen der Lust. Sie wagt es nicht, den Mann anzuschauen. Die Mutter wird eine allfällige Trennung dieses Paares gewiß wagen, wenn sie nötig wird. Erika ist einsilbig und uninteressiert und wird es umso mehr, je näher sie ihrem Straßenbahnziel kommen. Die Mutter behindert die Transaktion zwischen der Jugend vor ihr, indem sie von einer Erkältung redet und die Symptome gleich in Einzelheiten an die Wand malt. Die Tochter gibt ihr recht. Man muß sich jetzt vor Ansteckung hüten, morgen kann es zu spät sein. Herr Klemmer breitet ein letztes verzweifeltes Mal seine Schwingen aus und trompetet, daß er ein gutes Mittel dagegen kenne: die rechtzeitige Abhärtung. Er empfiehlt einen Saunabesuch. Er empfiehlt ein paar ordentliche Längen in einem Schwimmbecken. Er empfiehlt Sport im allgemeinen und im besonderen seine wohl aufregendste Spielart: das Wildwasserpaddeln. Jetzt im Winter hindert einen Eis daran, man muß inzwischen provisorisch auf andere Sportgattungen ausweichen. Doch bald, im Frühjahr schon, ist es am schönsten, weil die Flüsse mit Schmelzwasser angefüllt sind und alles mit sich reißen, was sich hineinbegibt. Klemmer empfiehlt anschließend einen erneuten Saunabesuch. Er empfiehlt Dauer-, Wald-, Fitneßläufe allgemeiner Sorte. Erika hört nicht zu, doch ihre Augen streifen über ihn hin, gleiten sofort verlegen ab. Wie unabsichtlich schaut sie aus dem Gefängnis ihres alternden Körpers heraus. An diesen Gitterstäben wird sie nicht feilen. Die Mutter wird sie an ihre Gitter nicht rühren lassen. Klemmer, der, was immer Erika sagt, nicht dieser Ansicht ist, dieser heiße Kämpfer, tastet sich kühn einen Schritt weiter vor, ein Jungstier, der den Zaun umtritt, will er zur Kuh oder will er nur auf eine neue Wiese? Das weiß man nicht. Er empfiehlt Sport aus dem Grund, damit man Freude und überhaupt im allgemeinen ein Gefühl am und für den eigenen Körper entwickeln lernt. Sie glauben nicht, Frau Professor, was für eine Freude man am eigenen Körper manchmal haben kann! Fragen Sie ihn, was er will, und er wird es Ihnen sagen. Zuerst schaut er vielleicht unscheinbar aus, dieser Körper, aber dann: oho! Er regt sich und entwickelt die Qualität von Muskeln. Er reckt sich in frischer Luft. Er kennt aber auch seine Grenzen. Und auch hier gilt wie immer: speziell bietet dies die Lieblingssportart, das Wildwasserpaddeln. Erika schießt eine schwächliche Erinnerung durch den Kopf, daß sie ähnliches schon im Fernsehen erblickt hat: Wildwasserpaddler. Es geschah in einer ausgedehnten Sportshow des Wochenendes, bevor der Hauptfilm anfängt. Sie erinnert sich solcher Paddler mit orangenen Schwimmwesten und Wulsthelmen auf den Köpfen. Sie staken in winzigen Booten oder ähnlichen Geräten wie Williamsbirnen in der Likörflasche. Sie fielen oft um bei dem, was sie taten. Erika lächelt. Kurz denkt sie an einen der Herren, für den sie laut geschrien hat, und sie vergißt ihn sofort wieder. Es bleibt ein schwacher Wunsch übrig, den sie ebenfalls sofort vergißt. So. Gleich sind wir da!

Herrn Klemmer erfriert das Wort im Mund. Er bringt mühsam etwas vom Schifahren vor, wofür jetzt die Saison angeht. Man

muß gar nicht weit aus der Stadt hinaus, und schon hat man den schönsten Hang vor sich, in fast jeder gewünschten Schräglage. Ist das nicht fein? Kommen Sie doch einmal mit, Frau Professor, denn Jugend will im Grund zu Jugend. Wir treffen dort Freunde meines Alters, die sich bestens um Sie kümmern werden, Frau Professor. Wir sind nicht allzu sportlich, schließt die Mutter das Gespräch ab, die noch nie einen Sport aus größerer Nähe als dem Fernsehschirm betrachtet hat. Wir ziehen uns im Winter lieber zeitig mit einem spannenden Krimi zurück. Wir ziehen uns überhaupt gern zurück, wissen Sie, wovor auch immer. Das Woher kennen wir schon, und das Wohin wollen wir lieber nicht kennenlernen. Man kann sich dabei ein Bein brechen.
Herr Klemmer sagt, er kann sich von seinem Vater das Auto fast jederzeit ausborgen, wenn er es rechtzeitig vorher meldet. Seine Hand gräbt in der Dunkelheit herum und kommt vollkommen leer wieder daraus hervor.
In Erika entsteht immer heftigere Abneigung, wäre er nur schon fort! Seine Hand kann er ruhig mitnehmen. Weg! Er ist eine schreckliche Herausforderung des Lebens an sie, Erika, und sie pflegt sich nur den Herausforderungen der werkgetreuen Interpretation zu stellen. Endlich kommt die Station in Sicht, beruhigend beleuchtet ist das Plexiglashüttchen, die kleine Bank darin. Kein Raubmörder in Sicht, und mit dem Klemmer werden sie zu zweit schon fertig. Lampenschein. Sogar zwei weitere vermummte Wartende, beides Frauen, unbegleitet, unbeschützt. Zu so später Stunde sind die Intervalle zwischen den Zügen schon groß, und leider verläßt Klemmer sie noch immer nicht. Ist der Mörder auch derzeit nicht da, vielleicht kommt er noch und Klemmer würde gebraucht. Erika graust es, die Annäherung soll endlich vorbei sein, der Kelch vorübergehen. Da kommt der Zug! Gleich wird sie es von fern mit der Mutter genau durchsprechen, wenn nur Herr Klemmer erst fort ist. Zuerst muß er weg, dann ist er ausführliches Thema. Nicht mehr Kitzel als eine Feder auf einem Stück Haut. Die Bahn kommt und fährt mit den Damen Kohut gleich darauf munter

dahin. Herr Klemmer winkt, doch sind die Damen mit ihren Portemonnaies und Vorverkaufsfahrscheinen vollauf ausgelastet.

In grausiger Unbeholfenheit fällt das Kind, von dessen Begabung man weithin spricht, das sich aber nur bewegen kann, als stecke es bis zum Hals in einem Sack, über Vorrichtungen, niedrig gespannte Schnüre. Rudernd mit Armen und Beinen. Die Unachtsamkeit anderer hat diese Stolperdrähte ihm in den Weg gelegt, beklagt es sich laut. SIE selbst ist nie schuld. Lehrer, die es beobachtet haben, grüßen und trösten die musikalisch Überbeanspruchte, die einerseits ihre ganze Freizeit für die Musik aufopfert und sich andrerseits vor den anderen lächerlich macht. Dennoch ist leiser Ekel, zart schwebende Abneigung in den Lehrern, wenn sie erklären, SIE habe als einzige nach der Schule nicht nur Unsinn im Hirn. Sinnlose Demütigungen beschweren IHR Gemüt, über die SIE sich bei der Mutter zuhause beschwert. Die Mutter beschwert sich dann, eilends in die Schule hetzend, lauthals über die anderen Schülerinnen, die ihren wunderbaren Ableger gründlich zu verderben trachten. Und daraufhin schlägt die geballte Wut der anderen erst recht zu. Es ist ein Kreislauf der Klagen und der verstärkten Anlässe für Klagen. Metallgestelle voll leerer Milchflaschen zum Zweck der Schulspeisung stellen sich IHR gern in den Weg, Aufmerksamkeit fordernd, die sie nicht erhalten. Alle ihre Aufmerksamkeiten gelten insgeheim den männlichen Mitschülern, die von ihr aus den äußersten Augenwinkeln verstohlen ausgespäht werden, während der Kopf hoch droben in eine ganz andere Richtung rudert und keine Notiz vom werdenden Mann nimmt. Oder von dem, was sich in Männlichkeit da üben will.
Hindernisse lauern in den stinkenden Schulklassenräumen. Vormittags schwitzt dort der simple Normalschüler, der es gerade noch schafft, während seine Eltern sich hektisch an den Schalt-

tafeln seines Geistes abmühen, daß er wenigstens das durchschnittliche Klassenziel noch erreicht. Nachmittags wird der Raum vom außergewöhnlich und für Außergewöhnliches Talentierten zweckentfremdet: vom Musik-Spezialschüler, der die dort einquartierte Musikschule heimsucht. Wie die Heuschrecken fallen lärmende Apparate über die stillen Denkräume her. Und ganztägig pflegt die Schule von Werten überschwemmt zu sein, welche bleiben, von Wissen und von Musik. Es gibt diese Musikstudenten in jeder Altersstufe und Größe, sogar Maturanten und Studenten! Sie alle sind vereinigt in dem Bemühen, etwas einzeln oder zu mehreren ertönen zu lassen.
Immer heftiger verbeißt SIE sich in die unerreichbar dahinschwebenden Luftblasen eines inneren Lebens, von dem die anderen nichts ahnen. Im Kern ist sie schön wie etwas Überirdisches, und dieser Kern hat sich von alleine in ihrem Kopf geballt. Die anderen sehen diese Schönheit nicht. SIE denkt sich schön und gibt sich im Geist ein Illustriertengesicht, das sie sich aufsetzt. Ihre Mutter würde es ihr untersagen. Diese Gesichter kann sie beliebig auswechseln, einmal blond, einmal braun, so lieben die Männer meist die Fraun. Und danach richtet sie sich, will doch auch sie geliebt werden. Sie selbst ist alles, nur nicht schön. Talentiert ist sie, dankeschön, bitteschön, aber nicht schön. Sie ist eher unscheinbar und bekommt das auch von ihrer Mutter dauernd versichert, damit sie sich nicht doch für schön halte. Nur mit IHREM Können und IHREM Wissen wird sie je einen Menschen fesseln können, droht die Mutter in gemeinster Weise. Sie bedroht das Kind mit Erschlagen, sobald es mit einem Mann gesichtet werden sollte. Am Ausguck sitzt die Mutter, kontrolliert, sucht, rechnet nach, zieht Konsequenzen, straft.
SIE ist mit den Stricken ihrer täglichen Pflichten verschnürt wie eine ägyptische Mumie, doch niemand brennt darauf, sie zu betrachten. Drei Jahre lang wünscht sie sich voll Ausdauer ein erstes Paar Stöckelschuhe. Niemals verzichtet sie durch Vergessen. Ausdauer braucht sie für den Wunsch. Die Ausdauer kann sie, bis sie die Schuhe bekommen hat, gleichzeitig auch für

Bachs Solosonaten verwenden, für deren Beherrschung die tückische Mutter solche Schuhe in Aussicht stellt. Nie wird sie diese Schuhe bekommen. Sie kann sie sich einst selber kaufen, wenn sie eigenes Geld verdient. Die Schuhe werden ihr beständig als Lockspeise vorangetragen. Auf diese Weise lockt die Mutter noch ein Stück und noch ein Stück vom Hindemith, dafür liebt die Mutter das Kind, wie es die Schuhe nie fertigbrächten.

Über andere ist SIE während jeder Zeit ganz erhaben. Über andere wird sie während dieser Zeit von ihrer Mutter ganz hinausgehoben. Die läßt sie weit hinter und weit unter sich.

IHRE unschuldigen Wünsche wandeln sich im Lauf der Jahre in eine zerstörerische Gier um, in Vernichtungswillen. Was andere haben, will sie zwanghaft auch. Was sie nicht haben kann, will sie zerstören. Sie beginnt, Dinge zu stehlen. Im Dachatelier, wo der Zeichenunterricht stattfindet, verschwinden Armeen von Wasserfarben, Stiften, Pinseln, Linealen. Es verschwindet eine ganze Sonnenbrille aus Plastik, deren Gläser – eine modische Novität – bunt schillern können! Aus Angst wirft sie das geraubte Gut, das nie guttun würde, auf der Straße sofort in den erstbesten Mülleimer, damit es nicht in ihrem Besitz gefunden werde. Die Mutter sucht, und fündig wird sie dabei immer, was heimlich gekaufte Schokolade oder ein heimlich vom Straßenbahngeld abgespartes Eis betrifft.

Statt der Sonnenbrille hätte sie am liebsten das neue graue Flanellkostüm eines anderen Mädchens genommen. Aber ein Kostüm läßt sich nicht gut entwenden, wenn die Trägerin ununterbrochen darin steckt. Zum Ersatz bringt SIE in detektivischer Kleinmeisterarbeit heraus, daß dieses Kostüm eigenkörperlich auf dem Babystrich verdient worden ist. Dem grauen Wolfsschatten der Kostümträgerin schlich SIE tagelang nach; Konservatorium wie Bristol-Bar samt mittelalterlichen Geschäftsleuten, die so allein heute, Mäderl, sind, befinden sich im selben Distrikt. Die Schulkameradin ist erst süße sechzehn und wird ordnungsgemäß der Verfehlung wegen gemeldet. SIE erzählt ihrer Mutter, welches Kostüm man sich wünscht und wo man es sich selbst verdienen kann. In gespielter Kindesunschuld fließen die Worte über die Lippen, damit die Mutter sich über die Ahnungslosigkeit des eigenen Kindes freut und das Kind dafür lobpreist. Sofort schnallt sich die Mutter ihre Sporen an die Jagdstiefel. Schnaubend und schäumend tänzelt die Mama, den Kopf werfend, in die Schule und erwirkt einen saftigen Hinauswurf. Das graue Kostüm fliegt samt seiner Trägerin von der Anstalt; aus den Augen, nicht aber aus dem Sinn ist das Kostüm damit entfernt, in dem es noch lange herumspukt, blutige Furchen und Schrunden reißend. Die Kostümbesitzerin muß zur Strafe Verkäuferin in einer Innenstadtparfümerie werden und es für den Rest ihres Lebens ohne das Glück der Allgemeinbildung aushalten. Was sie hätte werden können, ist sie nicht geworden.

Zur Belohnung für prompte Meldung von Gefährdung darf SIE sich eigenhändig eine ebenso extravagante wie extreme Schultasche aus billigen Lederresten basteln. Es wird dabei auf eine sinnvolle Betätigung in einer Freizeit geachtet, die sie nicht hat. Es dauert sehr lange, bis die Tasche vollendet ist. Dann jedoch ist etwas geschaffen worden, das kein anderer sein eigen nennt und nennen wollte. Nur SIE allein hat solch eine außergewöhnliche Tasche und traut sich noch auf die Gasse damit!

Die angehenden Männer und derzeitigen Nachwuchsmusiker, mit denen zusammen sie kammermusiziert und zwangsorchestriert, erwecken eine ziehende Sehnsucht, die immer schon tief in ihr zu lauern schien. Daher zeigt SIE nach außen hin unbändigen Stolz, doch worauf? Die Mutter fleht und beschwört, sie möge sich nichts vergeben, weil sie es sich dann nie verzeihen werde. SIE kann sich nicht den kleinsten Fehler vergeben, der noch monatelang in ihr bohrt und sticht. Oft wühlt in ihr ein hartnäckiger Einfall, was sie hätte anders machen sollen, doch nun ist es zu spät! Das kleine Möchtegern-Orchester wird von der Geigenlehrerin persönlich geleitet, der erste Geiger verkörpert darin die absolute Macht. Mit den Mächtigen wünscht sie es zu halten, um von ihnen emporgezogen zu werden. Mit der Macht hält sie es stets, seit sie ihre Mutter zum ersten Mal erblickte. In den Spielpausen liest der junge Mann, nach dem die anderen Geigen sich richten wie der Wind nach der Wetterfahne am Turm, wichtige Bücher für seine baldige Reifeprüfung. Er sagt, daß für ihn bald der Ernst des Lebens beginne, nämlich mit dem Studium. Er macht Pläne und spricht sie mutig aus. Manchmal schaut er zerstreut durch SIE hindurch, um eine vielleicht mathematische, vielleicht weltmännische Formel zu wiederholen. Ihren Blick könnte er nie einfangen, denn längst blickt sie hoheitsvoll zur Zimmerdecke. Sie sieht in ihm nicht den Menschen, nur den Musikanten; sie sieht ihn nicht, und er soll bemerken, daß er wie Luft ist. Innerlich verglüht sie fast. Ihr Docht strahlt heller als tausend Sonnen auf diese ranzige Ratte hinab, die sich ihr Geschlecht nennt. Damit er ihr einen Blick zuwende, wirft sie eines Tages den Deckel ihres hölzernen Geigenkastens heftig auf ihre linke Griffhand, die sie doch so nötig braucht, hinab. Vor Schmerz hellauf schreit sie, damit er sie eventuell unter Beobachtung stelle. Vielleicht ist er galant zu ihr. Doch nein, er möchte zum Bundesheer, damit er es hinter sich bringt. Es verlangt ihn außerdem danach, Gymnasialprofessor für Naturgeschichte, Deutsch und Musik zu werden. Die Musik beherrscht er als einziges davon schon jetzt recht gut. Um von ihm als Frau anerkannt zu werden, um im Notizbuch seines Geistes einen Eintrag als weiblich zu erhalten, spielt sie in den Pausen ganz allein solo auf dem Klavier, für ihn allein. Auf dem Klavier ist sie sehr gewandt, doch nur nach ihrer schrecklichen Plumpheit im täglichen Gebrauchsleben wird sie von ihm beurteilt. Diese Ungeschicklichkeiten, mit denen sie sich nicht in sein Herz trampeln kann.

Sie beschließt: niemandem wird sie sich bis zum letzten und äußersten Rand ihres Ichs, bis zum letzten Rest in die Hand zählen! Alles behalten will sie und, wenn möglich, etwas dazubekommen. Was man hat, das ist man. SIE häufelt abschüssige Berge auf, ihre Kenntnisse und Fähigkeiten bilden einen Gipfel, auf dem glattgefahrener Schnee liegt. Nur der mutigste der Schifahrer wird den Aufstieg bewältigen. Jederzeit kann der junge Mann auf ihren Abhängen ausrutschen, ins Bodenlose einer Spalte im Eis. SIE hat jemand den Schlüssel zu ihrem köstlichen Herzen, ihrem feingeschliffenen Eiszapfengeist anvertraut, daher kann sie ihm den Schlüssel jederzeit wieder nehmen.

So wartet SIE ungeduldig, daß ihr Wert als künftige Spitzenkraft der Musik an der Börse des Lebens steigen möge. Sie wartet still, immer stiller, daß einer sich für sie entscheidet, und sie wird sich daraufhin sofort glücklich für ihn entscheiden. Es wird ein musikbegabter Ausnahmemensch, ohne Eitelkeit sein. Doch dieser hat längst gewählt: Hauptfach Englisch oder Hauptfach Deutsch. Sein Stolz ist berechtigt.
Draußen winkt etwas, an dem sie absichtlich nicht teilnimmt, um prahlen zu können, nicht teilgenommen zu haben. Sie wünscht sich Medaillen, Plaketten für erfolgreich abgeschlossene Nichtteilnahme, um sich nicht messen, wägen lassen zu müssen. Ein schlecht schwimmendes Tier mit durchlöcherten Häuten zwischen seinen stumpfen Krallen, paddelt sie, ängstlich den Kopf hochhaltend, in der warmen Mutterjauche herum, ruckweise, wo ist das rettende Ufer verschwunden? Der Schritt hinauf in die neblig verhüllte Trockenheit ist zu beschwerlich, zu oft ist sie an der glatten Böschung abgeglitten.
Nach einem Mann, der vieles weiß und geigen kann, hat sie Sehnsucht. Doch der wird sie erst streicheln, hat sie ihn erlegt. Dieser fluchtbereite Gemsbock klettert zwar schon im Geröll, doch die Energie, ihrer im Schutt eingegrabenen Weiblichkeit nachzuspüren, hat er nicht. Er vertritt die Meinung, daß: eine Frau ist eine Frau. Dann macht er einen kleinen Scherz über das berühmt wankelmütige Geschlecht der Frauen, indem er sagt: diese Frauen! Wenn er IHR den Einsatz gibt, um sie spielen zu machen, sieht er sie an, ohne sie richtig wahrzunehmen. Er entscheidet nicht gegen SIE, er entscheidet nur einfach ohne SIE.
Nie würde SIE sich in Situationen begeben, in denen sie schwach oder gar unterlegen erscheinen könnte. Daher bleibt sie am Ort, wo sie ist. Nur die gewohnten Stadien von Lernen und Gehorchen werden durchlaufen, keine neuen Gegenden

werden aufgesucht. Die Presse quietscht im Gewinde, diese Presse, mit der ihr das Blut unter den Fingernägeln herausgequetscht wird. Das Lernen verlangt schon die Vernunft von ihr, denn solange sie strebt, lebt sie auch, ist ihr mitgeteilt worden. Das Gehorchen verlangt die Mutter. Und: wer sich in Gefahr begibt, kommt darin um, diesen Rat gibt ebenfalls die Mutter. Wenn kein Mensch zu Hause ist, schneidet sie sich absichtlich in ihr eigenes Fleisch. Sie wartet immer schon lange auf den Augenblick, da sie sich unbeobachtet zerschneiden kann. Kaum verhallt die Türklinke, wird schon die väterliche Allzweck-Klinge, ihr kleiner Talisman, hervorgeholt. SIE schält die Klinge aus ihrem Sonntagsmäntelchen von fünf Schichten jungfräulichen Plastiks heraus. Im Umgang mit Klingen ist sie geschickt, muß sie doch den Vater rasieren, diese weiche Vaterwange unter der vollkommen leeren Stirn des Vaters, die kein Gedanke mehr trübt und kein Wille mehr kräuselt. Diese Klinge ist für IHR Fleisch bestimmt. Dieses dünne, elegante Plättchen aus bläulichem Stahl, biegsam, elastisch. SIE setzt sich mit gespreizten Beinen vor die Vergrößerungsseite des Rasierspiegels und vollzieht einen Schnitt, der die Öffnung vergrößern soll, die als Tür in ihren Leib hineinführt. Erfahrung hat sie mittlerweile darin, daß so ein Schnitt mittels Klinge nicht schmerzt, denn ihre Arme, Hände, Beine mußten oft als Versuchsobjekte herhalten. Ihr Hobby ist das Schneiden am eigenen Körper.

Wie die Mundhöhle ist auch dieser Körperein- und -ausgang nicht direkt als schön zu bezeichnen, doch er ist nötig. Sie ist sich selbst ganz ausgesetzt, was immer noch besser ist, als anderen ausgesetzt zu sein. Sie hat es in der Hand, und eine Hand hat auch Gefühle. Sie weiß genau, wie oft und wie tief. Die Öffnung wird in die Halteschraube des Spiegels gespannt, eine Schneidegelegenheit wird ergriffen. Rasch, bevor jemand kommt. Mit wenig Information über Anatomie und noch weniger Glück wird der kalte Stahl heran und hineingeführt, wo sie eben glaubt, daß ein Loch entstehen müsse. Es klafft auseinander, erschrickt vor der Veränderung, und Blut quillt heraus.

Ein nicht ungewohnter Anblick, dieses Blut, der aber durch Gewohnheit nicht gewinnt. Wie üblich tut nichts weh. SIE schneidet sich jedoch an der falschen Stelle und trennt damit, was Herr Gott und Mutter Natur in ungewohnter Einigkeit zusammengefügt haben. Der Mensch darf es nicht, und es rächt sich. Sie fühlt nichts. Einen Augenblick lang starren die beiden zerschnittenen Fleischhälften einander betroffen an, weil plötzlich dieser Abstand entstanden ist, der vorher noch nicht da war. Sie haben viele Jahre lang Freud und Leid miteinander geteilt, und nun separiert man sie voneinander! Im Spiegel sehen die Hälften sich auch noch seitenverkehrt, so daß keine weiß, welche Hälfte sie ist. Dann kommt entschlossen das Blut hervorgeschossen. Die Blutstropfen sickern, rinnen, mischen sich mit ihren Kameraden, werden zu einem steten Rinnsal. Dann ein roter, gleichmäßig und beruhigend rinnender Strom, als sich die einzelnen Rinnsale vereinigen. Sie sieht ja nicht vor lauter Blut, was sie da eigentlich aufgeschnitten hat. Es war ihr eigener Körper, doch er ist ihr fürchterlich fremd. Daran hat sie vorher nicht gedacht, daß man die Schnittbahn jetzt nicht mehr kontrollieren kann wie bei einem Kleiderschnitt, auf dem man die einzelnen gepunkteten, strichlierten oder strichpunktierten Linien mit einem kleinen Rädchen abfahren kann, auf diese Weise die Kontrolle und den Überblick behaltend. SIE muß erst einmal die Blutung zum Stillstand bringen und bekommt dabei Angst. Der Unterleib und die Angst sind ihr zwei befreundete Verbündete, sie treten fast immer gemeinsam auf. Betritt einer dieser beiden Freunde ohne anzuklopfen ihren Kopf, kann sie sicher sein: der andere ist nicht weit. Die Mutter kann kontrollieren, ob SIE ihre Hände des Nachts auf der Bettdecke behält oder nicht, doch um die Angst unter Kontrolle zu bekommen, müßte sie ihrem Kind erst die Schädelkapsel aufstemmen und die Angst persönlich ausschaben.

Zum Stillen des Blutes wird das beliebte Zellstoffpaket hervorgekramt, das jede Frau um seiner Vorteile willen kennt und schätzt, vor allem beim Sport und bei der Bewegung im allgemeinen. Das Paket ersetzt rasch die goldene Pappkrone des als

Fräulein Prinzessin auf den Kinderball geschickten kleinen Mädchens. Doch auf Kinderfaschingsbälle ist SIE nie gegangen, die Krone hat sie nicht kennengelernt. Plötzlich ist dann der Königinnenschmuck in die Hose gerutscht, und die Frau kennt ihren Platz im Leben. Was zuerst in kindlichem Stolz auf dem Kopf prangte, ist jetzt dort gelandet, wo das weibliche Holz still auf die Axt warten muß. Die Prinzessin ist jetzt erwachsen, und hier scheiden sich auch schon die Geister: der eine Herr will ein nett furniertes, nicht zu auffälliges Möbelstück, der andere eine Garnitur in echt Kaukasisch Nuß, und der dritte wieder will leider nur Brennholz zu hohen Stößen stapeln. Doch auch dabei kann sich der Herr hervortun: er kann seinen Holzstoß möglichst raumsparend und funktionell auftürmen. In den einen Kohlenkeller geht mehr hinein als in den anderen, in dem das Holz nur wild durcheinandergeworfen wurde. Das eine häusliche Feuer brennt länger als das andere, weil ja auch mehr Holz da ist.

Gleich draußen vor ihrer Haustür wurde Erika K. von der weit geöffneten Welt erwartet, die sie unbedingt begleiten wollte. Je mehr Erika sie von sich stieß, desto eiliger drängte die Welt sich auf. Ein heftiger Frühlingssturm riß in jähen Wirbeln sie mit. Er fuhr ihr unter den glockigen Rock, den er gleich darauf wieder mutlos fallen ließ. Die abgasige Luft warf sich in dicken Polstern gegen sie und wurde zu einer echten Bedrängnis für den Atem. Einiges schepperte und klappte knallend gegen eine Mauer.

In kleinen Geschäften beugen sich die farbenfroh gekleideten modernen Mütter, die ihre Aufgabe ernst nehmen, über eine Ware, zuckend hinter der Mauer des Föhns. Den Kindern wird eine lange Leine gelassen, während die jungen Frauen ihre Kenntnisse aus den Luxuskochkunst-Journalen an unschuldigen Auberginen und anderen Exoten erproben. Vor schlechter Qualität zucken diese Frauen zurück wie vor einer Kreuzotter, die ihr häßliches Haupt aus den Zucchinis erhebt. Kein gesunder erwachsener Mann geht zu dieser Zeit auf der Gasse herum, wo er nichts zu suchen hat. Die Gemüsehändler haben aufgestapelte Kisten mit farbigen Vitaminträgern in allen Stadien der Fäulnis und Verwesung um ihre Eingänge herum gelagert. Mit Sachkenntnis wühlt die Frau darin herum. Sie stemmt sich gegen den Sturm. Sie tappt alles widerlich ab, um Frische und Härtegrad zu überprüfen. Oder einen Konservierungs- und Kampfstoff gegen Schädlinge auf der Außenschale, was die gebildete junge Mutter bis zum Entsetzen stört. Hier, auf dieser Weintraube, ist ein pilziggrüner Belag zu sehen, der sicher giftig ist, man hat diese Traube noch an ihrem Stock gröblichst abgespritzt. Sie wird der Gemüsefrau, die eine dunkelblaue Schürze trägt, verekelt vorgezeigt zum Beweis, daß wieder einmal Chemie über Natur gesiegt hat und im Kind der Jungmutter vielleicht ein Keim zu einem Krebs gelegt wird. In diesem Land ist die Tatsache, daß man Lebensmittel auf ihre Giftigkeit hin ständig überprüfen muß, bekannter als der Name des giftigen alten Kanzlers, sagt das Umfrageergebnis zweifelsfrei aus. Auch die mittelalterliche Kundin achtet nun auf Qualität, was den Ackerboden betrifft, in dem die Kartoffel wuchs. Die Kundin ist ja leider schon aufgrund ihres Alters stark gefährdet. Und jetzt hat sich die Gefahr, die auf sie lauert, drastisch erhöht. Sie kauft letztendlich die Orangen, denn man kann sie schälen, die schadenstiftende Umwelt damit deutlich reduzierend. Es nützt dieser Hausfrau nichts, daß sie sich im Laden mittels Giftkunde interessant zu machen sucht, denn Erika ist schon an ihr vorbeigeschritten, ohne ihr Beachtung zu schenken, und am Abend beachtet der Mann diese Frau dann ebenfalls nicht, sondern liest die Zeitung vom nächsten Morgen, die er sich auf dem Heimweg hat kaufen können, damit er seiner Zeit an Information voraus ist. Auch die Kinder werden das liebevoll gekochte Mittagessen nicht würdigen, weil sie schon erwachsen sind und gar nicht mehr zuhause wohnen. Sie sind ja längst selbst verheiratet und kaufen ihrerseits eifrig Giftfrüchte ein. Einmal werden sie am Grab dieser Frau stehen und halbwegs weinen, und die Zeit greift dann bereits nach ihnen. Jetzt sind sie die Sorge um ihre Mutter losgeworden, und schon werden ihre Kinder Sorge um sie tragen müssen.

Das denkt sich Erika aus.

Erika sieht auf ihrem Schulweg beinahe zwanghaft überall das Absterben von Menschen und Eßwaren, sie sieht nur selten, daß etwas wächst und gedeiht. Höchstens im Rathauspark oder im Volksgarten, wo sich die Rosen und die Tulpen fleischig hervordrängen. Doch auch die freuen sich zu früh, weil die Zeit der Welke schon in ihnen steckt. Das denkt sich Erika aus. Alles bestätigt sie in diesem Denken. Nur die Kunst hat, ihrer Meinung nach, einen längeren Bestand. Sie wird von Erika gehegt, gestutzt, zurückgebunden, gejätet und schließlich abgeerntet. Doch wer weiß, was von ihr schon ohne jede Berechtigung verschwunden und verklungen ist? Jeden Tag stirbt ein Musikstück, eine Novelle oder ein Gedicht, weil es keine Berechtigung in heutiger Zeit mehr hat. Und vermeintlich Unvergängliches wieder ist trotzdem vergangen, keiner kennt es mehr. Obwohl es Fortdauer verdient hätte. In Erikas Klavierklasse hacken selbst Kinder schon auf Mozart und Haydn los, die Fortgeschrittenen gleiten über die Kufen von Brahms und Schumann dahin, den Waldboden der Klavierliteratur mit ihrem Schneckenschleim überziehend.

Erika K. wirft sich entschlossen in den Frühlingssturm und hofft, daß sie heil am anderen Ende herauskommen wird; es gilt, diesen offenen Platz vor dem Rathaus zu überqueren. Ein Hund neben ihr spürt ebenfalls den ersten Hauch des Frühlings. Das Kreatürlich-Körperliche ist Erika ein Abscheu und eine ständige Behinderung auf ihrem gerade vorgezeichneten Weg. Sie ist vielleicht nicht so behindert wie ein Krüppel, aber eingeschränkt in ihrer Bewegungsfreiheit ist sie schon. Die meisten bewegen sich nämlich liebevoll auf das Du, den Partner zu. Das ist alles, was sie sich je ersehnen. Hängt sich einmal eine Kollegin im Konservatorium in ihren Arm ein, so zuckt sie zurück vor dieser Zumutung. Es soll sich keiner an Erika anlehnen, nur das Flaumgewicht der Kunst darf sich auf Erika niederlassen, bei jedem Lufthauch in Gefahr aufzuflattern, sich woanders zu lagern. Erika preßt ihren Arm so heftig an ihre Körperseite, daß der zweite Musikantinnenarm nicht die Mauer zwischen Erika und Erikaarm zu durchbrechen vermag und entmutigt wieder niedersinkt. Man sagt gern von einer solchen Person, sie sei unnahbar. Und niemand nähert sich ihr. Man macht vorher einen Umweg. Man nimmt Verzögerungen und Wartezeiten in Kauf, nur um nicht mit Erika in Berührung zu geraten. Manche machen auf sich lautstark aufmcrksam, Erika nicht. Einige winken, Erika nicht. Es gibt solche und solche. Die einen hüpfen im Stand, jodeln, schreien. Erika nicht. Denn sie wissen, was sie wollen. Erika nicht.

Zwei Schülerinnen oder weibliche Lehrlinge nähern sich laut kichernd und eng umklammert, die Köpfe ineinandersteckend wie zwei Plastikperlen. Sie hängen so aneinander, die Früchterln. Sicher werden sie ihre Verwobenheiten sofort auflösen, wenn der Freund der einen oder der anderen sich ihnen nähert. Sofort lassen sie sich aus ihrer freundlichwarmen Umarmung reißen, um ihre Saugnäpfe auf ihn zu richten und sich wie Tellerminen ihm unter die Haut zu wühlen. Später einmal wird Unmut laut explodieren, und die Frau trennt sich vom Mann, um ein spätes Talent zu entfalten, das brachlag.

Allein können die Menschen kaum gehen und stehen, in Rudeln treten sie auf, als wären sie nicht alleine schon eine zu starke Belastung für die Erdoberfläche, denkt die Einzelgängerin Erika. Formlose Nacktschnecken ohne Halt und Rückgrat, ahnungslos! Von keinem Zauber je angerührt und überwältigt, von keinem Zauber der Musik. Sie kleben aneinander mit ihren Fellen, die kein Hauch aufrührt.

Erika säubert sich durch Handklopfen. Mit leicht peitschenden Schlägen fährt sie sich über Rock und Tuchjacke. Ein Staub hat sich sicher festgesetzt bei all dem Stürmen und Wehen. Passanten weicht Erika schon aus, bevor diese auch nur auf Sichtweite an sie heran sind.

Es ist einer von diesen böse flimmernden Frühlingstagen gewesen, an dem die Damen Kohut den bereits vollkommen orientierungslosen und verstandesschwachen Vater in das niederösterreichische Sanatorium eingeliefert haben, bevor das staatliche Irrenhaus Am Steinhof – selbst der Landesfremde kennt es aus düsteren Balladen – ihn aufnahm und zum Bleiben einlud. So lange er wollte! Ganz wie gewünscht.
Ihr angestammter Wurstwarenhändler, ein berühmter Selberschlachter, der nie daran dächte, sich selbst zu schlachten, übernahm freiwillig den Transport mit seinem grauen VW-Bus, in dem sonst Kälberhälften baumeln. Der Papa reist durch die Frühlingslandschaft dahin und atmet. Mit ihm reist sein Stück für Stück sauber monogrammiertes Gepäck, in jedem einzelnen Socken das deutlich selbst eingestickte K., eine diffizile Handarbeit, die zu bewundern oder auch nur zu bewerten er längst nicht mehr in der Lage ist, obwohl diese Fingerfertigkeit ja ihm zugute kommt, verhindert sie doch, daß der ebenso verblödete Herr Novotny oder der Herr Vytvar ohne böse Absicht seine Socken mißbraucht. Ihre Namen tragen andere Anfangsbuchstaben, doch was ist mit dem senilen Herrn Keller, der ins Bett macht? Nun, er bewohnt ein anderes Zimmer, wie Erika sich gleich befriedigt samt Mutter überzeugen kann. Sie fahren, und bald sind sie da. Nun werden sie bald eintreffen! Sie fahren an der Rudolfshöhe vorbei und am Feuerstein, am Wienerwaldsee und am Kaiserbrunnenberg, am Jochgrabenberg und am Kohlreitberg, den sie in alten Tagen, die keine guten waren, mit dem Vater noch erklommen haben, und fast am Buchberg auch noch, würden sie nicht vorher abbiegen. Und jenseits der Berge wartet zumindest das Schneewittchen! In zarter Pracht und lachend vor lauter Freude, daß wieder einer kommt in sein Land. In einem voll ausgebauten Zweifamilienhaus, das einer Familie mit ländlicher Abstammung und steuerhinterzogenen Einkünften gehört und zu dem guten menschlichen Zweck der Irrenverwahrung und pekuniären Irrenverwertung eingerichtet wurde. Auf diese Weise dient das Haus nicht nur zwei Familien, sondern vielen vielen Irren zur Zuflucht und zum Schutz vor sich selbst

und anderen. Die Zöglinge dürfen wahlweise basteln oder spazierengehen. Bei beidem werden sie beaufsichtigt. Beim Basteln aber gibt es anfallenden Abfall und beim Herumspazieren gibt es Gefahr (Flucht, Tierbiß, Verletzung), die gute Landluft gibt es gratis dazu. Jeder darf davon atmen, soviel er will und braucht. Jeder Insasse zahlt durch seinen amtlichen Vormund einen stattlichen Preis, damit er aufgenommen wird und auch aufgenommen bleibt, was viele Extra-Trinkgelder kostet, je nach Schwere und Schmutzanfall des Patienten. Die Frauen hausen im zweiten Stock und in der Mansarde, die Männer im ersten und im Seitenflügel, der den Namen ausgebaute Garage offiziell zurückgelegt hat, weil er ein richtiges kleines Häuschen mit fließendem Kaltwasser und leckendem Dach geworden ist. Schimmel und Moder mutet man den betriebseigenen PKWs nicht zu, sie stehen im Freien. Auch in der Küche ruht manchmal einer zwischen Sonder- und Billigangeboten und liest mittels Taschenlampe. Der Anbau ist von der Größe her für etwa einen Opel Kadett gemacht, ein Opel Commodore würde darin steckenbleiben und weder vor noch zurück können. Ein gutes starkes Drahtgitter ringsumher, so weit man schaut. Die Familie kann den eben erst Abgelieferten ja nicht sofort wieder mit zurücknehmen, nachdem sie ihn mühsam zugestellt und eine solche Unsumme für ihn bezahlt hat. Von dem Geld, das die Zweifamilie für ihre kleinen Gäste einnimmt, hat sie sich sicher anderswo, wo sie keine Idioten sehen muß, ein Schloß gekauft. Und dieses wird die Familie gewiß solo bewohnen, um sich von all der Menschenfürsorge erholen zu können.

Der Vater strebt blindwerdenden Auges, doch sicher geführt, sein zukünftiges Heim an, nachdem er sein angestammtes Heim soeben verlassen hat. Ein hübsches Zimmer ist ihm zugewiesen, es wartet schon; erst mußte langwierig einer sterben, damit ein neuer aufgenommen werden konnte. Und auch dieser wird einmal Platz machen müssen. Geistesversehrte sind raumgreifender als die Normalausführung, sie lassen sich nicht mit Ausreden abspeisen und benötigen zumindest soviel Auslauf wie ein mittelgroßer Schäferhund. Das Haus erklärt, wir sind immer voll belegt und könnten unsere Bettenzahl sogar aufstocken! Doch der einzelne Insasse, der allerdings meist liegen muß, weil er auf diese Weise weniger Schmutz macht und raumsparend verstaut ist, ist austauschbar. Leider kann man nicht plötzlich doppelt für eine Person kassieren, sonst täte man es. Was da liegt, das pickt, und das zahlt – für die Zweifamilie zahlt es sich aus. Und wer da liegt, der bleibt auch hier, weil seine Angehörigen es so befehlen. Er kann sich höchstens verschlechtern: Steinhof! Gugging! Das Zimmer ist in Einzelbetten säuberlich unterteilt, jedem gehört ein eigenes Bettchen, und diese Bettchen sind klein, desto mehr gehen davon in den Raum hinein. Zwischen den Lagerstellen ist der Platz von etwa dreißig Zentimetern freigelassen, knapp ein Menschenfuß, damit der Inlage notfalls aufstehen und sich einmal erleichtern kann, was er nicht im Bett machen darf, weil er sonst personalintensiv wird. Dann kostet er mehr als seine Betteinlage wert ist und wird an schrecklichere Orte verbracht. Oft hat einer Grund zu der Frage, wer in seinem Bettchen gelegen, von seinem Tellerchen gegessen oder in seinem Kästchen gekramt habe. Diese Zwerglein! Ertönt der Gong, der ersehnte, fürs Mittagessen, streben die Zwerge in ungeordneten Rudeln tretend und drängelnd dem Raum zu, wo ihr Schneewittchen auf jeden einzelnen von ihnen in seiner zarten Anwesenheit wartet. Jeden hat es lieb, und jeden drückt es ans Herz, diese lang vergessene Weiblichkeit mit der Haut so weiß wie Schnee und dem Haar so schwarz wie Ebenholz. Doch da ist nur ein riesiger Refektoriumstisch, für diese Schweine mit säurefester, abwaschbarer, kratzsicherer Resopalplatte überzogen, weil sie nicht wissen, wie man sich bei Tisch benimmt; und das Geschirr ist aus Plastik, damit kein Idiot sich oder andere verdrischt, und keine Messerchen, keine Gäbelchen, nur Löfflein fein. Gäbe es Fleisch, was nicht der Fall ist, wäre es vorgeschnitten. Sie drücken sich ihr eigenes Fleisch aneinander ein, sie rempeln, stoßen und zwicken, damit sie ihre winzigen Zwergenplätze voreinander verteidigen.

Der Vater begreift nicht, weswegen er hier ist, denn hier ist er doch nie zuhause gewesen. Es wird ihm viel verboten, und der

Rest wird auch nicht gern gesehen. Was er tut ist falsch, daran ist er freilich gewöhnt, von seiner Gattin her. Er soll gar nichts mehr in die Hand nehmen und sich nicht regen, er soll seine Rastlosigkeit bekämpfen und still liegenbleiben, dieser unentwegte Spaziergänger. Er soll keinen Schmutz hereintragen und keine Zweifamilienbesitztümer hinaus. Das Außen und das Innen dürfen sich nicht vermischen, jedes gehört an seinen Platz, und für das Außen muß sogar Kleidung gewechselt oder zusätzlich angelegt werden, die der Bettnachbar vorhin noch eigens gestohlen hat, damit dem Vater das Draußen vergällt wird. Der Vater strebt dennoch sogleich wieder fort, kaum daß man ihn in die Ablage getan hat, er wird aber arretiert und zum Bleiben genötigt. Wie bekäme sonst seine Familie den Störenfried ihrer Behaglichkeit los und die Zweifamilie ihre Reichtümer? Die einen benötigen sein Fortbleiben, die anderen seinen Aufenthalt hier. Die einen leben davon, daß er zu ihnen kommt, die anderen davon, daß er gegangen ist und ihnen nicht mehr vor Augen kommt. Aufwiedersehn, es war so schön. Doch einmal endet alles. Der Vater soll, als sie wieder abfahren, seinen zwei Damen, von einem unfreiwilligen Helfer in weißem Kittel gestützt, Winkewinke machen. Der Papa jedoch hält sich statt des Winkens die Hand unvernünftig vor die Augen und fleht, nicht geschlagen zu werden. Dies wirft schlechte, grelle Lichter auf die abfahrende Rumpffamilie, denn geschlagen ist der Vati nie worden, gewiß nicht. Woher der Papa so etwas hat, will der abfahrende Familientorso von der stillen guten Luft wissen. Die antwortet nicht. Der Fleischer fährt zügiger als vorhin und um eine gefährliche Person erleichtert; er will noch mit den Kindern auf den Fußballplatz, denn es ist Sonntag. Sein Ruhetag. Er tröstet vermittels etlicher sorgfältig vorher ausgesuchter Worte. Er bedauert die Damen K. mit ausgewählten Sätzen; Geschäftsleute beherrschen die Sprache des Aussuchens und Wählens bestens. Der Fleischhauer spricht, als handle es sich um die Auswahl zwischen Filet und Rumpsteak. Er spricht seine normale Berufssprache, obwohl heute Sonntag ist, der Tag für die Freizeitsprache. Der Laden hat geschlossen. Ein guter Fleischer aber ist immer im Dienst. Die Damen K. gießen einen Schwall Innereien, noch dampfend, aus sich heraus, bestenfalls für Katzenfutter geeignet, beurteilt der Fachmann. Sie seichen, daß sie bedauerlich aber dennoch nötig, ja überfällig! gewesen sei, diese Tat, zu der sie sich schwer entschlossen haben. Sie überbieten einander. Die Lieferanten des Fleischhauers unterbieten einander eher. Doch dieser Fleischhacker hat feste Fixpreise und weiß auch, wofür er sie verlangt. Ein Ochsenschlepp kostet das, ein Beiried das, und ein Wadschinken wieder etwas anderes. Die Damen können sich die vielen Worte ersparen. Beim Einkauf von Wurst- und Selchwaren dagegen sollen sie umso großzügiger verfahren, jetzt sind sie dem Fleischer verpflichtet, der nicht umsonst am Sonntag spazierenfährt. Umsonst ist nur der Tod, und der kostet das Leben; und alles hat einmal ein Ende, nur die Wurst hat zwei, spricht der hilfsbereite Geschäftsmann und lacht in dicken Salven. Die Damen K. stimmen ihm etwas wehmütig zu, weil ihnen ein Glied der Familie abgeht, doch sie wissen, was sich für langjährige Stammkundinnen gehört. Der Fleischer, der sie zu seinem festen Kern-Kundenstamm zählen darf, wird davon ermutigt: «Du kannst dem Tier das Leben nicht, doch einen schnellen Tod kannst du ihm schenken.» Ganz ernst ist er geworden, der Mann mit dem blutigen Handwerk. Die Damen K. pflichten ihm auch hierin bei. Er soll aber mehr auf die Straße achten, sonst bewahrheitet sich der Spruch auf das fürchterlichste, noch ehe sie es sich versehen. Es herrscht der ungeübte Wochenendverkehr. Der Fleischhauer sagt daraufhin, daß ihm das Autofahren längst in Fleisch und Blut übergegangen sei. Dem haben die weiblichen K.s nichts entgegenzusetzen als ihr eigen Fleisch und Blut, das sie nicht vergießen wollen. Schließlich mußten sie soeben leider ein ihnen sehr teures Fleisch und Blut zu teurem Preise in einem vollgepferchten Schlafsaal unterstellen. Der Fleischer soll nicht glauben, es sei ihnen leichtgefallen. Ein Stück von ihnen ging mit und blieb dort in dem Heim in Neulengbach. Welches spezielle Stück denn, fragt der Fachmann.

Bald darauf betreten sie ihre nun ein wenig leerere Wohnung.

Diese Höhlung, die sich schützend schließt, jetzt haben sie mehr Platz für ihre Hobbies als je zuvor; jeden beliebigen nimmt die Wohnung nicht auf, nur den, der hierher gehört!
Eine neue Böe erhob sich und drückte, die übernatürlich große und weiche Handhöhlung eines Riesen, die Kohut junior gegen die Auslagenscheibe eines Optikers, aus der es von Gläsern herausblitzte. Eine überdimensionale Brille hing, mit violetten Gläsern bestückt, über das Geschäft weit hinaus und bebte, bedrohlich für Passanten, unter den Föhnpeitschen. Dann ist es plötzlich ganz still, als hole die Luft Atem und werde dabei von etwas erschreckt. Die Mutter igelt sich sicher gerade in diesem Augenblick gemütlich in ihrer Wohnküche ein und brutzelt etwas in Fett für den gemeinsamen Abend, an dem es kalt serviert wird, und anschließend wartet schon eine Handarbeit auf sie, ein weißes Spitzendeckerl.

Auf dem Himmel befinden sich scharf abgegrenzte Wolken, rötlich an ihren Rändern. Die Wolken scheinen nicht zu wissen wohin, so hetzen sie kopflos einmal hierhin und dann dorthin. Erika weiß immer schon Tage vorher, was Tage nachher ihrer harren wird, nämlich der Dienst an der Kunst im Konservatorium. Oder es hat sonstwie mit Musik, dieser Blutsaugerin, zu tun, die Erika in verschiedenen Aggregatzuständen zu sich nimmt, in Dosen oder röstfrisch, einmal als Brei, einmal als Festnahrung, selbsttätig oder andere befehligend.

Schon etliche Quergassen vor der Musikanstalt späht Erika, wie es ihre Gewohnheit ist, suchend und witternd umher, ein erfahrener Jagdhund, der die Fährte aufnimmt. Ob sie heute einen Schüler oder eine Schülerin ertappt, die, noch mit keinem Musikpensum betraut, zuviel Zeit haben und für das private eigene Leben tätig werden? Eindringen, hineinzwängen will sich Erika in diese weiten Ländereien, die, unkontrolliert von ihr, trotzdem, in Äcker eingeteilt, sich erstrecken. Blutige Berge, Felder von Leben, in die es sich zu verbeißen gilt. Der Lehrer hat jedes Recht dazu, weil er die Elternstelle vertritt. Sie will unbedingt wissen, was in anderen Leben vor sich geht. Kaum weicht ein Schüler vor ihr zurück, kaum ergießt er sich in seinen aufstellbaren Plastik-Freiraum und hält sich für unbeobachtet, schon ist die K. zitternd bereit, sich ihm unaufgefordert und heimlich anzuschließen. Um Ecken springt sie jäh, aus Gängen taucht sie unversehens auf, in Liftkabinen materialisiert sie sich, dieser energiegeladene Geist in der Flasche. Um ihren musikalischen Geschmack auszubilden und ihn dann den Schülern aufzuzwingen, besucht sie manchmal Konzerte. Sie wägt den einen Interpreten gegen den anderen ab und vernichtet die Schüler mit ihrem Leistungsmaß, in das nur die Größten ihre Kunst hineinschöpfen dürfen. Sie verfolgt, außer Sichtweite des Schülers, doch stets in eigener Sichtweite; sie beobachtet sich selbst in den Auslagenscheiben auf fremder Spur. Der Volksmund würde sie einen guten Beobachter nennen, doch zum Volk gehört Erika nicht. Sie gehört zu denen, die das Volk lenken und anleiten. Selbst in ein Vakuum der absoluten Trägheit ihres Körpers eingesaugt, reißt sie das Öffnen der Flasche mit einem Knall heraus und mitten in eine vorher ausgewählte oder unerwartet auftauchende fremde Existenz hinein. Ihr Spionieren läßt sich nie als absichtlich nachweisen. Und doch beginnt verschiedenenorts schon Mißtrauen sich gegen sie zu regen. Plötzlich ist sie in einem Augenblick vorhanden, in dem man keinen Zeugen wünscht. Jede neue Frisur einer Schülerin reicht daheim noch aus für eine halbe Stunde heftigen Gesprächs inklusive Beschuldigung der Mutter, sie halte ihre Tochter mutwillig dauernd zuhause fest, damit diese im Freien nicht herumgehen und etwas erleben könne. Schließlich wäre auch bei ihr, der Tochter, eine neue Haartracht dringend fällig. Aber diese Mutter, die keine Tracht Prügel mehr wagt, hängt ja wie eine Klette oder ein Blutegel infektiös an ihr, Erika; die Mutter saugt ihr das Mark aus den Knochen. Was Erika durch heimliches Beobachten weiß, das weiß sie, und was Erika in Wirklichkeit ist, ein Genie, das weiß keiner besser als ihre Mama, die das Kind von innen und auch von außen kennt. Wer suchet, der findet Anstößiges, auf das er insgeheim hofft.

Vor dem Metro-Kino in der Johannesgasse findet Erika nun schon seit drei frohen Frühlingstagen, seit das Programm gewechselt hat, verborgene Schätze, denn der in sich und seine innerköpfischen Schweinereien verbohrte Schüler hat sein Mißtrauen längst zugrabe getragen. Seine Sinne sind scharf auf den Brennpunkt von Filmfotos ausgerichtet. Das Kino spielt derzeit einen Softporno, obwohl Kinder in seinem engeren Umkreis in Richtung Musik unterwegs sind. Der eine der davorstehenden Schüler beurteilt jedes Foto ausführlich danach, was man sieht, der andere Schüler geht mehr nach der Schönheit der ausgehängten Frauen. Ein dritter erwünscht sich hartnäckig das, was man nicht sieht, das Leibesinnere der Damen. Zwei Stück Jungmänner in spe sind gerade in einen furchtbaren Streit bezüglich der Größe der weibl. Brust geraten, da explodiert, vom Föhn hervorgeschleudert, die Frau Klavierlehrerin mitten unter ihnen und übt die Wirkung einer Handgranate aus. Sie hat sich einen still strafenden und ein wenig bedauernden Blick auf ihr Gesicht gelegt, man würde nicht glauben, daß sie und die Frauen auf den Fotos ein und demselben Geschlecht angehören, nämlich dem schönen, ja der Unkundige würde sie sogar zu verschiedenen Kategorien der Spezies Mensch zählen. Wenn man nach dem äußeren Anschein ginge. Doch ein Bild zeigt kein Innenleben, und so wären Vergleiche ungerecht für Frl. Kohut, deren Innenleben es ja gerade ist, was blüht und saftet. Ohne ein weiteres Wort geht die Kohut wieder fort. Es wird keine Meinung ausgetauscht, doch der Schüler weiß auch so, daß er wieder einmal zuwenig geübt haben wird, weil seine Interessen leider woanders als auf dem Klavier lagen.

Im gläsernen Bilderkasten schinden sich Männer und Frauen aneinander ab, in die Ewigkeit der Lust verhakt, in dieses mühselige Ballett. Sie schwitzen von dieser Arbeit. Der Mann arbeitet hie und da am Fleisch der Frau, und öffentlich kann er das Ergebnis dieser Schufterei vorzeigen. Wenn es nämlich aus ihm herausspritzt und auf den Körper der Frau niederfällt. Wie der Mann auch im Leben meist die Frau ernähren muß und nach seiner Ernährungsfähigkeit bewertet wird, so führt er auch hier der Frau warme Nahrung zu, die seine Innereien auf Sparflamme selbst gekocht haben. Die Frau stöhnt hell auf, bildlich gesprochen, doch man sieht ihren Schrei förmlich; sie ist froh der Gabe und froh ihres Versorgers, und ihre Schreie mehren sich. Auf den Fotos ist es natürlich ganz ohne Ton, doch der Ton im Kino wartet schon, wo die Frau zum Dank für männliche Mühe schreit, hat der Zuschauer nur erst die Eintrittskarte erworben.

Der ertappte Schüler stiefelt der Kohut in Achtungsabstand hinterher. Er hadert mit sich, daß er ihren weiblichen Stolz verletzt hat, weil er nackte Frauen musterte. Vielleicht hält die Kohut sich auch für eine Frau und ist nun schwer verwundet. Das nächste Mal soll seine innere Uhr laut ticken, wenn die Lehrerin sich anpirscht.

Später, in der Klavierklasse, wird der Schüler absichtlich mit Blicken gemieden, dieser Aussätzige der Lust. Schon beim Bach, direkt nach den Tonleitern und Fingerübungen, nimmt Verunsicherung raumgreifend überhand. Dieses intrikate Mischgewebe verträgt nur die sichere Hand des Herrenspielers, der sacht an den Zügeln zieht. Das Hauptthema ist verschmiert worden, die Nebenstimmen haben sich zu sehr aufgedrängt, und das Ganze fern jeder Durchsichtigkeit. Eine ölverschmierte Autoscheibe. Erika höhnt über das Bächlein des Schülers, das stockend, gestaut von kleinen Stein- und Erdwällen, durch sein verdrecktes Bett rumpelt. Erika erklärt nun Bachs Werk genauer: es ist ein Zyklopenbau, was die Passionen, und ein Fuchsbau, was das Wohltemperierte und die anderen kontrapunktischen Sachen fürs Tasteninstrument betrifft. Erika erhebt, mit voller Absicht zur Demütigung des Schülers, Bachs Werk in Sternenhöhe; sie behauptet, daß Bach die Kathedralen der Gotik musikalisch dort, wo er jeweils erklinge, wieder neu aufbaue. Erika spürt das Prickeln zwischen den Beinen, das nur der von Kunst und für Kunst Ausgewählte fühlt, wenn er über Kunst spricht, und sie lügt, die Faustische Sehnsucht nach Gott habe das Straßburger Münster genauso wie den Eingangschor zur Matthäuspassion hervorgerufen. Ein Münster sei es nicht gerade gewesen, was er da gespielt habe. Erika verkneift sich die Anspielung nicht, daß Gott schließlich auch die Frau geschaffen habe. Sie macht den kleinen Männerwitz, daß er es getan habe, als ihm nichts Besseres mehr eingefallen sei. Sie nimmt den kleinen Scherz wieder zurück, indem sie den Schüler allen Ernstes fragt, ob er wisse, wie man das Foto einer Frau anschauen müsse? Mit Ehrfurcht nämlich, denn auch die Mutti, die ihn ausgetragen und in die Welt hineingeboren hat, war eine Frau, nicht mehr und nicht weniger. Der Schüler verspricht einiges, das die Kohut von ihm fordert. Er erfährt zum Dank dafür, daß Bachs Können der Triumph des Handwerklichen in seinen vielfältigsten kontrapunktischen Formen und Künsten sei. Bei Handarbeit kennt Erika sich aus, wäre es nur nach Üben gegangen, sie bliebe Siegerin nach Punkten, sogar durch K.o. der anderen! Aber Bach ist mehr, triumphiert sie, ein Bekenntnis zu Gott, und das Lehrbuch der hierorts gebräuchlichen Musikgeschichte, Teil 1, österr. Bundesverlag, übertrumpft Erika noch, indem es lobhudelt, Bachs Werk sei Bekenntnis zum nordischen Spezialmenschen, der um die Gnade dieses Gottes ringt.

Der Schüler beschließt, sich möglichst nicht noch einmal vor der Fotografie einer nackten Frau ergreifen zu lassen.

Erikas Finger zucken wie die Krallen eines ordentlich ausgebildeten Jagdtiers. Im Unterricht bricht sie einen freien Willen nach dem anderen. Doch in sich fühlt sie den heftigen Wunsch zu gehorchen. Dafür hat sie dann ihre Mutter zuhause. Doch die alte Frau wird nur immer älter. Was geschieht, wenn sie einmal ganz zerfällt und zum betrüblichen Pflegefall wird, der dann ihr, Erika, gehorchen muß? Erika verzehrt sich danach, schwierige Aufgaben gestellt zu bekommen, die sie dann schlecht erfüllt. Dafür muß sie bestraft werden. Dieser junge, mit seinem eigenen Blut überschüttete Mann ist kein Gegner, er hat ja schon vor dem Wunderwerk Bachs versagt. Wie wird er erst versagen, gibt man ihm einen lebendigen Menschen zum Spielen! Er wird es nicht einmal wagen, einen harten Griff nach ihm zu tun; das Greifen von Falschtönen ist ihm allzu sehr beschämende Gegenwart. Mit einer einzigen Äußerung, einem nachlässigen Blick, kann sie ihn sofort in die Knie brechen lassen, so daß er sich

schämt und verschiedene Vorsätze faßt, die er dann nicht in die Wirklichkeit überzuführen vermag. Wer von ihr erreichte, daß sie einem Befehl gehorchte – ein Befehlshaber müßte es sein außerhalb ihrer Mutter und deren glühenden Furchen durch Erikas Willen –, der könnte ALLES von ihr bekommen. Sich an eine harte Mauer lehnen, die nicht nachgibt! Es zieht etwas an ihr, es zupft an ihrem Ellbogen, beschwert den Saum ihres Rocks, eine kleine Bleikugel, ein winziges, geballtes Gewicht. Sie weiß nicht, was es anrichten könnte, wäre er einmal von der Kette losgelassen, dieser geschärfte Hund, der die Lefzen hochzieht und am Gitter entlangstreicht, das Nackenfell gesträubt, doch stets genau den einen Zentimeter von seinem Opfer entfernt, ein dunkles Grollen in der Kehle, ein rotes Licht in der Pupille.
Sie wartet auf diesen einen Befehl. Auf dieses gelbe, dampfende Loch in all der Schneemasse, ein kleines Täßchen voll Pisse; er ist noch warm, dieser Harn, und bald wird das Loch zu einer dünnen gelben Röhre in den Schneeberg hinein gefrieren, Spur für den Schifahrer, den Rodler, den Wanderer, daß menschliche Anwesenheit hier kurz gedroht hat, doch sie ging weiter.
Sie hat Kenntnis von der Sonatenform und dem Fugenbau. Sie ist Lehrerin in diesem Fach. Und doch: ihre Pfoten zucken dem letzten, endgültigen Gehorsam sehnsüchtig entgegen. Die letzten Schneehügel, die Erhebungen, Marksteine in der Ödnis, ziehen sich langsam auseinander zu Ebenen, glätten sich in die Ferne hinein, werden zu spiegelnden Eisflächen, schrittlos, spurlos. Andere sind es, die Sieger im Schirennen werden, erster Platz Abfahrt Herren, erster Platz bei der Damenabfahrt, und jeweils erster Platz in der Kombination!
An Erika erhebt sich kein Haar, an Erika flattert kein Ärmel, an Erika ruht kein Staubkorn sich aus. Ein eisiger Wind ist aufgetreten, und da läuft sie aufs Feld, die Eiskunstläuferin in ihrem kurzen Kleidchen und den weißen Schlittschuhen. Die glatteste Fläche von allen reicht von einem Horizont zum anderen und weiter! Sirren auf Eis! Die Organisatoren der Veranstaltung haben das richtige Tonband verlegt, so daß diesmal keine Mu-

sicalpotpourris ertönen, und das unbegleitete Flirren der Stahlkufen wird immer mehr zu metallisch-tödlichem Schaben, ein kurzes Aufblitzen, ein für alle unverständliches Morsezeichen am Rande der Zeit. Sie holt heftig Schwung, die Läuferin, und wird von einer riesigen Faust in sich selbst komprimiert, gesammelte Bewegungsenergie, die sich in der einzig möglichen Zehntelsekunde aus sich hervorschleudert zu einem millimetergenau sitzenden Doppelaxel, voll ausgedreht, und auch die Landung genau auf dem Punkt. Die Wucht des Sprungs staucht die Läuferin erneut zusammen, sie ist mit mindestens dem doppelten Eigengewicht belastet und preßt dieses Gewicht nun in die Eisfläche hinein, die nicht nachgibt. Der Bewegungsapparat der Eisläuferin fräst sich in den diamantharten Spiegel, in das zarte Gestänge ihrer Bänder hinein, bis an die Grenze der Knochenbelastbarkeit. Und jetzt eine gehockte Sitzpirouette. Aus demselben Schwung heraus! Die Kunstläuferin wird zu einer zylindrischen Röhre, einem Erdölbohrkopf; Luft stiebt weg, Eispulver flüchtet kreischend, Atemwolken verfliegen, ein heulendes Sägen ertönt, doch unzerstörbar das Eis, keine Spur einer Beschädigung! Die Drehung sänftigt sich jetzt, schon kann man die anmutige Gestalt wieder als solche erkennen, die undeutliche hellblaue Platte ihres Röckchens beginnt zu wippen, sich sorgsam in Falten zu legen. Es folgt ein letzter Knicks noch vor den Rängen rechts und einer vor den Rängen links, und sie fährt winkend und blumenschwenkend davon. Doch die Ränge bleiben unsichtbar; vielleicht nimmt das Eismädchen ja nur an, daß sie da sind, weil es den Applaus deutlich gehört hat. In zügigen Schwüngen läuft das Mädchen ab, wird schon ganz klein in der Ferne, keine größere Ruhe als dort, wo der Saum des hellblauen Laufkostüms auf den prallen rosa Strumpfhosenschenkeln ruht und dran klatscht, hüpft, weht, schwingt, das Zentrum aller Beruhigung – dieses kurze Kleid, diese weichsamtenen Glocken und Falten, dieser enganliegende Leib mit den Stickereien am Ausschnitt.

Kaffeefrech sitzt die Mutter in der Wohnküche und träufelt ihre Befehle herum. Dann, ist die Tochter aus dem

Haus, dreht sie den Fernseher für das Vormittagsprogramm auf, beruhigt, denn wohin die Tochter gegangen ist, weiß sie. Was schauen wir uns jetzt an? Alfred Dürer oder Abfahrt Damen? Nach der Mühe des Tages schreit die Tochter dafür auf die Mutter ein, daß diese sie ihr eigenes Leben endlich führen lassen soll. Schon um ihres Alters willen müsse ihr das zugestanden werden, brüllt die Tochter. Die Mutter antwortet jeden Tag, daß eine Mutter dies besser wisse als das Kind, weil sie niemals aufhöre, Mutter zu sein.

Doch dieses von der Tochter ersehnte Eigenleben soll in einen Höhepunkt aller denkbaren Gehorsamkeiten einmünden, bis sich eine winzige, schmale Gasse auftut, nur einer Person gerade noch Raum gewährend, durch die sie hindurchgewunken würde. Der Wachmann gibt den Weg frei. Glatte, sorgsam polierte Mauern rechts und links, hoch ansteigend, keine seitlichen Abzweigungen oder Gänge, keine Nischen oder Höhlen, nur dieser eine enge Weg, durch den sie ans andere Ende muß. Wo, sie weiß es noch nicht, eine Winterlandschaft wartet, die in die Ferne reicht, eine Landschaft, in der sich kein Schloß zur Rettung aufbäumt, zu dem es keinen weiteren Pfad gibt. Oder es wartet nichts als ein Zimmer ohne Tür, ein möbliertes Kabinett mit einem altmodischen Waschtisch samt Krug und Handtuch, und die Schritte des Wohnungsinhabers nähern sich fortwährend, ohne je anzukommen, weil es ja keine Tür gibt. In dieser endlosen Weite oder in dieser sehr begrenzten torlosen Enge wird sich dann das Tier in einer schönen Angst stellen, einem noch größeren Tier oder nur diesem kleinen Waschtisch auf Rädern, der einfach nur dasteht zur Benutzung, zu nichts sonst.

Erika überwindet sich so lange, bis sie keinen Trieb mehr in sich spürt. Sie legt ihren Körper still, weil keiner den Panthersprung zu ihr tut, um diesen Körper an sich zu reißen. Sie wartet und verstummt. Sie stellt dem Körper strenge Aufgaben und kann die Schwierigkeit durch das Einbauen von verborgenen Fallen noch beliebig erhöhen. Sie beschwört vor sich, daß dem Trieb jeder folgen könne, selbst der Primitive, der sich nicht scheut, ihn im Freien zu erledigen.

Erika K. bessert den Bach aus, sie flickt an ihm herum. Ihr Schüler starrt auf seine ineinander verknäulten Hände hinab. Die Lehrerin blickt durch ihn hindurch, sieht aber jenseits von ihm nur Mauer, an der die Totenmaske Schumanns hängt. Einen flüchtigen Moment lang hat sie das Bedürfnis, den Kopf des Schülers bei den Haaren zu packen und ins Leibesinnere des Flügels zu schmettern, bis das blutige Gedärm der Saiten kreischend unter dem Deckel hervorspritzt. Der Bösendorfer wird dann keinen Ton mehr sagen. Dieser Wunsch huscht leichtfüßig durch die Lehrerin hindurch und verflüchtigt sich folgenlos.
Der Schüler verspricht, daß er sich bessern wird, und wenn es ihn Zeit kosten sollte. Erika hofft das ebenfalls und verlangt nach dem Beethoven. Der Schüler strebt schamlos Lob an, wenn er auch nicht derart lobsüchtig ist wie Herr Klemmer, dessen Scharniere die meiste Zeit ächzen vor Eifer.
In den Schaufenstern des Metro-Kinos hockt derweil ungehindert das rosa Fleisch in verschiedenen Formen, Ausführungen und Preiskategorien. Es wuchert und ufert aus, weil Erika K. derzeit nicht vor dem Kino Wache halten kann. Die Sitzpreise sind genormt, vorne ist es billiger als hinten, obwohl man vorne näher ist und vielleicht besser in die Körper hineinsieht. In eine Frau bohren sich extralange blutrot lackierte Fingernägel, in die andere Frau bohrt sich dafür ein spitzer Gegenstand, es ist eine Reitpeitsche. Sie macht eine Delle in das Fleisch und zeigt dem Betrachter, wer hier der Herr ist, und wer nicht; und auch der Betrachter fühlt sich als Herr. Erika spürt das Bohren direkt mit. Es verweist sie nachdrücklich auf ihren Platz auf der Zuschauerseite. Das Gesicht der einen Frau ist vor Freude verzogen, denn der Mann kann ja nur an ihrem Ausdruck erkennen, wieviel Lust er ihr bereitet und wieviel Lust unbenützt verlorengegangen ist. Das Gesicht einer anderen Frau auf der Leinwand ist vor Schmerz verzogen, denn sie ist soeben geschlagen worden, wenn auch leicht. Die Frau kann ihre Lust nicht als etwas Materielles vorführen, der Mann ist daher ganz auf ihre persönlichen Angaben angewiesen. Er liest die Lust von ihrem Gesicht herunter. Die Frau zuckt, um kein gutes Ziel zu bieten. Sie hat

die Augen geschlossen und ihren Kopf nach hinten in den Nacken geworfen. Wenn die Augen nicht zu sind, dann können sie unter Umständen auch nach hinten verdreht sein. Sie schauen den Mann nur selten an; deshalb ist seine Anstrengung umso nötiger, weil er das Ergebnis nicht mittels Gesichtsausdrucks noch beliebig verbessern und Punkte sammeln kann. Die Frau sieht den Mann vor lauter Lust nicht. Sie sieht den Wald vor lauter Bäumen nicht. Sie blickt nur in sich hinein. Der Mann, dieser gelernte Mechaniker, bearbeitet das kaputte Auto, das Werkstück Frau. In den Pornofilmen wird allgemein mehr gearbeitet als im Film über die Welt der Arbeit.
Erika ist darauf geeicht, Menschen zuzusehen, die sich hart bemühen, weil sie ein Ergebnis wünschen. In dieser Hinsicht ist der sonst große Unterschied zwischen Musik und Lust eher geringfügig. Natur sieht Erika weniger gern, sie fährt nie ins Waldviertel, wo andere Künstler Bauernhöfe renovieren. Sie steigt nie auf einen Berg. Sie taucht nie in einen See. Sie liegt nie an einer Küste. Sie fährt nie rasch durch den Schnee. Der Mann hortet gierig Orgasmen, bis er schließlich schweißüberströmt dort liegenbleibt, von wo er aufgebrochen ist. Dafür hat er aber auch seinen Kontostand für heute stark angehoben. Erika hat diesen Film längst in einem Vorstadtkino, wo sie zur Gänze unbekannt ist (nur die Frau an der Kasse kennt sie jetzt schon und grüßt sie als gnädige Frau), sogar zweimal gesehen. Öfter wird sie nicht hineingehen, denn sie bevorzugt kräftigere Kost, was Pornos betrifft. Diese anmutig geformten Exemplare der Gattung Mensch hier in diesem Innenstadtkino agieren ohne jeden Schmerz und ohne die Möglichkeit auf Schmerz. Vollgummi. Der Schmerz ist selbst nur die Folge des Willens zur Lust, zum Zerstören, zum Zugrunderichten, und, in seiner höchsten Form, eine Art von Lust. Erika würde die Grenze zu ihrer eigenen Ermordung gern überschreiten. In den ungeschickten Vorstadt-Rammeleien liegen mehr Hoffnungen auf Schmerzgestaltung, Schmerzausschmückung. Diese schäbigen, ausgefransten Laienschauspieler arbeiten viel härter, sind auch viel dankbarer, daß sie in einem echten Film vorkommen kön-

nen. Sie sind schadhaft, ihre Haut zeigt Flecken, Pickel, Narben, Runzeln, Schorf, Zellulitis, Fettwülste. Schlecht nachgefärbtes Haar. Schweiß. Schmutzige Füße. Bei den ästhetisch anspruchsvollen Filmen im gepolsterten Nobelkino sieht man fast nur die Oberflächen von Mann und Frau. Beide Sorten sind von garantiert schmutzabstoßenden Nylonhäuten eng überzogen, säurefest, trittfest, hitzebeständig. Im Billigporno ist zudem die Gier unverhüllter, mit welcher der Mann in den Frauenkörper einfährt. Die Frau spricht nicht, und wenn, dann mehr! Mehr! Damit ist der Dialog erschöpft, der Mann noch lange nicht, denn er wünscht geizig seine Höhepunkte zusammenzuhalten und möglichst neue hinzuzuhäufen.

Hier im Weichporno ist alles auf das Außen reduziert. Das genügt der wählerischen Erika, diesem weiblichen Feinspitz, nicht, weil sie, sich in die ineinander verkrallten Leute verbeißend, ergründen will, was nun dahintersteckt, das so sinnezermürbend sein soll, daß jeder es tun oder sich wenigstens ansehen will. Ein Gang ins Leibesinnere erklärt das nur unvollkommen, läßt auch Zweifel zu. Man kann die Menschen ja nicht aufschlitzen, um den letzten Rest auch noch aus ihnen herauszubekommen. Im Billigfilm blickt man tiefer, was die Frau betrifft. Beim Mann kann man nicht so weit vordringen. Doch ein Letztes sieht keiner; selbst wenn man die Frau aufschnitte, sähe man nur Gedärme und Innenorgane. Der aktiv im Leben stehende Mann wächst auch körperlich eher nach außen. Am Ende bringt er das erwartete Ergebnis hervor, oder auch nicht, wenn aber doch, kann man es allseits öffentlich betrachten, und der Erzeuger freut sich seines wertvollen heimischen Produkts.

Der Mann muß oft das Gefühl haben, denkt Erika, daß die Frau ihm etwas Entscheidendes in dieser Unordnung ihrer Organe verbirgt. Gerade diese allerletzten Verborgenheiten stacheln Erika an, immer Neues, immer Tieferes, immer Verboteneres betrachten zu wollen. Sie ist stets auf der Suche nach einem neuen unerhörten Einblick. Ihr Körper hat noch nie, nicht einmal in Erikas aufgespreizter Standardpose vor dem Rasierspiegel, seine schweigsamen Geheimnisse preisgegeben, nicht

einmal seiner eigenen Besitzerin! Und so behalten auch die Leiber auf der Leinwand alles bei sich: für den Mann, der nachschauen möchte, was es auf dem freien Markt an Frauen so gibt, die er noch nicht kennt, wie für Erika, die verschlossene Betrachterin.
Erikas Schüler wird heute herabgewürdigt und damit bestraft. Erika schlägt locker ein Bein über das andere und sagt etwas voll Hohn über seine nur halb gargekochte Beethoven-Interpretation. Mehr ist nicht nötig, gleich wird er weinen.
Sie hält es heute nicht einmal für angebracht, ihm die entsprechende Stelle vorzuspielen, die sie meint. Er wird heute nichts mehr aus seiner Klavierlehrerin herausbekommen. Wenn er seine Fehler nicht selber merkt, dann kann sie ihm nicht helfen.

Liebt das ehemalige Tier der Wildnis und jetzige Tier der Manege seinen Dompteur? Es kann möglich sein, doch es ist nicht obligat. Der eine bedarf des anderen dringend. Der eine braucht den anderen, um sich mithilfe von dessen Kunststücken im Scheinwerferlicht und zum Schinderassa der Musik aufzublasen wie ein Ochsenfrosch, das andere braucht den einen, um einen Fixpunkt im allgemeinen Chaos, das einen blendet, zu besitzen. Das Tier muß wissen, wo oben und unten ist, sonst steht es plötzlich auf dem Kopf. Ohne seinen Trainer wäre das Tier gezwungen, hilflos im freien Fall herabzusausen oder im Raum herumzudriften und ohne Ansehen des Gegenstands alles zu zerbeißen, zerkratzen und aufzuessen, was ihm über den Weg läuft. So aber ist immer einer da, der ihm sagt, ob etwas genießbar ist. Manchmal wird dem Tier das Genußmittel auch noch vorgekaut oder stückweise vorgelegt. Die oft zermürbende Nahrungssuche fällt vollends weg. Und mit ihr das Abenteuer im Dschungel. Denn dort weiß der Leopard noch, was gut für ihn ist, und nimmt es sich, ob Antilope oder weißen Jäger, der unvorsichtig war. Das Tier führt jetzt tagsüber ein Leben der

Beschaulichkeit und besinnt sich auf seine Kunststücke, die es am Abend auszuführen hat. Es springt dann durch brennende Reifen, steigt auf Taburette, schließt Kiefer knackend um Hälse, ohne sie zu zerfetzen, macht Tanzschritte im Takt mit anderen Tieren oder allein, mit Tieren, denen es auf freier Wildbahn ohne Gegenverkehr an die Gurgel führe, oder vor denen es retirieren würde, wenn noch möglich. Das Tier trägt affige Verkleidungen auf Kopf oder Rücken. Man hat manche schon auf Pferden mit ledernen Schonbezügen reiten gesehen! Und sein Herr, der Dompteur, knallt mit der Peitsche! Er lobt oder straft, je nachdem. Je nachdem, wie das Tier es verdient hat. Aber der gefinkeltste Dompteur hat noch nicht die Idee gehabt, einen Leoparden oder eine Löwin mit einem Geigenkasten auf den Weg zu senden. Der Bär auf dem Fahrrad ist schon das Äußerste gewesen, was ein Mensch sich noch vorzustellen vermag.

II

Das letzte Stück Tag zerbröselt wie ein Kuchenrest unter ungeschickten Fingern, der Abend kommt, und die Kette der Schüler wird langsamer. Immer mehr Pausen dazwischen, in denen die Lehrerin auf dem Klo heimlich von einem Klappbrot abbeißt, das sie immer wieder sorgsam ins Papier packt. Abends kommen die Erwachsenen zu ihr, die tagsüber hart arbeiten müssen, nur damit sie jetzt auch noch Musik ausüben können. Jene, welche Berufsmusiker werden wollen, meist Lehrer in dem Fach, in dem sie jetzt noch Schüler sind, kommen tagsüber, weil sie nichts anderes haben als diese Musik. Sie wollen die Musik so rasch wie möglich vollständig und lückenlos erlernt haben, um die Staatsprüfung abzulegen. Sie pflegen meist bei Kollegen auch noch zuzuhören und sie, im trauten Verein mit Frau Prof. Kohut, tüchtig zu kritisieren. Sie genieren sich nicht, anderen Menschen Fehler auszubessern, die sie selbst begehen. Oft hören sie zwar, aber sie können es weder fühlen noch nachmachen. Nach dem letzten der Schüler läuft die Kette nachtsüber rückwärts, um sich ab neun Uhr früh erneut, mit frischen Kandidaten besteckt, voran auf den Weg zu machen. Die Zahnräder klicken, die Kolben boxen, die Finger werden an- und wieder abgestellt. Etwas erklingt.

Herr Klemmer sitzt nun schon seit drei Südkoreanern auf seinem Sessel und nähert sich seiner Lehrerin millimeterweise vorsichtig an. Sie soll es nicht bemerken, aber auf einmal wird er direkt in ihr sein. Und kurz zuvor war er noch auf Distanz hinter ihr. Die Koreaner verstehen nur das Nötigste auf deutsch und werden daher englisch mit Urteilen, Vorurteilen und Tadel beliefert. Herr Klemmer spricht in der internationalen Sprache des Herzens zu Frl. Kohut. Die Fernostler spielen dazu die Begleitung, unempfindlich in ihrer bewährten gleichmütigen Art für die Schwebungen zwischen der wohltemperierten Lehrerin und dem Schüler, der das Absolute will.

Erika spricht in der fremden Sprache über die Sünden wider den Geist Schuberts – die Koreaner sollen fühlen, nicht eine Schallplatte von Alfred Brendel stumpf imitieren. Denn auf diese Weise wird es Brendel immer eine kräftige Prise besser spielen! Klemmer äußert sich unaufgefordert und unerbeten über die Seele eines musikalischen Werks, die nur schwer daraus zu vertreiben ist. Es gibt welche, die bringen es dennoch fertig! Sie sollen zuhause bleiben, wenn sie nicht spüren können. In der Zimmerecke wird der Koreaner keine Seele finden, höhnt Klemmer, der Vorzugschüler. Er beruhigt sich langsam und sagt mit Nietzsche, mit dem er sich eins weiß, er sei für die ganze romantische Musik (inklusive Beethoven, den er noch mit einschließt) nicht glücklich, nicht gesund genug. Klemmer beschwört seine Lehrerin, sie solle sein Unglück und seine Krankheit aus seinem wunderbaren Spiel herauslesen. Was nötig wäre, ist eine Musik, bei der man das Leiden vergißt. Das animalische Leben! soll sich vergöttlicht fühlen. Man will tanzen, triumphieren. Leichte, ausgelassene Rhythmen, goldene, zärtliche Harmonien, nicht mehr und nicht weniger verlangt der Philosoph des sich an Kleinem entzündenden Zorns, und Walter Klemmer schließt sich dem Verlangen an. Wann leben Sie eigentlich, Erika, fragt der Schüler und weist darauf hin, daß am Abend für das Leben genug Zeit übrig wäre, wüßte man sie sich zu nehmen. Die eine Hälfte der Zeit gehört Walter Klemmer, über die andere darf sie verfügen. Doch sie muß immer mit ihrer Mutter zusammenhocken. Die beiden Frauen schreien einander an. Klemmer spricht vom Leben wie von einer goldenen Muskatellertraube, die die Hausfrau in einer Schüssel für den Gast anordnet, damit er auch mit den Augen essen kann. Zögernd nimmt der Gast sich eine Beere, und dann noch eine, bis ein kahlgerupfter Stengel übrigbleibt, darunter in freier Improvisation ein Häufchen Kerne.

Zufällige Berührungen drohen dieser Frau, deren Geist und Kunst man schätzt. Sie drohen vielleicht oben beim Haar, vielleicht an der Schulter, über die die Strickjacke lose gelegt ist. Der Sessel der Lehrerin wird etwas nach vorne gerückt, tief taucht der Schraubenzieher ein und holt einen letzten Rest Inhalt aus dem Wiener Liederfürsten, der heute rein klavierlich zu Wort kommt. Der Koreaner glotzt in sein Notenheft, das er noch in der Heimat gekauft hat. Diese vielen schwarzen Punkte bedeuten einen ihm vollkommen fremden Kulturkreis, mit dem er in der Heimat protzen wird. Klemmer hat Sinnlichkeit auf seine Fahne geschrieben, sogar in der Musik hat er Sinnlichkeit schon angetroffen! Die Lehrerin rät zu solider Technik, dieser weibliche Geisttöter. Die linke Hand von ihm kann es noch nicht mit der rechten aufnehmen. Es gibt dafür eine spezielle Fingerübung, sie führt die linke Hand wieder an die rechte heran, lehrt sie jedoch Unabhängigkeit von jener. Bei ihm liegt die eine Hand dauernd mit der anderen im Streit, wie der Besserwisser Klemmer ja auch dauernd mit anderen Leuten im Widerstreit sich befindet. Der Koreaner ist für heute entlassen.

Erika Kohut fühlt einen menschlichen Körper in ihrem Rücken, und es schaudert sie. Er soll nur nicht so nahe kommen, daß er sie streift. Er macht einen Weg hinter ihr und dann einen Rückweg. Er beweist, wie ziellos er ist. Als er endlich auf seinem Rückweg seitlich in ihren Augenwinkeln auftaucht, böse und taubenartig mit dem Kopf ruckend, tückisch sein ganz junges Gesicht in den Lichtkegel der Lampe haltend, wo diese am hellsten brennt, wird Erika innen ganz trocken und klein. Die Außenschale wabert schwerelos um ihren komprimierten Erdkern. Ihr Körper hört auf, Fleisch zu sein, und etwas dringt auf sie ein, das sich gleichfalls verdinglicht. Eine zylindrische Metallröhre. Ein sehr einfach gebauter Apparat, der angesetzt wird, um hineinzustoßen. Und das Bild dieses Gegenstands Klemmer wird in Erikas Leibeshöhlung glühend projiziert, umgekehrt an ihre Innenwand geworfen. Klar steht das Bild drinnen auf dem Kopf; und in diesem Augenblick, in dem er für sie zu einem Körper geworden ist, den man mit Händen greifen kann, ist er auch gleichzeitig vollkommen abstrakt, hat sein Fleisch eingebüßt. Schon im Augenblick, da die beiden für einander körperlich geworden sind, haben sie gegenseitig alle menschlichen Beziehungen zueinander abgebrochen. Es gibt auch keine Parlamentäre mehr, die man noch schicken könnte, mit Botschaften, Briefen, Zeichen. Nicht mehr der eine Körper erfaßt den anderen, sondern das eine wird für das andere zu einem Mittel, zu der Eigenschaft des Andersseins, in das man schmerzhaft einzudringen wünscht, und je tiefer man vordringt, desto heftiger fault das Gewebe des Fleisches, wird federleicht, fliegt weg von diesen beiden fremden und feindlichen Kontinenten, die krachend gegeneinander und dann gemeinsam zusammenstürzen, nur mehr klapperndes Gestell mit ein paar Leinwandfetzen daran, die sich bei der geringsten Berührung lösen und zu Staub zerfallen.

Klemmers Gesicht ist spiegelglatt, unberührt. Erikas Gesicht beginnt, von seiner späteren Verwesung gezeichnet zu werden. Ihre Gesichtshaut legt sich zu Falten zusammen, die Augenlider wölben sich schwach wie ein Blatt Papier unter Hitzeeinwirkung, das zarte Gewebe unter den Augen kräuselt sich bläulich. Über der Nasenwurzel zwei scharfe Knicke, nie wieder auszubügeln. Das Gesicht ist außen zu groß geworden, und dieser Prozeß wird noch jahrelang anhalten, bis das Fleisch dann unter der Haut schrumpft, verschwindet, und die Haut sich eng an den Totenkopf schmiegt, von dem sie nicht mehr gewärmt wird. Im Haar weiße Einzelfäden, sich, von abgestandenen Säften gespeist, unaufhörlich vermehrend, bis häßlichgraue Nester entwachsen, die nichts ausbrüten, nichts hegend umschließen, und auch Erika hat niemals etwas mit Wärme umschlossen, auch nicht ihren eigenen Leib. Aber sie ließe sich gerne umschließen. Er soll ihr nachgieren, er soll sie verfolgen, er soll ihr zu Füßen liegen, er soll sie unaufhörlich in seinen Gedanken haben, keinen Ausweg vor ihr soll es für ihn geben. Erika ist selten öffentlich zu sehen. Auch ihre Mutter hat es ihr Leben lang so gehalten und war selten zu betrachten. Sie bleiben in ihren vier Wänden und werden nicht gern von Besuchern aufgestöbert. Man nützt sich dabei nicht so ab. Allerdings hat bei ihren spärlichen öffentlichen Auftritten niemand besonders viel für die Damen Kohut geboten.

Erikas Zerfall klopft mit huschenden Fingern an. Schwach

ausgeprägte Körperkrankheiten, Gefäßstörungen in den Beinen, Rheumaanfälle, Gelenkentzündungen machen sich in ihr breit. (Diese Krankheiten kennt das Kind nur selten. Auch Erika hat sie bisher nicht gekannt.) Klemmer, ein Prospekt für gesundmachenden Paddelsport, mustert seine Lehrerin, als wollte er sie sich gleich einpacken lassen und mitnehmen oder womöglich im Stehen aufessen, noch im Geschäft. Vielleicht ist dies der letzte, der ein Verlangen nach mir hat, denkt Erika in Wut, und bald bin ich tot, nur fünfunddreißig Jahre noch, denkt Erika im Zorn. Rasch auf den Zug aufgesprungen, denn wenn einmal gestorben, höre, rieche und schmecke ich ja nichts mehr!

Ihre Klauen kratzen an den Tasten. Ihre Füße scharren sinnlos und verlegen, sie streicht und zupft vage an sich herum, der Mann macht die Frau nervös und beraubt sie ihres Haltes, der Musik. Jetzt wartet die Mutter zuhause schon. Sie blickt auf die Küchenuhr, dieses unerbittliche Pendel, das die Tochter frühestens in einer halben Stunde herbeiticken wird. Doch die Mutter, die sonst nichts zu besorgen hat, wartet lieber jetzt schon auf Vorrat. Vielleicht käme Erika eines Tages unerwartet früher, weil ein Schüler ausfiel, und dann hätte die Mutter nicht gewartet.

Erika ist auf ihren Klavierhocker gespießt, doch gleichzeitig wird sie auch zur Tür gezogen. Der machtvolle Drang der häuslichen, nur vom Ton des Fernsehers durchwirkten Stille, dieser Punkt absoluter Trägheit und Ruhe, wird jetzt schon zu einem körperlichen Schmerz in ihr. Klemmer soll endlich abdampfen! Was redet und redet er hier noch, während daheim das Wasser kocht, bis die Küchendecke verschimmelt.

Klemmer ruiniert mit der Schuhspitze nervös das Parkett und bläst wie Rauchringe die kleinen, hochwichtigen Realitäten der pianistischen Anschlagskultur aus sich heraus, während die Frau innerlich ihrer Heimat zustrebt. Er fragt, was den Klang erst ausmache, und antwortet sich selbst: die Anschlagskultur. Wortreich entlädt sich seinem Mund jener schattenhafte, unfaßliche Rest aus Klang, Farben, Licht. Nein, was Sie hier benennen, ist nicht die Musik, wie ich sie kenne, zirpt Erika, das

Heimchen, und will endlich in ihr warmes Heim gelangen. Doch, das und nur das, bricht es aus dem jungen Mann hervor. Das Unwägbare, das Unmeßbare ist mir Kriterium der Kunst, spricht Klemmer und widerspricht der Lehrerin. Erika schließt Klavierdeckel, räumt mit Dingen herum. Soeben hat der Mann in einem Fach seines Inneren den Geist Schuberts zufällig getroffen und nützt das gleich aus. Je mehr sich der Geist Schuberts in Rauch, in Duft, in Farbe, Gedanken auflöst, desto mehr siedelt sich sein Wert jenseits des Beschreibbaren an. Der Wert wird riesenhaft hoch, keiner begreift diese Höhe. Schein geht entschieden vor Sein, spricht Klemmer. Ja, die Realität ist wahrscheinlich einer der schlimmsten Irrtümer überhaupt. Lüge geht demnach vor Wahrheit, folgert der Mann aus seinen eigenen Worten. Das Irreale kommt vor dem Realen. Und die Kunst gewinnt dabei an Qualität.
Die häusliche Abendessenfreude, die sich heute ungewollt hinauszögert, ist das schwarze Loch für den Stern Erika. Sie weiß, diese mütterliche Umschlingung wird sie restlos auffressen und verdauen, und doch wird sie von ihr magisch angezogen. Karminrot setzt sich auf ihre Backenknochen und baut seine Stellung aus. Klemmer soll sich von ihr abklemmen und abziehen. Durch kein Partikel Staub von seinen Schuhen wünscht Erika an ihn erinnert zu werden. Sie sehnt sich nach langer innigster Umarmung, um ihn sodann, ist die Umarmung vollbracht, königlich von sich zu stoßen, diese großartige Frau. Klemmer ist nie weiter davon entfernt gewesen, die Frau zu verlassen, muß er ihr doch mitteilen, daß er Beethovens Sonaten überhaupt erst ab op. 101 lieben könne. Weil sie, wie er faselt, erst dann so richtig weich sind, ineinanderfließen, die einzelnen Sätze werden dann flächig, waschen an den Rändern aus, sie setzen sich nicht in Härte voneinander ab, erfindet Klemmer. Er drückt den letzten Rest dieser Gedanken und Empfindungen aus sich heraus und klemmt das Ende fest ab, damit die Wurstfülle nicht herausquellen kann.
Um das Gespräch nun in eine neue Bahn zu lenken, Frau Professor, muß ich Ihnen noch mitteilen, und ich werde es

gleich genauer ausführen, daß der Mensch erst dann seinen höchsten Wert erreicht, wenn er die Realität losläßt und sich in das Reich der Sinne begibt, was auch für Sie gelten sollte. Genau wie für Beethoven und Schubert, meine Lieblingsmeister, mit denen ich mich persönlich verbunden fühle, wodurch, weiß ich nicht genau, doch ich fühl', es gilt auch für mich, daß wir die Realität verachten und die Kunst wie die Sinne zu unserer alleinigen Realität machen. Für Beethoven und Schubert ist es vorbei, ich, Klemmer, bin jedoch im Kommen. Er beschuldigt Erika Kohut, daß es daran bei ihr noch fehle. An Oberflächlichkeiten klammere sie sich fest, doch der Mann abstrahiert und trennt Wesentliches vom Unnötigen. Indem er das sagt, hat er eine freche Schülerantwort erteilt. Er hat es gewagt.

In Erikas Kopf eine einzige Lichtquelle, die alles taghell erleuchtet, vor allem aber jenes Schild, auf dem steht: Ausgang hier. Der bequeme Fernsehstuhl breitet weit die Arme aus, leise ertönt die Signation zur Zeit im Bild, nüchtern regt sich der Nachrichtensprecher über seiner Krawatte. Auf dem Beistelltisch in beispielgebender Fülle und Buntheit eine sortierte Schüsselsammlung mit Naschereien, aus der sich die Damen abwechselnd oder zugleich bedienen. Wenn sie leer ist, wird sie sogleich nachgefüllt, es ist wie im Schlaraffenland, wo auch nichts zuende geht und nichts anfängt.

Erika räumt Dinge von einem Ende des Raumes in das andere und gleich wieder zurück; sie blickt mit Betonung auf die Uhr und gibt ein unsichtbares Signal von ihrem hohen Mast, anzeigend, wie müde sie ist nach ihrem harten Arbeitstag, an dem Kunst dilettantisch mißbraucht wurde, um Elternehrgeiz zu befriedigen.

Klemmer steht da und schaut sie an.

Erika will kein Schweigen entstehen lassen und sagt eine Alltäglichkeit. Kunst ist für Erika Alltag, weil sie sich von der Kunst ernähren läßt. Um wieviel leichter ist es dem Künstler, spricht die Frau, Gefühl oder Leidenschaft aus sich hervorzuschleudern. Die Wendung zum Dramatischen, die Sie so schätzen, Klemmer, bedeutet doch, daß der Künstler zu Scheinmitteln greift, die echten Mittel vernachlässigend. Sie spricht, damit kein Schweigen ausbricht. Ich als Lehrerin bin für die undramatische Kunst, Schumann zum Beispiel, das Drama ist immer leichter! Gefühle und Leidenschaften sind immer nur Ersatz, Surrogat für das Durchgeistigte. Nach einem Erdbeben, einem brüllenden Tosen, in wütendem Sturm über sie herfallend, sehnt sich die Lehrerin. Der wilde Klemmer bohrt seinen Kopf vor Zorn fast in das Gemäuer hinein, die Klarinettenklasse daneben, die er neuerdings als Zweitinstrument-Inhaber zweimal in der Woche frequentiert, wäre gewiß erstaunt, tauchte auf einmal der erboste Klemmerkopf neben Beethovens Sterbemaske aus der Wand heraus. Diese Erika, diese Erika fühlt nicht, daß er in Wahrheit nur von ihr redet, und natürlich von sich selbst! Er bringt sich und Erika in einen sinnlichen Zusammenhang und verdrängt damit den Geist, diesen Feind der Sinne, diesen Urfeind des Fleisches. Sie glaubt, er meint Schubert, dabei meint er nur sich, wie er immer nur sich zu meinen pflegt, wenn er spricht.

Er entbietet Erika plötzlich das Duwort, sie rät ihm, bleiben Sie doch sachlich. Ihr Mund verzieht sich ohne ihr Wollen und Zutun zu einer runzligen Rosette, sie hat ihn nicht mehr in der Gewalt. Was er sagt, dieser Mund, hat sie zwar in der Gewalt, nicht aber wie er sich nach außen hin präsentiert. Sie bekommt eine Gänsehaut übergezogen, überall.

Klemmer erschrickt vor sich selbst, er suhlt sich wohlig grunzend in der warmgefüllten Wanne seiner Gedanken und Worte. Auf das Klavier wirft er sich, wobei er sich gefällt. Er spielt in stark überhöhtem Tempo eine längere Phrase vor, die er zufällig auswendig gelernt hat. Demonstrieren will er etwas an der Phrase, es fragt sich, was. Erika Kohut ist der leisen Ablenkung froh, sie wirft sich dem Schüler entgegen, um den D-Zug aufzuhalten, ehe er noch völlig in Fahrt übergegangen ist. Sie spielen das viel zu rasch und auch zu laut, Herr Klemmer, und beweisen damit nur, was das Fehlen jeglichen Geistes in der Interpretation für Lücken zu reißen imstande ist.

Der Mann katapultiert sich rücklings in einen Sessel hinein.

Unter Hochdampf steht er wie ein Rennpferd, das schon viele Siege heimgebracht hat. Er fordert, um für Siege entschädigt zu werden und Niederlagen vorzubeugen, kostbare Behandlung und sorgsamste Pflege, mindestens wie ein zwölfteiliges Silberservice.

Erika will nach Hause. Erika will nach Hause. Erika will nach Hause. Sie gibt einen guten Rat: gehen Sie in Wien einfach herum und atmen Sie tief ein. Anschließend spielen Sie Schubert, diesmal aber richtig!

Und ich gehe jetzt ebenfalls, reißt Walter Klemmer sein kompaktes Notenpäckchen heftig zusammen und macht einen Abgang wie Joseph Kainz, nur schauen ihm nicht so viele Leute dabei zu. Doch er spielt die Zuschauer gleich mit. Star und Publikum in einer Person. Und den donnernden Applaus noch als Zugabe.

Draußen läßt Klemmer sein blondes Haar hinter sich herwehen, als er ins Herrenklo stürzt, wo er einen halben Liter Wasser direkt vom Hahn hinunterstürzt, das aber in seinem wassererprobten Körper keine allzu großen Verheerungen anzurichten vermag. Ins Gesicht klatscht er sich dann Wogen von Hochquellenwasser, das sauber aus dem Hochschwabgebiet herangeronnen ist. Das Wasser verendet in Klemmers Gesicht. Alles Schöne ziehe ich ständig in den Schmutz, denkt er bei sich. Das berühmte, mittlerweile etwas giftige Wiener Naß wird verschwendet. Klemmer schrubbt sich mit Energie ab, die er anders nicht nutzen konnte. Er nimmt dazu grünes Tannennadelshampoo aus dem Spender, immer wieder und noch einmal. Er spritzt und gurgelt. Er repetiert den Waschvorgang nach Wahl. Er fuchtelt in der Luft herum und macht sich auch noch die Haare naß. Er bringt mit dem Mund Kunstlaute hervor, die außer Kunst nichts Konkretes bedeuten. Weil er Liebeskummer hat. Er schnalzt aus diesem Grund auch mit den Fingern und knackt mit den Gelenken. Er malträtiert die Mauer unter dem blinden Hoffensterchen mit einer Schuhspitze, ohne daß aus ihm herauskann, was in ihm eingesperrt ist. Ein paar Tropfen spritzen zwar oben aus ihm heraus, doch der Rest bleibt in seinem Behältnis und wird langsam ranzig, weil er seinen weiblichen Bestimmungshafen nicht anlaufen kann. Ja, kein Zweifel besteht, Walter Klemmer ist recht verliebt. Zwar nicht zum ersten Mal, doch bestimmt nicht zum letzten Mal. Er wird jedoch nicht wiedergeliebt. Sein Gefühl wird nicht erwidert. Das widert ihn an, und er beweist es, indem er Schleim aus sich hervorholt und geräuschvoll ins Waschbecken plaziert. Klemmers Liebesplazenta. Er dreht den Hahn so fest zu, daß sein Nachfolger am Hähnchen dieses garantiert nicht wieder aufdrehen kann, außer er ist ebenfalls Pianist und hat daher stählerne Gelenke und Finger. Da nicht nachgespült wurde, hängen Schleimreste von Klemmers Auswurf in der Abflußöffnung – wer genau hinschaut, sieht sie genau.

Ein klavierlicher o. ä. Kollege rast totenblaß in dieser Sekunde direkt von seiner Übertrittsprüfung herein, wirft sich in eine der Kabinen und kotzt in die Kloschüssel, einem Naturereignis gleich. In seinem Körper scheint ein Erdbeben zu wüten; vieles ist schon eingestürzt, inklusive der Hoffnung auf eine nahe Reifeprüfung. So lange hat dieser Prüfling seine Aufregung zurückhalten müssen, weil schließlich der Herr Direktor der Prüfung beigesessen hat. Jetzt erwünscht die Aufregung energisch ihren Auftritt, damit sie ins Klobecken kann. Die Obertastenetüde ist dem Prüfling mißraten, er hat sie allerdings schon im doppelten Tempo begonnen, was kein Mensch aushalten kann und Chopin auch nicht. Klemmer verachtet die geschlossene Klotür, hinter der sein Mitmusiker jetzt mit Durchfall kämpft. Ein Pianist, der so stark von Körperlichem dominiert wird, kann nichts Entscheidendes beim Spiel zulegen. Sicher sieht er die Musik nur als Handwerk an und nimmt es unnötig schwer, wenn eins seiner zehn Handwerkzeuge einmal versagt. Diese Stufe hat Klemmer bereits überschritten, er achtet nur mehr auf den inneren Wahrheitsgehalt eines Stücks. Für ihn gibt es beispielsweise an den Sforzandos in Beethovens Klaviersonaten nichts mehr zu diskutieren, weil man sie erfühlen muß, ja dem Zuhörer mehr suggeriert, als daß man sie spielt. Klemmer könnte noch stundenlang über den geistigen Mehr-

wert eines Musikstücks dozieren, der zwar stets zum Greifen nah ist, doch nur von den Mutigsten ergriffen werden kann. Auf die Aussage und das Gefühl kommt es an, nicht auf den bloßen Aufbau. Er hebt seine Notentasche hoch und läßt sie zur Bekräftigung dieser These etliche Male mit großer Wucht auf das Porzellanwaschbecken niederkrachen, um noch eine letzte Energie aus sich herauszuquetschen, für den Fall, daß noch etwas da ist. Doch Klemmer ist innerlich leer, wie er merkt. Er hat sich an diese Frau völlig verausgabt, spricht Klemmer mit Worten eines berühmten Romans. Er hat an der Frau getan, was er konnte. Jetzt muß ich passen, sagt Klemmer. Er hat ihr den allerbesten Teil von sich angeboten – sich selbst zur Gänze. Er hat sich sogar wiederholt selbst interpretiert! Jetzt wünscht er nur noch eins: ein Wochenende scharfes Paddeln, um sich neu zu orientieren. Möglicherweise ist Erika Kohut bereits zu vergilbt, um ihn verstehen zu können. Sie begreift nur Teile von ihm, nicht das große Ganze.
Der an der Obertastenetüde Gescheiterte stapft wieder aus seiner Kabine heraus und gibt vor dem Spiegel, etwas von seinem schimmernden Bild getröstet, seinem Haar einen künstlerischen Schwung, den letzten Schliff, um auszugleichen, was seine Hände nicht vermochten. Walter Klemmer denkt mit Trost daran, daß auch seine Lehrerin an einer Karriere gescheitert ist, dann spuckt er weithin hörbar den letzten Schaum, der sich von seinem Aufbrausen gebildet hat, auf den Fußboden. Der Mitpianist schaut strafend auf die Spucke, weil er von Haus aus an Ordnung gewöhnt ist. Kunst und Ordnung, die verfeindeten Verwandten. Klemmer reißt leidenschaftlich Dutzende von Papierhandtüchern aus ihrem Behältnis, knüllt sie zu einem Großball und wirft sie haarscharf neben den Mistkübel hin, seitlich abgewogen und zu leicht befunden vom Versagerkameraden. Dieser erschrickt nun schon zum zweiten Mal, diesmal vor einer Verschwendung von Gütern, die der Stadt Wien gehören. Er kommt aus einer kleinbürgerlichen Greißlerfamilie und wird dorthin auch wieder zurück müssen, wenn er die Prüfung beim nächsten Anlauf nicht schafft. Dann zahlen die Eltern seinen

Unterhalt nicht länger mehr. Er wird dann von einem «künstl.» in einen «kaufm.» Beruf wechseln müssen, was sich in der Heiratsanzeige, die er aufgeben wird, sicher niederschlägt. Frau und Kinder werden es drastisch entgelten müssen. So bleiben Handel und Wandel intakt. Frostrote Würstchenfinger, die oft im Geschäft aushelfen mußten, krümmen sich zu Raubvogelklauen, wenn ihr Besitzer nur daran denkt.
Walter Klemmer legt vernünftig sein Herz in seinen Kopf und überdenkt gründlich jene Frauen, die er schon besessen und dann zu Billigpreisen wieder abgestoßen hat. Er hat ihnen dafür ausführliche Erklärungen gegeben. Daran wurde nicht gespart; die Frauen sollten es, wenn auch unter Schmerz, einsehen lernen. Wenn dem Mann danach zumute ist, geht er gern auch ohne ein Wort. Die Antennen der Frau spielen nervös in der Luft herum, Fühlern gleichend, ist doch die Frau ein fühlendes Wesen. Nicht der Verstand dominiert bei ihr, was sich auch in ihrem Klavierspiel niederschlägt. Die Frau beläßt es meist bei der Andeutung eines Könnens, damit gibt sie sich zufrieden. Klemmer hingegen ist ein Mensch, der einer Sache immer auf den Grund gehen möchte.
Walter Klemmer kann es sich nicht verhehlen, daß er seine Lehrerin in Betrieb nehmen möchte. Konsequent wünscht er sie zu erobern. Klemmer zertrampelt elefantös zwei weiße Kachelfliesen bei dem Gedanken, daß diese Liebe lohnlos bleiben soll. Gleich wird er aus dem Waschraum brausen wie der Arlbergexpreß aus dem gleichnamigen Tunnel, in eine eisige winterliche Landschaft hinein, die vom Verstand dominiert wird. Diese Landschaft ist auch deshalb kalt, weil Erika Kohut darin kein Lichtlein angezündet hat. Klemmer rät dieser Frau, ihre geringen Möglichkeiten ernstlich zu überdenken. Ein junger Mann zerreißt sich gerade für sie. Zuzeiten ist die gedankliche Basis zwischen ihnen ja da, dann aber wird sie plötzlich weggezogen, und allein sitzt Klemmer da in seinem Kanu.
Auf dem Konservatoriumsgang, der schon ganz verlassen daliegt, hallen seine Schritte. Er federt betont von Stufe zu Stufe hinab, wie ein Gummiball, von Ast zu Ast, und findet langsam

seine gute Laune wieder, die geduldig auf ihn gewartet hat. Hinter der Kohutschen Klaviertür kein Laut mehr. Manchmal spielt sie nach Unterrichtsschluß noch ein bißchen, weil ihr Klavier zuhause viel schlechter ist. Das hat er schon herausbekommen. Er tastet kurz nach der Türschnalle, um etwas anzufassen, das auch die Lehrerin tagtäglich berührt, doch die Tür bleibt kalt und stumm. Sie gibt keinen Millimeter nach, weil sie versperrt ist. Ende des Unterrichts. Sie ist jetzt schon auf halbem Weg bei ihrer verkalkten Mutter, mit der sie zusammen im Nest hockt, wobei die beiden Damen einander fast ununterbrochen stoßen und puffen. Sie können sich trotzdem nicht trennen, nicht einmal im Urlaub, wo sie sich in einer steirischen Sommerfrische gegenseitig ankeifen. Und das schon seit Jahrzehnten! Es ist eine krankhafte Situation für eine sensible Frau, die, erwägt man es rechnerisch von allen Seiten, eigentlich noch gar nicht alt ist; so positiv denkt Klemmer an seine Geliebte in Warteposition, als er sich nun seinerseits aufmacht, um zu seinen Eltern zu gelangen, bei denen er wohnt. Er hat sich dort ein extra kräftigendes Abendessen ausgebeten, einerseits, um die an die Kohut verschwendeten Energietanks wieder aufzufüllen, andrerseits, weil er morgen zum Sport aufbrechen will, und das ganz zeitig in der Früh. Egal, zu welchem Sport, aber wahrscheinlich ist es wieder der Paddelklub. Er hat den ganz persönlichen Drang, sich bis zur Erschöpfung abzuarbeiten und dabei ganz unverbrauchte Luft einzuatmen, nicht eine, die schon Tausende andere vor ihm ein- und wieder ausgeatmet haben. Eine Luft, in der Klemmer nicht die Ausdünstungen von Motoren und die Billignahrung von Durchschnittsmenschen einsaugen muß, ob er will oder nicht. Etwas möchte er zu sich nehmen, das von Alpenbäumen mithilfe des Chlorophylls frisch hergestellt worden ist. Er wird in die Steiermark fahren, wo sie am dunkelsten und unbehaustesten ist. Dort, nahe einem alten Wehr, wird er sein Boot zuwasser lassen. Ein grell orangefarbener Fleck, schon von weitem zu sehen, was von der Schwimmweste, der Spritzdecke und dem Helm herrührt, wird er zwischen zwei Wäldern dahinschießen, einmal hier, dann wieder dort, doch immer in eine Richtung: voran, dem Lauf des Wildbachs Folge leistend. Steinen, Felsbrocken muß man ausweichen, so gut man kann. Nicht kentern! Und dabei noch Tempo machen! Ein Kamerad, was das Paddeln betrifft, wird gleich hinter ihm herfolgen, aber er wird bei dieser Sportgattung sicher nicht an ihm vorbei und vor ihm herjagen. Die Kameradschaft beim Sport endet dort, wo der andere bedrohlich schneller wird. Der Kamerad wird dafür dasein, die eigenen Kräfte an den schwächeren dieses Kameraden zu messen und den Vorsprung vor ihm zu vergrößern. Zu diesem Zweck sucht sich Walter Klemmer den ungeübteren Paddler lang vorher sorgsam aus. Er ist einer, der bei Spiel und Sport nicht gern verliert. Deshalb ärgert ihn das mit der Kohut auch so. Wenn er bei einer mündlichen Diskussion den kürzeren zieht, wirft er nicht das Handtuch, sondern dem Gesprächspartner schließlich einen Haufen Gewölle, ein ausgewürgtes Päckchen aus Knochen, unverdaulichen Haaren, Steinen und Rohgras zornig ins Gesicht, blickt abweisend, überschlägt im Kopf alles, was er hätte vorbringen können und was leider ungesagt blieb, und verläßt die Runde in Wut.

Aus seiner hinteren Hosentasche holt er jetzt, da er auf der Straße ist, die Liebe zum Fräulein Kohut hervor. Da er zufällig ganz allein ist und keinen sportlich besiegen kann, klettert er an dieser Liebe hinauf zu einem Höhepunkt, der gleichzeitig körperlich wie geistig ist. Wie an einer unsichtbaren Strickleiter.

In federnden Weitsprüngen hetzt er die Johannesgasse hinauf zur Kärntnerstraße und die Kärntnerstraße entlang zum Ring. Saurierhaft sich aneinander vorbeischlängelnde Straßenbahnen vor der Oper bilden eine natürliche Barriere für Klemmer, die schwer zu übersteigen ist, und daher muß er trotz Wagemut mit der Rolltreppe in den Bauch der Opernkreuzung hinunter.

Schon eine Weile vorher hat sich aus einem Haustor die Gestalt von Erika Kohut gelöst. Sie sieht den jungen Mann vorüberjagen und heftet sich als Löwin an die Fährte. Ungesehen, ungehört und daher ungeschehen ist ihr Raubzug. Sie hat nicht wissen können, daß er so lange im Klo bleiben wird, aber sie hat

gewartet. Gewartet. Er muß heute hier an ihr vorbeikommen. Nur wenn er in die andere Richtung ginge, die ihm aber nicht gehört, käme er nicht an ihr vorbei. Erika ist immer irgendwo, wo sie geduldig abwartet. Sie beobachtet dort, wo keiner sie je vermuten würde. Sie schneidet sauber die ausgefransten Ränder von Sachen, die in ihrer unmittelbaren Nähe explodieren, detonieren oder bloß still lagern, ab und nimmt sie mit nach Hause, wo sie sie allein oder mit der Mutter im Verein um und um wendet, ob nicht in der Naht noch Krümel, Brösel, Schmutzreste oder abgerissene Körperteile zum Analysieren zu finden sind. Die Lebens- oder Todesabfälle von anderen, möglichst bevor deren Leben noch in die Reinigung gebracht wird. Da läßt sich viel forschen und finden. Für Erika sind gerade diese Abschnipsel das eigentlich Wesentliche. Eifrig beugen sich die Damen K. allein oder zu zweit über ihre häusliche Operationslampe und halten Kerzenflammen an Stoffreste, um zu erproben, ob es sich um eine rein pflanzliche, rein tierische Faser, um Mischgewebe oder um pure Kunst handelt. Am Geruch und an der Konsistenz des Verbrannten erkennt man es unweigerlich und kann sich bestürzt danach richten, wozu man das Abgeschnittene benötigt.
Mutter und Kind stecken die Köpfe ineinander, als wären sie nur ein einziger Mensch, und das Fremde liegt sicher, losgelöst von seinem ursprünglichen Ankerplatz, vor ihnen, sie nicht berührend, nicht bedrohend, aber doch trächtig von den Missetaten anderer, um unter die Lupe genommen zu werden. Es kann nicht weg, und die Schüler können meist auch nicht weg vor der Amtsgewalt ihrer Klavierlehrerin, die sie überall einholt, wenn sie nicht im brodelnden Übungswasser bleiben.
Vor Erika schleudert Klemmer rasch seine Beine. Er wirft sich zielstrebig in eine Richtung, ohne Umwege. Erika entzieht sich allem und jedem, jedoch: wenn sich ihr jemand flink entzieht, dann folgt sie ihm sofort als ihrem Heiland nach, auf dem Fuße, wie von einem riesigen Magneten angezogen.
Erika Kohut eilt hinter Walter Klemmer durch die Straßen.

Klemmer, in dem die Wut über Unerfülltes und der Ärger über Unerwünschtes brennt, ahnt nicht, daß die Liebe, keine geringere, hinter ihm her ist und sogar im gleichen Tempo wie er dahinsaust. Erika beargwöhnt junge Mädchen, deren Körperausmaße und Bekleidung sie abschätzt und ins Lächerliche zu ziehen trachtet. Wie wird sie mit der Mutter über diese Geschöpfe spotten, ist sie nur erst bei ihr! Sie kreuzen harmlos des harmlosen Klemmers Weg und könnten doch wie Sirenengesang in ihn einsickern, bis er ihnen verblendet folgt. Sie achtet darauf, welcher Blick Klemmers an einer Frau verweilt, und radiert den Blick nachher sauber aus. Ein junger Mann, der Klavier spielt, kann einen hohen Anspruch geltend machen, dem keine genügt. Er soll sich keine aussuchen, obzwar viele ihn aussuchen würden.

Auf solchen Um- und Irrwegen hetzt das Paar durch die Josefstadt. Der eine, um sich endlich abzukühlen, die andere, um vor Eifersucht heißzulaufen.

Ihr Fleisch zieht Erika fest um sich, diesen undurchdringlichen Mantel, keine Berührung ließe sich ertragen. Eingeschlossen bleibt sie in sich. Und doch zieht es sie hinter ihrem Schüler her. Ein Kometenschweif hinter dem Kometenhauptkörper. An eine Erweiterung ihres Kleiderlagers denkt sie heute nicht. Sie denkt aber daran, zum nächsten Unterricht etwas aus ihrem Fundus anzulegen, sie wird sich fesch ausstaffieren, jetzt, da es Frühling wird.

Zuhause will die Mutter nicht länger warten, und die Würstchen, die sie kocht, haben das Warten auch nicht gern. Ein Braten wäre jetzt bereits ungenießbar und zäh. Die Mutter wird aus beleidigtem Stolz, kommt Erika schließlich doch, bewirken, daß aufgrund eines Hausfrauentricks die Frankfurter aufplatzen und das Wasser bös in sie einsickert, damit sie extra nach garnichts mehr schmecken. Das wird als Mahnung genügen. Davon ahnt Erika nichts.

Sie läuft hinter Klemmer her, und Klemmer läuft vor ihr dahin. So fügt sich eins ins andere. Immer an der richtigen Stelle. Erikas Fuß folgt dort, wo Klemmers Fuß vorhin noch hingetreten ist. Erika vermag es natürlich nicht ganz, die Auslagenscheiben im Vorüberjagen durch Nichtachtung zu strafen. Sie mustert die Schaufenster der Boutiquen aus den Augenwinkeln. Es ist eine Gegend, die sie, was Kleidung betrifft, noch nicht erforscht hat. Obwohl sie immer auf der Suche nach neuer prächtiger Gewandung ist. Sie könnte dringend ein neues Konzertkleid vertragen, doch hier sieht sie keines. Das kauft man besser in der Innenstadt. Fröhliche Faschingsschlangen und Konfetti rieseln über die ersten Frühjahrsmodelle und die letzten Winterausverkäufe. Dazu Glitzerndes, das sich, bestenfalls in völliger Dunkelheit, für elegant und abendlich halten könnte. Zwei raffiniert arrangierte, mit Kunstflüssigkeit gefüllte Sektkelche, über die ausgesucht lässig eine Federboa geworfen wurde. Ein paar echt italienische Sandalen mit hohem Absatz, noch zusätzlich glimmrig bestreut. Davor eine mittelalterliche Dame, ganz versunken, deren Füße nicht einmal in Kamelhaarpantoffeln der Größe 41 passen würden, so ausgebeult sind sie von stehend erledigten uninteressanten Verrichtungen ihr Leben lang. Erika wirft Blicke auf ein dämonischrotes Chiffonkleid mit Rüschen am Ausschnitt und an den Ärmeln. Sich informieren geht über studieren. Das hier gefällt ihr, das dort weniger, weil sie so alt denn doch noch nicht ist.

Erika Kohut folgt Walter Klemmer, der, ohne sich noch einmal umzusehen, sein Haustor in einem Bürgerhaus der oberen Kategorie betritt, um in die Wohnung seiner Eltern im ersten Stock zu gelangen, wo die Familie auf ihn wartet. Erika Kohut geht nicht mit hinein. Sie selbst wohnt gar nicht weit, noch im selben Bezirk. Sie weiß aus den Schülerbogen, daß Klemmer in ihrer Nähe wohnt, ein Symbol für innere Zusammengehörigkeit. Vielleicht ist doch einer von ihnen für den anderen gemacht, und der andere muß das nach Kampf und Hader einsehen.

Die Würstchen werden nicht mehr lange warten müssen, Erika ist bereits auf dem Weg zu ihnen. Sie weiß nun, daß Walter Klemmer sich nirgends aufgehalten, sondern unverzüglich nach Hause begeben hat, und kann ihren Überwachungsdienst daher für heute aufgeben. Aber es ist etwas mit ihr geschehen, und sie nimmt das Ergebnis dieses Geschehens mit in ihr Heim, wo sie es erst einmal in einen Kasten sperrt, damit die Mutter es nicht findet.

Im Wiener Wurstelprater unterhält sich das kleine, in den Praterauen das geile Volk, jedes auf seine Weise. Im Wurstelprater pflanzen bis an den Rand mit Schweinsbraten, Knödeln, Bier oder Wein vollgefüllte Eltern ihre ebenso aufgefüllte Brut in die Töpfe oder auf die bunt lackierten (Plastik-)Pferdchen, Elefanten, Autos, bösen Drachen hinein oder hinauf, und das in Drehung versetzte Kind speit das ihm vorher mühsam Eingeschaufelte wieder heraus. Es bekommt dafür eine Ohrfeige, weil das Essen im Gasthaus etwas gekostet hat und man es sich nicht jeden Tag gönnt. Die Eltern behalten ihre Mahlzeit bei sich, denn ihre Magen sind kräftig und ihre Hände schnell wie der Blitz, wenn sie auf den Nachwuchs niederfahren. So wird der Nachwuchs beschleunigt. Nur wenn die Eltern allzu viel getrunken haben, kann es geschehen, daß sie eine rasante Fahrt mit der Hochschaubahn nicht vertragen. Zur Erprobung von Mut und Einsatzfreude findet die neueste Generation auch elektronisch gesteuerte Lustgeräte der vorletzten Chip-Generation vor. Diese Geräte tragen Namen aus der Raumfahrt, erheben sich stufenlos und sausend in die Luft und eiern dort beliebig, doch minuziös gesteuert, herum, wobei das Unten und das Oben vertauscht sein können. Nur mit Mut steigt man hier ein, es ist eigentlich für Halbwüchsige gedacht, die sich in der Welt schon abgehärtet haben, aber noch keine Verantwortung tragen, auch für ihre Körper nicht. Sie vertragen es, wenn Unten einmal Oben ist und umgekehrt. Die Weltraumfähre ist ein Lift, der aus zwei riesigen bunten Metallhülsen besteht, welche die Leute enthalten. Auf dem Erdboden werden inzwischen für die Verlobte Plastikpuppen erschossen, die sie mit nach Hause nehmen darf. Noch nach Jahren sieht die inzwischen enttäuschte Frau

dann, wieviel sie ihrem Freund früher einmal wert gewesen ist. In den grünen Weiten der teilweise recht wildwüchsigen Praterlandschaft ist es schon zwiespältiger. In dem einen Teil regiert der Pflanz: schöne große oder bösartig schnelle Autos entlassen zum Reiten passend Gekleidete, die sich, dem Anlaß gemäß, auf die Rücken der Pferde begeben. Manchmal sparen sie am Nötigsten, am Pferd, und kaufen nur die Kleidung, in der sie herumstolzieren. Sekretärinnen ruinieren sich hier, weil sie ja auch für den Alltag beim Chef elegante Garderobe anschaffen müssen. Buchhalter strampeln sich ab, damit sich am Samstag nachmittag jeweils eine Stunde lang dann ein Tier für sie abzappeln kann. Dafür leisten sie gern Überstunden. Personalchefs und Betriebsleiter nehmen es schon gelassener, weil sie es sich zwar leisten können, aber nicht müssen. Auch so sieht jeder, was sie sind, und sie dürfen schon anfangen, das Golfspiel ins Auge zu fassen.
Es gibt sicher schönere Gegenden zum Reiten, doch nirgendwo wird man von so vielen unschuldigen Familien mit unschuldigen Kindern und Hunden an der Leine bestaunt, die sagen: Jö ein Pferterl, auf dem auch sie gern reiten möchten, wofür sie eine Ohrfeige bekommen, wenn sie zu lautstark insistieren. Das können wir uns nicht leisten. Zum Ersatz wird dann der Bub oder das Mädel auf das schaukelnde Plastikpferd vom Ringelspiel gepflanzt, wo sie gellend weiterplärren. Daraus könnte das Kind etwas lernen, nämlich daß es für die meisten Dinge billige Kopien gibt, die ihm vorbehalten bleiben. Leider denkt das Kind nur daran, was ihm vorenthalten wurde, und haßt seine Eltern.
Es existieren auch Krieau und Freudenau, wo sich Pferde professionell schinden, die Traber dürfen nicht «einspringen», die Galopper müssen sich auch beeilen. Überall ist der Boden übersät mit leeren Getränkedosen, Wettscheinen und sonstigem Abfall, den die Natur nicht verdauen kann. Sie schafft es bestenfalls mit zartem Papier, wie man es für Taschentücher verwendet; das Papier war einst ein Naturprodukt, doch es dauert länger, bis es wieder dazu gemacht ist. Pappteller übersäen als ungenießbares Saatgut die plattgetrampelte Erde. Ausgetüftelt gefütterte, be-

stens bemuskelte vierbeinige Flitzer wippen unter Decken und treulich geführt dahin. Sie müssen sich über nichts Sorgen machen als darüber, mit welcher Taktik sie im dritten Rennen gewinnen werden, und selbst das sagt ihnen ihr Jockey oder Fahrer noch rechtzeitig, bevor sie verlieren würden.

Erst wenn das Licht des Tages erlischt und sich die Nacht breitmacht mit Lampe und Handarbeit oder mit Schlagring und Pistole, erfolgt der Auftritt von Menschen, die im Leben eher weniger geführt worden sind, meist Frauen. Selten aber doch: sehr junge Männer, denn wenn diese älter werden, sind sie ihren Kunden noch weniger wert als ältere Frauen. Die dem Homosexuellen natürlich in keinem Stadium etwas wert sind. Dann öffnet der Praterstrich seine Tore.

Er ist überall, in ganz Wien, und schon beim Kleinkind bekannt, das davor gewarnt wird, in der Dunkelheit diesem Ort auch nur in die fernere Nähe zu kommen: Links die Buben, rechts die Mädchen. Man findet hier viele ältere Frauen am Rande ihres Berufs und ihres Lebens, vor. Oft trifft man auch nur mehr ihre zerschossenen, aus fahrenden Autos geworfenen Überreste. Meist sinnlos ermittelt dann die Polizei, denn der Täter kam aus wohlgeordneter Stille und kehrte dorthin auch wieder zurück. Wenn es nicht der Zuhälter gewesen ist, der ein Alibi hat. Die Wandermatratze wurde hier erfunden und zum ersten Mal angewendet. Wer keine Wohnung dafür hat, kein Zimmer, kein Hotel, keine Absteige, kein Auto, der muß wenigstens eine transportable Unterlage besitzen, die wärmt, und auf der man halbwegs weich landet, wenn die Lust einen zu Boden wirft. Hier treibt das Wienertum in seiner unbegrenzten Bösartigkeit die schönsten Blüten, wenn ein flinker Jugoslawe oder ein eiliger Schlosser aus Fünfhaus, der Geld sparen will, vorüberhetzt, gefolgt von der unflätig geifernden Professionellen, die um ihren Lohn geprellt wurde. Aber der Schlosser aus Fünfhaus wünscht sich nichts so sehr wie den neuen Wandverbau für sich und seine Verlobte, in dem man die Sauereien seines Privatlebens verbergen kann. Man kann Bücher, eine Stereoanlage samt Platten und Boxen, den Fernseher, das Radio, die

Schmetterlingssammlung, das Aquarium, die Hobbygeräte und Diverses und Diverses und Diverses, dem Auge des Betrachters entzogen, gut und sicher aufbewahren. Der Besucher erblickt nur den dunkel gebeizten Palisanderverhau, das Durcheinander dahinter sieht er nicht. Er sieht vielleicht – und soll auch sehen – die kleine Hausbar mit bunten Likören und, darauf abgestimmt, zornig glitzernde, endlos polierte Gläser. Die zumindest in den ersten Ehejahren noch sorgsam poliert sind. Später werden sie von den Kindern zerbrochen, oder man vergißt das Putzen absichtlich, weil der Mann immer so spät kommt und aushäusig säuft. Die Spiegelbar verstaubt dann langsam. Der Jugoslawe, auch der Türke verachtet die Frau von Natur aus, der Schlosser verachtet sie nur dann, wenn sie unsauber ist oder fürs Pudern Geld nimmt. Dieses Geld kann man anderswo besser ausgeben, wo man länger etwas davon hat. Er hat es nicht nötig, für etwas, das so kurz ist wie das Abspritzen, auch noch zu bezahlen, denn schließlich hat die Frau bei ihm das Vergnügen, das sie bei anderen Männern nicht hätte. Er hat sein Sperma vermittels seines eigenen Lebens mühsam und langwierig erzeugt. Wenn er einmal tot ist, kann er ohnedies keine Säfte und Kräfte mehr produzieren, zum Leidwesen der Frauen. Oft kann der Schlosser das nicht veranstalten, weil man ihn dann im Milieu kennt und unnachsichtig verfolgt. Doch im Augenblick einer akuten finanziellen Notlage, weil Raten abzubezahlen sind, riskiert er es, verprügelt oder schlimmeres zu werden. Seine Sehnsucht nach Abwechslung hinsichtlich der weiblichen Vagina geht nicht immer konform mit seinen pekuniären Wünschen und Möglichkeiten.

Nun sucht er sich eine Frau, die nicht danach ausschaut, als käme noch einer auf die Idee, sie zu beschützen. Sicher ist sie noch besonders dankbar, denn der Schlosser ist ein muskeliger Brocken Mensch. Er hat sich eine typische Einzelgängerin im Reich der Sinne ausgewählt, eine schon ältere Mutti. Ein Jugo oder Türke kann so etwas nicht oft riskieren, weil er von den Frauen gar nicht oft herangelassen wird. Jedenfalls nicht näher, als ein Stein fliegt. Die ihn als Kunden annimmt, kann meist

kaum etwas dafür verlangen, weil ihre Arbeit kaum mehr etwas wert ist. Ein Türke zum Beispiel, der seinem Arbeitgeber ebenfalls kaum etwas wert ist, was er an seiner Lohntüte abliest, ekelt sich vor seiner Partnerin. Er weigert sich, den Pariser überzustülpen, denn die Sau ist die Frau, nicht er. Und dennoch wird er wie der Schlosser von jener unliebsamen, doch nicht von der Hand zu weisenden Tatsache angezogen, die sich Frau nennt. Sie mögen die Frau nicht, nie würden sie sich freiwillig in ihre Gesellschaft begeben. Aber da sie nun einmal vorhanden ist, was mit ihr zu tun bietet sich auf den ersten Blick an?
Der Fünfhauser Schlosser wird seine Verlobte nun wenigstens eine Woche lang mit guter Behandlung ehren. Er nennt sie sauber und fleißig. Er sagt zu seinen Freunden, daß er sich mit ihr nicht genieren müsse, und das sei schon sehr viel! Er kann sich mit ihr in jeder Diskothek zeigen, und, anspruchslos veranlagt, verlangt sie von ihm nicht viel. Sie bekommt noch weniger und merkt es kaum. Sie ist viel jünger als er. Sie stammt aus einem unordentlichen Heim und schätzt ein ordentliches umso höher. Er hat ihr etwas zu bieten. Von dem Türken kann man privat nicht sprechen, denn er ist eigentlich nicht da. Er arbeitet. Und nach der Arbeit muß er irgendwo verwahrt sein, wo er halbwegs vor der Witterung beschützt ist, doch keiner weiß wo. Offensichtlich in der Straßenbahn, ohne den Fahrschein zu lösen. Er ist für seine nichttürkische Umwelt wie eine der Pappfiguren, auf die man in den Schießbuden zielt. Er wird bei etwaigem Arbeitsanfall elektromotorisch hervorgezogen, jemand knallt auf ihn los, er wird getroffen oder nicht, und beim anderen Ende der Schießbude wird er wieder vom Platz gezogen, läuft unsichtbar – keiner weiß, was ihm geschieht, aber wahrscheinlich geschieht nichts – hinter dem Bergmassiv aus Pappmaché wieder in seine Ausgangsposition zurück und betritt erneut die Szenerie des künstlichen Gipfelkreuzes, des künstlichen Edelweißes und des künstlichen Enzians, wo ihn das frisch bewaffnete Wiener Gemüt schon erwartet, aufgehetzt von der festlich sonntagsgekleideten Gattin, der Kronenzeitung und dem halbwüchsigen Sohn, der den Papa demnächst beim

Schießen schlagen möchte und nur auf dessen Versagen lauert. Der Treffer wird mit einer kleinen Puppe aus Plastik belohnt. Es gibt auch Federblumen und Goldrosen, doch was immer es gibt, es ist auf die Dame zugeschnitten, die auf den siegreichen Schützen wartet, ihrerseits als Person die größte Belohnung für ihn. Und sie weiß auch, daß er sich nur für sie anstrengt und ärgert, wenn er verfehlt. In beiden Fällen muß sie es ausbaden. Es kann bis zu einem mörderischen Streit führen, wenn der Mann es nicht aushält, danebengeschossen zu haben. Die Frau verschlimmert es nur, wenn sie ihm in dieser Situation tröstlich beispringt. Sie büßt es, indem sie von ihm besonders gemein besprungen wird, ohne daß es heute auch nur die geringste Vorspeise dazu gibt. Er trinkt sich einen Rausch an, und wenn sie sich dann noch weigern sollte, die Gabel zu machen, gibt es Prügel bis aufs Zahnfleisch. Und die Polizei rückt heulend aus, springt aus ihrem Polizeiwagen und fragt die Frau, warum sie so schreit. Sie soll wenigstens die Umgebung schlafen lassen, wenn sie selbst nicht schlafen kann. Dann bekommt sie die Adresse von dem Frauenhaus.

Jagdlich webt sich das Schiffchen Erika locker durchs Revier, das sich über den ganzen grünen Teil des Praters erstreckt. Auch das ist seit kurzem ihre Gegend. Sie hat ihren Wirkungsbereich erweitert, das Wild in ihrer näheren Umgebung kennt sie längst. Man braucht Mut dazu. Sie hat festes Schuhwerk an, mit dem sie notfalls sogar in die Büsche, in Hundeknödel, in leere, phallisch geformte Plastikfläschchen mit den flüssigen Resten giftig eingefärbter Kinderlimonade (für die pro Sorte Geschmack je eine Tierart singend im Fernsehen wirbt), in zu geheimnislosen Zwecken verwendete, verschmierte Papierhaufen, in Pappteller mit Senfresten, in zerbrochene Flaschen oder in, ihre ehemalige Schwanzform noch lose bewahrende, vollgefüllte Gummiware treten kann, falls sie entdeckt werden sollte. Sie wittert nervös vorbeugend. Sie zieht die Luft ein und bläst sie wieder aus.

Doch hier, am Praterstern, wo sie aussteigt, ist es vorläufig noch nicht gefährlich. Zwar mischen sich auch hier schon läufige

Männer unter harmlose Passanten und Flaneure, aber auch die elegante Dame kann durchaus einmal dem Praterstern einen zwanglosen Besuch abstatten, obzwar die Gegend nicht fein ist. Hier geschieht es beispielsweise heimlich, daß einzeln herumstehende Ausländer, wenn sie nicht Zeitungen verkaufen, aus riesigen Plastiktragetaschen heraus sportive Herrenhemden mit Ziertaschen, direkt aus der Fabrik, modische Damenkleider in Schreifarben, direkt aus der Fabrik, Kinderspielzeug, direkt aus der Fabrik, wenn auch leicht beschädigt, Kilosäcke mit Mannerschnitten-Bruch, direkt aus der Fabrik, elektrische und elektronische Kleinteile, direkt aus der Fabrik oder vom Einbruch, Kofferradios oder Plattenspieler, direkt aus der Fabrik oder vom Einbruch, sowie Zigarettenstangen, woher auch immer, diskret brüllend anbieten. Erika sieht, trotz einfachster Aufmachung, danach aus, als wäre ihre spezialgroße Handtasche am Schulterriemen extra dafür hergestellt oder zumindest hergetragen worden, einen fabrikneuen Minikassettenrecorder ungewisser Nationalität und Funktionstüchtigkeit – doch in nagelneue Plastikfolie verpackt – für das Publikum unsichtbar verschwinden zu lassen. Doch die Tasche beinhaltet, neben vielen Notwendigkeiten, hauptsächlich ein gutes Nachtglas. Erika sieht zahlungskräftig aus, denn ihre Schuhe sind echt Leder und vernünftig besohlt, ihr Mantel schreit nicht schrill, versteckt sich aber auch nicht bis zur Unkenntlichkeit, sondern ruhig und teuer hockt er auf seiner Trägerin, stolz, wenn auch äußerlich unsichtbar, die englische Weltmarke tragend. Er ist ein Kleidungsstück, das man ein Leben lang tragen kann, wenn es einem nicht schon vorher auf die Nerven geht. Die Mutter hat ihn Erika dringend empfohlen, denn sie ist für möglichst wenig Änderung im Leben. Der Mantel bleibt auf Erika, und Erika bleibt bei ihrer Mutti.

Jetzt weicht Fräulein Kohut einem frech nach ihr tappenden Jugoslawen aus, der ihr eine defekte Kaffeemaschine und seine fernere Begleitung zumutet. Er muß nur noch zusammenpacken. Erika steigt, den Kopf gezielt abwendend, über etwas Unsichtbares hinweg und zielt auf die Praterauen ab, in denen

der einzelne sich rasch verliert. Sie allerdings strebt keinen Verlust ihrer Person an, sondern eher: Gewinn. Und – angenommen, sie verlöre sich – ihre Mutter, deren Besitzstand sie seit ihrer Geburt mehrt, würde sofort ihre Ansprüche anmelden gehen. Dann suchte das ganze Land nach ihr, mit Presse, Rundfunk und Fernsehen. Etwas zieht Erika saugend in diese Landschaft hinein, und nicht zum ersten Mal heute. Sie war schon öfter hier. Sie kennt sich aus. Die Menschenmenge dünnt aus. Sie zerfließt an ihren Rändern, die einzelnen Individuen streben auseinander gleich Ameisen, von denen jede eine bestimmte Aufgabe in ihrem Staat übernommen hat. Nach einer Stunde präsentiert das Tier dann stolz ein Stück Obst oder Aas.
Eben haben sich an den Haltestellen noch Menschentrauben, Gruppen und Inseln zusammengeballt, um irgendwo gemeinsam hinzustürmen, und nun, da es, von Erika gut berechnet, rasch dunkel wird, erlöschen auch die Lichter menschlicher Anwesenheit. Um die künstlichen Lichter der Lampen hingegen ballt es sich immer mehr zusammen. Hier, im Abseits, befinden sich übergangslos nur mehr jene, die beruflich hier sein müssen. Oder die ihrem Hobby, dem Vögeln oder eventuell dem Berauben und Töten der von ihnen gevögelten Person nachgehen. Manche schauen auch nur ruhig zu. Ein kleiner Rest entblößt sich gezielt bei der Station der Liliputbahn.
Noch ein letztes Nachzüglerkind eilt, mit verspäteten Wintersportgeräten gespickt, stolpernd auf ein letztes Licht in einem Wartehäuschen zu, gehetzt von innerlich hörbaren Elternstimmen, die vor dem Alleinsein im nächtlichen Prater warnen. Und Fälle angeben, wo – bestenfalls – die neuen Schier, die im Winterschlußverkauf erstanden worden sind und erst in der nächsten Saison zum Einsatz gelangen können, gewaltsam den Besitzer wechselten. Das Kind hat zu lang um die Schier gekämpft, als daß es sie jetzt noch preisgäbe. Es hoppelt mühsam und behindert dicht an Frl. Kohut vorüber. Es wundert sich über die einsame Dame, die in lebendigem Widerspruch zu allem steht, was die Eltern behaupten.
Erika stiefelt, von der Dunkelheit angezogen, in die Wiesen

hinein, die sich, durchzogen von Busch- und Waldwerk und Rinnsalen, hier ruhig breitmachen. Sie liegen einfach da, die Wiesen, und sie tragen Namen. Das Ziel ist die Jesuitenwiese. Bis dahin ist noch ein schönes Stück zu wandern, Erika Kohut mißt es gleichmäßig mit ihren Wanderschuhen ab. Jetzt der Wurstelprater, Lichter blitzen fern auf und jagen rasch dahin. Schüsse knallen, Stimmen grölen siegreich. Jugendliche kreischen gemeinsam mit ihren Kampfgeräten in den Spielhallen oder rütteln schweigend an Apparaten, die dafür ihrerseits umso lauter rattern, klingeln und klirren und Blitze schleudern. Dieses Treiben läßt Erika entschlossen hinter sich, bevor sie es überhaupt an sich herangelassen hat. Die Lichter tappen kurz mit den Fingern nach Erika, finden keinen Halt, wischen ihr fahrig übers Haar, das mit einem Seidentuch zugedeckt ist, rutschen ab, ziehen eine bedauernde nasse Farbspur ihren Mantel entlang und fallen dann hinter ihr zu Boden, wo sie im Schmutz sterben. Knallend zerren Kleinexplosionen an ihr, doch auch sie müssen Erika vorbeilassen, ohne daß sie ihr ein Loch reißen können. Sie vermögen Erika nicht anzulocken, eher abzustoßen. Das Riesenrad ist ein großes Rad aus schütteren Einzellichtern. Es überragt alles. Doch es hat Konkurrenz in den ebenfalls, wenn auch viel greller erleuchteten Berg-und-Tal-Bahnen, über die schrill heulende Winzigwagen mit vor der Gewalt der Technik angstvoll schrill heulenden Mutigen rasen, die sich anklammern. Unter einem nichtigen Vorwand auch an der Begleiterin. Das ist nichts für Erika. Sie will alles andere als beklammert werden. Wattig grüßt ein erleuchtetes Gespenst am Wipfel der Geisterbahn vor sich hin, es kann keinen Hund mehr hinter dem Ofen hervorlocken, höchstens noch vierzehnjährige Mädchen mit ihren ersten Freunden, die noch mit dem Schrecken der Welt kätzchenartig herumspielen, bevor sie selbst ein Teil des Schreckens werden.

Reihen- und Einfamilienhäuser, letzte Nachhut des Tages, in denen Leute wohnen, die sich den ganzen Tag den fernen Lärm anhören müssen, sogar in der Nacht. Lastwagenfahrer aus Ostblockländern, die einen letzten Schluck große Welt tanken wollen. Für die Frau daheim ein Paar Sandalen, die aus einer jener Plastiktaschen hervorkamen und jetzt noch einmal begutachtet werden, ob sie dem Standard des Westens genügen. Hundegekläff. Liebesgeflimmer vom Fernsehschirm. Vor einem Pornokino schreit ein Mann laut, daß man noch nie gesehen hat, was man hier sieht, nur herein. Die Welt scheint, kaum ist die Dunkelheit hereingebrochen, zu einem Großteil aus männlichen Teilnehmern zu bestehen. Der ihnen gebührende Anteil an Weiblichkeit wartet geduldig jenseits des letzten Lichtkreises darauf, daß er auch etwas daran verdient, was das Pornokino vom Mann übriggelassen hat. Ins Kino geht der Mann allein, nach dem Kino braucht er die Frau, die hier wie dort ewig lockt. Er kann nicht alles allein machen. Leider zahlt er doppelt, für den Kinoeintritt und dann noch für die Frau.

Erika schreitet weiter voran. Saugend öffnen menschenleere Auen ihre Schlünder. Es geht sehr weit in die Landschaft hinein und jenseits der Landschaft weiter, in fremde Länder. Bis zur Donau, zum Ölhafen Lobau, zum Hafen Freudenau. Alberner Getreidehafen. Die Auurwälder am Alberner Hafen. Dann das Blaue Wasser und der Friedhof der Namenlosen. Der Handelskai. Heustadlwasser und Praterlände. Wo die Schiffe anlegen und wieder weiterfahren. Und jenseits der Donau das riesige Überschwemmungsgebiet, um das die Naturschutzjugend kämpft, sandige Uferlandschaften, Weiden, Erlen, Gestrüpp. Leckende Wellen. Doch so lang braucht Erika nicht auszuschreiten, der Weg wäre auch zu weit. Zu Fuß schafft es nur der ausgerüstete Wanderer, der Rast macht und jausnet. Erika hat jetzt weichen Wiesenboden unter den Füßen und stiefelt voran. Sie geht und geht. Kleine gefrorene Inseln, Spitzendeckchen aus Schnee, das Gras noch vom Winter erfroren. Gelb und braun. Erika setzt regelmäßig wie ein Metronom Fuß vor Fuß. Tritt der eine Fuß in einen Hundehaufen, weiß es der andere Fuß gleich und vermeidet die lange nachstinkende Stelle. Der erste Fuß wird dann im Gras abgeputzt. Die Lichter bleiben langsam zurück. Das Dunkel öffnet seine Pforten: Hereinspaziert! Aus Erfahrung weiß Frl. Kohut, daß sich in dieser Gegend ohne viel

Mühe Prostituierte beim Eingehen und Lösen ihrer Dienstverhältnisse betrachten lassen. In Erikas Tasche sogar eine Semmel mit Extrawurst als Proviant. Ihr Lieblingsessen, wenn auch von der Mutter als ungesund verworfen. Eine kleine Taschenlampe für den Notfall, eine Schreckschußpistole für den äußersten Notfall (klein wie ein Fingerglied!), ein Tetrapack Schokomilch für den Durst nach der Extrawurst, viele Papiertaschentücher für Notfälle, wenig Geld, aber auf alle Fälle genug fürs Taxi, keinen Ausweis, nicht einmal für den Notfall. Und den Feldstecher. Vom Vater vererbt, der in hirnklarer Zeit damit Vögel und Berge auch nachts ausspähte. Die Mutter glaubt derzeit, das Kind sei zu einem privaten Kammermusikspiel gegangen, und prunkt laut vor Erika damit, daß sie die Tochter allein dorthin gehen läßt, damit sie ein Privatleben stattfinden lassen kann und der Mutter nicht andauernd vorwirft, daß die sie nicht aus den Fängen läßt. In einer Stunde spätestens wird die Mutter zum ersten Mal bei der Hausmusikkollegin anrufen, und diese wird eine ausgetüftelte Ausrede vorbringen. Die Kollegin glaubt an eine Liebesromanze und hält sich für eingeweiht.

Der Erdboden ist schwarz. Der Himmel hebt sich nur wenig heller von ihm ab, gerade noch hell genug, daß man weiß, wo Boden und wo Himmel ist. Am Horizont die zarten Silhouetten von Bäumen. Erika läßt eine Vorsicht walten. Sie macht sich leise und federleicht. Sie macht sich weich und schwerelos. Sie macht sich fast unsichtbar. Sie geht beinahe in Luft auf. Sie ist ganz Auge und Ohr. Ihr verlängertes Auge ist das Fernglas. Sie vermeidet die Stege, wo die andren Wandrer gehn. Sie sucht die Punkte, wo die andren Wandrer sich vergnügen – immer zu zweit. Sie hat ja doch nichts begangen, daß sie Menschen scheuen sollte. Sie späht unter Zuhilfenahme des Sehgeräts nach Paaren aus, vor denen andere Menschen zurückscheuen würden. Sie kann das Gelände unter ihren Schuhen nicht erforschen, legt jetzt den Blindgang ein. Sie richtet sich ganz nach dem Ohr, wie sie es von Berufs wegen gewohnt ist. Sie knickt manchmal ein, dann wieder stolpert sie fast, doch sie strebt in sinngemäß vorwärts gerichteter Weise voran. Sie geht und geht und geht.

Abfälle schmiegen sich ins Profil ihrer Sportsohlen und glätten es. Aber sie geht weiter auf dem Wiesenboden voran.
Dann hat sie es erreicht. Es wächst jetzt, einem großen Lagerfeuer gleich, das Geschrei eines sich liebenden Paares vor Erika Kohut aus der Wiesensohle hervor. Endlich Heimat für die Schauende. Es ist so nah, daß sie den Feldstecher nicht einmal braucht. Das spezielle Nachtglas. Wie der Heimat Haus fickt sich das Paar aus dem schönsten Wiesengrunde heraus und in Erikas Augäpfel hinein. Ausländisch jauchzend schraubt sich ein Mann in eine Frau. Die Frau läutet nicht, sondern gibt fast mürrische, halblaute Anweisungen und Kommandos, die der Mann möglicherweise nicht versteht, denn er jubelt auf türkisch weiter, oder in einer anderen seltenen Sprache, und richtet sich nicht nach den Frauenschreien. Die Frau glockt tief unten in ihrer Kehle, wie ein sprungbereiter Hund, daß der Kunde das Maul halten soll. Der Türke aber harft und säuselt wie der Frühlingswind, nur lauter. Er gibt ziehende, lang anhaltende Schreistöße von sich, welche Erika einen guten Orientierungspunkt vermitteln, damit sie sich noch näher heranschleichen kann, obwohl sie schon sehr nah ist. Dasselbe Gebüsch, das dem Liebespaar flüchtige Unterkunft gewährt, tarnt auch Erika zur Genüge. Der Türke oder türkenähnliche Ausländer scheint sich über das zu freuen, was er macht. Die Frau, so hört man, freut sich auch. Doch bei ihr findet es gebremster statt. Die Frau weist den Mann ein, wo er hin soll. Es ist nicht feststellbar, ob er gehorcht, er will seinen eigenen inneren Befehlen Folge leisten, und da kann es nicht ausbleiben, daß er dann und wann mit den Wünschen seiner Partnerin kollidiert. Erika ist Zeuge, wie das geschieht. Die Frau sagt hü, der Mann hott. Die Frau scheint sich langsam zu ärgern, daß der Mann ihr nicht den Vortritt läßt, wie es sich gehören würde. Sagt sie: langsamer, macht er: schnell und zurück ebenso. Vielleicht ist das keine Professionelle, sondern nur eine betrunkene Standardfrau, die abgeschleppt wurde. Eventuell bekommt sie am Ende gar nichts für ihre Mühe. Erika kauert sich zusammen. Sie macht es sich bequem. Selbst wenn sie mit Nagelschuhen einhertrappte, hätten die

beiden sie nicht abzuhören vermocht. So laut schreit einmal der eine, dann der andere oder beide gemeinsam. So ein Glück hat Erika nicht immer bei ihrer Schausuche. Die Frau spricht jetzt zu dem Mann, er soll ein Momenterl warten. Erika kann nicht feststellen, ob der Mann ihr darin beipflichtet. Er sagt jetzt einen verhältnismäßig ruhig klingenden Satz in seiner Sprache. Die Frau schimpft ihn an, daß kein Mensch das versteht. Du warten, verstehn? Warten! Nix warten, bekommt Erika das Geschehen mit. Er fährt in die Frau hinein, als müßte er in Rekordzeit ein Paar Schuhe besohlen oder eine Autokarosserie zusammenschweißen. Die Frau wird von den Stößen jedesmal bis auf die Grundmauern erschüttert. Sie spuckt jetzt, schriller als dem Anlaß angemessen, Geifer: Langsamer!! Nicht so stark, bitte. Sie hat sich demnach schon aufs Bitten verlegt. Ergebnis genauso Null. Der Türke hat eine unglaubliche Energie und ist in irrsinniger Eile. Er wählt jetzt sogar noch eine höhere Übersetzung in seinem inneren Getriebe, um in der Zeiteinheit und eventuell auch in der Geldeinheit möglichst viele Stöße placieren zu können. Die Frau resigniert, daß auch sie jemals zu einem guten Ende kommen wird, und schimpft laut, wann er endlich fertig ist oder ob er bis übermorgen braucht. Der Mann stößt atemlose Fanfaren in türkischer Sprache hervor, die aus der Tiefe seines Inneren kommen. Er feuert nach beiden Seiten los. Sprache und Empfindung scheinen sich bei ihm einander anzunähern. Er sägt auf deutsch: Frau! Frau! Die Frau versucht es noch ein letztes Mal mit: langsamer! Erika rechnet in ihrem Versteck zwei und zwei zusammen und entscheidet, keine Praterhure, denn eine solche würde den Mann eher anfeuern als einbremsen. Sie müßte ja möglichst viele Kunden in möglichst rascher Zeitabfolge sammeln, im Gegensatz zum Mann, der umgekehrt empfindet, will er doch möglichst lange etwas davon haben. Vielleicht wird er einmal überhaupt nicht mehr können, dann bleibt ihm nichts als Erinnerung.

Beide Geschlechter wollen immer etwas grundsätzlich Gegensätzliches.

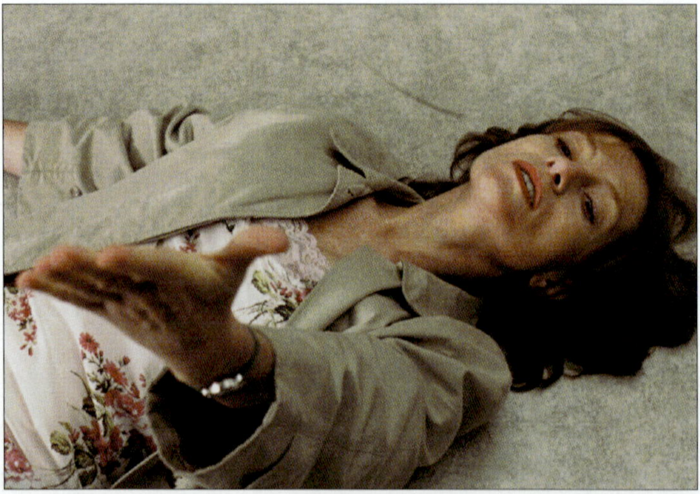

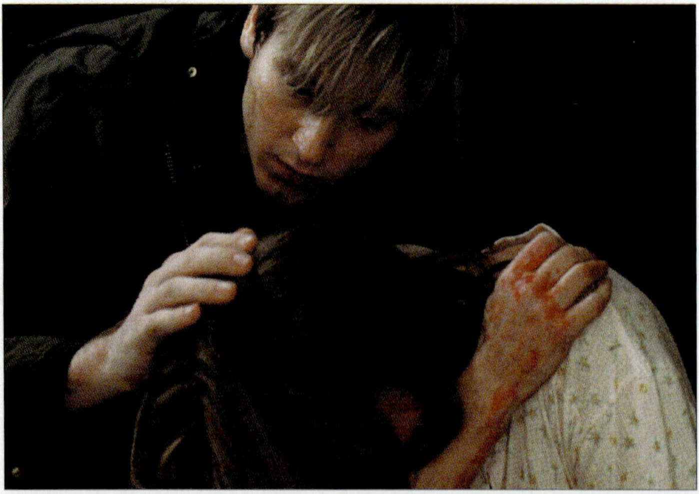

Erika ist nur ein Hauch, kaum weht ihre Atemluft heraus, doch die Augen hat sie groß geöffnet. Diese Augen wittern, wie das Wild mit der Nase wittert, es sind hochempfindliche Organe, sie drehn sich wendig wie Wetterfahnen. Das tut Erika, damit sie nicht ausgeschlossen ist. Einmal ist sie hier zu Besuch, dann wieder dort. Sie hat es in ihrer eigenen Hand, wo sie dabeisein möchte und wo nicht. Sie will nicht teilnehmen, aber es soll auch nicht ohne sie stattfinden. Bei der Musik ist sie einmal als Ausführende dabei, dann wieder als Zuschauerin und Zuhörerin. So vergeht ihre Zeit. Erika springt in sie ein und wieder ab wie bei einem altmodischen Straßenbahnwaggon, der noch keine pneumatischen Türen hat. Bei den modernen Waggons muß drinnenbleiben, wer einmal eingestiegen ist. Bis zur nächsten Haltestelle.

Der Mann nagelt eine Unzahl von Beschlägen. Er schwitzt dabei unmäßig und hält die Frau eisern umklammert, damit sie nicht entwischt. Er speichelt sie ganz ein, als wollte er sie als Beute essen. Die Frau spricht nicht mehr, sondern stöhnt jetzt auch, der Eifer ihres Partners hat sie angesteckt. Sie winselt im Falsett eine Serie sinnloser Einzelwörter. Sie pfeift wie ein Murmeltier auf der Alpe bei Witterung eines Feinds. Sie verankert die Hände tief im Rücken ihres Gegenübers, damit dieses ihr nicht entwischt. Damit sie nicht so leicht abgeschüttelt werden kann und auch später noch, ist die Pflicht getan, mit einer Zuneigung oder einem Scherzwort bedacht wird. Der Mann werkt im Akkord. Er schraubt sein Limit hoch. Es ist nach langer Zeit die erste Gelegenheit für ihn mit einer Eingeborenen, und er füllt die Gelegenheit mit hektischer Aktivität. Über dem Paar graust es den Baumwipfeln. Der Nachthimmel scheint unter dem Wind noch lebendig zu sein. Der Türke kann es offenkundig nicht mehr so lange zurückhalten, wie es ihm vorgeschwebt ist. Er kehlt etwas aus sich hervor, das nicht einmal mehr Türkisch zu sein scheint. Die Frau feuert ihn in der Zielgeraden mit hopp an.

In der Zuschauerin arbeitet es zerstörerisch. Es zuckt ihr in den Pfoten, sich in den aktiven Dienst stellen zu lassen, doch wenn man es ihr verbietet, wird sie davon wieder Abstand nehmen.

Sie wartet, daß es ihr dezidiert verboten wird. Ihre Handlungen verlangen nach einem festen Rahmen, in den man sie spannen kann. Sie macht, ohne daß die beiden es ahnen, aus deren Zweiergruppe eine Dreiergruppe. Irgendwelche Organe in ihr arbeiten plötzlich, ohne daß sie es kontrollieren kann, in doppeltem Tempo oder noch rascher. Ein starker Druck auf der Blase, ein lästiges Leiden, das sie immer überkommt, wenn sie sich aufregt. Immer im ungeeignetsten Augenblick, obzwar hier kilometerweit Landschaft wartet, diesen natürlichen Drang und seine Resultate spurlos verschwinden zu lassen. Die Dame und der Türke machen ihr eine Tätigkeit vor. Erika reagiert unwillkürlich mit einem leisen Rascheln in den Zweiglein. Wollte sie das Rascheln oder nicht? Es wird immer ärger mit dem Drang, der von innen herausdrückt. Die Zuschauerin muß ihre kauernde Position ein wenig erleichtern, damit dieser juckende, ziehende Drang besänftigt wird. Es ist sehr dringend. Wer weiß, wie lang es sich zurückhalten läßt. Dabei geht es gerade jetzt auf gar keinen Fall. Es raschelt und raunt schon laut; Erika weiß selbst nicht, ob sie dem Zweig mit Absicht etwas nachgeholfen hat, was naturgemäß unsinnig wäre. Sie hat den Zweig gestoßen, und der Zweig revanchiert sich durch böses Lautgeben.
Der Türke, ein Naturkind, das mit den Gräsern, Blumen und Bäumen hier noch mehr verwurzelt ist als mit seiner Maschine, an der er üblicherweise steht, bricht jäh mit allem ab, was er macht. Mit der Frau bricht er als erstes. Die Frau merkt es nicht so schnell und gellt noch ein, zwei Sekunden weiter, obgleich der türkische Gast schon den Schalthebel herumgelegt hat. Der Türke verweilt jetzt reglos, das ist auch schön. Er ist, welch Zufall, soeben ganz fertig geworden, und davon ruht er sich aus. Er ist müde. Er lauscht in den Wind. Jetzt lauscht die Frau auch, aber erst, als ein Zischlaut des Bosporusanwohners sie zurechtgewiesen hat, daß sie nicht so schreien soll. Der Türke bellt eine kurze Frage, oder ist es ein Befehl? Die Frau beschwichtigt halbherzig, es kann sein, daß sie von ihrem Liebesanrainer noch etwas will. Der Türke versteht sie nicht. Vielleicht muß er sie schlagen, weil sie im Diskant bittet, bleib bei mir. Oder etwas

ähnliches, das Erika nicht genau verstanden hat. Sie war abgelenkt, denn sie ist in dem Moment zehn Meter zurück geflohen, da der Türke der Frau zuckend und schüttelnd ganz ausgeliefert war. Zum Glück hat die Frau es nicht gemerkt, und nun gehört der Türke wieder sich selber. Und er ist ein ganzer Mann. Die Frau fordert keifend Geld oder Liebe. Von dem Mund der Frau kommt lautes Plärren und Greinen her. Der Bewohner des Goldenen Horns blafft sie laut an und stöpselt sich aus ihr und dem drahtlosen Funkverkehr mit ihr aus. Erika hat beim Retirieren einen Lärm gemacht wie eine Herde Kaffernbüffel, wenn die Löwin naht. Vielleicht hat sie es mit Absicht getan, oder unbewußt mit Absicht, was in der Wirkung auf dasselbe herauskommt.

Der Türke federt auf die Füße und setzt zu einem Spurt an, fällt jedoch gleich wieder hin, seine Hose und seine weiß schimmernde Unterhose lodern in der Dunkelheit um seine Knie. Er zerrt ungehemmt fluchend an Kleidungsstücken und macht eine ernstgemeinte Drohgebärde mit den Händen. Links eine und rechts eine. Gegen das nicht zu ferne Buschwerk, in dem das Fräulein Kohut jetzt den Atem anhält, alles einzieht und in eins ihrer zehn Klavierhämmerchen beißt.

Der Türke sackhüpft jetzt zwischen Stoffbahnen. Er versäumt die eine Bahn, dann wieder die andere. Er nimmt sich keine Zeit für das Allernötigste. Manche Menschen denken nicht vorher, sondern tun, egal was, schießt es der Zuseherin durch den Kopf, als sie es beobachten muß. Der Türke gehört zu dieser Gruppe. Der enttäuscht daliegende unterlegene Teil des Liebespaares kreischt hell los, daß es sicher nur ein Hund oder eine Ratte war, die sich an den Präservativen hier mästen wollten. Es gibt hier viel guten Abfall zu essen. Er soll wieder zurückkehren, ihr Schatzi. Er soll sie nicht allein lassen bitte. Der hübsche Lockenkopf von einem Ausländer hört nicht darauf, sondern wächst an seinem Besitzer zur vollen Höhe hoch – es scheint ein relativ großer Türke zu sein. Endlich hat er die Hose oben und bricht in das Strauchwerk ein. Zum Glück trampelt er – vielleicht auch mit Absicht – in die grundsätzlich falsche Richtung, nämlich dorthin, wo das Gebüsch immer dichter wird. Erika hat sich ohne größere Überlegungsarbeit eine eher schüttere Stelle ausgesucht, wo er sie nicht vermuten würde. Die Frau fleht aus der Ferne leise Lieder. Sie richtet sich jetzt auch wieder her. Sie stopft sich etwas hinein zwischen die Beine und wischt sich kräftig ab. Sie wirft ein paar zerknüllte Papiertaschentücher fort. Sie schimpft in einer soeben neu erfundenen grausigen Tonart, die ihre natürliche Stimmlage zu sein scheint. Sie ruft und ruft. Erika erschauert. Der Mann blökt kurze Antworten und sucht und sucht. Er tappt immer von derselben Stelle zur nächsten Stelle, die auch wieder dieselbe ist. Dann kehrt er wieder stereotyp zur ersten Stelle zurück. Er hat möglicherweise Angst und will den Spanner gar nicht wirklich auffinden. Denn er wandert wieder nur von der einen Birke zu den Büschen, und von den Büschen zu der einen Birke. Er geht nie zu den übrigen Büschen hinüber, die ja auch noch da sind. Die Frau gibt im Intervall der Feuerwehrquart an, daß eh keiner da ist. Komm zurück, verlangt sie. Das will der Mann auch wieder nicht, der auf deutsch von ihr fordert, daß sie das Maul hält. Die Frau legt sich jetzt einen zweiten Stapel Papiertaschentücher zur Vorsorge zwischen die Beine, für den Fall, daß noch etwas drinnen zurückgeblieben ist, und zieht die Unterhose ihrerseits hoch. Dann glättet sie den Rock darüber. Sie wendet ihr Augenmerk der noch offenen Bluse zu und zieht den Mantel unter sich hervor, den sie untergelegt hatte. Sie hat sich ein Nesterl gebaut, wie es Frauenart ist. Sie wollte sich den Rock nicht dreckig machen, und dafür ist jetzt der Mantel eingeschmutzt und zerdrückt. Der Türke schreit etwas Neues, nämlich: komm! Die Geliebte des Türken widerstrebt und drängt auf rasches Sich-Entfernen. Jetzt erblickt Erika auch sie in ihrer Gänze. Die Frau ist schon ziemlich alt, doch für einen Türken immer noch ein junges Pupperl. Sie hält sich vorsichtshalber im Hintergrund, sie braucht eine Laufvorgabe, wenn nötig, mit all den Taschentüchern in der Hose. Wie leicht verliert man die! In der Liebe schon ist die Frau nicht recht auf ihre Kosten gekommen, jetzt will sie nicht auch noch ermordet werden. Das nächste Mal wird sie eigens darauf achten, daß sie die Liebe in Ruhe bis zu Ende genießen kann. Zusehends wird aus der Frau eine Österreicherin und aus dem Türken der Türke, der er immer war. Die Frau wird achtunggebietend, der Türke achtet automatisch auf Feinde und Gegner.

Erika läßt kein Blatt an ihrem Körper rauschen und plauschen. Sie bleibt still und tot wie ein morscher Ast, der abgebrochen ist und nutzlos im Gras verreckt.

Die Frau bedroht den Gastarbeiter mit ihrem sofortigen Weggang. Der Gastarbeiter will eine Abfälligkeit antworten, überlegt es sich aber rechtzeitig und sucht stumm weiter. Er muß jetzt Tapferkeit zeigen, damit die so jäh wieder zur Einheimischen erwachte Frau vor ihm Respekt hat. Er zieht, ermutigt davon, daß sich nichts regt, einen größeren Kreis und bedroht die Kohut dadurch stärker. Die Frau warnt ein letztes Mal und hebt ihr Täschchen vom Boden auf. Sie ordnet letzte Dinge in und an sich. Sie knöpfelt und steckt, sie schüttelt etwas aus. Sie beginnt, langsam rückwärts, Richtung Gasthäuser, zu schreiten, den Türkenfreund noch einmal in Blicke fassend, doch schon unter Erhöhung der Eigengeschwindigkeit. Sie heult eine gemeine Unverständlichkeit zum Abschied.

Der Türke wird unschlüssig, weiß nicht wohin. Ist diese Frau einmal von ihm fortgelassen worden, findet er möglicherweise wochenlang keinen Ersatz für sie. Die Frau schreit: so einen wie ihn findet sie schon lang. Der Türke steht und ruckt den Kopf einmal hin zur Frau, einmal zum unsichtbaren Buschmenschen. Der Türke ist sich nicht sicher, er schwankt zwischen dem einen Instinkt und dem anderen, beide Instinkte haben ihm schon oft Unglück gebracht. Er bellt, ein Hund, der nicht weiß, welchem Wild er folgen soll.

Erika Kohut hält es nicht mehr aus. Das Bedürfnis ist stärker. Sie zieht vorsichtig ihre Hose hinunter und seicht auf den Boden. Warm prasselt es zwischen ihren Schenkeln auf den Wiesengrund herab. Es rieselt auf die weiche Matratze aus Blattwerk, Zweigen, Abfall, Dreck, Humus. Sie weiß immer noch nicht, will sie jetzt entdeckt werden oder nicht. Sie läßt es nur, starr vor sich hin die Stirn runzelnd, aus sich herausrinnen. Es wird immer leerer in ihr, und der Boden saugt sich voll. Sie erwägt nichts, keine Ursache und keine Folgerung. Sie läßt Muskeln locker, und es wird von einem anfänglichen Prasseln zu einem sanften, stetigen Rinnen. Sie hat das Bild des reglos und aufrecht dastehenden Ausländers in die Meßschraube ihrer Pupillen gespannt und dort fixiert, während sie fortgesetzt kräftig auf den Boden uriniert. Sie ist auf die eine Lösung genauso gefaßt wie auf die andere, beides ist ihr recht. Sie überläßt es dem Schicksal in Gestalt des Zufalls, ob der Türke gutmütig ist oder nicht. Sie hält ihren Schottenrock sorgsam über den abgeknickten Knien zusammen, damit er nicht benäßt wird. Der Rock kann nichts dafür. Das Jucken läßt endlich nach, bald kann sie den Hahn wieder zudrehen.

Der Türke steht immer noch statuesk in die Wiese gerammt da. Die Türkengefährtin allerdings hoppelt unter schrillen Rufen über die Weite des Rasens davon. Sie wendet sich ab und zu um und macht eine internationale ordinäre Geste. Sie überwindet eine Sprachbarriere.

Der Mann wird einmal hierhin, dann wieder dorthin gezogen. Ein handzahmes Tier zwischen zwei Herren. Er weiß nicht, was das leise Rieseln und Rauschen zu bedeuten hat, ein Gewässer ist ihm vorhin nicht aufgefallen. Eins indessen weiß er mit Sicherheit: die Gefährtin seiner Sinne entkommt ihm.

Im Augenblick, da Erika Kohut sicher ist, daß er die zwei trennenden Riesenschritte zu ihr überwinden wird, in dem Augenblick, da Erika Kohut auch noch den letzten Tropfen aus sich herausschüttelt, in Erwartung eines menschlichen Hammerschlags, der aus dem Himmel herunter auf sie fallen wird (diese aus einem dicken Eichenbrett von einem kunstreichen Tischler gefertigte Attrappe eines Menschen, die Erika zerquetscht wie ein Insekt), macht der Mann kehrt und setzt erst zögernd, sich fortwährend umblickend, dann immer rascher und entschlossener seiner Jagdbeute nach, die er zu Beginn dieses fröhlichen Abends gerissen hat. Was man hat, das behält

man. Was man erst kriegt, von dem weiß keiner, ob es qualitätsmäßig den Ansprüchen genügen wird. Der Türke flieht vor dem Ungewissen, das sich in diesem Land allzu oft als für ihn schmerzhaft herausgestellt hat, und heftet sich der Partnerin an die Fersen. Er muß sich sehr beeilen, denn die Frau ist schon fast als ein Punkt in der Ferne verschwunden. Und bald ist auch er nur mehr ein Fliegenschiß am Horizont.
Sie ist jetzt weg, er ist auch weg, und der Himmel und die Erde reichen einander in Dunkelheit wieder fest die Hände, die sie einen kurzen Augenblick gelockert hatten.

Mit der einen Hand hat Erika Kohut soeben auf dem Klavier der Vernunft, mit der anderen auf dem Klavier der Leidenschaften gespielt. Zuerst haben sich die Leidenschaften ausgewirkt, jetzt ist die Vernunft dran, die sie eilig durch finstre Alleen hindurch nach Hause treibt. Doch auch die Leistungen der Leidenschaft haben andere an ihrer Statt erbracht. Die Lehrerin hat sie betrachtet und ihnen Noten gemäß ihrer Skala ausgestellt. Fast wäre sie dabei in eine der Leidenschaften mitten hineingezogen worden, falls man sie erwischt hätte.
Erika jagt durch Baumreihen dahin, wo schon der Baumtod durch Mistelsorten umgeht. Viele Äste mußten von ihrem Stammplatz bereits Abschied nehmen und endeten im Gras. Erika verläßt im Galopp ihren Beobachtungsposten, um sich wieder ins gemachte Nest zu setzen. Äußerlich deutet nichts auf Verstörung hin. Doch ein Wirbelsturm erhebt sich in ihr, sieht sie am Pratersrand junge Männer mit jungen Körpern herumstreunen, denn altersmäßig könnte sie schon fast deren Mutter sein! Alles, was vor diesem Alter geschah, ist unwiderruflich vorüber und kann niemals wiederholt werden. Doch wer weiß, was die Zukunft bringt. Bei dem heutigen hohen Stand der Medizin kann die Frau bis ins hohe Alter hinein ihre weiblichen Funktionen ausüben. Erika zieht einen Reißverschluß hoch.

Auf diese Weise sperrt sie sich vor Berührung ab. Auch vor einer zufälligen Berührung. Doch im wunden Inneren grast der Sturm ihre noch saftigen Weiden ab.
Wo die Taxis stehen, weiß sie genau, und sie steigt in das vorderste der Schlange ein. Von den weiten Matten des Volkspraters ist nichts als ein wenig Feuchtigkeit an den Schuhen und zwischen den Beinen zurückgeblieben. Leicht säuerlich steigt ein Geruch unter dem Rock auf, den der Taxifahrer sicher nicht wittern kann, weil sein Deodorant alles übertönt. Der Fahrer will den Fahrgästen seinen Fahrtenschweiß nicht zumuten und muß auch die Sauereien der Gäste nicht wahrnehmen. Es ist warm und vollkommen trocken im Wagen, die Heizung arbeitet still, sie kämpft gegen die kühle Nacht. Draußen laufen die Lichter vorüber. Die dunklen, endlosen Klötze der Altbauten des zweiten Bezirks, lichtlos und stumpf schlafend, die Brücke über den Donaukanal. Kleine, unfreundliche, mit Verlust getränkte Gasthäuser, aus denen Betrunkene herausfliegen, rasch aufspringen und aufeinander einschlagen. Alte Frauen mit Kopftüchern, die ihre Hunde zum letzten Mal an diesem Tag herauslassen, hoffend, daß ihnen ein einziges Mal ein einsamer alter Mann begegnen möge, der auch Hunde hält und außerdem noch verwitwet ist. Erika wird an alldem blitzschnell vorbeigezogen, eine Gummimaus an einem Schnürchen, der eine riesenhafte Katze spielerisch nachspringt.
Ein Rudel Mopeds. Mädchen in hautengen Jeans, die einen Anklang an eine echte Punkfrisur auf dem Kopf haben. Doch es gelingt ihren Haaren nicht, aufrecht stehen zu bleiben, sie fallen immer zusammen. Fett in den Haaren allein genügt noch nicht. Sie werfen sich immer verzweifelt zurück an die Kopfhaut, die Haare. Und die Mädchen werfen sich hinter den Mopedpiloten auf den Sitz und surren rasch davon.

Die Urania läßt einen Haufen Wißbegieriger aus einem Vortrag heraus, die sich herdenartig um den Vortragenden scharen und drängeln. Sie wollen noch mehr über das System der Milchstraße erfahren, obwohl sie eben alles gehört haben, was es zu hören gibt. Erika erinnert sich, daß sie hier

schon einmal öffentlich vor Interessenten über Franz Liszt und dessen verkanntes Werk in locker gehäkelten Luftmaschen referiert hat. Und zwei- oder dreimal in regelmäßigem Zweiglatt/Zweiverkehrt über Beethovens frühe Sonaten. Sie hat damals ausgesagt, daß in den Sonaten Beethovens, ob spät oder, wie in diesem Falle, früh, eine solche Vielfalt herrsche, daß man sich zuerst einmal grundsätzlich fragen müsse, was bedeutet das vielgeschmähte Wort Sonate überhaupt. Vielleicht sind es schon gar keine Sonaten im strengen Sinne mehr, die Beethoven so bezeichnete. Es gilt, neue Gesetze darin aufzuspüren, in dieser so hochdramatischen musikalischen Form, bei der oft das Gefühl der Form davonläuft. Bei Beethoven ist das nicht der Fall, denn da gehen beide Hand in Hand; das Gefühl macht die Form auf ein Loch im Boden aufmerksam und umgekehrt.
Es wird jetzt heller, denn die Innenstadt naht, wo man mit Licht viel großzügiger umgeht, damit die Touristen leicht nach Hause finden. Die Oper ist schon aus. Das bedeutet in der Praxis, daß es so spät ist, daß Frau Kohut sen. in ihrem häuslichen Wirkungskreis, den sie nicht eher zum Schlafengehen zu durchbrechen pflegt, als bis die Tochter sicher und ganz zu Hause angelangt ist, fürchterlich herumtoben wird. Sie wird schreien. Sie wird eine entsetzliche Eifersuchtsszene machen. Es wird lang dauern, bis die Mutter wieder versöhnt sein wird. Sie, Erika, wird dafür ein Dutzend hochspezialisierter Liebesdienste leisten müssen. Seit heute abend steht es nämlich endgültig fest: die Mutter opfert sich, das Kind opfert nicht einmal eine einzige Sekunde seiner Freizeit! Wie auch könnte die Mutter einschlafen, solange sie fürchten muß, sogleich aufzuwachen, wenn die Tochter ihre Hälfte des Ehebetts besteigt. Die Mutter streift jetzt in erhöhtem Tempo unter dolchigen Uhrblicken wie ein Wolf durch die Wohnung. Sie nimmt im Zimmer der Tochter Aufenthalt, wo es weder eigenes Bett noch eigenen Schlüssel gibt. Sie öffnet den Kasten und wirft sinnlos angekaufte Kleider schlecht gelaunt durch die Luft, was im Gegensatz zu den zarten Stoffen und der Pflegeanleitung dafür steht. Die Tochter muß morgen als erstes in der Früh alles wegräumen, bevor sie ins

Konservatorium geht. Diese Kleider sind der Mutter Indizien für Egoismus und Eigensinn. Man sieht den Egoismus der Tochter aber auch daran, daß es jetzt elf vorbei ist, und die Mutter ist noch immer allein mit sich. Es kann ihr nicht zugemutet werden. Nach Beendigung des Films im Fernsehen gibt es niemand mehr, mit dem sie sich unterhalten kann. Jetzt läuft noch ein Nachtgespräch, das sie sich nicht anschauen möchte, weil sie dabei einschliefe, was nicht geschehen darf, bevor das Kind nicht zu einem formlosen feuchten Knäuel zusammengestaucht ist. Sie will hellwach bleiben, die Mutter. Die Mutter beißt mit den Zähnen in ein altes Konzertkleid, das in seinen Falten noch die Hoffnung enthält, dereinst einem europäischen Spitzenstar auf dem Flügel zu gehören. Das Kleid wurde damals von ihrem und vom Munde des irren Vaters abgespart. Jetzt beißt dieser Mund böse in das Kleid. Damals wäre die eitle Kröte Erika eher gestorben, als in Taftrock und weißer Bluse aufzutreten wie die anderen. Man hielt es zu jener Zeit noch für eine Investition, wenn die Spielerin zudem auch nett aussieht. Aus und vergebens. Die Mutter betrampelt das Kleid mit ihren Hausschuhen, die so sauber sind wie der darunterliegende Fußboden und das Kleid nicht zu schänden vermögen, die Sohlen sind zudem weich. Im Endeffekt sieht das Kleid nur etwas zerknittert aus. Daher zieht die Mutter mit einer Küchenschere ins Feld der Unehre, um dieser Schöpfung einer halbblinden Vorstadtschneiderin, die zum Zeitpunkt der Kleidanfertigung schon mindestens zehn Jahre in kein Modeheft mehr geblickt hatte, den letzten Schliff zu versetzen. Davon wird das Kleid auch nicht mehr besser. Es zeigte vielleicht etwas mehr Figur als bisher, wenn Erika den Mut hätte, diese neuartige Streifenkreation mit Luft zwischen den einzelnen schmalen Stoffbahnen auch zu tragen. Die Mutter zerschneidet ihre eigenen Träume gleich mit dem Kleid. Wieso die Träume der Mutter erfüllen, wenn sie nicht einmal die eigenen Träume ordentlich ausfüllt, diese Erika? Erika wagt nicht einmal die eigenen Träume zuende zu denken, sie blickt nur immer dumm an ihnen empor. Die Mutter säbelt jetzt die Bordüre am Ausschnitt und die anmuti-

gen Puffärmel, gegen die Erika sich damals bis zum äußersten gewehrt hat, entschlossen herunter. Dann schneidet sie Überreste des angekrausten Rocks vom Oberteil herunter. Sie plagt sich. Zuerst hat sie sich schinden müssen, um das Kleid überhaupt zu ermöglichen. Sie hat es sich vom Wirtschaftsgeld heruntergespart, und nun plagt sie sich mit dem Zerstörungswerk. Sie hat etliche Einzelteile vor sich liegen, die jetzt in einen Reißwolf gehörten, den sie nicht hat. Das Kind ist immer noch nicht heimgekehrt. Bald wird das Stadium der Angst den Zustand der Wut ablösen. Man macht sich ja Sorgen. Wie leicht geschieht einer Frau Schreckliches auf nächtlicher Bahn, auf die sie nicht gehört. Die Mutter ruft die Polizei an, die nichts weiß und auch nichts gerüchteweise gehört hat. Die Polizei erklärt der Mutter, sie würde sicher als erste davon Wind bekommen, wenn etwas passiert wäre. Da niemand etwas gehört hat, das im Alter und in der Größe zu Erika paßt, ist auch nichts zu vermelden. Außer man hat die Leiche noch nicht aufgespürt. Die Mutter ruft trotzdem noch ein, zwei Spitäler an, die auch nichts wissen. Die Spitäler erklären, gnädige Frau, solche Anrufe sind völlig sinnlos. Möglicherweise werden dennoch soeben die blutigen Pakete mit den Tochterstücken in weit voneinander entfernte Mülltonnen geladen. Dann bleibt die Mutter allein zurück, und ein Altersheim steht ihr bevor, wo sie dann nie mehr allein sein kann! Dort schläft andrerseits niemand mit ihr im Ehebett, wie sie es gewöhnt ist.
Es ist wieder zehn Minuten später als vorhin, und kein Signal im Türschloß, kein freundliches Telefonklingeln, das spricht: kommen Sie bitte sofort ins Wilhelminenspital. Keine Tochter, die sagt: Mutti, ich komme in einer Viertelstunde, ich wurde unerwartet aufgehalten. Die angebliche Kammermusikgastgeberin meldet sich nicht im Hörer, und wenn man es dreißigmal klingeln läßt.

Der mütterliche Puma schleicht vom Schlafzimmer, wo schon alles zum Schlafen aufgebettet ist, ins Wohnzimmer, wo der wieder angedrehte Fernseher jetzt mit der Bundeshymne ausklingt. Dazu flattert eine rotweißrote Fahne im Winde. Zum

Zeichen, daß es jetzt aus ist. Dafür hätte sie nicht wieder einschalten müssen, denn die Bundeshymne kennt sie auswendig, die Mutter. Sie tauscht zwei Nippesfiguren aus. Sie stellt die große Kristallschüssel von einem Ort zum nächsten. In der Schüssel Kunstobst. Das sie mittels eines weißen und weichen Tuchs nachpoliert. Die Tochter hat einen Kunstsachverstand und nennt das Obst grauenhaft. Die Mutter negiert dieses harte Urteil, noch ist es *ihre* Wohnung und *ihre* Tochter. Wenn sie dereinst tot ist, ändert sich das von selbst. Im Schlafzimmer wird aufs neue das getroffene Arrangement genauest überprüft. Es besteht darin, daß ein Zipfel der Bettdecke, ein gleichseitiges Dreieck bildend, sorgsam zurückgeschlagen ist. Das Leintuch straff wie das Haar einer Frau, die eine Aufsteckfrisur trägt. Auf dem Polster ein Betthupferl in Gestalt eines stanniolüberzogenen Schokohufeisens, das noch von Silvester übriggeblieben ist. Diese Überraschung wird nun entfernt, denn Strafe muß sein. Auf dem Nachtkastel, neben der Nachtkastellampe, das Buch, das die Tochter gerade liest. Darin ein Lesezeichen aus der handbemalten Kindheit. Daneben ein vollgefülltes Wasserglas für den Durst der Nächte, denn soviel Strafe muß wieder nicht sein. Soeben füllt die gutartige Mutter das Glas zum wiederholten Male ganz neu mit Leitungswasser an, damit das Wasser möglichst kalt und frisch bleibt und keine kleinen Blasen wirft zum Zeichen, daß es schal und abgestanden ist. Auf ihrer eigenen Seite des Ehebetts läßt die Mutter diese kleinen Vorsichten etwas nachlässiger walten. Doch aus Rücksicht nimmt sie ihr Gebiß jeden Tag erst zeitig in der Früh zum Reinigen aus dem Mund. Und dann sofort wieder hinein damit! Wenn Erika nächtlich noch einen Wunsch hat, wird er erfüllt, soweit es von außen her möglich ist. Die Innenwünsche soll Erika bei sich behalten, hat sie es nicht warm und gut daheim? Die Mutter legt noch, nach längerem Nachdenken, einen großen grünen Apfel neben das Nachtbuch, damit die Auswahl recht groß ist. Das zerschnittene Kleid hat die Mutter, einer Katzenmutter darin gleichend, die der Ruhe für ihre Jungen nicht traut und diese dauernd herumschleppt, von hierhin nach dorthin getragen. Und dann noch an einen dritten Ort, wo man es deutlich blitzen sieht. Die Tochter soll das Zerstörungswerk, an dem sie letztlich selbst schuld ist, sogleich sehen. Doch soll es nicht allzu auffällig sein. Schließlich breitet Frau Kohut die Kleidüberreste auf die Fernsehliege der Tochter hin, sorgsam, als sollte Erika das Ganze gleich für einen Klavierabend überstreifen. Sie muß aufpassen, daß das Kleid Leib und Seele beisammenhält. Die Mutter ordnet die Ärmelfetzen verschiedenartig an. Sie präsentiert ihr legales Vernichtungswerk wie auf dem Tablett.

Die Mutter hat einen kurzen Verdacht, daß Herr Klemmer vom längst vergangenen Hausmusikabend versucht, sich zwischen Mutter und Kind zu zwängen. Dieser junge Mann ist recht nett, doch er ersetzt keine Mutter, die man nur in einer einzigen Ausfertigung, im Original besitzt. Wenn eine Vereinigung zwischen der Tochter und dem Klemmer gerade stattfinden sollte, wird es das letzte Mal gewesen sein. Bald ist die Neubauwohnung beinahe anzahlungsreif. Die Mutter schmiedet täglich einen neuen Plan und verwirft ihn wieder, weshalb die Tochter auch dann, in der neuen Wohnung, mit ihr in einem Bett wird schlafen müssen. Jetzt schon müßte sie das Eisen Erika schmieden, solange es noch heiß ist. Und noch nicht heiß auf diesen Walter Klemmer. Die Gründe der Mutter: Feuersgefahr, Diebsgefahr, Einbruchsgefahr, Wasserrohrbruchsgefahr, Schlaganfallsgefahr für die Mutter (Blutdruck!), nächtliche Ängste allgemeiner und besondrer Natur. Die Mutter richtet Erikas Zimmer in der Neuwohnung jeden Tag aufs neue und immer raffinierter als das vorherige Mal ein. Doch von einem Tochterbett kann nicht die Rede sein. Ein bequemer Fauteuil wird das Äußerste an Zugeständnissen sein.

Die Mutter legt sich hin und steht gleich wieder auf. Sie ist schon in Nachthemd und Schlafrock. Sie tigert, noch mehr Ziergegenstände von ihrem angestammten Platz verdrängend und sich an deren Stelle setzend, von einer Wand zur anderen. Sie schaut auf alle Uhren, die da sind, und gleicht sie einander an. Man wird es dem Kind schon noch heimzahlen.

Halt, jetzt ist es soweit, jetzt zeigt sie es dem Kind gleich, denn das Türschloß klickt deutlich, der Schlüssel zwickt es kurz, und dann öffnet sich die Pforte zum grauen und grausamen Land der Mutterliebe. Erika tritt herein. Blinzelt wie ein Nachtfalter, der zuviel getrunken hat, in das helle Vorzimmerlicht. Überall sind die Lichter eingeschaltet, wie zu einer Festbeleuchtung. Doch die Zeit des hl. Abendmahls ist seit Stunden ungenützt vorübergegangen.

Leise aber dunkelrot sprintet die Mutter von dem Ort ihres letzten Aufenthalts hervor, reißt etwas irrtümlich um und die Tochter beinahe zuboden, eine Phase des Kampfs, die erst später dran sein wird. Sie schlägt lautlos auf ihr Kind ein, und das Kind schlägt nach einer kurzen Reaktionszeit zurück. Von Erikas Schuhsohlen erhebt sich ein animalischer Geruch, er deutet zumindest Verwesung an. Die beiden sind, der Nachbarn wegen, die morgen früh aufstehen müssen, in einen lautlosen Ringkampf verwickelt. Mit ungewissem Ausgang. Das Kind läßt vielleicht aus Respekt in letzter Sekunde die Mutter gewinnen. Die Mutter läßt vielleicht aus Sorge um die zehn Handwerkshämmerchen des Kindes das Kind gewinnen. Eigentlich ist das Kind prinzipiell stärker, weil es jünger ist; außerdem hat sich die Mutter bereits in Kämpfen mit ihrem Mann verbraucht. Doch das Kind hat nicht gelernt, seine Stärke der Mutter gegenüber voll auszuspielen. Die Mutter klatscht saftige Dachteln gegen die gelöste Haartracht ihrer Leibesfrucht-Spätlese. Das Seidenkopftuch mit den Pferdeköpfen darauf flattert hoch und legt sich wie bestellt über eine Vorzimmerleuchte, das Licht, wie es sich für stimmungsvollere Vorstellungen gehört, sänftigend und dämpfend. Die Tochter ist außerdem im Nachteil, weil ihre Schuhe, von Scheiße, Lehm, Grashalmen glitschig geworden, auf dem Vorlegeteppich unter ihr wegrutschen. So klatscht der Körper der Lehrerin auf den Fußboden, nur wenig vom Läufer aus rotem Sisal abgemildert. Beträchtliche Lärmentwicklung. Die Mutter zischt Erika hinsichtlich der Nachbarn erneut Ruhe! zu. Die Tochter ersucht zur Revanche die Mutter bezüglich der Nachbarn ebenfalls um: Ruhe! Beide kratzen einander ins Gesicht. Die Tochter läßt einen Ruf erschallen wie ein Jagdfalke oberhalb seiner Beute und sagt jetzt, daß die Nachbarn sich hinsichtlich Ruhe von ihr aus morgen ruhig beschweren können, denn die Mutter wird das auszubaden haben. Die Mutter erhebt einen Geheulstoß, den sie sogleich wieder unterdrückt. Dann wieder halb stimmloses, halb stimmiges Keuchen und Wimmern, Ächzen und Zimpern. Die Mutter beginnt, auf die Mitleidstube zu drücken und, da der Kampf bislang unentschieden steht, mit den unlauteren Mitteln ihres Alters und nahen Todes zu arbeiten. Sie bringt diese Argumente halblaut vor, in einer geschluchzten Kette von faulen Ausreden, warum sie heute nicht gewinnen könne. Erika ist von der Klage der Mutter betroffen, sie will nicht, daß die Mutter sich in diesem Kampf so stark abnützt. Sie sagt, die Mutter habe angefangen. Die Mutter sagt, Erika habe zuerst angefangen. Das hat der Mutter ihr Leben um mindestens einen Monat verkürzt. Sie kratzt und beißt nur mehr mit halber Kraft voraus, diese Erika. Die Mutter nimmt den Vorteil prompt wahr und reißt Erika ein Büschel Stirnhaar aus der Kopfhaut, etwas von dem Haar, auf das Erika stolz ist, weil es in einem hübschen Wirbel lockig hereinkommt. Erika macht sofort einen einzelnen Fistelschrei, der die Mutter derart erschreckt, daß sie aufhört. Morgen muß Erika ein Pflaster über der abgeschabten Kopfhautstelle tragen. Oder sie läßt ihr Kopftuch quasi una fantasia auf dem Haupt, wenn sie unterrichtet. Beide Damen sitzen einander, laut ein- und ausatmend, auf dem verrutschten Vorzimmerläufer gegenüber, unter dem abgemilderten Lampenschein. Die Tochter fragt nach etlichen unbenützten Atemstößen, ob das nötig war. Sie hat ihre rechte Hand, gleich einer liebenden Frau, die soeben eine entsetzliche Nachricht aus dem Ausland erhalten hat, krampfhaft gegen den Hals gepreßt, an dem eine Ader hüpft und zuckt. Die Mutter, eine Niobe in Pension neben dem Vorzimmerkästchen, auf dem eine Garnitur liegt, ein Set ungeklärter Funktionsweise und unbestimmter Anwendungsmöglichkeiten, antwortet, ohne Worte zu finden. Sie antwortet, daß es nicht nötig gewesen wäre, kehrte die Tochter nur immer rechtzeitig heim. Dann schweigen sie sich an. Doch ihre Sinne sind geschärft, sind mittels rotierender Schleifsteine zu unvorstellbar dünner Klinge geschliffen. Das Nachthemd der Mutter ist bei dem Kampf verrutscht und beweist, daß die Mutter, trotz allem, immer noch zuallererst Frau ist. Und die Tochter empfiehlt ihr schamvoll gänzliche Bedeckung. Die Mutter gehorcht verlegen. Erika erhebt sich und sagt, sie habe jetzt Durst. Die Mutter eilt, diesen bescheidenen Wunsch zu erfüllen. Sie befürchtet, daß sich Erika morgen, ihr zum Trotz, ein neues Kleid kaufen wird. Die Mutter nimmt einen Apfelsaft aus dem Kühlschrank, ein Sonder- und Sonntagsangebot, denn die schweren Flaschen werden von der Mutter nur mehr selten vom Supermarkt nach Hause geschleppt. Meist kauft sie ein Himbeersaft-Konzentrat, das lange reicht bei derselben Kraftanstrengung. Das Konzentrat wird mit Wasser auf Wochen hinaus gestreckt. Die Mutter sagt, jetzt stirbt sie bald endgültig, der Wille ist da, und das Herz ist schon schwach. Die Tochter empfiehlt der Mutter, nicht so zu übertreiben! Sie ist schon abgestumpft von den beständigen Todesklagen. Die Mutter will jetzt zu weinen beginnen, was sie zur Siegerin durch K. o. in der dritten Runde, schlimmstenfalls zur Siegerin durch Abbruch machte. Erika verwehrt es der Mutter unter Hinweis auf die späte Stunde. Erika will jetzt den Saft trinken und dann nichts wie ins Bett. Die Mutter soll desgleichen tun, allerdings auf ihrer Bettseite. Sie soll Erika nicht mehr ansprechen! Erika wird der Mutter nämlich nicht so schnell verzeihen, daß sie die harmlos heimkehrende Kammermusikantin Erika so überfallen hat. Erika will jetzt nicht duschen. Sie sagt, sie duscht jetzt nicht, weil man die Rohre dabei im ganzen Haus hört. Sie legt sich wie sie ist neben die Mutter. Ein, zwei Sicherungen sind ihr heute durchgebrannt, doch Erika ist immerhin nach Hause zurückgekehrt. Da die Sicherungen für selten gebrauchte Geräte gedacht waren, merkt Erika dieses Durchbrennen nicht sofort. Sie legt sich hin und schläft sofort ein, nach einem unerwiderten Gutenachtgruß. Die Mutter liegt noch lange wach und fragt sich insgeheim, wieso die Tochter sofort und ohne Reueanzeichen eingeschlafen ist. Die Tochter hätte merken müssen, daß ihr Gutenacht von der Mutter absichtlich nicht erhört worden ist. An einem normalen Tag lägen sie beide etwa zehn Minuten reglos und im eigenen Saft in ihrer Truhe, dann folgte die unvermeidliche Versöhnung mit einer leisen und besonders langen Aussprache, besiegelt von einem Gutenachtkuß. Doch heute ist Erika einfach fortgeschlafen, davongetragen von Träumen, die die Mutter nicht kennenlernt, weil sie ihr anderntags nicht erzählt werden. Die Mutter empfiehlt sich selbst höchste Vorsicht in den nächsten Tagen und Wochen, ja Monaten. Davon wird sie noch Stunden wachgehalten, bis der Morgen graut.

Von Bachs sechs Brandenburgischen Konzerten pflegt der künstlerisch Bewußte u. a. zu behaupten, an ihren Entstehungstagen seien jeweils die Sterne am Himmel zum Tanz angetreten. Wenn diese Leute von Bach sprechen, dann sind immer Gott und seine Wohnung im Spiel. Erika Kohut ist für eine Schülerin in den Klavierpart eingesprungen, die Nasenbluten bekommen hat und sich, einen Schlüsselbund im Genick, hinlegen mußte. Sie liegt auf einer Turnmatte. Flöten und Violinen komplettieren das Ensemble und verleihen den Brandenburgischen Konzerten Seltenheitswert, sind diese doch immer abwechslungsreich besetzt, was die Musiziergruppen betrifft. Immer mit ganz unterschiedlichen Instrumenten, einmal sogar mit zwei Blockflöten!

In Erikas Gefolge ist Walter Klemmer zu einer erneuten, seriös gemeinten Offensive angetreten. Er hat eine Ecke des Turnsaals abgetrennt und sich dort hineingesetzt. Das ist sein eigener Zuschauerraum, und er hört der Probe des Kammerorchesters zu. Er tut, als blicke er unter starkem Nachdenken in die mitgebrachte Partitur, in Wahrheit fixiert er aber nichts als Erika. Er läßt sich keine Bewegung entschlüpfen, die sie auf dem Klavier macht, nicht um selbst etwas daraus zu lernen, sondern um die Spielerin nach Männerart zu verunsichern. Er schaut untätig, aber provokant auf die Lehrerin. Er will als Mann eine einzige lebende Herausforderung sein, welcher nur die stärkste Frau und Künstlerin gewachsen ist. Erika fragt ihn, ob er nicht selbst den Klavierpart übernehmen will? Er sagt nein, nicht, und er macht zwischen diesen beiden einsilbigen Wörtern eine bedeutungsvolle Pause, in die er etwas Unausgesprochenes hineinlegt. Er reagiert mit vielsagendem Schweigen auf Erikas Behauptung, daß nur Übung den Meister macht. Klemmer begrüßt ein Mädchen, das er kennt, durch einen Handkuß, der spielerisch gemeint ist, und er lacht mit einem zweiten Mädchen über etwas Sinnloses.

Erika empfindet die geistige Leere, die von solchen Mädchen ausgeht, die den Mann bald langweilen. Ein hübsches Gesicht alleine verbraucht sich vorschnell.

Der tragische Held Klemmer, der für diese Rolle eigentlich zu jung ist, während Erika für ein unschuldiges Opfer von Aufmerksamkeiten eigentlich zu alt ist, läßt seine Finger notenmäßig korrekt über das stumme Partiturenblatt laufen. Jeder erkennt auf Anhieb, daß er es mit einem musikalischen Opfer und nicht mit einem musikalischen Schmarotzer zu tun hat. Er ist selbst ausführender Klavierist, der aber durch widrige Umstände nicht zum Einsatz gelangt. Klemmer legt einem dritten Mädchen kurz den Arm um die Schulter, es ist ein Mädchen, das die wieder moderne Minikürze trägt. Es scheint von keinem Gedanken beschwert. Erika denkt: wenn Klemmer sich so tief hinunterbegeben will, soll er es bitte tun, doch ich werde ihn dabei nicht begleiten. Ihre Haut kräuselt sich vor Eifersucht wie Feinkrepp. Ihre Augen schmerzen, weil sie alles nur aus den äußersten Augenwinkeln wahrnehmen kann, sie darf sich ja nicht zu Klemmer umwenden. Er darf ihre Aufmerksamkeit um keinen Preis merken. Er macht jetzt mit dem dritten Mädchen einen Scherz; das Mädchen zuckt unter peitschenden Lachsalven, es zeigt seine Beine bis dorthin, wo sie praktisch schon enden, weil sie in den Körper übergehen. Das Mädchen wird von Sonne übergossen. Das ständige Paddeln hat eine gesunde Farbe auf Klemmers Wangen gemalt, sein Kopf fließt mit dem des Mädchens zusammen, sein helles Haar leuchtet mit dem langen Haar des Mädchens gemeinsam auf. Beim Sporteln schützt Klemmer den Kopf mittels Helm. Er erzählt der Schülerin einen Witz, zu dem er seine Augen, Schlußlichtern gleich, blau aufblitzen läßt. Er spürt andauernd Erikas Anwesenheit. Seine Augen signalisieren kein Bremsmanöver. Ja, Klemmer befindet sich unzweifelhaft mitten in einem erneuten Vorstoß. Wind, Wasser, Fels und Wellen haben dem Entmutigten, der bereits aufgeben wollte, der schon drauf und dran war, jüngere Gartenblumen als Erika auszurupfen, wärmstens empfohlen, noch ein wenig auszuhalten, weil es Vorzeichen für das sichere Wanken und Weichwerden der insgeheim Geliebten gibt. Wenn es ihm wenigstens ein einziges Mal gelänge, sie in einen Kahn zu verpflanzen, es muß ja nicht gleich das als schwierig zu handhaben verschriene Paddelboot sein! Es kann auch ein still ruhender Nachen sein. Dort, auf einem See, einem Fluß, wäre Klemmer im ureigensten Element. Er könnte eine gesicherte Herrschaft über sie ausüben, weil er sich im Wasser zuhause fühlt. Er könnte Erikas hektische Bewegungen dirigieren und koordinieren. Hier, auf der Klaviatur, in der Tonspur, ist wieder sie in ihrem Element, und der Dirigent dirigiert dazu, ein Exilungar, welcher die Schülerschar mit starkem Akzent tobsüchtig angeifert.

Da er als Zuneigung diagnostiziert, was ihn mit Erika vereint, gibt Klemmer wieder einmal nicht auf, sondern setzt sich erneut stramm fest, mit den Vorderbeinen flink sondierend, mit den Hinterbeinen eilfertig nachsetzend. Beinahe wäre sie ihm entschlüpft, oder er hätte mangels Erfolgs aufgegeben. Das wäre grob falsch gewesen. Sie erscheint ihm jetzt körperlich ausgeprägter, zugänglicher als noch vor einem Jahr, wie sie da in die Tasten pickt und unsichere Seitenblicke auf den Schüler abschießt, der nicht geht, aber auch nicht zu ihr kommt und sagt, was für ein Scheiterhäufchen in ihm brennt. Was die musikalische Analyse des Gespielten angeht, scheint er wiederum nicht ganz anwesend. Er ist wohl da. Ist er ihretwegen da? In den musizierenden Gruppen weitere hübsche junge Mädchen jeglichen Formats, jeglicher Farbe, Größe. Erika beweist nicht, daß sie Klemmer überhaupt bemerkt, und macht sich dadurch verdächtig. Sie macht sich rar und bedeutet Klemmer gleichzeitig, daß sie ihn von Anfang an als einzigen hier überhaupt bemerkt hat. Außer Klemmer existiert nur noch die Musik für Erika, diese Musikbezwingerin. Kennerhaft glaubt Klemmer nicht, was er in dem Gesicht der Frau zu erkennen vermeint: Ablehnung. Er allein ist würdig, das Gatter auf der Alm aufzuklinken, auf dem «Betreten bei Strafe verboten» steht. Erika schüttelt die Perlenschnur eines Laufs aus ihren weißen Blusenmanschetten und ist mit nervöser Eile geladen. Vielleicht rührt die Eile von dem jetzt angekommenen Frühling her, der sich durch erhöhte Vogelfrequenz und rücksichtslose Autofahrer überall längst ankündigte, die im Winter das Fahrzeug aus gesundheitstechnischen und allgemeintechnischen Erwägungen haben stehen lassen und jetzt wieder hervorschießen, im Verein mit den ersten Schneeglöckchen, und, des Fahrens entwöhnt, furchtbare Unfälle verursachen. Erika spielt mechanisch den einfachen Klavierpart. Ihre Gedanken ziehen in die Ferne, zu einer Klavierstudienreise mit dem Schüler Klemmer. Nur sie, er, ein kleines Hotelzimmer und die Liebe.

Dann lädt ein Lastwagen die gesamten Gedanken ein und in der kleinen Wohnung für zwei wieder aus. Kurz bevor der Tag zuende geht, müssen die Gedanken wieder im Körbchen sein, das die Mutter liebevoll ausgepolstert und frisch überzogen hat, und die Jugend schmiegt sich ans Alter.

Wieder klopft Herr Nemeth ab. Die Geigen waren ihm nicht weich genug. Noch einmal Buchstabe B bitte. Jetzt kommt die Nasenbluterin erstarkt zurück und verlangt ihren Platz am Klavier sowie ihr Recht als Solistin, das sie sich mühsam gegen Konkurrenz erkämpft hat. Sie ist eine Lieblingsschülerin von Frau Prof. Kohut, weil auch sie eine Mutter besitzt, die an Kindes Statt einen Ehrgeiz angenommen hat.

Das Mädchen nimmt Erikas Platz ein. Walter Klemmer zwinkert dem Mädchen aufmunternd zu und achtet darauf, was Erika dazu meint. Erika stürzt, noch bevor Herr Nemeth zum Stab greifen kann, aus dem Saal. Klemmer, der ihr tief Verbundene und ein stadtbekannter Schnellstarter in Kunst wie Liebe, zuckt ebenfalls hoch, er will die Nase an die Fährte heften. Doch ein Blick des Dirigenten läßt den Zuschauer Klemmer auf seinen Platz zurücksinken. Der Schüler muß sich entscheiden, ob er hinein oder hinaus will, aber er muß dann dort bleiben, wofür er sich entschieden hat.

Die Streicher werfen sich mit dem rechten Arm auf ihren Bogen und ratschen mit Macht los. Das Klavier trabt stolz in die Manege, dreht sich in den Hüften, tänzelt locker, macht ein ausgewähltes Kunststück aus der Hohen Schule, das gar nicht in den Noten steht, sondern in langen Nächten ausgedacht wurde, wird leuchtend rosa angestrahlt und stolziert graziös durchs Halbrund. Jetzt muß Herr Klemmer sitzen bleiben und warten, bis der Dirigent das nächste Mal abbricht. Diesmal will der Maestro es einmal auf Biegen und Brechen ganz durchmachen, vorausgesetzt, daß niemand aus dem Zug springt. Das ist nicht zu befürchten, denn hier musizieren Erwachsene. Das Kinderorchester und die Singschulgruppen, ein buntes Puzzle aus sämtlichen existierenden Singschulen, haben schon um vier geprobt. Eine Komposition des Leiters der Blockflötenklasse, mit gesanglicher Solistik von seiten der gesammelten Singschullehrerinnen aus sämtlichen Musikschul-Zweigstellen, jenen Tochterfirmen der Konservatoriumszentrale. Ein kühnes Werk mit Wechseln zwischen geraden und ungeraden Takten, die so manche der Kleinen zu Bettnässern machen.

Hier und nun ergehen sich die künftigen Profis musikalisch. Der Nachwuchs fürs Niederösterreichische Tonkünstlerorchester, für provinzielle Opernhäuser, für das ORF-Symphonieorchester. Sogar für die Philharmoniker, falls ein männlicher Verwandter des Schülers dort bereits spielt.

Klemmer sitzt und brütet über dem Bach. Aber wie eine Gluckhenne, die sich um ihr Ei zur Zeit nicht sehr kümmert. Ob Erika wohl bald zurückkommen wird? Oder will sie sich die Hände waschen? Er kennt sich hier mit den Räumlichkeiten nicht aus. Er kann es jedoch nicht lassen, mit hübschen Kameradinnen

zwinkernde Grüße auszutauschen. Er will seinem Ruf als Frauenheld gerecht werden. Heute mußte die Probe in dieses Ersatzquartier ausweichen. Sämtliche Großräume des Konservatoriums werden für eine dringende Hauptprobe der Opernklasse bezüglich eines ehrgeizigen Himmelfahrtskommandos (Mozarts Figaro) benötigt. Es ist eine eng befreundete Volksschule, die ihren Turnsaal für die Bachprobe hergeliehen hat. Die Turngeräte haben sich bis an die Wände zurückgezogen, die Leibeskultur hat der Hochkultur für einen Tag Platz gemacht. In dieser Volksschule, die in Schuberts ehemaligem Wirkungsbezirk steht, ist in den obersten Stockwerken die Musikschule des Bezirks untergebracht, doch deren Räumlichkeiten sind für eine Probe wieder zu klein.
Den Musikschülern dieser Zweigstelle ist es heute gestattet, dem berühmten Konservatoriumsorchester beim Proben zuzuhören. Wenige machen davon Gebrauch. Es soll ihnen die künftige Berufswahl erleichtern. Sie sehen, daß Hände nicht nur grob zupacken, sondern auch fein streichen können. Die Berufsziele Tischler oder Universitätsprofessor rücken in weite Fernen. Die Schüler sitzen andächtig auf Stühlen und Turnmatten und sperren die Ohren auf. Keiner von ihnen hat Eltern, die ihrem Kind zumuten würden, Tischler zu lernen.
Das Kind soll aber auch nicht den Schluß ziehen, als Musiker flögen einem die gebratenen Tauben in den Mund. Das Kind soll übungshalber seine Freizeit opfern.
Walter Klemmer ist von der seit langem schon ungewohnten Schulumgebung deprimiert, er fühlt sich vor Erika gleich wieder als Kind. Ihr Schüler/Lehrerinverhältnis wird festzementiert, ein Geliebter/Geliebteverhältnis rückt in weitere Fernen denn je. Klemmer wagt nicht einmal, seine Ellbogen einzusetzen, um rasch zum Ausgang zu gelangen. Erika ist vor ihm geflohen und hat die Türe geschlossen, ohne auf ihn zu warten. Das Ensemble geigt, bratscht, brummt und haut in die Tasten. Die Mitwirkenden strengen sich besonders an, weil man sich überhaupt vor unwissenden Zuhörern immer heftiger anstrengt – die schätzen andächtige Gesichter und konzentrierte Mienen

noch. So nimmt das Orchester seine Tätigkeit ernster als sonst üblich. Die Mauer des Schalls schließt sich vor Klemmer, er wagt sie schon aus musikkarrieristischen Gründen nicht zu durchbrechen. Herr Nemeth könnte ihn sonst als Solisten für das nächste große Schlußkonzert ablehnen, für das Klemmer nominiert ist. Ein Mozartkonzert.

Während Walter Klemmer sich im Turnsaal die Zeit damit vertreibt, weibliche Maße abzumessen und sie gegeneinander aufzurechnen, was dem Techniker keine besondere Mühe bereitet, durchstöbert seine Klavierlehrerin unentschlossen den Umkleideraum. Dieser strotzt heute vor Instrumentenkasten, Futteralen, Mänteln, Mützen, Schals und Handschuhen. Die Bläser wärmen ihre Köpfe, die Pianisten und Streicher ihre Hände, je nachdem, welcher Körperteil den Klang hervorzaubert. Es stehen ungezählte Paare Schuhe herum, weil man einen Turnsaal nur mit Turnschuhen betreten darf. Einige haben die Turnschuhe vergessen und sitzen nun in Strümpfen oder Socken herum, wobei sie sich erkälten.

Von fern her dringt das Donnern eines lauten Bach-Katarakts an die Ohren der Klavierspielerin Erika. Sie steht hier auf einem Boden, der auf sportliche Durchschnittsleistungen vorbereitet, und weiß nicht so recht, was sie hier macht und weswegen sie vorhin herausgeschossen ist aus dem Probenraum. War es Klemmer, der sie herausgetrieben hat? Unerträglich, wie er diese jungen Mädchen auf dem Wühltisch der Abteilung Genußmittel durcheinandergeworfen hat. Auf Anfrage würde er sich damit herausreden, daß er weibliche Schönheit in jeder Altersklasse und Kategorie kennerisch zu schätzen weiß. Es ist eine Beleidigung für die Lehrerin, die sich die Mühe machte, vor einem Gefühl hierher zu flüchten.

Die Musik tröstete Erika oft in Notlagen, heute jedoch bohrt sie ihr auf empfindlichen Nervenenden herum, die der Mann Klemmer freigelegt hat. Es ist eine verstaubte, ungeheizte Gaststube, in der sie hier gelandet ist. Sie will wieder zurück zu den anderen, doch man versperrt ihr in Gestalt eines muskelbepackten Obers den Ausgang und rät der gnädigen Frau, sich endlich

zu entschließen, sonst macht die Küche zu. Fridatten- oder Leberknödelsuppe?
Gefühle sind immer lächerlich, besonders aber, wenn Unbefugte sie in die Finger kriegen. Erika durchmißt den stinkenden Raum, ein seltener Stelzvogel im Zoo der geheimeren Bedürfnisse. Sie zwingt sich zur äußersten Langsamkeit, in der Hoffnung, daß jemand kommt und sie abhält. Oder in der Hoffnung, daß sie mitten in der Untat, die sie plant, gestört wird und furchtbare Folgen zu tragen hat: ein Tunnel, gespickt mit schrecklichen spitzen Apparaturen, den in völliger Dunkelheit rasch zu durchrennen sie gezwungen wäre. Kein Lichtschimmer am anderen Ende. Und wo ist der Lichtschalter für die Nischen, in denen das Streckenpersonal sich notfalls verbirgt?
Sie weiß nur: am anderen Ende befindet sich die gleißend hell angestrahlte Arena, wo noch mehr Dressurprüfungen und Leistungsnachweise auf sie warten. Steinerne, amphitheatralisch ansteigende Bankreihen, von denen es Erdnußschalen, Popcorntüten, Limonadeflaschen mit geknickten Trinkhalmen, Klopapierrollen auf sie herabregnet. Dies wäre dann ihr wahres Publikum. Aus dem Turnsaal kreischt Herr Nemeth verschwommen herüber, daß lauter gespielt werden soll. Forte! Mehr Ton!

Das Waschbecken ist aus Porzellan und von Sprüngen durchzogen. Darüber ein Spiegel. Unter dem Spiegel ein gläsernes Brett, das auf einem Metallrahmen ruht. Auf dem Glasbord steht ein Trinkglas. Das Glas ist nicht sorgsam bedacht hingestellt worden, sondern ohne Achtung vor einem leblosen Gegenstand. Das Glas steht, wo es steht. An seinem Grunde hängt noch ein isolierter Wassertropfen und ruht aus, bevor er sich in Dunst verflüchtigt. Vorhin hat gewiß noch ein Schüler einen Schluck aus dem Glas getan. Mantel- und Jackentaschen durchstöbert Erika nach einem Taschentuch, das sie auch bald findet. Ein Produkt der Grippe- und Schnupfenzeit. Erika ergreift das Glas mit dem Taschentuch und bettet eins ins andere. Das Glas mit seinen unzähligen Abdrücken von ungeschickten Kinderhänden wird ganz vom Tuch verhüllt. Das so bemäntelte Glas legt Erika auf den Boden und tritt mit dem Absatz kräftig drauf. Es splittert gedämpft. Dann wird das bereits verletzte Wasserglas noch einige Male gestampft, bis es zu einem zwar splittrigen, doch nicht formlosen Brei geworden ist. Zu klein dürfen die Splitter nicht geraten! Sie sollen noch ordentlich stechen können. Erika nimmt das Tuch samt dessen scharfkantigem Inhalt vom Boden auf und läßt die Splitter sorgsam in eine Manteltasche gleiten. Das billige, dünnwandige Glas hat besonders gemeine und scharfe Bruchstücke hinterlassen. Das sirrende Schmerzgewimmer des Glases ist von dem Tuch abgetötet worden.

Erika hat den Mantel deutlich wiedererkannt, sowohl an der kreischenden Modefarbe als an der wieder aktuellen Minikürze. Dieses Mädchen hat sich zu Beginn der Probe noch durch innige Anbiederungsversuche an Walter Klemmer, der turmhoch über ihm steht, hervorgetan. Erika möchte prüfen, womit sich dieses Mädchen spreizen wird, hat es erst eine zerschnittene Hand. Sein Gesicht wird sich zu einer häßlichen Grimasse verzerren, in der keiner die ehemalige Jugend und Schönheit wiedererkennen wird. Erikas Geist wird über die Vorzüge des Leibes siegen.

Die Minirockphase Nummer eins mußte Erika auf Wunsch ihrer Mutter überspringen. Die Mutter hatte den Befehl zum Langsaum in eine Mahnung verpackt, daß diese kurze Mode Erika nicht stünde. Alle anderen Mädchen hatten damals ihre Röcke, Kleider, Mäntel unten abgeschnitten und neu gesäumt. Oder sie kauften die Sachen gleich fertig kurz. Das Zeitrad, besteckt mit den Kerzen von nackten Mädchenbeinen, rollte heran, doch Erika war auf Befehl der Mutter eine «Überspringerin», eine Zeitspringerin. Allen, die es hören wollten oder nicht, mußte sie erklären: das paßt mir persönlich nicht und gefällt mir persönlich nicht! Und dann schnellte sie zum Sprung über Raum und Zeit in die Höhe. Abgeschossen vom mütterlichen Katapult. Von hoch oben herab pflegte sie nach strengsten, in nächtelanger Grübelarbeit ausgearbeiteten Kriterien Oberschenkel zu beurteilen, entblößt bis zum Gehtnichtmehr und noch weiter! Sie verteilte individuelle Noten an Beine in allen Abstufungen von Spitzenstrumpfhosen oder sommerlicher Nacktheit – was noch schlimmer war. Erika sprach dann zu ihrer Umgebung, wenn ich die und die wäre, wagte ich so etwas niemals! Erika beschrieb anschaulich, warum die wenigsten sich das figürlich erlauben konnten. Dann begab sie sich jenseits der Zeit und ihrer Moden, in zeitloser Kniekürze, wie der Fachausdruck lautet. Und wurde doch schneller als andere eine Beute des unnachsichtigen Messerkranzes am Zeitrad. Sie glaubt, daß man sich nicht sklavisch an die Mode halten darf, sondern daß die Mode sich sklavisch daran zu halten hat, was einem persönlich steht und was nicht.

Diese Flötistin, die geschminkt ist wie ein Clown, hat ihren Walter Klemmer mittels weithin sichtbarer Schenkel aufgeheizt. Erika weiß, das Mädchen ist eine vielbeneidete Modeschülerin. Als Erika Kohut ihr ein absichtlich zerbrochenes Wasserglas in die Manteltasche praktiziert, wandert es ihr durch den Kopf, daß sie ihre eigene Jugend um keinen Preis noch einmal erleben möchte. Sie ist froh, daß sie schon so alt ist, die Jugend hat sie rechtzeitig durch Erfahrung ersetzen können.

Es ist die ganze Zeit niemand hereingekommen, obwohl das Risiko hoch war. Alles eifert im Saal mit der Musik mit. Fröhlichkeit oder was Bach darunter verstand, füllt Winkel und Ecken und klettert die Sprossenleitern hoch. Das Finale ist nicht mehr allzu fern. Inmitten emsigen Laufwerks öffnet Erika die Tür und kehrt bescheiden in den Saal zurück. Sie reibt ihre Hände, als hätte sie sie soeben gewaschen, und schmiegt sich wortlos in einen Winkel. Sie als Lehrkraft darf selbstverständlich die Türe öffnen, obwohl der Bach noch sprudelt. Herr Klemmer nimmt diese Rückkehr mit einem Aufglänzen seiner von Natur aus schon glänzenden Augen zur Kenntnis. Erika ignoriert ihn. Er versucht, seine Lehrerin zu grüßen wie das Kind den Osterhasen. Das Suchen der bunten Eier ist der größere Spaß als das eigentliche Finden, und so geht es Walter Klemmer auch mit dieser Frau. Die Jagd ist für den Mann das größere Vergnügen als die unausweichliche Vereinigung. Es fragt sich nur wann. Scheu hat Klemmer noch wegen des ver-

flixten Altersunterschieds. Doch daß er ein Mann ist, gleichen die zehn Jahre, die Erika ihm voraus hat, leicht wieder aus. Außerdem nimmt weiblicher Wert mit zunehmenden Jahren und zunehmender Intelligenz stark ab. Der Techniker in Klemmer rechnet das alles durch, und die Summe seiner Kalkulationen ergibt unter dem Strich, daß Erika gerade noch eine kleine Weile Zeit hat, bevor sie in die Grube wandert. Walter Klemmer gewinnt an Unbefangenheit, wenn er Erikas Gesichts- und Körperfalten gewahr wird. Er gewinnt an Befangenheit, wenn sie ihm auf dem Klavier etwas erklärt. Doch für das Endergebnis zählen letztlich nur Falte, Runzel, Zellulitis, Grauhaar, Tränensack, Großporigkeit, Zahnersatz, Brille, Figurverlust.
Zum Glück ist Erika nicht vorzeitig nach Hause gegangen, wie sie es öfter zu tun pflegt. Sie empfiehlt sich gern auf französisch. Sie macht vorher nie einen warnenden Gruß, nicht einmal ein Winken. Auf einmal ist sie weg, verklungen, verschwunden. Klemmer pflegt sich an solchen Tagen, an denen sie sich ihm absichtlich entzieht, lange auf dem Plattenspieler die «Winterreise» aufzulegen und leise mitzusummen. Am nächsten Tag berichtet er seiner Lehrerin, daß nur Schuberts traurigster Liedzyklus jene Stimmung besänftigen konnte, in der ich mich gestern allein Ihretwegen wieder befunden habe, Erika. Etwas schwang in meinem Inneren mit Schubert mit, der damals, als er die «Einsamkeit» schrieb, zufällig genauso geschwungen haben muß wie ich gestern. Wir litten sozusagen im gleichen Rhythmus, Schubert und meine Wenigkeit. Ich bin zwar klein und gering im Vergleich zu Schubert. Doch an Abenden wie gestern fällt ein Vergleich zwischen mir und Schubert für mich günstiger aus als sonst. Üblicherweise bin ich leider oberflächlich veranlagt, Sie sehen, ich gebe es ehrlich zu, Erika.
Erika befiehlt, daß Klemmer sie nicht so ansehen soll. Klemmer aber macht weiterhin keinen Hehl aus seinen Wünschen. Zusammen sind sie verpuppt wie Zwillingsinsekten im Kokon. Ihre spinnwebzarten Hüllen aus Ehrgeiz, Ehrgeiz, Ehrgeiz und Ehrgeiz ruhen schwerelos, mürb auf den beiden Skeletten ihrer körperlichen Wünsche und Träume. Erst diese Wünsche ma-

chen sie schließlich einer dem anderen real. Erst durch diesen Wunsch, ganz zu durchdringen und durchdrungen zu werden, sind sie die Person Klemmer und die Person Kohut. Zwei Stück Fleisch in der gut gekühlten Vitrine eines Vorstadtfleischers, mit der rosigen Schnittfläche dem Publikum zugewandt; und die Hausfrau verlangt nach langer Überlegung ein halbes Kilo von dem und dann noch ein Kilo von dem dort. Verpackt werden sie beide in fettundurchlässiges Pergamentpapier. Die Kundin verstaut sie in einer unhygienisch mit nie gesäubertem Plastik ausgeschlagenen Einkaufstasche. Und die beiden Klumpen, das Filet und die Schweineschnitzel, schmiegen sich, dunkelrot das eine, hellrosa das andere, innig aneinander.
In mir sehen Sie die Grenze, an der sich Ihr Wille allerdings bricht, denn mich werden Sie nie überschreiten, Herr Klemmer! Und der Angesprochene widerspricht lebhaft, seinerseits Grenzen und Maßstäbe setzend.
Inzwischen ist im Umkleideraum ein Chaos trampelnder Füße und grapschender Hände ausgebrochen. Stimmen jammern, daß sie das und das nicht finden, das sie dort- und dorthin gelegt haben. Andere gellen, daß ihnen der und der noch Geld schuldig ist. Knackend kracht ein Geigenkasten unter dem Fuß eines jungen Mannes, der den Kasten nicht gekauft hat, sonst ginge er achtsamer mit ihm um, wie die Eltern ihn beschwören. Im Diskant zwitschern zwei Amerikanerinnen über einen musikalischen Gesamteindruck, der von etwas beeinträchtigt war, das sie nicht zu benennen wissen, vielleicht war es die Akustik. Doch irgend etwas hat sie gestört.
Dann reißt ein Aufschrei die Luft entzwei, und eine vollkommen zerschnittene, überblutete Hand wird aus einer Manteltasche herausgerissen. Das Blut tropft auf den neuen Mantel! Es macht schwere Flecken hinein. Das Mädchen, zu dem die Hand gehört, schreit vor Schreck und heult über einen Schmerz, den es jetzt empfindet, und zwar nach einer Schrecksekunde, in der es zunächst den eigentlichen Schneideschmerz und dann überhaupt nichts empfunden hat. In dem zerschnittenen Flötistenwerkzeug, das genäht werden wird müssen, in dieser Hand,

mit der Klappen gedrückt und losgelassen werden, stecken vereinzelte Scherben und Splitter. Fassungslos blickt die Halbwüchsige auf ihre tropfende Hand, und schon rinnen ihr die Wimperntusche und der Lidschatten in wohlabgestimmtem Einklang über die Wangen hinunter. Das Publikum verstummt, dann stürzt es mit doppelter Kraft wasserfallartig von allen Seiten her zur Mitte. Wie Eisenfeilspäne nach Einschalten eines magnetischen Feldes. Daß sie sich so an das Opfer kleben, nützt ihnen nichts. Sie werden dadurch nicht zu Tätern, gehen keine geheimnisvolle Verbindung mit dem Opfer ein. Sie werden schmählich davongejagt, und Herr Nemeth übernimmt den Taktstock der Autorität, die nach einem Arzt ruft. Drei Vorzugschüler rasen telefonieren. Die übrigen bleiben Zuschauer, die nicht ahnen, daß letztlich Begierde in einer ihrer besonders unangenehmen Erscheinungsformen diesen Vorfall hervorrief. Sie können es sich gar nicht erklären, wer zu so etwas fähig sein könnte. Sie wären niemals zu solchen Attentaten imstande.

Eine helferische Gruppe ballt sich zu einem harten Kern aus Gewölle, das sich gleich selbst ausspeien wird. Keiner rührt sich weg, alle wollen ganz genau alles sehen.

Das Mädchen muß sich hinsetzen, weil ihm übel ist. Vielleicht ist jetzt endlich Schluß mit dem leidigen Flötenblasen.

Erika täuscht Übelkeit und Übellaunigkeit im engen Dunstkreis von Blut vor.

Es geschieht, was menschenmöglich ist angesichts einer Verletzung. Einige telefonieren jetzt nur deshalb, weil auch andere telefonieren. Viele bitten lauthals um Ruhe, wenige geben Ruhe. Sie drängeln einander gegenseitig aus der Sichtbahn. Sie beschuldigen jeweils völlig unschuldige Personen. Sie handeln Ordnungsrufen zuwider. Sie zeigen sich uneinsichtig gegen erneute Bitten um Platz, Stille und Zurückhaltung vor einem schrecklichen Vorfall. Schon befinden sich zwei, drei Schüler in Opposition zu primitivsten Anstandsregeln. Von verschiedenen Ecken, in die sich besser Erzogene und Gleichgültige diskret zurückgezogen haben, kommt die Frage nach dem Schuldigen. Einer vermutet, das Mädchen habe sich selbst verletzt, um sich zu einer interessanten Figur zu machen. Ein zweiter widerspricht energisch und streut das Gerücht herum, ein eifersüchtiger Freund sei es gewesen. Ein dritter sagt, Eifersucht stimme im Prinzip, nur sei es ein eifersüchtiges Mädchen gewesen. Ein zu Unrecht Bezichtigter beginnt zu toben. Eine zu Unrecht Beschuldigte beginnt zu plärren. Eine Gruppe Schüler wehrt Maßnahmen ab, die die Vernunft diktiert hat. Jemand weist einen Vorwurf auf das entschiedenste zurück, wie er es aus dem Fernsehen von Politikern kennt. Herr Nemeth bittet um Ruhe, die bald von der Sirene eines Krankenwagens gestört werden wird.

Erika Kohut betrachtet alles gründlich und geht dann hinaus. Walter Klemmer betrachtet Erika Kohut wie ein frisch geschlüpftes Tier, das die Nahrungsquelle erkennt, und folgt ihr fast unmittelbar auf den Fersen, als sie hinausgeht.

Die Stufen des Treppenhauses prallen, ausgehöhlt von zornigen Kindertritten, unter Erikas Leichtlaufsohlen ab. Sie verschwinden unter ihr. Erika schraubt sich in die Höhe. Im Turnsaal haben sich inzwischen Beratergruppen gebildet, die Mutmaßungen anstellen. Und Schritte empfehlen. Sie ziehen Täterfelder in Betracht und bilden Ketten, um mit Lärmwerkzeugen diese Felder zu durchkämmen. Dieses Knäuel Menschen wird sich nicht so rasch auflösen. Erst viel später wird es Stück um Stück zerbröckeln, weil die jungen Musiker nach Hause müssen. Jetzt scharen sie sich noch dicht um das Unglück, das sie zum Glück nicht selbst betroffen hat. Aber mancher glaubt, er ist der nächste. Erika läuft die Treppe hinauf. Jeder, der sie so flüchten sieht, denkt, ihr ist schlecht geworden. Ihr musikalisches Universum kennt Verletzungen nicht. Doch es hat sie nur ihr altgewohnter Drang gepackt, im ungeeignetsten Moment Wasser lassen zu müssen. Es zieht zwischen ihren Beinen abwärts, deshalb läuft sie hinauf. Sie sucht ein Klo im obersten Stock-

werk, weil dort niemand die Lehrerin bei einer banalen körperlichen Verrichtung überraschen wird.
Auf gut Glück reißt sie eine Tür auf, sie kennt sich hier nicht aus. Sie hat aber Erfahrung mit Klotüren, da sie oft gezwungen ist, an unmöglichen Orten welche aufzuspüren. In unbekannten Gebäuden oder Ämtern. Die Tür plädiert aufgrund von besondrer Abgewetztheit dafür, daß sie die Tür zu einer der Fazilitäten dieser Schule ist. Der herausströmende Gestank nach Kinderurin unterstreicht das.
Die Lehrertoiletten sind nur mit Sonderschlüsseln zu erschließen und verfügen über ausgesuchte hygienische Zusatzgeräte samt Sonderausstattung, das Neueste vom Neuen. Erika hat die unmusikalische Empfindung, daß sie gleich aufplatzt. Sie will nichts als sich in einem langen, heißen Schwall aus sich herausschütten. Oft überfällt dieser Drang sie im unpassendsten Moment eines Konzerts, wenn der Pianist pianissimo spielt und noch dazu die Verschiebung betätigt.

Erika wettert unhörbar gegen die Unsitte vieler Pianisten, die der Meinung sind und es auch noch in der Öffentlichkeit vertreten, daß die Verschiebung nur für ganz leise Stellen zu verwenden sei. Dabei sprechen Beethovens persönliche Angaben eine deutliche Sprache und dagegen. So plaudert auch Erikas Vernunft mit ihrem Kunstsachverstand, die beide auf der Seite Beethovens stehen. Erika bedauert insgeheim, daß sie ihr Verbrechen an der nichtsahnenden Schülerin nicht bis zur Neige auskosten konnte.
Sie befindet sich jetzt im Latrinenvorraum und kann nur staunen ob des Erfindungsreichtums eines Schularchitekten oder Innenausstatters. Rechts steht eine Zwergentür halb offen, die zum Bubenpissoir führt. Der Geruch erinnert an eine Pestgrube. Eine allgemein leicht zugängliche Emailrinne führt an der Ölwand den Fußboden entlang. Darin etliche nett angeordnete Abflüsse, manche davon verstopft. Hier zischen also die Kleinmänner ihre gelben Strahlen nebeneinander hinein oder malen Muster an die Wand. Man sieht es der Wand an.
Auch Dinge, die nicht hierher gehören, kleben in der Rinne fest,

Papierschnitzel, Bananenschalen, Orangenschalen, sogar ein Heft. Erika reißt das Fenster auf und wird unter sich, etwas seitlich versetzt, eines künstlerischen Frieses gewahr. Die Gebäudeausschmückung zeigt, aus Erikas Vogelperspektive gesehen, etwas wie einen sitzenden nackten Mann und eine sitzende nackte Frau. Die Frau hält den Arm um ein kleines bekleidetes Mädchen gelegt, das gerade eine Handarbeit ausführt. Der Mann späht offenkundig wohlwollend zu seinem bekleideten Sohn empor, der einen geöffneten Zirkel wachsam in der Hand hält und wissenschaftliche Aufgaben zu lösen scheint. Erika erkennt in dem Fries ein steinernes Mahnmal sozialdemokratischer Bildungspolitik und lehnt sich nicht zu weit hinaus, damit sie nicht verunglückt. Sie schließt das Fenster lieber, obwohl der Gestank durch das Öffnen nur angespornt worden ist. Erika kann sich nicht mit Kunstbetrachtungen aufhalten, sie muß weiter.

Die kleinen Schülerinnen pflegen sich hinter einem Potemkinschen Gestell, ähnlich einer Bühnenkulisse, zu erleichtern. Die Kulisse stellt auf wenig überzeugende Weise eine Art Kabinenreihe dar. Wie im Schwimmbad. Unzählige Löcher verschiedenster Größe und Form sind in die trennenden Holzwände gebohrt, Erika fragt sich nur, womit. Die Wände sind etwa in Schulterhöhe der Lehrerin Erika brutal abgesägt. Oben ragt ihr Kopf heraus. Eine Volksschülerin kann sich hinter dieser spanischen Wand gerade noch notdürftig verbergen, eine ausgewachsene Lehrkraft nicht. Die Mitschüler und Mitschülerinnen müssen durch die Löcher spähen, damit sie eine Seitenansicht von Klomuschel und Benützer erhalten. Steht Erika hinter der Wand auf, ragt ihr Kopf darüber hinweg wie bei einer Giraffe, die hinter einer Mauer auftaucht, um einen hohen Ast abzuäsen. Es kann auch der Grund für diese Trennwände darin zu suchen sein, daß man als Erwachsener jederzeit Einblick erhalten möchte, was das Kind hinter der Tür so lange treibt, oder ob es sich vielleicht selbst eingesperrt hat.

Rasch läßt sich Erika auf dem verschmierten Becken nieder, nachdem sie das dazugehörige Brett hochgeklappt hat. Auf diesen Einfall sind andere vor ihr schon gekommen, und so ist denn auch das kalte Porzellan mit Bazillen überzogen. Im Becken ist etwas herumgeschwommen, das Erika lieber nicht genau sieht, so eilig hat sie es. Sie würde sich in diesem Zustand auch über eine Schlangengrube hocken. Nur eine versperrbare Tür muß es geben! Ohne Verriegelung könnte sie um keinen Preis etwas unter sich lassen. Der Riegel funktioniert und löst bei Erika eine Schleuse. Erleichtert seufzend legt Erika den kleinen Hebel um, so daß außen ein rotes Kreissegment anzeigt: besetzt.

Jemand öffnet erneut eine Tür und kommt herein. Er läßt sich nicht von dieser Umgebung abschrecken. Es sind unverkennbar Männerschritte, die näherkommen, und es erweist sich, daß die Schritte zu Walter Klemmer gehören, der Erika vorhin nachgelaufen ist. Klemmer tappt ebenfalls von einem Ekel in den nächsten, was unvermeidlich ist, will er diese von ihm geliebte Person aufspüren. Sie hat ihn monatelang zurückgewiesen, obwohl Klemmer ihr als Draufgänger bekannt sein mußte. Sein Wunsch ist, daß sie sich von ihren Hemmungen endlich befreien möge. Sie soll ihre Persönlichkeit als Lehrerin ablegen und einen Gegenstand aus sich machen, den sie ihm dann anbietet. Er wird für alles Sorge tragen. Klemmer ist jetzt ein Konkordat aus Bürokratie und Gier. Einer Gier, die keine Grenze kennt und, erkennt sie sie doch, nicht respektiert. Soviel zu Klemmers selbstgestellter Aufgabe bezüglich des Lehrkörpers. Walter Klemmer schüttelt eine Hülle namens Hemmung, eine namens Scheu und noch eine Hülle namens Zurückhaltung ab. Weiter kann Erika gewiß nicht flüchten, in ihrem Rücken befindet sich nur mehr massives Mauerwerk. Er wird Erika Hören und Sehen vergessen machen, nur ihn allein darf sie hören und sehen. Die Gebrauchsanweisung wird er wegwerfen, damit außer ihm kein anderer Erika auf diese Weise wird verwerten können. Für diese Frau heißt es jetzt: Schluß mit all der Unbestimmtheit und Trübheit. Sie soll sich nicht länger einspinnen wie das Dornröschen. Sie soll als freier Mensch vor Klemmer hintreten, der bereits über alles informiert ist, was sie insgeheim will.

Daher fragt Klemmer jetzt: «Erika, sind Sie da?» Es kommt keine Antwort, nur ein abnehmendes Plätschern schallt aus einer der Kabinen, ein Geräusch, das zunehmend verdämmert. Ein halb unterdrücktes Räuspern. Es gibt die Richtung an. Keine Antwort wird Klemmer geboten, was dieser als Mißachtung auffassen könnte. Das Räuspern konnte er stimmlich eindeutig identifizieren. Einem Mann geben Sie diese Antwort ab jetzt kein zweites Mal, spricht Klemmer in den Kabinenwald hinein. Erika ist Lehrerin und gleichzeitig noch ein Kind. Klemmer ist zwar Schüler, aber gleichzeitig der Erwachsene von ihnen beiden. Er hat erfaßt, daß er in dieser Situation der bestimmende Teil ist, nicht seine Lehrerin. Klemmer setzt diese neu erworbene Qualifikation zielführend ein, indem er etwas sucht, auf das er steigen könnte. Klemmer findet geistesgegenwärtig einen schmutzigen Blechkübel, über den ein Ausreibfetzen zum Trocknen gespannt ist. Den Fetzen schüttelt Klemmer ab, den Kübel transportiert er zu der bewußten Kabine, dreht ihn um, stellt sich darauf und langt über die Trennwand, hinter der die letzten Tropfen gefallen sind. Es dringt nur eine Totenstille daraus hervor. Die Frau hinter dem Paravent streift sich den Rock hinunter, damit Klemmer nichts Unvorteilhaftes von ihr erblickt. Der obere Teil Walter Klemmers erscheint über der Tür und beugt sich ihr fordernd entgegen. Erika ist knallrot im Gesicht und spricht nicht. Von oben herab entriegelt die zu allem entschlossene langstielige Blume Klemmer die Tür. Klemmer holt die Lehrerin heraus, weil er sie liebt, womit sie sicher weitestgehend einverstanden ist. Sie wird ihm die Konzession gleich erteilen. Diese beiden Hauptdarsteller wollen nun eine Liebesszene aufführen, ganz unter sich, ohne Statisten, nur der eine Hauptdarsteller, schwer belastet, unter dem anderen Hauptdarsteller.

Gemäß dem Anlaß gibt sich Erika als Person sofort auf. Ein Geschenkartikel in leicht angestaubter Seidenpapierverpackung auf einem weißen Tischtuch. Solange der Gast dabei ist, wird sein Geschenk liebevoll gedreht und gewendet, doch kaum entfernt sich der Schenkende, schon wird das Paket achtlos und

verlegen abgelegt, und alles eilt zum Essen. Das Geschenk kann nicht von selber fortgehen, doch eine Weile hat es den Trost, wenigstens nicht allein zu bleiben. Da klirren Teller und Tassen, kratzt Besteck auf Porzellan. Aber dann merkt das Paket, daß ein Kassettenrecorder auf dem Tisch diese Geräusche hervorbringt. Applaus und Gläserklingen, alles vom Band! Einer kommt und nimmt sich des Pakets an: Erika ruht in dieser neuen Sicherheit, es wird für sie gesorgt werden. Sie wartet auf einen Hinweis oder einen Befehl. Für diesen Tag, nicht für ihr Konzert hat sie so lange gelernt.
Klemmer hat auch die Wahl, sie unbenutzt wieder hinzustellen, um sie zu bestrafen. Es bleibt ganz ihm überlassen, ob er davon Gebrauch macht oder nicht. Er kann mutwillig mit ihr sogar werfen. Er kann sie aber auch polieren und in eine Vitrine stellen. Es könnte überdies geschehen, daß er sie nie abwäscht, sondern nur immer wieder aufs neue irgendwelche Flüssigkeiten in sie hineinfüllt; und ihr Rand wäre schon ganz schmierig und verklebt von all den Mundabdrücken. Am Boden ein tagealter Zuckerbelag.

Walter Klemmer holt Erika aus der Latrinenkabine heraus. Er zerrt an ihr. Er drückt ihr einen langen Kuß zur Eröffnung auf den Mund, der längst fällig war. Er nagt an ihren Lippen und sondiert mit der Zunge ihren Schlund. Er zieht die Zunge nach endlos ruinösem Gebrauch wieder zurück und spricht mehrfach Erikas Namen zu diesem Anlaß aus. Er steckt viel Arbeit in dieses Stück Erika. Er greift ihr unter den Rock und weiß, daß er damit endlich einen großen Schritt vorangekommen ist. Er wagt sich noch weiter, denn er fühlt, daß der Leidenschaft dies erlaubt ist. Alles ist ihr gestattet. Er wühlt in Erikas Innereien herum, als wollte er sie ausnehmen, um sie auf neue Art zuzubereiten, er stößt an eine Grenze und entdeckt, daß er mit der Hand nicht mehr viel weiterkommen wird. Nun keucht er, als wäre er weit gelaufen, dieses Ziel zu erreichen. Er muß dieser Frau zumindest seine Anstrengung anbieten. Es ist ihm unmöglich, mit der ganzen Hand in sie einzudringen, doch vielleicht kann er es wenigstens mit einem oder zwei Fingern bewerkstelligen. Gesagt, getan. Da er den Zeigefinger noch tiefer als tief hineinschlüpfen fühlt, wächst er jubelnd über sich hinaus und beißt wahllos an Erika herum. Er überzieht sie mit Speichel. Er hält sie mit der zweiten Hand fest, die er gar nicht benötigt, denn die Frau bleibt ohnedies hier stehen. Er überlegt sich, mit der zweiten Hand in ihrem Pullover herumzustieren, doch der V-Ausschnitt ist nicht tief genug dafür. Darunter zusätzlich diese blöde weiße Bluse. Nun zwickt und preßt er im Zorn doppelt heftig Erikas Unterleib. Er bestraft sie, weil sie ihn so lange dunsten ließ, bis er, zu ihrem eigenen Schaden, fast schon aufgegeben hätte. Er hört von Erika einen schmerzlichen Ton. Er läßt sofort etwas nach, er will sie schließlich nicht mutwillig beschädigen, bevor sie noch richtig zum Einsatz gelangt. Es kommt Klemmer der einleuchtende Gedanke: vielleicht geht es unter dem Bund in den Pulli und die Bluse hinein, also aus der entgegengesetzten Richtung. Erst muß er Pullover plus Bluse aus dem Rock herauszerren. Er spuckt noch stärker, weil er sich so abmüht. Er bellt Erika ihren Namen, den sie ohnedies kennt, häufig in den Mund hinein. Wie er in diese Felswand hineinbrüllt, kommt es ihm nicht doppelt oder mehrfach zurück. Erika steht und ruht sich in Klemmer aus. Sie schämt sich der Situation, in die er sie gebracht hat. Diese Scham ist angenehm. Von ihr wird Klemmer angefeuert und wetzt sich wimmernd an Erika. Er geht in die Knie, ohne seine Griffe zu lockern. Er hangelt sich wild an Erika empor, nur um gleich darauf mit dem Lift wieder abwärts zu fahren, wobei er sich an schönen Stellen aufhält. Er klebt sich mit Küssen an Erika fest. Erika Kohut steht auf dem Boden wie ein vielbenutztes Instrument, das sich selbst verneinen muß, weil es anders gar nicht die vielen dilettantischen Lippen aushielte, die es andauernd in den Mund nehmen wollen. Sie möchte, daß der Schüler absolut frei ist und weggehen kann, wann er es wünscht. Sie setzt ihren Ehrgeiz darein, stehenzubleiben, wo er sie abgestellt hat. Millimetergetreu wird er sie dort wiederfinden, wenn ihm nach ihrer Inbetriebnahme zumute ist. Sie beginnt, etwas aus sich herauszuschöpfen, aus diesem bodenlosen Gefäß ihres Ichs, das für den

Schüler nicht mehr leer sein wird. Hoffentlich begreift er unsichtbare Signale. Klemmer setzt die ganze Härte seines Geschlechts ein, um sie rücklings auf den Boden zu werfen. Er wird dabei weich fallen, sie aber hart. Er fordert das letzte von Erika. Deshalb das letzte, weil sie beide wissen, daß jederzeit jemand hereinkommen könnte. Walter Klemmer schreit ihr etwas ganz Neues von seiner Liebe ins Ohr.

In einem leuchtenden Stehkader erscheinen vor Erika zwei Hände. Sie verschaffen sich von zwei verschiedenen Richtungen her Zugang zu ihr. Sie staunen darüber, was ihnen unerwartet in den Schoß gefallen ist. An Kraft ist der Besitzer der Hände der Lehrerin überlegen, daher sagt sie ein oft mißbrauchtes Wort: «Warte!» Er will nicht warten. Er erklärt ihr, warum nicht. Er schluchzt vor Gier. Er weint aber auch aus dem Grund, weil es ihn überwältigt hat, daß es so leicht gegangen ist. Erika hat brav mitgearbeitet.

Erika hält Walter Klemmer auf die Entfernung ihres Arms von sich ab. Sie holt seinen Schwanz heraus, den er selbst auch schon dafür vorgesehen hatte. Es fehlt nur noch der letzte Kunstgriff, denn das Glied ist bereits vorbereitet. Erleichtert, daß Erika diesen schwierigen Schritt für ihn getan hat, versucht Klemmer, seine Lehrerin auf den Hinterkopf zu stürzen. Nun muß Erika ihm die ganze Schwere ihrer Person entgegensetzen, damit sie aufrecht stehen bleiben kann. Sie hält Klemmer an dessen Glied auf Armlänge ab, während er noch wahllos in ihrem Geschlecht herumfuhrwerkt. Sie bedeutet ihm, damit aufzuhören, weil sie ihn sonst verläßt. Sie muß es etliche Male leise wiederholen, weil ihr plötzlich überlegener Wille nicht so leicht bis zu ihm und seiner rammeligen Wut durchdringt. Sein Kopf scheint vernebelt von zornigen Absichten. Er zögert. Fragt sich, ob er etwas falsch verstanden habe. In der Geschichte der Musik nicht und auch nirgendwo sonst wird der werbende Mann aus dem Geschehen einfach entlassen. Diese Frau – kein Funken Hingabe. Erika beginnt, die rote Wurzel zwischen ihren Fingern zu kneten. Was für sie gilt, verbietet sie jedoch dem Mann streng. Er darf an ihr nichts mehr unternehmen. Klemmers reine Vernunft gebietet ihm, sich von ihr nicht abschütteln zu lassen, er ist der Reiter, schließlich ist sie das Pferd! Sie unterläßt es sofort, seinen Schwanz zu masturbieren, wenn er nicht aufhört, ihren Unterleib abzugrasen. Ihm kommt die Erkenntnis, daß es mehr Spaß macht, selbst zu empfinden als andere empfinden zu machen, und so gehorcht er. Seine Hand sinkt nach mehreren Fehlversuchen von Erika endgültig herab. Ungläubig betrachtet er sein von ihm losgelöst scheinendes Organ, das sich unter Erikas Händen aufplustert. Erika fordert, er solle *sie* dabei anschauen, nicht die Größe, die sein Penis erreicht hat. Er soll nicht messen oder mit anderen vergleichen, dieses Maß, das nur für ihn gilt. Ob klein, ob groß, ihr genügt es. Ihm ist das unangenehm. Er hat nichts zu tun, und sie arbeitet an ihm. Umgekehrt wäre es sinnvoller, und so geschieht es auch im Unterricht. Erika hält ihn fern von sich. Ein gähnender Abgrund von etwa siebzehn Zentimetern Schwanz und dazu Erikas Arm und zehn Jahre Altersunterschied tut sich zwischen ihren Leibern auf. Das Laster ist grundsätzlich immer Liebe zum Mißerfolg. Und Erika ist immer auf Erfolg abgerichtet worden, hat ihn jedoch trotzdem nicht errungen.

Klemmer will auf dem zweiten Bildungsweg, und zwar auf verinnerlichtere Weise zu ihr durchdringen und ruft mehrfach ihren Vornamen. Er paddelt mit den Händen in der Luft und wagt sich erneut in verbotenes Gelände, ob sie ihn nicht doch ihren schwarzen Festspielhügel öffnen läßt. Er prophezeit ihr, daß sie, und zwar beide, es noch viel schöner haben könnten, und er erklärt sich schon dazu bereit. Sein Glied zuckt bläulich aufgedunsen. Es schlägt in der Luft herum. Gezwungenermaßen interessiert er sich jetzt mehr für seinen wurmigen Fortsatz als für Erika im gesamten. Erika gibt Klemmer den Befehl zu schweigen und sich auf keinen Fall zu rühren. Sonst geht sie. Der Schüler steht in leichter Grätschposition vor der Lehrerin und sieht das Ende noch nicht ab. Er überläßt sich verstört dem fremden Willen, als handle es sich um Anleitungen zu Schumanns Carnaval oder die Prokofieffsonate, die er gerade übt. Er hält die Hände hilflos seitlich an die Hosennaht, weil ihm kein

anderer Ort einfällt. Seine Umrisse sind durch seinen sich vorne brav präsentierenden Penis entstellt, durch diesen Auswuchs, der da treibt und Luftwurzeln schlagen möchte. Draußen wird es finster. Erika steht zum Glück neben dem Lichtschalter, den sie betätigt. Sie untersucht Farbe und Beschaffenheit von Klemmers Schwanz. Sie setzt ihm die Fingernägel unter die Vorhaut und verbietet Klemmer jeden lauten Laut, sei es aus Freude, sei es aus Schmerz. Der Schüler fixiert sich in einer etwas verkniffenen Stellung, damit es noch länger dauern kann. Er preßt die Schenkel zusammen und spannt die Muskeln seiner Hinterbacken zu Eisenhärte.
Es soll bitte nicht gerade jetzt enden! Klemmer gewinnt langsam sowohl an der Situation Gefallen als auch an dem Gefühl in seinem Körper. Er spricht zum Ersatz für seine Untätigkeit Liebesworte, bis sie ihn schweigen heißt. Die Lehrerin untersagt zum letzten Mal jede Äußerung von seiten des Schülers, egal ob er zur Sache spricht oder nicht. Ob er sie denn nicht verstanden habe? Klemmer jammert, weil sie sein schönes Liebesorgan auf dessen ganzer Länge ohne Sorgfalt behandelt. Sie tut ihm mit Absicht weh. Oben öffnet sich ein Loch, das in Klemmer hineinführt und von diversen Leitungen gespeist wird. Das Loch atmet in sich hinein, fragt nach dem Zeitpunkt der Explosion. Dieser scheint gekommen, denn Klemmer ruft den üblichen Warnruf, daß er es nicht zurückhalten kann. Er beteuert seine diesbezüglichen Bemühungen und daß diese nichts helfen. Erika setzt ihm die Zähne in die Schwanzkrone, der davon noch lange kein Zacken abbricht, doch der Besitzer schreit wild auf. Er wird zur Ruhe gemahnt. Daher flüstert er wie im Theater, daß es jetzt! gleich! geschieht. Erika nimmt das Gerät wieder aus dem Mund und belehrt dessen Besitzer, daß sie ihm in Zukunft alles aufschreiben werde, was er mit ihr anfangen dürfe. Meine Wünsche werden notiert und Ihnen jederzeit zugänglich gemacht. Das ist der Mensch in seinem Widerspruch. Wie ein offenes Buch. Er soll sich jetzt schon darauf freuen!

Klemmer versteht nicht ganz, was sie meint, sondern er winselt, daß sie jetzt auf keinen Fall aufhören darf, weil er sich nämlich gleich vulkanisch entladen wird. Auffordernd hält er ihr sein kleines Maschinengewehr am Abzug hin, damit sie es fertig abschießt. Doch Erika sagt, sie möchte es jetzt nicht mehr anfassen, um keinen Preis. Klemmer biegt sich in der Mitte durch und beugt den Oberkörper bis fast auf seine Knie hinunter. Er torkelt in dieser Stellung im Klovorraum umher. Das unbarmherzige Licht einer weißen Glaskugellampe bescheint ihn dabei. Er bittet Erika, die es nicht gewährt. Er greift sich selbst an, um Erikas Werk zu vollenden. Er beschreibt seiner Lehrerin dabei, warum es gesundheitlich nicht zu verantworten ist, wenn man einen Mann in diesem Zustand so unehrerbietig behandelt. Erika antwortet: Finger weg, sonst sehen Sie mich nie wieder in solcher und ähnlicher Situation, Herr Klemmer. Dieser malt ihr die berüchtigten Verzugsschmerzen aus. Er wird zu Fuß gar nicht bis nach Hause gelangen können. Dann nehmen Sie eben ein Taxi, rät Erika ruhig und wäscht sich flüchtig die Hände unter der Wasserleitung. Sie trinkt ein paar Schlucke. Klemmer versucht verstohlen, an sich herumzuspielen, wie es in keinem Notenheft steht. Ein scharfer Zuruf hält ihn davon ab. Er soll einfach vor der Lehrerin stehenbleiben, bis sie ihm etwas Gegenteiliges befiehlt. Sie möchte die körperliche Veränderung an ihm studieren. Sie wird ihn nun nicht mehr berühren, wovon er ganz überzeugt sein kann. Herr Klemmer bittet zitternd und wimpernd. Er leidet unter dem jähen Abbruch der Beziehungen, auch wenn diese nicht gegenseitig waren. Er macht Erika heftige Vorstellungen. Er beschreibt ausufernd jede einzelne Leidensphase zwischen Kopf und Füßen. Sein Schwanz schrumpft dabei im Zeitlupentempo ein. Klemmer ist von Natur aus keiner, der das Gehorchen schon in der Wiege mitbekommen hätte. Er ist einer, der immer nach dem Grund fragen muß, und so benennt er die Lehrerin schließlich mit Schimpfwörtern. Er ist ganz außer Kontrolle geraten, weil der Mann in ihm mißbraucht wurde. Der Mann muß nach Spiel und Sport sauber geputzt ins Futteral zurückgelegt werden. Erika macht die Gegenrede und sagt, halten Sie Ihr Maul! Sie sagt es in einem Ton, daß er es wirklich hält.

Er steht in einigem Abstand von ihr, während er erschlafft. Klemmer will, nachdem wir eine kurze Atempause uns gegönnt haben, aufzählen, was man alles mit einem solchen Mann nicht machen darf. Die heutige Handlungsweise Erikas führt eine lange Kette von Verboten an. Er will ihr die Gründe nennen. Sie heißt ihn stillsein. Es ist ihre letzte Aufforderung. Klemmer verstummt nicht, sondern verspricht eine Vergeltungsmaßnahme. Erika K. geht zur Tür und verabschiedet sich lautlos. Er hat ihr nicht gehorcht, obwohl sie ihm mehrmals die Chance geboten hat. Jetzt wird er nie mehr erfahren, was er an ihr vollstrecken darf, welches Urteil, wenn sie es erlaubt. Sie drückt schon die Klinke hinunter, da fleht Klemmer sie zu bleiben an.
Er schweigt ab jetzt ehrenwörtlich. Erika öffnet die Klotür sperrangelweit. Klemmer wird von der offenen Tür eingerahmt, ein nicht sehr wertvolles Gemälde. Jeder, der jetzt käme, sähe seinen entblößten Schwanz, ohne darauf im mindesten vorbereitet zu sein. Erika läßt die Tür offen, um an Klemmer herumzuquälen. Allerdings dürfte auch sie hier nicht gesehen werden. Sie läßt es kühn darauf ankommen. Die Treppe endet direkt neben der Aborttür.
Erika streichelt ein letztes Mal ganz kurz über Klemmers Penis-Hauptkörper, der neue Hoffnung schöpft. Sofort wird er erneut links liegengelassen. Klemmer zittert wie Laub im Wind. Er hat den Widerstand aufgegeben und läßt sich frei anblicken, ohne etwas dagegen zu unternehmen. Für Erika ist dies die absolute Kür in Sachen Zuschauen. Pflicht und Kurzprogramm hat sie längst fehlerlos hinter sich gebracht.
Die Lehrerin ist ruhig in den Boden gepflanzt. Sie weigert sich entschieden, sein Liebesorgan zu berühren. Der Liebesorkan tost nur noch schwach. Klemmer läßt nichts mehr von gegenseitigem Empfinden verlauten. Schmerzhaft verkleinert er sich. Erika findet ihn bereits lächerlich klein. Er läßt es sich gefallen. Sie wird von nun an genau kontrollieren, was er beruflich und in seiner Freizeit unternimmt. Für einen läppischen Fehler kann ihm unter Umständen schon der Paddelsport gestrichen wer-

den. Sie wird in ihm wie in einem langweiligen Buch blättern. Sie wird ihn möglicherweise bald weglegen. Klemmer darf seinen Riemen erst in die Hülle zurückstecken, wenn sie es gestattet. Eine verstohlene Bewegung, ihn einzusacken und den Reißverschluß zu schließen, ist von Erika im Ansatz vereitelt worden. Klemmer wird frech, weil er spürt, es ist bald zu Ende. Er prophezeit, daß er sicher drei Tage nicht gehen wird können. Er schildert diesbezügliche Ängste, denn das Gehen ist für den Sportler Klemmer sozusagen die Grundausbildung ohne Waffe. Erika sagt, Anweisungen werden ihm zugehen. Schriftlich oder mündlich oder fernmündlich. Jetzt darf er seinen Spargel wegpacken. In einer Instinkthandlung wendet sich Klemmer zu diesem Zweck von Erika ab. Doch letztlich muß er alles vor ihrem Blick tun. Während sie ihm zusieht. Schon ist er froh, daß er sich wieder regen darf. Er macht ein sekundenlanges Kurztraining, indem er luftboxend hin und her springt. Es hat ihm also nicht ernstlich geschadet. Er durchläuft die Latrine von einem Ende zum anderen. Und: je lockerer und geschmeidiger er erscheint, umso steifer und verkrampfter wirkt dagegen die Lehrerin. Sie hat sich leider wieder ganz in ihr Schneckenhaus zurückgezogen. Klemmer muß sie durch spielerische Genickschläge und Klapse mit der flachen Hand auf die Wangen richtig aufmuntern. Schon bietet er ihr an, ob sie nicht ein bißchen lachen will. Nicht so ernst, schöne Frau! Ernst ist das Leben, heiter die Kunst. Und jetzt hinaus in die frische Luft, etwas, das ihm in den vergangenen langen Minuten, wenn er ehrlich ist, am meisten abgegangen ist. In Klemmers Alter vergißt man einen Schock rascher als in Erikas Jahren.

Klemmer hechtet hinaus auf den Gang und absolviert dort ein Dreißig-Meter-Sprinttraining. Mit heftigen Luftzügen rast er an Erika vorüber, einmal hin, einmal her. Er macht seiner Verlegenheit mit lautem Gelächter Luft. Er putzt sich donnernd die Nase. Er schwört, daß es das nächste Mal schon viel besser gehen wird mit uns zweien! Übung macht die Frau Meisterin. Klemmer lacht schallend. Klemmer rast in großen Sprüngen die Stiegen hinunter, er erwischt haarscharf immer gerade noch die

Kurve. Es ist beinahe beängstigend. Erika hört unten das schwere Schultor schlagen.
Klemmer scheint das Gebäude verlassen zu haben.
Erika Kohut steigt langsam die Stufen ins Erdgeschoß hinunter.

Während des Unterrichtens von Walter Klemmer gerät Erika Kohut, die sich selbst nicht mehr versteht, weil ein Gefühl sie zu beherrschen beginnt, in sinnlose Wut. Der Schüler hat deutlich im Üben nachgelassen, kaum daß sie ihn berührt hat. Nun irrt sich Klemmer im Auswendigspiel, er stockt, die Nicht-Geliebte im Nacken, bei der Durchführung. Er weiß nicht einmal die Tonart! Sinnlos wird in der Luft herummoduliert. Man entfernt sich immer mehr von A-Dur, wo man hingehört. Erika Kohut fühlt eine bedrohliche Lawine voll spitzigen Abfalls auf sich zurollen. Für Klemmer ist dieser Abfall erfreulich, geliebtes Gewicht der Frau, das auf ihm lastet. Sein musikalisches Wollen, das mit dem Können nicht Schritt hält, wird abgelenkt. Erika ermahnt ihn, beinahe ohne den Mund zu öffnen, daß er sich gerade an Schubert versündigt. Um dem abzuhelfen und die Frau zu begeistern, denkt Klemmer an die Berge und Täler Österreichs, an Liebliches, von dem dieses Land angeblich viel besitzt. Schubert, der Stubenhocker, hat es, wenn schon nicht erforscht, so doch erahnt. Dann fängt Klemmer noch einmal an und spielt die große A-Dur Sonate des seine Zeit überragenden Biedermeiers etwa im Ungeist eines deutschen Tanzes vom selben Meister. Er bricht bald damit ab, weil ihn seine Lehrerin verhöhnt, er habe wohl noch nie einen besonders steilen Felsen, eine besonders tiefe Schlucht, einen besonders reißenden Wildbach, der durch die Klamm braust, oder den Neusiedlersee in seiner Majestät erblickt. Solche heftigen Kontraste drückt Schubert aus, besonders in dieser einmaligen Sonate, und nicht etwa die Wachau im milden Nachmittagslicht zum Fünfuhrtee, welche eher von Smetana ausgedrückt wird, falls es sich um die

Moldau handelte. Und nicht um sie, Erika Kohut, die Bezwingerin musikalischer Hindernisse, sondern um das Publikum der Sonntagvormittagskonzerte im ORF.

Klemmer braust, wenn jemand einen Wildbach überhaupt kennen kann, dann er. Während die Lehrerin sich immer nur in dunklen Kammern aufhält, neben ihr das hohe Alter der Mutter, die nichts mehr unternimmt und nur noch in die Ferne blickt, mit Hilfe eines Geräts. Ob oberhalb oder unterhalb der Erde, macht für diese Mutter schon keinen Unterschied mehr. Erika Kohut erinnert an Schuberts Vortragszeichen und ist aufgerührt. Ihr Wasser tobt und siedet. Diese Zeichen reichen von Schreien bis Flüstern, und nicht von laut sprechen bis leise sprechen! Anarchie ist wohl nicht Ihre Stärke, Klemmer. Dafür ist der Wassersportler den Konventionen zu stark verhaftet.

Walter Klemmer wünscht sich, sie auf den Hals küssen zu dürfen. Er hat das noch nie getan, aber oft davon gehört. Erika wünscht sich, ihr Schüler möge sie auf den Hals küssen, doch sie gibt ihm nicht den Einsatz dafür. Hingabe fühlt sie in sich aufsteigen, und in ihrem Kopf trifft die Hingabe auf sich zusammenklumpenden alten wie neuen Haß, vor allem auf Frauen, die noch weniger Leben gelebt haben als sie und daher jünger sind. Erikas Hingabe ähnelt in keinem Punkt jener an die Mutter. Ihr Haß ähnelt in jedem Punkt ihrem üblichen normalen Haß.

Um solche Empfindungen zu bemänteln, widerspricht die Frau hektisch allem, was sie bisher je musikalisch öffentlich vertreten hat. Sie sagt: Es gibt in der Interpretation eines Musikstücks einen gewissen Punkt, wo die Genauigkeit endet und die Ungenauigkeit des eigentlichen Schöpfertums beginnt. Der Interpret dient nun nicht mehr, er fordert! Er fordert dem Komponisten das Letzte ab. Vielleicht ist es für Erika noch nicht zu spät, ein neues Leben zu beginnen. Neue Thesen zu vertreten kann jetzt schon nicht schaden. Erika sagt mit feiner Ironie, daß Klemmer nun eine Stufe des Könnens erreicht habe, da er Gemüt und Gefühl neben Können zu stellen berechtigt wäre. Die Frau schlägt dem Schüler sofort ins Gesicht, daß sie nicht berechtigt sei, stillschweigend Können bei ihm vorauszusetzen. Sie habe sich getäuscht, obzwar sie es als Lehrerin hätte besser wissen müssen. Klemmer soll paddeln gehen, doch dabei dem Geist Schuberts sorgfältig aus dem Weg gehen, wenn er ihn vielleicht in den Wäldern antrifft. Dieser häßliche Mensch Schubert. Der Meisterschüler wird mit hübsch und jung beschimpft, wobei Erika links und rechts an ihre haßbeschwerten Hanteln noch eine Scheibe schraubt. Nur mühsam stemmt sie ihren Haß in Brusthöhe. In Ihrem protzigen Mittelmaß des guten Aussehens befangen, erkennen Sie einen Abgrund nicht einmal dann, wenn Sie gerade hineinfallen, spricht Erika zu Klemmer. Nie setzen Sie sich aufs Spiel! Über Pfützen steigen Sie drüber, damit die Schuhe nicht naß werden. Wenn Sie beim Wildwasserkanutieren, soviel habe ich immerhin davon verstanden, einmal mit dem Kopf ins Wasser geraten, weil Sie umgekippt sind, richten Sie sich gleich wieder auf. Sogar vor der Wassertiefe, dieser einzigartigen Nachgiebigkeit, in die Ihr Kopf getaucht ist, erschrecken Sie! Lieber im Seichten grundeln Sie, man sieht es Ihnen an. Felsbrocken umschiffen Sie gnädig – gnädig für Sie! –, noch ehe Sie ihrer gewahr werden.

Erika ringt pfeifend nach Atem, Klemmer ringt die Hände, um die Geliebte, die noch keine ist, von diesem Weg abzuhalten. Verbauen Sie sich nicht für ewig den Zutritt zu mir, rät er der Frau im Guten. Und seltsam gestärkt scheint er doch hervorzugehen aus dem Kampf der sportlichen Duelle wie dem der Geschlechter. Eine alternde Dame windet sich zuckend auf dem Boden, den Geifer der Tollwut am Kinn. Diese Frau kann in die Musik hineinsehen wie in einen Feldstecher, den man verkehrt vor die Augen hält, sodaß die Musik in weiter Ferne und sehr klein erscheint. Sie ist nicht abzubremsen, wenn sie glaubt, etwas vorbringen zu müssen, das ihr diese Musik eingegeben hat. Dann redet sie fortwährend.

Erika fühlt sich von der Ungerechtigkeit zerfressen, daß keiner den fetten kleinen Alkoholiker Schubert Franzl geliebt hat. Blickt sie den Schüler Klemmer an, fühlt sie jene Unvereinbarkeit besonders heftig: Schubert und die Frauen. Ein düsteres

Kapitel im Pornoheft der Kunst. Schubert entsprach nicht dem Bild des Genies, weder als Schöpfer noch als Virtuose, das die Menge hat. Klemmer ist eins mit der großen Menge. Diese Menge macht sich Bilder und ist erst zufrieden, wenn sie den Bildern in der freien Wildbahn begegnet. Schubert hat nicht einmal ein Klavier besessen, wie gut geht es Ihnen dagegen, Herr Klemmer! Wie ungerecht, daß Klemmer lebt und nicht genug übt, während Schubert tot ist. Erika Kohut beleidigt einen Mann, von dem sie doch Liebe wünscht. Unklug drischt sie auf ihn ein, böse Worte dröhnen unter der Membran ihres Gaumens, auf dem Fell ihrer Zunge. Des Nachts schwillt ihr das Gesicht zu, während die Mutter nichtsahnend daneben schnarcht. Am Morgen kann Erika dann im Spiegel ihre Augen vor lauter Faltenwürfen kaum sehen. Sie müht sich lange mit ihrem Bild ab, doch das Bild verbessert sich nicht. Mann und Frau stehen sich wieder einmal eingefroren im Streit gegenüber.

In Erikas Aktentasche knistert zwischen Notenheften ein Brief an den Schüler, den sie ihm überreichen wird, nachdem sie ihn genügend verhöhnt hat. Noch steigt die Kotze ihrer Wut in regelmäßigen Krämpfen die Säule ihres Leibes hoch. Schubert sei zwar ein großes Talent gewesen, weil ohne Lehrer, der etwa einem Leopold Mozart vergleichbar, doch Schubert war entschieden kein fertiger Könner, würgt Klemmer eine frisch gefüllte Gedankenwurst zwischen den Zähnen hervor. Er reicht sie der Lehrerin auf einem Pappteller, mit einem Schuß Senf: jemand, der nur so kurz lebt, kann kein fertiggewordener Könner sein! Ich bin auch schon über zwanzig und kann noch so wenig, jeden Tag merke ich es wieder, spricht Klemmer. Wie wenig also kann Franz Schubert mit dreißig gekonnt haben! Dieses rätselhafte, verlockende, kleine Schulmeisterkind aus Wien! Die Frauen haben ihn mittels Syphilis umgebracht.

Die Frauen werden uns noch ins Grab bringen, scherzt der junge Mann launig und spricht ein wenig von der Launenhaftigkeit des Weiblichen. Es schwankt bei den Frauen einmal in die eine Richtung, dann in die andere, und keine Gesetzmäßigkeit läßt sich darin erblicken. Erika spricht zu Klemmer, er ahne nicht einmal etwas von Tragik. Er sei ein gutaussehender junger Mann. Klemmer knackt einen harten Oberschenkelknochen zwischen seinen gesunden Zähnen, den ihm die Lehrerin zugeworfen hat. Sie hat davon gesprochen, daß er zudem von Schubertscher Akzentsetzung keine Ahnung habe. Hüten wir uns vor Manierismen, ist die Meinung Erika Kohuts. Der Schüler schwimmt in zügigem Tempo mit dem Strom.

Nicht immer ist es angebracht, mit Instrumentalsignalen, etwa Blechbläsern, in Schuberts Klavierwerk allzu freigebig zu sein. Bevor Sie, Klemmer, es allerdings restlos auswendig können: Hüten Sie sich erst einmal vor falschen Noten und zuviel Pedal. Aber auch vor zuwenig! Nicht jeder Ton klingt so lange, wie er notiert ist, und nicht jeder ist so lang notiert, wie er klingen muß.

Als Zugabe zeigt Erika noch eine Spezialübung für die linke Hand, die es nötig hat. Sie will sich damit selbst beruhigen. Sie läßt ihre eigene linke Hand entgelten, was der Mann ihr zu leiden aufgibt. Klemmer wünscht nicht die Beruhigung seiner Leidenschaften durch pianistische Technik, er sucht den Kampf der Leiber und Leiden, der auch vor der Kohut nicht haltmachen wird. Er ist überzeugt, daß letztlich auch seine Kunst davon profitieren wird, hat er diesen anstrengenden Kampf nur erst eis- und siegreich durchgestanden. Beim Abschied, nach dem letzten Gong, folgende Verteilung: er hätte mehr, Erika hätte weniger. Und darauf freut er sich schon heute. Erika wird ein Jahr älter geworden, er wird ein Jahr in seiner Entwicklung den anderen voraus sein. Klemmer verkrallt sich in das Thema Schubert. Er keift, daß seine Lehrerin plötzlich und verblüffend um 180 Grad umgeschwenkt sei und all das als ihre eigene Meinung ausgebe, was eigentlich er, Klemmer, immer vertreten habe. Daß nämlich das Unwägbare, das Unnennbare, das Unsagbare, das Unspielbare, das Unangreifbare, das Unfaßbare wichtiger sind als das Greifbare: die Technik, die Technik, die Technik und die Technik. Habe ich Sie bei etwas ertappt, Frau Professor?

Erika wird es siedendheiß, daß er vom Unfaßbaren gesprochen

hat, womit er doch nur seine Liebe zu ihr meinen kann. In ihr wird es licht, hell, warm. Die Sonne der Liebesleidenschaft, die sie die ganze Zeit leider nicht mehr verspürt hat, scheint jetzt wieder. Er empfindet für sie noch ganz dasselbe Gefühl, das er gestern und vorgestern für sie empfunden hat! Offenkundig liebt und verehrt Klemmer sie unsagbar, wie er zart gesagt hat. Erika senkt den Augenblick über die Augen und haucht bedeutungsvoll, daß sie nur gemeint habe, Schubert drücke gerne orchestrale Effekte rein pianistisch aus. Man müsse diese Effekte und die Instrumente, die sie versinnbildlichen, erkennen und spielen können. Aber, wie gesagt, ohne Manierismus. Erika tröstet fraulich und freundlich: Es wird schon!

Lehrerin und Schüler stehen einander von Mann zu Frau gegenüber. Zwischen ihnen Hitziges, eine unübersteigbare Mauer. Die Mauer verhindert, daß einer drübersteigt und den anderen bis aufs Blut aussaugt. Lehrerin und Schüler kochen vor Liebe und begreiflicher Sehnsucht nach noch mehr Liebe. Unter ihren Füßen brodelt währenddessen der Kulturbrei, der nie fertig gekocht ist, ein Brei, den sie sich in kleinen genüßlichen Bissen einverleiben, ihre tägliche Nahrung, ohne die sie gar nicht existieren könnten, und wirft schillernde Gasblasen.
Erika Kohut in der trüben, hornhäutigen Schicht ihrer Jahre. Niemand kann und will sie ihr abnehmen. Diese Schicht läßt sich nicht abtragen. So vieles ist bereits versäumt, und ganz besonders versäumt ist Erikas Jugendzeit, zum Beispiel das achtzehnte Lebensjahr, das der Volksmund süße Achtzehn nennt. Es dauert nur ein einziges Jahr, und dann ist es vorbei. Jetzt genießen längst andere an Erikas Stelle dieses berühmte achtzehnte Jahr. Heute ist Erika doppelt so alt wie ein Mädchen, das achtzehn Jahre alt ist! Sie rechnet es ununterbrochen nach, wobei der Abstand zwischen Erika und einem achtzehnjährigen Mädchen sich niemals verringert, allerdings auch nicht größer wird. Die Abneigung, die Erika für jedes Mädchen dieses Alters empfindet, vergrößert den Abstand noch unnötig. Schwitzend dreht sich Erika in den Nächten auf dem Spieß des Zorns über dem lodernden Feuer der Mutterliebe. Sie wird dabei regelmä-

ßig mit dem duftenden Bratensaft der Musikkunst übergossen. Nichts ändert diesen unverrückbaren Unterschied: Alt/Jung. Und auch an der Notation von bereits geschriebener Musik toter Meister läßt sich nichts mehr ändern. Wie es ist, so ist es. In dieses Notationssystem ist Erika seit frühester Kindheit eingespannt. Diese fünf Linien beherrschen sie, seit sie denkt. Sie darf an nichts als an diese fünf schwarzen Linien denken. Dieses Rastersystem hat sie, im Verein mit ihrer Mutter, in ein unzerreißbares Netz von Vorschriften, Verordnungen, von präzisen Geboten geschnürt wie einen rosigen Rollschinken am Haken eines Fleischhauers. Das gibt Sicherheit, und Sicherheit erzeugt Angst vor dem Unsicheren. Erika hat Furcht davor, daß alles so bleibt, wie es ist, und sie hat Furcht, daß sich einmal etwas verändern könnte. Sie ringt in einer Art Asthmaanfall heftig nach Luft und weiß dann nicht, was mit all der Luft anfangen. Sie röchelt und kann keinen Ton aus ihrer Kehle herausscheuchen. Klemmer erschrickt bis in die Grundmauern seiner unzerstörbaren Gesundheit und fragt an, was mit der Geliebten los ist? Soll ich ein Glas Wasser holen, fragt er mit Sorgfalt und voll Liebespeinlichkeit, dieser Repräsentant der Firma Ritter u. Co. Die Lehrerin hustet krampfhaft. Sie befreit sich mit Husten von bedeutend Schlimmerem als Hustenreiz. Ihre Empfindungen kann sie mündlich nicht aussprechen, nur pianistisch.

Erika zieht einen sicherheitshalber hermetisch verschlossenen Brief aus ihrer Aktentasche und überreicht ihn Klemmer, wie sie es sich zuhause tausendmal im Geist genau ausgemalt hat. In dem Brief steht, welchen Fortgang eine gewisse Liebe nehmen soll. Erika hat alles aufgeschrieben, was sie nicht sagen will. Klemmer denkt, hier steht etwas unaussprechlich Wunderbares, das sich nur aufschreiben läßt, und strahlt hell wie der Mond auf Bergeshöhn. Wie hat er so etwas vermißt! Er, Klemmer, ist kraft stetiger Arbeit an seinen Gefühlen und deren Ausdruckskraft heute endlich in der glücklichen Lage, alles nur Erdenkbare auch jederzeit laut aussprechen zu können! Ja, er hat herausgefunden, daß es auf alle einen guten und frischen Eindruck macht, wenn er sich überall vordrängt, um etwas als allererster

auszusprechen. Nur nicht schüchtern, was nichts einbringt. Er würde, was ihn betrifft, wenn nötig seine Liebe auch laut herausbrüllen. Zum Glück ist es nicht nötig, weil keiner es hören soll. Klemmer lehnt sich in seinem Kinositz zurück, mampft Eiskonfekt und betrachtet sich voll Wohlgefallen auch noch selbst auf der Leinwand, wo in Überlebensgröße das knifflige Thema junger Mann und alternde Frau abgespult wird. In einer Nebenrolle eine lächerliche alte Mutter, die sich heiß wünscht, daß ganz Europa, England und Amerika von dem süßen Klang, den ihr Kind seit vielen Jahren hervorzubringen imstande ist, gefesselt sein sollen. Die Mutter wünscht ausdrücklich, daß ihr Kind lieber in mütterlichen Banden statt im Kochtopf sinnlicher Liebesleidenschaften schmort. Unter Dampfdruck werden Gefühle schneller gar, und die Vitamine bleiben besser erhalten, erwidert Klemmer der Mutter mit einem guten Ratschlag. In spätestens einem halben Jahr hat er Erika gierig verpraßt und kann sich dem nächsten Genuß zuwenden.
Klemmer überküßt heftig Erikas Hand, die den Brief übergab. Er sagt: danke Erika. Dieses Wochenende schon will er der Frau zur Gänze schenken. Die Frau ist entsetzt, daß Klemmer in ihr allerheiligstes abgeschlossenes Wochenende einbrechen will, und verhält sich ablehnend. Sie erfindet eine Stegreifausrede, weshalb es gerade dieses Mal und wahrscheinlich das nächste und übernächste nicht geht. Wir können jederzeit telefonieren, lügt die Frau frech. In zwei Richtungen fließt Strom durch sie hindurch. Klemmer knistert vielsagend mit dem geheimnisvollen Brief und läßt die These verlauten, Erika könne es nicht so böse meinen, wie es unbedacht aus ihr heraussprudelt. Den Mann nicht ungebührlich dunsten lassen, lautet das Gebot der Stunde.
Erika soll nicht vergessen, daß jedes Jahr, das für Klemmer noch einfach zählt, bei ihrem Alter mindestens dreifach zählt. Erika soll diese Gelegenheit rasch beim Schopf fassen, rät ihr Klemmer gütlich, der den Brief in schweißfeuchter Hand zerknüllt und mit der anderen Hand die Lehrerin zag befühlt wie ein Huhn, das er eventuell kaufen möchte, doch er muß noch

auf den Preis schauen, ob dieser dem Alter der Henne angemessen ist. Klemmer weiß nicht, woran man bei einem Suppenhuhn oder einem Brathühnchen erkennt, ob es alt oder jung ist. Doch bei seiner Lehrerin sieht er ganz genau, er hat ja Augen im Kopf, daß sie nicht mehr jung genug, aber noch relativ gut erhalten ist. Man könnte sie beinahe knusprig nennen, wäre da nicht der etwas aufgeweichte Blick ihrer Augen. Und dann der nie verblassende Reiz, daß sie immerhin seine Lehrerin ist! Das reizt, sie zur Schülerin zu machen, wenigstens einmal in der Woche. Erika entzieht sich dem Schüler. Sie nimmt ihm ihren Körper wieder fort und putzt sich aus Verlegenheit lange die Nase. Klemmer macht vor ihrem Gesicht eine Naturschilderung. Er schildert die Natur so, wie er sie seinerzeit kennen- und liebenlernte. Bald wird er sich mit Erika in der Natur ergehen und ergötzen. Sie werden beide, wo der Wald am dichtesten ist, auf Moospolstern lagern und Mitgebrachtes essen. Dort sieht keiner, wie der junge Sportler und Künstler, der schon bei Konkurrenzen angetreten ist, sich mit einer altersgeschwächten Frau herumwälzt, die jede Konkurrenz mit jüngeren Frauen scheuen muß. Das aufregendste an diesem kommenden Verhältnis wird seine Heimlichkeit sein, ahnt Klemmer voraus.

Erika ist stumm geworden, weder Augen noch Herz gehen ihr über. Klemmer fühlt jetzt die Minute gekommen, da er nachträglich alles, was die Lehrerin vorhin von Franz Schubert behauptet hat, gründlich korrigieren kann. Er wird sich als Person in die Diskussion hineinzwängen. Liebevoll rückt er Erikas Schubertbild zurecht und sich selber ins beste Licht. Streitgespräche, in denen er Sieger bleibt, werden sich von nun an häufen, weissagt er der Geliebten. Nicht zuletzt wegen ihres reichen Erfahrungsschatzes hinsichtlich des Musikrepertoires liebt er diese Frau, das kann aber auf die Dauer nicht darüber hinwegtäuschen, daß er alles viel besser weiß. Das verschafft ihm höchste Lust. Einen Finger hebt er, um eine Meinung zu unterstreichen, als Erika versucht, ihm zu widersprechen. Er ist der freche Sieger, und die Frau hat sich vor Küssen hinter dem

Klavier verschanzt. Einmal endet das Wort, und das Gefühl siegt kraft Ausdauer und Heftigkeit.
Erika brüstet sich, Gefühle kenne sie nicht. Wenn sie einmal ein Gefühl anerkennen muß, so wird sie es nicht über ihre Intelligenz siegen lassen. Sie bringt auch noch das zweite Klavier zwischen sich und Klemmer. Dieser schilt die geliebte Vorgesetzte feige. Jemand, der jemand wie Klemmer liebt, muß damit vor die Welt treten und es ihr laut mitteilen. Klemmer will bitte nicht, daß es sich im Konservatorium herumspricht, weil er normalerweise auf jüngeren Wiesen weidet. Und die Liebe freut nur dann, wenn man sich um das geliebte Wesen beneiden lassen kann. In diesem Fall: spätere Heirat ausgeschlossen. Zum Glück hat Erika die Mutter, die ihr Heirat nicht gestattet.
Klemmer treibt unmittelbar unterhalb der Zimmerdecke auf seinem eigenen Oberwasser dahin. Im Wasser ist er Kenner und Könner. Er zerfetzt eine letzte Meinung, die Erika von Schuberts Sonaten hat. Erika hustet und bewegt sich aus Verlegenheit in Scharnieren, die Klemmer, der Gelenkige, nie bei einem anderen Menschen bemerkt hat, hin und her. Sie verbiegt sich an den unmöglichsten Stellen, und Klemmer fühlt, überrascht wie überraschend, einen leichten Ekel hochsteigen, der sich aber sofort in den Kranz seiner Empfindungen einfügen läßt. Wenn man will, paßt es schon. Man darf sich nur nicht so ausbreiten. Erika knackt mit ihren Fingergelenken, was weder ihrem Spiel noch ihrer Gesundheit nützt. Sie schaut hartnäckig in entfernte Ecken, obwohl Klemmer von ihr fordert, sie solle ihn anschauen, frei und offen, nicht verklemmt und verstohlen. Es ist schließlich niemand hier, der es beobachtet.
Darf ich, forscht Walter Klemmer, ermutigt von dem abscheulichen Anblick, von dir etwas Unerhörtes verlangen, was du noch nie getan hast? Und er verlangt sie sofort, diese Liebesprobe. Sie soll als ersten Schritt ins neue Liebesleben etwas Unfaßbares tun, nämlich sogleich mit ihm kommen und den Unterricht der letzten Schülerin heute abend ausfallen lassen. Allerdings soll Erika sorgsam die Ausrede der Übelkeit oder des Kopfschmerzes vorschützen, damit die Schülerin keinen Ver-

dacht schöpft und etwas erzählt. Erika scheut vor dieser leichten Aufgabe zurück, ein wilder Mustang, der endlich mit dem Huf die Stalltür eingetreten hat, dann aber im Stall bleibt, weil er es sich überlegt hat. Klemmer berichtet der geliebten Frau, auf welche Weise andere das Joch von Verträgen und Gewohnheitsrechten abgeschüttelt haben. Er führt Wagners «Ring» als eines von zahlreichen Beispielen dafür an. Er reicht Erika die Kunst als Beispiel für alles und als Beispiel für nichts. Wenn man die Kunst, diese Fallgrube mit den einbetonierten Sensen- und Sichelspitzen, nur gründlich durchforstet, findet man genug Beispiele für anarchistisches Verhalten. Mozart, dieses Beispiel für ALLES, der fürsterzbischöfliches Joch abschüttelt zum Beispiel. Wenn der allseits beliebte Mozart, den wir beide nicht sonderlich schätzen, es konnte, werden wohl auch Sie es zustande bringen, Erika. Wie oft schon waren wir uns darin einig, daß weder der aktiv noch der passiv Künstelnde Reglementierung besonders gut verträgt. Der Künstler geht dem bitteren Schenkeldruck der Wahrheit wie dem der Regel gern aus dem Weg. Auch wundere ich mich, sei mir nicht bös, wie du deine Mutter all die Jahre um dich ertragen konntest. Entweder bist du eben keine Künstlerin, oder du empfindest ein Joch selbst dann nicht als solches, wenn du schon darunter erstickst, duzt Klemmer seine Lehrerin, froh der Kohutmutter, die sich glücklicherweise zwischen ihm und der Frau als Prellbock auftürmt. Diese Mutter wird dafür sorgen, daß er nicht unter dieser ältlichen Frau erstickt! Diese Mutter liefert unaufhörlichen Gesprächsstoff als Dickicht, als Hindernis für vielerlei Erfüllungen, doch sie hält andrerseits ihre Tochter stets an einem Ort fest, sodaß die Tochter Klemmer nicht überallhin zu folgen vermag. Wo können wir einander regelmäßig wie unmäßig treffen, ohne daß jemand etwas davon erfährt, Erika? Klemmer erwärmt sich für den Vorschlag eines gemeinsamen heimlichen Zimmers, irgendwo, das er mit seinem alten Zweitplattenspieler ausstatten könnte und mit Platten, die er ohnehin doppelt hat. Schließlich kennt er Erikas musikalischen Geschmack, den es ebenfalls doppelt gibt, weil Klemmer genau den gleichen hat! Er besitzt ein paar Chopin-LPs doppelt und eine mit ausgefallenen Werken von Paderewsky, welcher in Chopins Schatten stand, zu Unrecht, wie er und Erika meinen, die ihm die Platte, welche er sich selbst schon gekauft hatte, geschenkt hat. Klemmer kann es kaum noch aushalten, endlich den Brief zu lesen. Was man nicht aussprechen kann, davon soll man schreiben. Was man nicht aushalten kann, das sollte man nicht tun. Ich freue mich schon sehr auf das Lesen und Verstehen deines Briefs vom 24. 4., liebe Erika. Und sollte ich diesen Brief mit Absicht mißverstehen, worauf ich mich ebenfalls freue, so werden wir uns nach einem Streit wieder versöhnen. Sogleich fängt Klemmer nun an, über sich, über sich und über sich zu sprechen. Sie hat ihm diesen langen Brief geschrieben, also hat auch er das Recht, sein Innerstes ein wenig preiszugeben. Die Zeit, die er an das Lesen wird notgedrungen aufwenden müssen, kann er jetzt schon für das Reden ausnutzen, damit Erika kein Übergewicht bekommt in ihrer beider Beziehungen. Klemmer erklärt Erika, daß in ihm zwei extreme Extreme gegeneinander kämpfen, und zwar der Sport (wettkampfmäßig) und die Kunst (regelmäßig).

Erika verbietet dem Schüler, dessen Hände schon nach dem Brief zucken, strengstens, den Brief auch nur zu berühren. Klemmen Sie sich lieber hinter die Schubertforschung, verspottet Erika den teuren Namen Klemmers und den teuren Namen Schuberts.

Klemmer trotzt. Er spielt eine volle Sekunde mit dem Gedanken, aller Welt ein Geheimnis mit einer Lehrerin ins Gesicht zu brüllen. Es ist auf einem Klo! geschehen. Da es für ihn keine Ruhmestat war, schweigt er indessen still. Er kann es später für die Nachwelt lügnerisch hinbiegen, daß *er* bei dem Kampf gewonnen hat. Klemmer argwöhnt, ob er sich nicht, vor die Wahl zwischen Frau, Kunst und Sport gestellt, für Kunst und Sport entscheiden wird. Noch verheimlicht er solche närrischen Einfälle vor der Frau. Er bekommt zu spüren, was es heißt, den Unsicherheitsfaktor eines fremden Ichs ins eigene fein gesponnene Spiel einzuführen. Auch beim Sport gibt es allerdings Risiken, zum Beispiel kann die Tagesform beträchtlich schwanken. Diese Frau ist so alt und weiß immer noch nicht, was sie will. Ich bin so jung, weiß aber immer, was ich haben möchte.

In Klemmers Hemdbrusttasche knittert der Brief. Es zuckt Klemmer in den Fingern, er hält es kaum noch aus, und er, dieser wankelmütige Genießer, beschließt, den Brief an einem ruhigen Ort in der Natur ruhig durchzulesen und sich gleich Notizen zu machen. Für eine Antwort, die länger ausfallen muß als der Brief. Vielleicht im Burggarten? Im Palmenhauscafé wird er sich eine Melange und einen Apfelstrudel dazu bestellen. Die beiden divergierenden Elemente, Kunst und Kohut, werden den Reiz des Briefes ins Uferlose steigern. Dazwischen der Schiedsrichter Klemmer, der jeweils mittels Gongs anzeigt, wer diese Runde gewonnen hat, die Natur draußen oder Erika in ihm drinnen. Einmal heißt es bei Klemmer heiß, dann wieder kalt.

Kaum ist Klemmer aus der Klavierklasse entschwunden, kaum hat die auf ihn folgende Schülerin mit der holpernden Gegenbewegung ihrer Tonleiter begonnen, da täuscht die Lehrerin auch schon vor, daß wir den Unterricht für heute leider abbrechen müssen, weil ich rasende Kopfschmerzen habe. Die Schülerin schwingt sich wie eine Lerche in die Luft und davon.

Erika krümmt sich vor unerwiderten widerwärtigen Ängsten und Befürchtungen. Sie hängt jetzt an der Tropfinfusion von Klemmers Gnade. Kann er wirklich hohe Zäune übersteigen, reißende Flüsse durchwaten? Ob seine Liebe risikofreudig ist? Erika weiß nicht, ob sie sich auf Klemmers ständige Beteuerungen verlassen darf, daß er noch nie ein Risiko gescheut habe, je größer je lieber. Es ist das erste Mal in all den Jahren, daß Erika eine Schülerin unbelehrt wegschickt. Die Mutter warnt vor abschüssigen Bahnen. Wenn die Mutter nicht mit der Erfolgsleiter winkt, die bergauf führt, dann malt sie das Schreckgespenst einer Talfahrt vermittels sittlicher Verfehlung an die Wand. Lieber den Gipfel der Kunst als die Niederungen des Geschlechts. Dieses Geschlecht hat der Künstler entgegen landläufiger Meinung von seiner Zügellosigkeit zu vergessen, glaubt die Mutter; kann er es nicht, ist er schlicht Mensch, darf es aber

nicht sein. Er ist dann nicht göttlich! Leider wimmeln die Künstlerbiographien, welche überhaupt das Wichtigste an den Künstlern sind, allzuoft von geschlechtlichen Lüsten und Listen ihrer Protagonisten. Sie erwecken den irreführenden Anschein, als entwüchse erst dem Komposthaufen der Geschlechtlichkeit das Gurkenbeet des reinen Wohllauts.
Einmal ist das Kind schon künstlerisch gestrauchelt, wirft ihm die Mutter bei Kämpfen stets vor. Jedoch einmal straucheln ist keinmal, wird Erika schon sehn.
Erika läuft vom Konservatorium zu Fuß nach Hause.
Zwischen ihren Beinen Fäulnis, gefühllose weiche Masse. Moder, verwesende Klumpen organischen Materials. Keine Frühlingslüfte erwecken etwas. Es ist ein stumpfer Haufen kleinlicher Wünsche und mittelmäßiger Sehnsüchte, die sich vor Erfüllung scheuen. Einer Beißzange gleich, werden ihre beiden auserwählten Lebenspartner sie umschließen, diese Krebsscheren: Mutter und Schüler Klemmer. Beide gemeinsam kann sie nicht haben, aber auch nicht einen allein, weil ihr der andere Teil sofort schrecklich abginge. Sie kann der Mutter Anweisung erteilen, daß sie Klemmer nicht zur Tür hereinläßt, wenn es klingelt. Die Mutter wird sich freudig in diesen Befehl fügen. Hat Erika für dieses entsetzliche Unruhegefühl all die Zeit so ruhig vor sich hingelebt? Hoffentlich kommt er heute abend nicht, morgen kann er kommen, aber heute nicht, weil Erika den alten Lubitsch-Film sehen möchte. Darauf freuen sich Mutter und Kind seit vergangenem Freitag, denn da erscheint immer die Programmübersicht über die nächste Woche. Sie wird in der Familie Kohut sehnsüchtiger erwartet als die große Liebe, die sich nur ja nicht blicken lassen soll.
Erika hat einen Schritt getan, indem sie einen Brief verfaßte. Auf die Mutter läßt sich die Schuld dieses Schrittes nicht abwälzen, ja nicht einmal erfahren darf die Mutter von diesem Schritt nach vorne, zur Futterkrippe des Verbotenen. Alles Verbotene hat Erika stets sofort dem Mutterauge gebeichtet, das dann behauptete, es ohnedies schon zu wissen, dieses Auge des Gesetzes.

Im Gehen haßt Erika diese poröse, ranzige Frucht, die das Ende ihres Unterleibs markiert. Nur die Kunst verspricht endlose Süßigkeit. Erika läuft dahin. Bald wird diese Fäulnis fortschreiten und größere Leibespartien erfassen. Dann stirbt man unter Qualen. Entsetzt malt Erika sich aus, wie sie als ein Meter fünfundsiebzig großes unempfindliches Loch im Sarg liegt und sich in der Erde auflöst; das Loch, das sie verachtete, vernachlässigte, hat nun ganz Besitz von ihr ergriffen. Sie ist Nichts. Und nichts gibt es mehr für sie.

Unbemerkt von Erika hetzt Walter Klemmer hinter der Frau her. Er hat sich nach einem ersten starken Drang überwunden. Er hat sich vorerst dagegen entschieden, den Brief jetzt schon zu öffnen, denn mit der lebendigen warmen Erika wünscht er eine klärende Aussprache, bevor er ihre lebenslosen Briefe liest. Diese lebendige Frau Erika ist Klemmer lieber als ein toter Fetzen Papier, für den Bäume sterben mußten. Diesen Brief kann ich auch später, zu Hause, in aller Ruhe durchlesen, denkt Klemmer, der am Ball zu bleiben wünscht. Der Ball rollt, hüpft, springt vor ihm her, hält an Ampeln an, spiegelt sich in Auslagenscheiben. Von dieser Frau läßt er sich nicht vorschreiben, wann er Briefe liest und wann er persönlich einen Vorstoß macht. Die Frau ist die Rolle als Verfolgte nicht gewohnt und blickt sich nicht um. Und doch muß sie lernen, daß sie das Wild und der Mann der Jäger ist. Besser heute damit beginnen als morgen. Die Möglichkeit, daß Erikas überlegener Wille einmal nicht alles bestimmt, kommt ihr nicht in den Sinn, obwohl sie andauernd vom überlegenen Willen ihrer Mutter bestimmt wird. Doch das ist ihr dermaßen in Fleisch und Blut übergegangen, daß sie es nicht mehr bemerkt. Vertrauen ist gut, Kontrolle besser.

Erfreut winkt ein Heim mit Tür und Tor. Schon umfangen warme Leitstrahlen die Lehrerin. Im mütterlichen Radarsystem taucht Erika bereits als flinker Lichtpunkt auf und flattert, ein Schmetterling, ein Insekt, gespießt auf die Stecknadel des stärkeren Wesens. Erika wird nicht erfahren wollen, wie Klemmer auf den Brief reagiert hat, denn sie wird ihr Telefon nicht abnehmen. Sie wird der Mutter sogleich auftragen, dem Mann auszurichten, sie sei nicht anwesend. Im Glauben, sie könnte der Mutter etwas befehlen, was diese nicht schon vorher *ihr* befohlen hat. Die Mutter wünscht Erika Glück zu dem Schritt, daß sie sich von außen abschließt und nur der Mutter sich anvertraut. Die Mutter lügt wie besessen, mit einem inneren Feuer, das ihrem Alter hohn spricht, meine Tochter ist leider derzeit nicht zuhause. Ich weiß nicht, wann sie kommt. Beehren Sie uns bald wieder. Dankeschön. In solchen Momenten gehört die Tochter ihr noch mehr als sonst. Ihr allein und sonst keinem. Für alle übrigen ist das Kind: abwesend.

Der mit den Schutthalden von Erikas Gedanken vollkommen Zugeschüttete folgt der Person, der seine Gefühle gelten, die Josefstädterstraße hinan. Früher stand hier das größte und modernste Kino Wiens, das jetzt eine Bank beherbergt. Erika ist mit ihrer Mama zur Feier eines Feiertags manchmal hingegangen. Doch meist besuchten die Damen, um Geld zu sparen, das kleine billigere Albertkino. Zuhause blieb der Vater, um noch mehr Geld zu sparen und, im Fall des Vaters, auch den letzten Verstandesrest, den er nicht gerade in einem Kino ejakulieren wollte. Erika dreht sich kein einziges Mal um. Ihre Sinne fühlen nichts; auch den Geliebten, der nah ist, fühlen sie nicht. Dabei sind ihre Gedanken alle auf einen Punkt gerichtet, auf den Geliebten, der ins Riesenhafte wächst: Walter Klemmer.

So laufen sie brav einer hinter dem andern her.

Die Klavierlehrerin Erika Kohut wird von etwas in ihrem Rücken vorangetrieben, und es ist ein Mann, der aus ihr den Engel oder Teufel herausholt. Die Frau hat es ganz in der Hand, dem Mann zärtliche Rücksichtnahme beizubringen. Erika beginnt, von sinnlicher Macht, und was diese bedeuten kann, einen Zipfel zu lüften, doch den all seiner Sinne so mächtigen Schüler Klemmer hinter sich bemerkt sie nicht. Sie hat sich auf diesem Heimweg weder ein neues ausländisches Modeheft noch ein darin abgebildetes oder ein dem darin abgebildeten nachgemachtes Kleidungsstück gekauft. Sie hat den nagelneuen Frühjahrsmodellen in den Auslagen nicht einmal einen Blick zugeworfen. Den einzigen Blick, den sie in ihrer Verwirrung über entfachte männliche Glut übrig hatte, schenkte sie gedankenverloren und flüchtig der Titelseite der Zeitung vom nächsten Tag – das ramponierte Foto eines neuen Bankräubers vom noch heutigen Tag, und zwar in Gestalt des Hochzeitsbildes des frischgebackenen Verbrechers. Offenkundig hatte er sich anläßlich seiner werten Vermählung zum letzten Mal fotografieren lassen. Jetzt kennt ihn jeder, nur weil er verheiratet ist. Erika stellt sich Klemmer als Bräutigam und sich als Braut und ihre Mutter als Brautmutter, die bei dem Paar leben wird, vor, und sie sieht den Schüler nicht, an den sie unaufhörlich denkt, und der ihr nachstellt.

Die Mutter weiß, daß ihr Kind frühestens in einer halben Stunde auftauchen kann, wenn die Umstände günstig sind, und doch wartet sie bereits sehnsüchtigst. Die Mutter weiß nichts vom Stundenausfall, und doch harrt sie der pünktlichen Tochter, die sich stets bei ihr einfindet. Erikas Wille wird das Lamm sein, das sich an den Löwen des Mutterwillens schmiegt. Aufgrund dieser Demutsgeste wird mütterlicher Wille gehindert, den weichen, unausgebildeten Tochterwillen zu zerfetzen und die bluttriefenden Gebeine im Maul herumzuschütteln. Das Haustor wird jäh aufgerissen, Dunkelheit schießt hervor. Das Stiegenhaus, diese Himmelsleiter zur Zeit im Bild und den folgenden Sendungen, wächst empor; schon weht ein linder, milder Schein vom ersten Stock herunter, nachdem Erika den Beleuchtungsknopf fürs Treppenhaus betätigt hat. Die Wohnungstür wird nicht eröffnet, heute wird kein Schritt und kein Tritt erkannt, weil die Tochter frühestens in einer halben Stunde erwartet wird. Die Mutter widmet sich noch zur Gänze den letzten Vorbereitungsarbeiten, die ihren krönenden Abschluß in einem Zwiebelrostbraten finden sollen.

Walter Klemmer sieht seine Lehrerin seit einer halben Stunde immer nur von hinten. Er würde sie selbst von dieser Seite, die nicht gerade Erikas Lieblingsseite ist, unter Tausenden herausfinden! Mit Frauen kennt er sich aus, und zwar von allen Seiten. Er sieht den weichen, nicht zu fest gefüllten Daunenpolster ihres

Hinterns, der auf den stämmigen Beinsäulen lagert. Er denkt daran, wie er diesen Körper handhaben wird, der Fachmann, der sich von Funktionsstörungen nicht so leicht beirren läßt. Eine leicht mit Grausen gemischte Vorfreude ergreift von Klemmer Besitz. Noch schreitet Erika friedlich, aber bald wird sie vor Lust hell aufschreien! Die Lust wird er, Klemmer, ganz alleine erzeugt haben. Noch ist dieser Leib harmlos mit verschiedenen Gangarten beschäftigt, doch erst Klemmer wird den Waschgang «Kochen» einschalten. Nicht recht begehrt Klemmer diese Frau, sie reizt ihn nicht eigentlich, und er weiß nicht, ob er sie aufgrund ihres Alters oder ihrer fehlenden Jugend nicht begehrt. Aber Klemmer ist zielstrebig darauf bedacht, das reine Fleisch an ihr zum Vorschein zu bringen. Er kennt sie bisher nur in einer Funktion: als Lehrerin. Jetzt wird er die andere Funktion aus ihr herausquetschen und sehen, ob sich etwas damit anfangen läßt: als Geliebte. Wenn nicht, dann eben nicht. Diese so sorgfältig aufgetragenen Schichten von modischen oder manchmal auch altbackenen Überzeugungen und jene durch schwächlichen Formwillen zusammengehaltenen Hüllen und Schalen, diese bunten, verkleidenden Fetzen und Häute, die ihr anhaften, will er ihr entschlossen herunterreißen! Sie hat keine Ahnung, wird sie aber bald bekommen, wie eine Frau sich in Wirklichkeit schmücken muß: hübsch, aber in erster Linie doch praktisch, damit sie sich nicht selbst an Bewegung hindert. Er, Klemmer, will nicht so sehr Erika besitzen, als dieses bedachtsam mittels Farb- und Stoffzusammenstellungen aufgeputzte Paket Knochen und Haut endlich auspacken! Das Papier wird er zusammenknüllen und wegwerfen. Diese so lang unzugängliche Frau in ihren bunten Röcken und Schärpen will Klemmer für sich eintretsam machen, bevor sie in Verwesung übergeht. Warum nur kauft sie sich dieses Zeug? Es gibt doch Überzüge, die schön, praktisch und nicht einmal teuer! sind, wird er ihr Vorhaltungen machen, während sie ihm noch erklärt, wie ein Vorhalt bei Bach zu spielen sei. Das Fleisch will Klemmer vor sich erscheinen lassen, und sei es mit Mühe. Er will einfach das, was DARUNTER ist: endlich besitzen. Schält er dieser Frau die

Hülsen herunter, müßte doch der Mensch Erika zum Vorschein kommen, mit all seinen Fehlern, der mich seit längerem interessiert, denkt Klemmer. Eine dieser textilen Schichten ist immer verhornter und verwaschener als die nächste. Und von dieser Erika möchte Klemmer nur das Beste, den kleinen innersten Kern, der vielleicht gut schmeckt, *den Leib* möchte er verwenden. Für sich verwenden. Wenn nötig unter Zwang. Den Geist kennt er jetzt genügend. Ja, Klemmer horcht im Zweifelsfall immer nur auf seinen Körper, der sich nie täuscht und mit der Sprache des Körpers zu ihm und auch zu anderen spricht. Bei Süchtigen oder Kranken spricht der Körper zwar oft die Unwahrheit aufgrund von Schwäche und Mißbrauch, doch Klemmers Körper ist vielen Dank gesund. Unberufen. Toi toi toi. Beim Sport sagt der Körper stets zu Klemmer, wann er endgültig genug hat und wann noch ein wenig im Reservetank vorhanden ist. Bis er sich voll verausgabt hat. Danach fühlt Klemmer sich einfach herrlich! nicht zu beschreiben, beschreibt Walter Klemmer freudig bewegt seinen Zustand. Er will unter den von ihm gedemütigten Blicken seiner Lehrerin endlich sein eigenes Fleisch verwirklichen. Zu lange hat er darauf gewartet. Monate sind vergangen, und kraft Ausdauer hat er ein Recht erworben. Die Anzeichen wurden richtig gedeutet, daß Erika sich in letzter Zeit auffallend um Klemmers willen geschmückt hat, mit Ketten, mit Manschetten, mit Gürteln, mit Schnürungen, mit Stöckelpumps, mit Tüchlein, mit Gerüchen, mit abnehmbaren Pelzkragen, mit einem neuen klavierhinderlichen Plastikarmband. Diese Frau hat sich für den einen Mann hübsch gemacht. Doch dieser Mann hat den Drang, all den schwächlichen ungesunden Zierat zu zermalmen, weil er den letzten Rest Ursprünglichkeit, den die Frau sich zurückbehalten hat, noch aus der Packung zu schütteln wünscht. Er will alles haben! Doch ohne sie in Wirklichkeit zu begehren. Diese Aufgeputztheiten versetzen Klemmer, den Geradlinigen, in unvernünftigen Zorn. Die Natur takelt sich ja auch nicht auf, wenn sie zur Paarung schreitet. Nur manche meist männliche Vögel haben Lockgefieder, doch die sehen immer so aus.

Noch glaubt Klemmer, wie er da hinter seiner zukünftigen Geliebten herrennt, daß sich seine nackte Wut nur gegen ihre sorgfältige, wenn auch ungeschickt applizierte Gepflegtheit richtet. Dieser Putz, dieser Firlefanz, den Klemmer als grob verunstaltend empfindet, muß schleunigst abgelegt werden! Um seinetwillen! Er wird Erika begreiflich machen, daß, wenn überhaupt, peinliche Sauberkeit die einzige Zierde ist, die er akzeptieren kann in einem angenehmen, ihm nicht gerade mißfallenden Gesicht. Erika macht sich lächerlich, was sie nicht nötig hätte. Zweimal täglich duschen, das versteht man unter Körperpflege bei Klemmer, und es genügt. Klemmer fordert saubere Haare an, weil ungewaschene Frisuren Klemmer ein Greuel sind. Erika zäumt sich neuerdings wahrhaftig wie ein Zirkuspferd auf. Seit kurzem plündert die Frau ihre so lang unbenutzten Kleidervorräte, um dem Schüler noch heftiger zu Gefallen zu sein. Das *muß* ihn umwerfen und dies auch! Allerorten wird bestaunt und beachtet, wie sie des Guten zuviel tut und zu tief in den Schminknapf greift. Eine Metamorphose macht sie durch. Sie zieht nicht nur Kleider aus ihrem reichhaltigen Fundus an, sondern sie kauft auch noch die passenden Accessoires dazu, kiloweise, in Gestalt von Gürteln, Taschen, Schuhen, Handschuhen, Modeschmuck. Betören will sie den Mann so gut sie es kann und weckt damit dessen schlechteste Neigungen. Diesen schlafenden Tiger hätte sie ruhen lassen sollen, damit er sie nicht gänzlich verschlingt, rät Klemmer ihr, was seine werte Person betrifft. Erika stapft wie eine betrunkene Figurine einher, gestiefelt und gespornt, getarnt und geharnischt, geschmückt und verzückt. Warum nur hat sie ihre Schränke nicht schon früher erbrochen, um dieses komplizierte Liebesverhältnis zu beschleunigen? Immer neue Herrlichkeiten quellen hervor! Sie hat den Einbruch in ihre bunten, seidigen Vorratslager endlich gewagt und freut sich auf unverhüllt werbende Blicke, die sie nicht erhält, und übersieht den unverhüllten Spott von Leuten, die Erika schon längst kennen und sich über ihr verändertes Aussehen ernsthaft Gedanken machen. Erika ist lächerlich, doch sie ist gut und stramm eingewickelt.

Jeder Verkäufer weiß: auf die Verpackung kommt es an! Zehn Schichten übereinander, die Schutz gewähren und eine Lockung sind. Und alle passen sie womöglich zusammen! Keine kleine Leistung. Die Mutter beschimpft Erika, die sich zu dem Kostüm auch noch einen neuen cowboyhaften Hut gekauft hat, mit einem Band und einem kleinen Schuber aus dem gleichnamigen Stoff wie der Hut, mittels dessen sie den Hut unter dem Kinn fixiert, damit er nicht bei Windstößen vom Kopf fliegt. Die Mutter klagt laut hinsichtlich der Geldausgabe und beargwöhnt die Putzsucht des Kindes, die sicher gegen jemand gerichtet ist, nämlich gegen sie, die Mutter, und sicher auf jemand gerichtet ist, nämlich auf den Mann schlechthin. Ist es ein bestimmter Mann, wird er die Mutter schon noch kennenlernen! Und zwar von ihrer unangenehmsten Seite. Die Mutter spottet über eine geschmackvolle Zusammenstellung. Sie vergiftet Hülsen, Häute, Hüllen, Deckel, welche die Tochter sich bedachtsam auferlegt, mit dem bleichen Saft ihres Hohns. Sie spottet auf eine Weise, daß der Tochter nicht lang verborgen bleiben kann, daß die Mutter aus Eifersucht so höhnt.
Hinter diesem prachtvoll schabrackierten Tier, das in der Natur nicht seinesgleichen findet, stürzt Walter Klemmer, der natürliche Feind des Tieres, einher. Mit dem Ziel, der Lehrerin solche Unnatur schleunigst wieder abzugewöhnen. Jeans und T-Shirt genügen Klemmers Ansprüchen, sind diese auch hoch, vollauf. Das Haustor weist auf ein düsteres Inneres, in dem jedoch eine seltene Pflanze lange unbemerkt wuchs. All die Farben, die draußen eben noch aufblühten, sterben hier. Auf halber Treppe zum ersten Stock treffen Erika und Klemmer heftig aufeinander, keine Ausweichmöglichkeit. Keine Garage, keine Remise, kein Parkplatz.
Mann und Frau treffen einander, aber nicht zufällig. Und die unsichtbare Dritte, in Gestalt mütterlicher Obsorge, wartet oben auf ihr Stichwort. Erika rät dem Schüler im Ernst und Guten, sofort zu verschwinden. Sie ist hoheitsvoll. Ernstlich widersetzt sich der Schüler, obwohl er die Mutter nicht gern treffen möchte. Er verlangt, daß wir zwei irgendwohin gehen,

wo wir endlich allein miteinander sprechen können. Unterhalten will er sich! Vor Panik strampelt Erika; der Mann will in ihre Abgeschlossenheit eintreten. Was wird die Mutter sagen, die mit dem Abendessen für zwei intim lockt. Für Mutter und Kind ist das Essen vorherbestimmt.
Klemmer grapscht nach Erika, die ihn prüft, ob er den Brief schon gelesen habe. Haben Sie meinen Brief schon gelesen, Herr Klemmer? Was benötigen wir untereinander Briefe, forscht Klemmer die geliebte Frau aus, welche aufatmet, daß er den Brief noch nicht gelesen hat. Andrerseits befürchtet sie, daß er bei dem nicht mitspielt, was in dem Brief von Klemmer gefordert wird. Die beiden liebesmäßig miteinander verzahnten Leute täuschen sich noch vor Beginn der Kampfhandlungen in dem, was sie voneinander wollen, und in dem, was sie voneinander bekommen werden. Mißverständnisse verfestigen sich zu Granit. Sie täuschen sich nicht bezüglich der Mutter, die scharf durchgreifen und den überzähligen Teil (Klemmer) sofort wegschicken wird. Den Teil, der ihr ganzes Eigentum, ihre ganze Freude ist (Erika), wird sie bei sich behalten. Erika zuckt bald in die eine, bald in die andere Richtung. Sie deutet damit äußerste Unschlüssigkeit an. Sie wird darin von Klemmer verstanden, der stolz ist, die Ursache von Unentschlossenheit zu sein. Er wird jetzt ein wenig nachhelfen, damit Erika Entschlüsse gebären kann. Er nimmt seiner Beute behutsam den Cowboyhut vom Kopf. Welche Undankbarkeit gegen diesen Hut, der wie ein freundlicher Wegweiser im Getümmel stets auftauchte, Morgenstern für die Heiligen Drei Könige, ein Hut, an dem niemand ohne den Tribut von Spott vorüberkommt. Man merkt diesen Hut und ist verstimmt, wenn man es auch nicht immer auf den Hut schiebt, weshalb man verstimmt ist.
Hier auf der Treppe sind nur wir beide und spielen jetzt mit dem Feuer, ermahnt Klemmer die Frau. Klemmer verwarnt Erika, sie soll seine Begierde nicht dauernd reizen und sich dann ins Unerreichbare absetzen. Erika blickt auf den Mann, der gehen soll, weil er bleiben muß. Dunkel blüht die Frau unter ihrer Geschenkverpackung auf. Diese Blüte ist dem rauhen Klima der

Lust nicht angepaßt, sie ist nicht für längere Verweildauer im Treppenhaus eingerichtet, denn die Pflanze braucht Licht, Sonne. Am besten paßt sie neben ihrer Mutter vor den Fernseher. Obszön wächst Erika unter ihrem jetzt abgenommenen neuen Hut hervor, das ungesund gerötete Gesicht eines Geschöpfs, das seinen Meister gefunden hat.
Klemmer sieht sich außerstande, diese Frau zu begehren, doch seit längerem wünscht er in sie einzudringen. Koste es, was es eben kostet, sicher Liebesworte. Erika liebt den jungen Mann und wartet auf Erlösung durch ihn. Sie gibt kein Anzeichen für Liebe von sich, damit sie nicht unterliegt. Erika möchte Schwäche zeigen, doch die Form ihrer Unterlegenheit selbst bestimmen. Sie hat alles aufgeschrieben. Sie will sich von dem Mann förmlich aufsaugen lassen, bis sie nicht mehr vorhanden ist. Unberührbarkeit wie leidenschaftliche Berührung müssen unter ihrem Cowboyhut zur Deckung gebracht werden. Die Frau will jahrealte Versteinerungen aufweichen, und wenn der Mann sie dabei verschlingt! ihr ist es recht. Ganz in diesem Mann sich verlieren will sie, aber ohne daß er es merkt. Merkst du nicht, daß wir alleine auf der Welt sind, fragt sie ohne Stimme den Mann. Oben wartet die Mutter schon. Gleich wird sie die Tür öffnen. Die Tür wird noch nicht geöffnet, weil die Mutter die Tochter noch nicht erwartet.
Die Mutter spürt nicht, wie ihr Kind an den Fesseln reißt, weil noch eine halbe Stunde fehlt, bis sie ihr Kind an seinen Fesseln reißen sieht und spürt. Erika und Klemmer sind damit okkupiert auszuloten, wer wen mehr liebt und dadurch der Schwächere in diesem Paar ist. Erika täuscht aufgrund von Alter vor, daß sie es ist, die weniger liebt, weil sie schon zu oft geliebt hat. Daher ist Klemmer es, der mehr liebt. Erika wieder muß mehr geliebt werden. Klemmer hat Erika in die Ecke getrieben, sie hat nur mehr ein Schlupfloch übrig, das geradewegs ins Wespennest im ersten Stock führt; die dazugehörige Tür kann man schon deutlich erkennen. Die alte Wespe rumort dahinter mit Töpfen und Pfannen, man hört und sieht es wie einen Schattenriß durch das erleuchtete Küchenfenster, das auf den

Gang hinausgeht. Klemmer gibt einen Befehl. Erika gehorcht diesem Befehl. Sie scheint ihr eigenes Scheitern geradezu im Eiltempo anzupeilen, es ist ihr letztes, freundlichstes Ziel. Erika gibt ihren Willen ab. Sie gibt diesen Willen, den bisher immer die Mutter besessen hat, jetzt wie einen Stab beim Stafettenlauf an Walter Klemmer weiter. Sie lehnt sich zurück und wartet, was man ihrerbezüglich beschließen wird. Sie gibt ihre Freiheit zwar auf, doch sie stellt eine Bedingung: Erika Kohut nützt ihre Liebe dazu aus, daß dieser Junge ihr Herr wird. Je mehr Gewalt er über sie erhalten wird, umso mehr wird er aber zu ihrem, Erikas willigem Geschöpf. Klemmer wird schon ganz ihr Sklave sein, wenn sie zum Beispiel in die Ramsau fahren, um in den Bergen dahinzuspazieren. Dabei wird er sich für ihren, Erikas Herrn halten. Dazu wird Erika ihre Liebe benützen. Das ist der einzige Weg, auf dem die Liebe sich nicht vorzeitig auszehrt. Er muß überzeugt sein: diese Frau hat sich mir ganz in die Hand gegeben, und dabei geht *er* in Erikas Besitz über. So stellt sie sich das vor. Es kann nur dann noch schiefgehen, wenn Klemmer den Brief liest und ihn mißbilligt. Aus Ekel, Scham oder Furcht, je nachdem, welches Gefühl in ihm die Oberhand erhält. Wir sind doch alle nur Menschen und daher unvollkommen, tröstet Erika das männliche Gesicht ihr gegenüber, das sie gerade küssen will, dieses Gesicht, das weicher wird, fast zerschmilzt. Unter ihrem Lehrerinnenblick. Manchmal scheitern wir in der Tat, und ich glaube fast, dieses prinzipielle Scheitern ist unser letztes Ziel, schließt Erika ab, küßt nicht, sondern klingelt an der Tür, hinter der fast augenblicklich das Gesicht der Mutter in einer Mischung aus Erwartung und Ärger, wer da jetzt noch zu stören wagt, aufblüht und sofort verwelkt, als es einen Anhänger am Griff der Tochter bemerkt. Der Anhänger nennt prompt seinen Bestimmungsflughafen: hier, Wohnung Kohut, sen. und jun. Wir sind soeben angekommen. Die Mutter ist starr. Sie ist sehr unsanft unter ihrer Träumalinddecke hervorgerissen worden und steht nun im Nachthemd vor einer riesigen Menschenmenge, die johlt. Die Mutter fragt durch lange eingeübten Augenkontakt bei der Tochter an, was dieser fremde junge Mann hier will. Die Mutter fordert mit demselben Blick, daß dieser junge Mann zu entfernen sei, ist er doch weder der Wasser- noch der Zählerableser, der vom Konto abgebucht werden kann. Die Tochter antwortet, sie habe etwas mit dem Schüler zu besprechen, am besten gehe sie mit ihm in ihr eigenes Zimmer. Die Mutter weist darauf hin, daß die Tochter kein Zimmer besitzt, weil das, was sie im Größenwahn ihr Zimmer nennt, in Wirklichkeit auch der Mutter gehört. In dieser Wohnung, solange sie noch meine ist, bestimmen wir alles gemeinsam, und die Mutter faßt dann in Worte, was beschlossen worden ist. Erika Kohut rät der Mutter, ihr und dem Schüler ja nicht in das Zimmer nachzugehen, sonst setzt es was! Die Damen sind unfreundlich zueinander und kreischen einander an. Klemmer frohlockt darüber, die Mutter bockt darüber. Die Mutter lenkt ein und weist beinahe stimmlos auf die geringe Nahrungsmenge hin, die nur für zwei schwache Esserinnen, nicht aber für zwei schwache und einen starken Esser ausreicht. Klemmer bedankt sich grundsätzlich: nein danke. Ich habe schon gespeist. Die Mutter verliert ihre Fassung, indem sie einfach nur auf dem Boden der unliebsamen Tatsachen steht und schaut. Jeder könnte die Mutter jetzt forttragen. Jeder Windstoß könnte diese resche Dame, die ansonsten jeder Sturmböe mit Fäusten droht und jedem Guß durch vernünftige Bekleidung Widerstand leistet, einfach umschmeißen. Die Mutter steht da, und ihre Felle schwimmen ihr fort.

Die Prozession aus Tochter und fremdem Mann, den die Mutter nur flüchtig, aber nachhaltig kennt, zieht an der Mutter vorüber und in das Zimmer der Tochter ein. Erika spricht leichthin etwas zum Abschied, was nicht daran rüttelt, daß es ein Abschied für die Mutter ist. Nicht dieser Schüler wird verabschiedet, der unberechtigt in diese Behausung eingedrungen ist. Es ist offenkundig ein Komplott zur Schwächung des heiligen Mutternamens. Die Mutter spricht deshalb ein Gebet zu Jesus, das keiner hört, auch der Adressat nicht. Die Tür schließt sich unerbittlich. Die Mutter ahnt nicht, was sich im Zimmer Erikas zwischen Menschen ergeben wird, doch leicht kann sie es herausfinden, weil das Zimmer sich ja in weiser mütterlicher Voraussicht nicht absperren läßt. Die Mutter schleicht unhörbar tiptoe auf das Zimmer des Kindes los, um herauszukriegen, was für ein Instrument dort gespielt werden soll. Klavier nicht, denn das Klavier prunkt im Salon herum. Die Mutter hat geglaubt, ihr Kind sei die Unschuld in Person, und auf einmal zahlt jemand Miete, um das Kind intermittierend in die Pflicht nehmen zu dürfen. Eine solche Miete wird die Mutter auf jeden Fall empört zurückweisen. Auf solche Einnahmen kann sie verzichten. Dieser Bursch wird sicher die Miete in Gestalt flüchtiger, dunstiger Verliebtheit zahlen wollen, die nicht andauert.

Als die Mutter ihre Hand nach der Türklinke ausstreckt, hört sie deutlich, wie auf der anderen Türseite ein schwerer Gegenstand, wahrscheinlich die Kredenz von der Oma, die vollgestopft ist mit frischgekauften Ersatzteilen und neuem Zubehör zu den frischgekauften, wenn auch überflüssigen Kleidern der Tochter, von seinem Platz bewegt wird. Mit Gewalt! wird die Kredenz aus ihrer langjährigen Halterung herausgelöst und weggezerrt. Vor der Zimmertür der Tochter, die vor ihren Augen absichtlich verrammelt wird, steht eine enttäuschte Mutter. Sie findet irgendwo noch einen letzten Rest Kraft in sich, mit dem sie die Tür sinnlos bearbeitet. Sie verwendet dazu die rechte Schuhspitze, die in einem Kamelhaarhausschuh steckt, der für das Stoßen zu weich ist. Die Mutter verspürt Schmerz in ihren Zehen, den sie aber noch nicht empfindet, weil sie zu aufgeregt dazu ist. In der Küche beginnt Essen zu stinken. Keine mitleidige Hand rührt es um. Die Mutter wurde nicht einmal einer formellen Anrede für würdig erachtet. Man hat ihr keinerlei Erklärungen gegeben, obzwar auch die Mutter hier zu Hause ist und der Tochter ein schönes Zuhause bereitet. Sogar mehr als die Tochter ist die Mutter hier zu Hause, weil sie kaum jemals fortgeht. Die Wohnung gehört schließlich nicht dem Kind allein, noch lebt die Mutter und gedenkt auch weiterhin so zu tun. Noch heute abend, wenn der unangenehme Besuch gegangen ist, wird die Mutter zum Schein und Scherz der Tochter eröffnen, daß sie auszieht. Ins Altersheim. Sie wird es nicht so gemeint haben, wenn die Tochter diesem Entschluß ein wenig nachbohrt, denn: wohin sollte sie gehen? In Gestalt einer Machtverschiebung und einer Wachablöse dringen unliebsame Erkenntnisse in den unliebenswürdigen Geist der Mutter ein. In der Küche wirft sie mit halbgarer Nahrung um sich. Sie tut es mehr aus Wut als aus Verzweiflung. Einmal muß das Alter den Stab weiterreichen. Die Mutter sieht in ihrer Tochter den giftigen Keim zu einem Generationskonflikt, der aber vorbeigehen wird, besinnt sich nur erst das Kind auf den hohen Wertbetrag, den es der Mutter schuldet. Die Mutter hat bei dem Alter, das ihre Erika inzwischen selber erreicht hat, mit einer späten Abdankung schon nicht mehr gerechnet. Sie hat sich eingebildet, sie kommt bis zu ihrem Ableben auch so über die Runden. Bis der große Gong ertönt. Sie wird ihr Kind zwar möglicherweise nicht überleben können, aber dem Kind solange sie lebt überlegen bleiben. Die Tochter ist aus dem Alter heraus, da sich von einem Mann herrührende unliebsame Überraschungen noch ergeben. Doch da ist er jetzt, der Mann, von dem man annahm, die Tochter habe sich ihn aus dem Kopf geschlagen. Man hat ihn dem Kind erfolgreich ausgeredet, und jetzt taucht er unversehrt, wie neu, und noch dazu im eigenen Nest auf!

Die Mutter sinkt atemlos in einen Küchenstuhl, von Nahrungstrümmern umgeben. Kein Geringerer als sie selbst muß alles wieder aufsammeln. Das lenkt sie indessen ein wenig ab. Beim Fernsehen wird sie heute abend mit Erika kein Wort sprechen. Und wenn doch, dann wird sie Erika erklären, daß alles, was die Mutter tut, mit Liebe motiviert ist. Die Mutter wird Erika ihre Liebe gestehen und eventuelle Fehler mit dieser Liebe entschuldigen. Sie wird in diesem Zusammenhang Gott und andere Vorgesetzte zitieren, die auch die Liebe hochhielten, doch niemals die egoistische Liebe, die in diesem jungen Mann keimt. Die Mutter wird zur Strafe kein Wort für den Film und kein Wort gegen den Film verlieren. Ein gut eingebürgerter Gedankenaustausch wird heute unterbleiben, weil die Mutter sich entschlossen hat, ihn zu unterlassen. Die Tochter wird sich heute danach zu richten haben, was die Mutter wünscht. Mit sich selbst kann die Tochter nicht reden. Keine Diskussion, du weißt schon warum.

Die Mutter geht jetzt ohne Essen ins Wohnzimmer und schaltet die immerwährende Verlockung des Farbfernsehers extra laut ein, damit die Tochter in ihrer Schmollecke es bereut, das schalere Vergnügen von zwei Vergnügen gewählt zu haben. Die Mutter sucht verzweifelt und findet schließlich einen Trost darin, daß die Tochter mit dem Mann hierher kommt, statt mit ihm woandershin zu gehen. Die Mutter befürchtet, daß hinter der zugestellten Tür das Fleisch jetzt spricht. Die Mutter fürchtet, daß der junge Mann auch noch auf Geld es abgesehen hat. Die Mutter kann sich nur vorstellen, daß jemand Geld möchte, selbst wenn er es klug damit tarnt, daß er die Tochter will. Alles kann er haben, aber Geld nicht, beschließt diese Finanzministerin der Familie, die gleich morgen das Losungswort für das Sparbuch verändern wird. Nicht mehr Erika wird das Losungswort jetzt lauten. Die Tochter wird sich schön blamieren, wenn sie in der Bank dem jungen Mann ihr Vermögen überantworten will.

Die Mutter hat die Befürchtung, daß die Tochter hinter der Tür nur auf den Körper hört, der möglicherweise jetzt schon unter einer Berührung aufblüht. Sie stellt den Fernseher so laut, daß es nachbarschaftlich nicht mehr zu verantworten ist. Die Wohnung vibriert unter den Stößen jener Fanfaren des jüngsten Gerichts, welche die «Zeit im Bild» ankündigen. Gleich werden die Anrainer mit Besenstielen klopfen oder sich persönlich an der Tür zur Beschwerde einfinden. Das geschieht Erika recht, denn sie wird als der Grund akustischer Verfehlung genannt werden und kann künftig niemandem im Haus mehr in die Augen schauen.

Aus dem Zimmer der Tochter, wo Zellen ungesund wuchern, kein Laut. Kein Vogelschrei, kein Unkenruf, kein Donnergrollen. Die Mutter könnte es beim besten Willen nicht vernehmen, wenn die Tochter auch laut riefe. Sie stellt das über schlechte Nachrichten tobende Gerät jetzt auf Zimmerlautstärke, damit sie hören kann, was im Zimmer der Tochter vor sich geht. Sie hört immer noch nichts, weil diese Kredenz auch Laute abdämmt, nicht nur Taten und Tritte. Die Mutter schaltet auf tonlos, aber nichts regt sich hinter der Tür. Die Mutter schaltet den Ton wieder auf lauter, damit sie getarnt ist, wie sie auf Zehenspitzen zur Tochtertür schleicht, um zu lauschen. Was für Laute wird die Mutter gleich vernehmen, die der Lust, der Schmerzen oder beide? Die Mutter legt die Ohrmuschel an die Tür, schade, daß sie kein Stethoskop besitzt. Sie reden zum Glück nur. Aber was und wobei reden sie? Reden sie über die Mutter? Auch die Mutter hat jetzt jedes Interesse am TV-Programm verloren, obwohl sie der Tochter gegenüber ständig angibt, nichts komme dem Fernsehen am Ende eines langen Arbeitstages gleich. Die Tochter leistet die Arbeit, aber die Mutter darf immer mit ihr zusammen fernsehen. In der Gemeinsamkeit mit dem Kind liegt für die Mutter die Würze des in die Ferne Sehens. Jetzt ist die Würze zerkocht, und das Fernsehen schmeckt der Mutter nicht mehr. Es ist fad und nichtssagend. Die Mutter geht zum Giftschrank im Salon-Wohnzimmer. Sie trinkt einen und mehrere Liköre. Sie wird darüber müde und schwer. Sie legt sich aufs Sofa und trinkt noch mehr Likör. Hinter der Tochtertür wuchert es wie von einem Krebs, der noch weiterwächst, wenn sein Besitzer schon längst gestorben ist. Die Mutter trinkt weiter Likör.

Walter Klemmer gibt leichtwillig dem Wunsch nach, sich auf Erika Kohut zu stürzen, nun, da Vorbereitungsarbeiten abgeschlossen und Türen zugeschlossen sind. Niemand kann herein, aber auch niemand ohne seine ausdrückliche manuelle Hilfe hinaus. Die Kredenz ist mithilfe seiner Kraft vor der Tür, die Frau befindet sich bei ihm, und die Kredenz schützt sie beide vor dem Draußen. Klemmer schildert Erika eine utopische Partnerschaftlichkeit, durch liebende Gefühle gut gewürzt. Wie

schön kann die Liebe doch sein, mit dem richtigen Du genossen. Erika will erst nach einer Irrung und nach Wirrnissen geliebt werden, gibt sie an. Sie spinnt sich ganz in ihre Gegenständlichkeit ein und sperrt ihre Gefühle aus. Die Kredenz ihrer Scham, den Kasten ihres Unbehagens hält sie krampfhaft vor sich hin, und Klemmer soll diese Möbel mit Gewalt wegrücken, um zu Erika zu gelangen. Sie will nur Instrument sein, auf dem zu spielen sie ihn lehrt. Er soll frei sein, sie aber durchaus in Fesseln. Doch ihre Fesseln bestimmt Erika selbst. Sie entscheidet, sich zum Gegenstand, zu einem Werkzeug zu machen; Klemmer wird sich zur Benützung dieses Gegenstands entschließen müssen. Erika zwingt Klemmer zum Lesen eines Briefs und fleht innerlich dabei, daß er sich über den Inhalt des Briefs, kennt er ihn erst, hinwegsetzen möge bitte. Und sei es nur aus dem einen Grund, daß es wahrhaftig Liebe ist, was er empfindet, und nicht nur deren lockerer Anschein, der auf den Matten glänzt. Erika wird sich Klemmer vollkommen entziehen, falls er sich weigern sollte, ihr Gewalt zuzumuten. Doch sie wird jederzeit glücklich über seine Zuneigung sein, die Gewalt ausschließt gegen das Geschöpf seiner Wahl. Nur unter der Bedingung von Gewalt jedoch darf er sich Erika zulegen. Er soll Erika bis zur Selbstaufgabe lieben, dann wird wiederum sie ihn bis zur Selbstverleugnung lieben. Sie reichen einander andauernd beglaubigte Beweise für Zuneigung und Ergebenheit. Erika wartet darauf, daß Klemmer aus Liebe Gewaltverzicht schwört. Erika wird sich aus Liebe verweigern und verlangen, daß mit ihr geschehen soll, was sie in dem Brief bis ins Detail gehend fordert, wobei sie inbrünstig hofft, daß ihr erspart bleibe, was sie in dem Brief verlangt.
Klemmer blickt Erika in Liebe und Verehrung an, als blickte ihn jemand dabei an, wie er Erika in Verehrung und Ergebenheit anblickt. Der unsichtbare Zuschauer blickt Klemmer über die Schulter. Was Erika betrifft, so blickt ihr Erlösung über die Schulter, auf die sie hofft. Sie befiehlt sich Klemmer in die Hände und hofft auf Erlösung durch absolutes Vertrauen. Sie erwünscht von sich Gehorsam und von Klemmer Befehle, um

ihren Gehorsam zu komplettieren. Sie lacht: dazu gehören zwei! Klemmer lacht mit. Danach gibt er an, daß wir keinen Briefwechsel benötigen, weil ein schlichter Kußwechsel genügen würde. Klemmer versichert der künftigen Geliebten, daß sie ihm alles, aber auch alles sagen könne und nicht extra schreiben müsse. Schämen darf sich die Frau, die Klavier spielen gelernt hat, ruhig! Durch gutes Aussehen kann sie einen aufgrund von Wissen permanent absterbenden Geschlechtsreiz für den Mann ersetzen. Endlich liebesmäßig himmelan stürmen will Klemmer und nicht auf Verkehrszeichen achten, die schriftlich festgelegt sind. Hier hat er ja den Brief, warum öffnet er ihn nicht? Erika zerrt verlegen an ihrer Freiheit und ihrem Willen, die endlich ihren Rücktritt einreichen können; der Mann versteht dieses Opfer gar nicht. Von dieser Willenlosigkeit spürt sie dumpfe Bezauberung herrühren, die sie heftig erregt. Klemmer scherzt leichtmütig: Ich habe schon langsam keine Lust mehr. Er droht damit, daß dieser weiche, fleischliche und so passive Körper, diese auf das Klavier eng beschränkte Beweglichkeit in ihm kein größeres Verlangen erwecken wird, wenn sich solche Hindernisse auftürmen. Jetzt sind wir einmal allein, fangen wir an! Die Situation kennt kein Zurück und kein Pardon. Durch viele Umwege hat er endlich bewirkt, daß er hierher gelangt ist. Er ißt seine Portion auf und faßt gierig nach, auch von der Beilage nimmt er einen Schöpfer voll. Klemmer drängt den Brief gewaltsam von sich und sagt Erika, daß man sie zu ihrem Glück zwingen müsse. Er schildert das Glück, das sie mit ihm hat, seine eigenen Vorzüge und Vorteile, aber auch Fehler gegenüber dem toten Papier: er ist nämlich lebendig! Und sie wird das auch bald spüren, ebenfalls lebendig, wie sie ist. Walter Klemmer läßt als Drohung durchblicken, wie rasch mancher Mann manche Frau satt bekommt. Man muß sich als Frau eben abwechslungsreich zubereiten können. Erika, ihm einen Schritt voraus, ist darüber schon informiert. Sie drängt Klemmer daher den Brief auf, in dem sie schreibt, wie man den Saum des Verhältnisses unter Umständen verlängern kann. Erika spricht: Ja, aber zuerst der Brief. Klemmer kann nicht anders als ihn nehmen, er müßte ihn denn zu Boden fallen lassen und die Frau damit beleidigen. Er küßt an Erika heftig herum, erfreut, daß sie endlich vernünftig und liebeskooperativ geworden ist. Wofür sie unaussprechliche Liebeswohltaten erhalten wird, die alle von ihm, Klemmer, herrühren. Erika befiehlt, lies den Brief. Klemmer legt Erika widerwillig aus der schon geöffneten Hand und reißt an dem Umschlag. Er liest erstaunt, was da steht, und liest Auszüge laut vor. Wenn das stimmen sollte, was in dem Brief geschrieben steht, geht es für ihn schlecht aus, für diese Frau aber noch schlechter, wofür er garantiert. Sosehr er sich bemüht, als Mensch kann er sie jetzt nicht mehr recht sehen, nur mit Handschuhen kann man so etwas angreifen. Erika holt eine alte Schuhschachtel hervor und packt aus, was darin zusammengespart wurde. Sie schwankt, wofür er sich entscheidet, und möchte auf jeden Fall vollkommen bewegungsunfähig gemacht werden. Sie möchte von äußerlich anzuwendenden Hilfsmitteln Verantwortlichkeiten abgenommen kriegen. Sie will sich jemand anvertrauen, doch zu *ihren* Bedingungen. Sie fordert ihn heraus!

Klemmer erläutert, es bedürfe oft des Muts, eine Herausforderung abzulehnen und sich für die Norm zu entscheiden. Klemmer ist die Norm. Klemmer liest und fragt sich, was diese Frau sich einbildet. Er rätselt, ob das ihr Ernst ist. Ihm dagegen ist es blutiger Ernst, den er im Wildwasser gelernt hat, wo man oft in ernste Gefahr gerät und Situationen meistert.

Erika bittet, daß sich Herr Klemmer ihr nähern möge, während sie nur mit einem schwarzen Nylonunterkleid und ihren Strümpfen bekleidet ist! So etwas gefiele ihr. Ihr sehnlichster Wunsch ist es, liest der angebetete Herr Klemmer, daß du mich bestrafst. Sie möchte, daß Klemmer ihr als Strafe beständig auf dem Fuße folgt. Erika zieht sich Klemmer als Strafe zu. Und zwar in der Art, daß er sie mit Genuß so derart fest, stramm, gründlich, ausgiebig, kunstgerecht, grausam, qualvoll, raffiniert mit den Stricken, die ich gesammelt habe, und auch den Lederriemen und sogar Ketten!, die ich ebenfalls habe, fesselt, ver- und zusammenschnürt und zusammenschnallt, wie er es nur kann. Er soll ihr seine Knie dabei in den Leib bohren, bitte sei so gut.

Klemmer erheitert sich lauthals darüber. Er hält es für einen Witz, daß er ihr seine Fäuste in den Magen schlagen und sich so fest auf Erika draufsetzen soll, daß sie wie ein Brett daliegt und sich in seinen grausam süßen Fesseln gar nicht rühren kann. Klemmer wiehert, weil sie das nicht ernst meint und es gut erfunden ist. Diese Frau zeigt sich jetzt von einer neuen Seite und fesselt somit ihrerseits den Mann stärker an sich. Sie schaut nach Unterhaltung und scheut keine Variante. Denn sie schreibt hier zum Beispiel brieflich, daß sie sich wie ein Wurm in deinen grausamen Fesseln winden wird, in denen du mich viele Stunden liegen läßt, und mich dabei in allen möglichen Stellungen sogar schlägst oder trittst oder gar auspeitschst! Erika gibt brieflich an, sie wolle unter ihm ganz vergehen und ausgelöscht sein. Ihre gut eingebürgerten Gehorsamsleistungen bedürfen der Steigerung! Und eine Mutter ist nicht alles, wenn man auch nur jeweils eine hat. Sie ist und bleibt in erster Linie Mutter, doch ein Mann will darüber hinausgehende Leistung. Klemmer fragt, was sie sich eigentlich einbildet. Wer sie schon ist, will er wissen. Er hat den Eindruck, sie schämt sich nicht einmal.

Klemmer möchte aus dieser Wohnung, die mehr eine Falle ist, wieder hinaus. Er hat vorher nicht gewußt, worauf er sich da einläßt. Er hat sich Besseres erhofft. Der Paddler untersucht hier ungewisses Gewässer. Er gesteht sich selbst noch nicht recht ein, wohin er sich hier manövriert hat, und nie wird er es anderen gestehen. Was will diese Frau von mir, befürchtet er. Hat er recht verstanden, daß er dadurch, daß er ihr Herr wird, ihrer niemals Herr werden kann? Indem sie bestimmt, was er mit ihr tut, bleibt immer ein letzter Rest von ihr unergründlich. Wie leicht bildet der Liebende sich ein, in die tiefsten Regionen vorgedrungen zu sein, und kein Geheimnis bleibt mehr zu enthüllen. Erika glaubt, in ihrem Alter hat sie noch die Wahl, während er doch so viel jünger ist und daher die erste Wahl hat und ist. Erika verlangt schriftlich, daß er sie als

seine Sklavin annimmt und ihr Aufgaben aufgibt. Er denkt bei sich, wenn es weiter nichts ist, doch strafen wird er niemals, der großherzige junge Mann, dem es zu schwer fiele. Es gibt einen Punkt, über den geht er nie hinaus in seinen lieben Gewohnheiten. Man muß seine Grenzen kennen, und die Grenze beginnt dort, wo Schmerz empfunden würde. Nicht, daß er sich nicht traut. Aber er will nicht. Sie gibt brieflich an, daß sie sich immer schriftlich oder fernmündlich, nie persönlich an ihn wenden wird. Sie wagt es ja nicht einmal laut auszusprechen! Nicht, wenn sie ihm in die blaufarbenen Augen sieht.
Klemmer schlägt sich schmerzhaft vor Scherz auf die Schenkel, daß sie IHM Anweisungen erteilen möchte! Und unverzüglich auch noch soll er ihr gehorchen. Ferner sagt sie bittschön schildere stets genau, was du gerade mit mir anfängst. Und drohe mir laut damit, was des weiteren folgt, falls ich Gehorsam verweigere. Alles muß in Einzelheiten ausgemalt werden. Auch Steigerungsstufen sollen breitgefächert geschildert werden. Klemmer spottet die schweigende Erika erneut dahingehend aus, wer sie denn glaubt, daß sie ist. Sein Spott beinhaltet unausgesprochen, daß sie nichts oder nicht viel ist. Er spricht von einer weiteren Grenze, die nur er allein kennt, weil er selbst die Grenzpfosten einschlug: diese Grenze beginnt dort, wo ich etwas gegen meinen Willen tun soll, ironisiert Herr Klemmer den Ernst der Lage. Er liest, doch nur noch zum Spaß. Er liest laut vor, doch nur mehr zur eigenen Erheiterung: daß niemand es aushielte, was sie sich erwünscht, ohne daß er früher oder später stirbt. Dieses Inventarverzeichnis des Schmerzes. Ich soll dich also als bloßen Gegenstand behandeln. Im Klavierunterricht darf es sich nur insofern auswirken, als die anderen nichts davon bemerken dürfen. Klemmer fragt an, ob sie übergeschnappt ist. Wenn sie glaubt, daß das niemand merkt, täuscht sie sich. Täuscht sie sich gewaltig.
Erika spricht nicht, sie schreibt, daß ihre stumpfe Klavierherde vielleicht Erklärungen fordern wird, doch sie wird keine erhalten. Erika setze sich über ihre Schüler gröblichst hinweg, widerspricht ihr Klemmer. Er wird sich doch nicht vor Leuten, die

insgesamt dümmer sind als er, vollständig entblößen. Das hat er sich nicht von unserem Verhältnis erhofft, Erika. Klemmer liest in dem Brief, den er beim besten Willen nicht ernst nehmen kann, daß er keiner Bitte entsprechen darf. Wenn ich dich, Geliebter, bitten sollte, meine Fesseln etwas zu lockern, wird es mir, willfährst du diese Bitte, möglich sein, mich eventuell davon zu befreien. Daher wird meinem Flehen bitte in keinster Weise entsprochen, das ist sehr wichtig! Im Gegenteil, wenn ich flehe, dann tue nur so, als ob du es tun wolltest, in Wirklichkeit ziehe die Fesseln bitte noch fester, noch strammer zusammen, und den Riemen ziehe mindestens um 2–3 Löcher, je mehr, desto lieber ist es mir, fester zusammen, und außerdem stopfe mir dann noch alte Nylons von mir, die bereitliegen werden, derart fest in den Mund als es nur geht und knebel mich so raffiniert, daß ich nicht den geringsten Laut von mir geben kann.

Klemmer sagt nein und daß sich jetzt alles aufhört. Er fragt Erika, ob sie eine Ohrfeige will. Erika erteilt sich keine Erlaubnis zu sprechen. Klemmer droht, wenn er das noch weiterliest, dann nur aus Interesse an einem klinischen Fall, der sie ist. Er sagt: eine Frau wie du hat das nicht nötig. Sie ist doch nicht häßlich. Sie hat keinen sichtbaren Körperfehler, ausgenommen Alter. Ihre Zähne sind echt Zahn.

Hier steht, binde mir mit dem Gummischlauch, ich zeige dir schon wie, diesen Knebel so fest in den Mund als du nur kannst, damit ich ihn nicht mit der Zunge herausstoßen kann. Der Schlauch ist bereits vorbereitet! Wickle bitte auch meinen Kopf, damit mein Genuß sich steigert, fest in ein Kombinagehemd von mir ein und binde mir dieses so fest und kunstgerecht um mein Gesicht, daß es mir unmöglich ist, es abzustreifen. Und lasse mich in dieser qualvollen Stellung stundenlang schmachten, daß ich währenddessen gar nichts unternehmen kann, ganz mit mir und in mir allein gelassen. Und wo bleibt dabei meine Belohnung, scherzt Klemmer daraufhin. Er fragt es, weil ihm die Qualen von anderen keinen Spaß machen. Eine Sportqual, die er freiwillig auf sich nimmt, ist etwas anderes: nur er selber

leidet dann. Ein «sibirischer» Aufguß in der Sauna nach kältesten Berggewässern. Das kann ich mir selber auferlegen und soll dir erläutern, was ich mir unter einer extremen Bedingung vorstelle.
Verspotte mich und nenne mich blöde Sklavin und schlimmeres, erbittet sich Erika des weiteren schriftlich. Beschreibe bitte immer lauthals, was du gerade unternimmst, und beschreibe Steigerungsmöglichkeiten, ohne dich jedoch in deiner Grausamkeit tatsächlich zu steigern. Sprich darüber, doch deute Handlungen nur an. Drohe mir, aber ufere nicht aus. Klemmer denkt an die vielen Ufer, die er schon kennengelernt hat, aber solch eine Frau ist ihm noch nicht untergekommen! Zu neuen Ufern wird man mit ihr nicht aufbrechen, stinkendes altes Rinnsal, nennt er sie ohne Freude, wenn auch nur in Gedanken. Bereits überhäuft er sie mit Hohn, wenn auch innerlich bei sich. Er blickt auf diese Frau, die sich wünscht, daß sie sich vor Wonne nicht mehr auskennt und fragt sich: wer sich beim weiblichen Geschlecht denn schon auskennt? Sie denkt nur an sich. Die Füße will sie mir anschließend vor Dankbarkeit küssen, entdeckt der Mann nun. Der Brief spricht hinsichtlich dessen eine deutliche Sprache. Der Brief schlägt Heimlichkeiten zwischen ihnen vor, die von der Öffentlichkeit unbemerkt vor sich gehen. Unterricht bietet idealen Nährboden für die Hefe des Heimlichen und Verstohlenen, aber auch für öffentliches Brillieren. Klemmer bemerkt, daß der Brief noch ewig lang in diesem Tonfall weitergeht. Nur mehr als Kuriosität kann er auffassen, was er liest. Ich möchte diesen Raum am liebsten rasch verlassen, ist sein Endziel. Was ihn festhält, ist nur mehr Neugier, wie weit ein Mensch geht, der nach den Sternen zu greifen imstande wäre! Klemmer, der kleine Fixbeutel-Stern, beleuchtet ihre engere Nähe bereits seit längerem. Weit spannt sich das Universum der Tonkunst, die Frau braucht nur zuzugreifen, doch sie gibt sich mit weniger zufrieden! Es zuckt in Klemmer nach einem Tritt, dessen Ziel Erika wird.
Erika sieht auf den Mann. Sie ist einmal ein Kind gewesen und wird es nie wieder sein.

Klemmer scherzt über Ungerechtigkeiten von unverdienten Schlägen. Die Schläge will sich diese Frau allein durch ihre Anwesenheit schon verdient haben, das ist etwas wenig. Erika denkt an alte Rolltreppen in Kaufhäusern ihrer Kindheit. Klemmer witzelt, daß mir schon einmal die Hand ausrutschen kann, das will ich gar nicht bestreiten, aber was zuviel ist, tut selten gut. Keinen Übermut bitteschön, wenn es intim wird. Sie erprobt ihn betreffs Liebe, das sieht ja ein Blinder. Nur eine Prüfung, wie weit er hinsichtlich Liebe bei ihr gehen würde. Sie testet ihn bezüglich ewiger Treue und will sie schon versichert bekommen, bevor wir überhaupt noch angefangen haben. So denkt die Frau oft. Sie scheint auszuloten, wie fest sie auf seine Ergebenheit bauen und wie kräftig er an die Mauer ihrer Hingabe pochen kann. Absolut, wenn überhaupt: ihre Hingabefähigkeit. Fähigkeiten werden Kenntnisse.
Klemmer ist der Ansicht und steht auch dazu, daß man einer Frau in diesem Stadium alles versprechen und nichts halten muß. Geschwind kühlt das glühende Eisen der Leidenschaft ab, schmiedet man es zu zaghaft. Rasch mit dem Hammer drauf. Der Mann begründet schwindende Zuwendungen an das betreffende Exemplar der weiblichen Bauart. Überarbeitung macht den Mann matt. Bedürfnisse, ganz allein zu sein, zehren ihn aus.
Klemmer entnimmt dem Brief, daß diese Frau von ihm wünscht verschlungen zu werden;. mit mangelndem Appetit dankend abgelehnt. Klemmer begründet seine Ablehnung mit was du nicht willst, daß man dir tu, das füge ich auch keinem anderen zu. Und auch er hätte Knebel und Fessel nicht gern am Leib. Ich liebe dich so sehr, spricht Klemmer, daß ich dir niemals weh tun könnte, nicht einmal um den Preis, daß du es wünschst. Denn jeder will ausschließlich das tun, was er selbst wünscht. Keine Konsequenz wird Klemmer aus dem Gelesenen ziehen, steht für ihn längst fest.
Von draußen das gedämpfte Donnern des Fernsehers, in welchem eine männliche Person einer weiblichen droht. Die heutige Folge der Familienserie reißt schmerzhaft an Erikas Geist, der dafür offen und empfänglich ist. In den eigenen vier Wänden

entfaltet dieser Geist sich auf das prächtigste, weil ihn nichts bedroht, was nach Konkurrenz schmeckt. Nur über unübertreffliche klavieristische Fähigkeiten erfolgt mütterliche Annäherung. Die Mutter sagt, Erika ist die Beste. Das ist das Lasso, mit dem sie die Tochter fängt.
Klemmer liest einen geschriebenen Satz, in dem ihm erlaubt wird, Strafen für Erika nach Gutdünken festzusetzen. Er fragt, warum hast du die Strafe nicht gleich hier aufgeschrieben, und er prallt mit dieser Frage am Panzerkreuzer Erika ab. Hier steht, es war ja nur ein Vorschlag. Sie bietet sich an, eine Kette mit zwei Schlössern noch zu kaufen, die ich ganz bestimmt nicht aufmachen kann. Um meine Mutter kümmere dich überhaupt nicht, ich bitte dich. Die Mutter hingegen kümmert sich bereits um sie und schlägt von draußen gegen die Tür. Man merkt es kaum, der Kredenz wegen, die geduldig ihren Buckel hinhält. Die Mutter bellt, der Fernseher säuselt. Eingesperrt ins Gerät winzige Figuren, über die man verfügt, indem man sie willkürlich ein- und ausschaltet. Dem winzigen Fernsehleben das große richtige Leben gegenübergestellt, und das richtige Leben siegt, indem es frei über das Bild verfügen kann. Das Leben richtet sich ganz nach dem Fernsehen, und das Fernsehen ist dem Leben abgeschaut.
Figuren mit giftig aufgeschwollenen Fönfrisuren blicken erschreckt einander ins Antlitz, doch nur die Figuren außerhalb des Bildschirms können etwas sehen, die andern schauen heraus aus dem Schirm und nehmen nichts an und nichts auf.
Auch ein Schloß, weitet Erika ihre Vorschläge aus, oder zumindest eine Sperrvorrichtung für diese Tür müssen wir uns besorgen! Das kannst du getrost mir überlassen, Geliebter. Ich möchte, daß du ein Paket aus mir machst, das vollkommen wehrlos dir ausgeliefert wäre.
Klemmer leckt sich nervös über die Lippen im Angesicht von Verfügungsgewalt. Wie im Fernsehen tun sich ihm hier Miniaturwelten auf. Kaum hat der Fuß Platz für den Tritt. Diese kleine Figur trampelt ihm im Hirn herum. Die Frau vor ihm schrumpft auf Miniaturmaße. Man kann sie werfen wie einen

Ball, ohne sie aufzufangen. Man kann auch jede Luft aus ihr herauslassen. Klein macht sie sich mit Absicht, obwohl sie es nicht nötig hätte. Denn er anerkennt ihre Fähigkeiten ja. Sie will nicht mehr überlegen sein, weil sie sonst niemanden findet, der sich ihr überlegen fühlen kann. Erika will später noch Zutaten dazukaufen, bis wir uns ein ganzes kleines Instrumentarium der Quälereien zusammengestellt haben. Auf dieser Privatorgel spielen wir zwei dann. Kein Orgelton darf jedoch in die Öffentlichkeit dringen. Den Schülern darf nichts auffallen, ist Erika besorgt. Vor der Tür schluchzt die Mutter leise und wütig. Und im TV-Set schluchzt eine unbetrachtete Frau beinahe stimmlos, weil der Lautstärkeregler betätigt wurde. Die Mutter ist fähig und auch durchaus bereit, diese Frau aus der Fernsehfamilie so laut schluchzen zu lassen, daß die Wohnung bebt. Wenn schon sie, die eigene Mutter, nicht störend eingreifen kann, wird dieses texanische Dauerwellenimitat einer Frau ganz gewiß zu stören vermögen, und zwar durch Schiebung des Fernbedienungsknopfs.
Erika Kohut versteigt sich dahin, daß sie ein Versäumnis begehen wird, wofür sie sofort bestraft zu werden wünscht. Sie wird eine Leistung nicht erbringen. Die Mutter wird es nicht erfahren, und doch wird Erika eine Pflicht versäumen. Um meine Mutter kümmere dich bitte in keiner Weise. Walter Klemmer könnte durchaus umhin, sich um die Mutter zu kümmern, doch die Mutter kann nicht umhin, durch Fernsehgetöse ihre Kümmernisse laut auszuposaunen. Deine Mutter stört sehr, beklagt sich der Mann weinerlich. Ihm wird soeben vorgeschlagen, daß er für Erika eine Art Schürze aus festem schwarzem Plastik oder Nylon besorgen und Löcher hineinschneiden soll, durch die Man Blicke Auf Geschlechtsorgane Wirft. Klemmer fragt, wo eine solche Schürze hernehmen, wenn nicht stehlen oder basteln. Nur Guckkastenausschnitte bietet sie dem Mann also, das ist ihrer Weisheit letzter Schluß, höhnt der Mann. Hat sie auch dies vom Fernsehen entliehen, daß man nie das Ganze sieht, immer nur kleine Ausschnitte, jeder für sich aber eine ganze Welt? Den jeweiligen Ausschnitt liefert der Regisseur, den Rest

liefert der Eigene Kopf. Erika haßt Menschen, die nicht denkend fernsehen. Man profitiert von allem, wenn man sich öffnet. Der Apparat liefert Vorgegebenes, der Kopf fertigt die äußeren Hülsen dazu. Er ändert beliebig Lebensumstände und spinnt Handlungen weiter oder anders. Er zerreißt Liebende und fügt zusammen, was der Serienschreiber getrennt wissen wollte. Der Kopf biegt um, wie er es haben will.
Erika wünscht, daß Walter Klemmer an ihr eine Quälerei vollzieht. Klemmer will an Erika keinerlei Quälereien vollziehen, er sagt, so haben wir nicht gewettet, Erika. Erika erbittet sich, daß er bitteschön sämtliche Stricke und Seile so fest verknotet, daß du selbst diese Knoten kaum aufbringst. Schone mich nicht im geringsten, im Gegenteil, verwende deine ganze Kraft dazu! Und so mache es überall. Was weißt denn du schon über meine Kraft, fragt Walter Klemmer rhetorisch bei ihr an, die ihn noch nie paddeln gesehen hat. Sie stellt sich seine Kraftgrenze zu niedrig vor. Was er aus ihr machen könnte, ahnt sie gar nicht. Daher schrieb sie ihm: Weißt du, daß man eine Wirkung dadurch noch erhöhen kann, indem man die Stricke vorher längere Zeit in Wasser einweicht? Tue es bitte, wann immer ich darauf Lust habe, und genieße es ruhig. Überrasche mich eines Tages, den ich dir noch schriftlich angeben werde, mit in Wasser gründlich eingeweichten Stricken, die sich zusammenziehen, wenn sie dem Trocknungsprozeß unterworfen werden. Ahnde Verstöße! Klemmer versucht zu beschreiben, wie Erika, die schweigt, mit diesem Schweigen einen Verstoß gegen eine primitive Anstandsregel begangen hat. Erika schweigt weiterhin, läßt aber den Kopf nicht hängen. Sie glaubt, daß sie auf dem richtigen Weg ist, und sie will, daß er alle Schlüssel zu den Schlössern, mit denen er sie demnächst versperren wird, gut aufhebt! Nicht verlieren. Um meine Mutter kümmere dich nicht, verlange ihr indessen sämtliche Ersatzschlüssel ab, und das sind viele! Sperre mich zusammen mit meiner Mutter von draußen ein! Ich warte heute schon, daß du einmal dringend wegmußt und mich, wie es mein sehnlichster Wunsch ist, gefesselt, gebunden und zusammengeschnallt und krummgeschlos-

sen mitsamt meiner Mutter, doch für diese hinter meiner Zimmertür endgültig unerreichbar, liegenläßt, und zwar bis zum nächsten Tag. Um meine Mutter kümmere dich nicht, denn meine Mutter ist allein meine Sache. Nimm sämtliche Schlüssel zu Zimmer und Wohnung mit, laß keinen hier!
Klemmer fragt erneut, was habe ich denn davon. Klemmer lacht. Die Mutter kratzt. Der Fernseher kreischt. Die Tür ist zu. Erika ist still. Die Mutter lacht. Klemmer kratzt. Die Tür kreischt. Der Fernseher ist zu. Erika ist.

Damit ich nicht vor Schmerz winseln kann, stopfe mir bitteschön Nylons und Strumpfhosen u. dergl. ähnliches mit Genuß als Knebel in den Mund. Binde mir diesen Knebel mittels Gummischlauchs (erhältlich im Fachhandel) und weiterer Nylons mit Genuß so kunstgerecht in und um den Mund, daß es mir unmöglich ist, ihn zu entfernen. Trage dazu bitte eine kleine schwarze Dreieckbadehose, die mehr ent- als verhüllt. Keiner erfährt ein Sterbenswort!
Gönne mir menschliche Ansprache dabei und sage: Du wirst schauen, was ich für ein hübsches Paket aus dir machen werde und wie du dich nach meiner Behandlung wohl fühlen wirst. Schmeichle mir, daß mir der Knebel so gut paßt, daß du mich mindestens 5–6 Stunden lang so geknebelt lassen wirst, auf keinen Fall kürzer. Feßle mir mit einem festen Strick meine nylonbestrumpften Fußknöchel genauso fest wie die Handgelenke zusammen bitte und schnüre, ohne daß ich es dir gestatte, die Schenkel bis ganz hinauf und höher mit dem Strick zusammen. Wir probieren es aus. Ich werde jedesmal erklären, wie ich es haben möchte, und zwar so, wie du es schon einmal zusammengebracht hast. Ist es auch möglich, bitte, daß du mich geknebelt und zu einer Säule verschnürt vor dich hinstellen läßt? Dann danke ich dir recht herzlich. Schnalle mir dann bitte mit dem Lederriemen die Arme so fest an den Leib, wie du nur kannst. Es muß am Ende so ausfallen, daß ich nicht gerade stehen kann.
Walter Klemmer fragt bitte? Und gibt sich darauf selbst die Antwort: bitte! Er schmiegt sich an die Frau, die aber nicht seine

Mutter ist und dies auch zeigt, indem sie den Mann nicht an Sohnes Statt in die Arme schließt. Sie hält die Hände seitlich klar und ruhig. Der junge Mann verlangt eine zärtliche Regung und regt sich seinerseits zärtlich dicht an ihr. Er erbittet eine liebevolle Reaktion, die ihm nur ein totaler Unmensch nach solcher Erschütterung verweigerte. Erika Kohut umhüllt sich nur selbst, keinen anderen. Bitte bitte kommt monoton von dem Schüler, die Lehrerin dankt nicht höflich dafür. Es kommt von ihr einer Zurückweisung gleich, daß sie ihn an sich weiden läßt, doch ihrerseits keinen roten Mund zu vergeben hat. Lesen ist kein Ersatz, flucht der Mann unflätig. Die Frau bietet weiterhin den Brief an. Klemmer beschuldigt sie: weiter hast du nichts zu bieten. Es ist unentschuldbar. Immer nur nehmen geht nicht. Klemmer meldet sich freiwillig, ihr ein Universum zu zeigen, das sie überhaupt noch nicht kennt! Erika gibt nicht, und Erika nimmt nicht.

Sie droht aber brieflich an, ungehorsam zu sein. Falls du Zeuge einer Übertretung wirst, rät sie Walter Klemmer, schlage mir bitte, auch mit dem Handrücken, fest ins Gesicht, wenn wir miteinander allein sind. Frage mich, warum ich mich nicht bei meiner Mutter beschwere oder zurückschlage. Sage solche Sachen bitte auf jeden Fall zu mir, damit ich meine Wehrlosigkeit so richtig fühle. Behandle mich bitte in allen Fällen so, wie ich es dir aufgeschrieben habe. Ein Höhepunkt, an den ich jetzt noch gar nicht zu denken wage, ist, daß du dich, von meinem Fleiß dazu herausgefordert, rittlings auf mich draufsetzt. Setze dich mit deinem ganzen Gewicht bitte auf mein Gesicht und zwicke meinen Kopf so fest mit deinen Schenkeln ein, daß ich mich nicht im geringsten mehr bewegen kann. Beschreibe die Zeit, die wir dafür übrig haben, und versichere mir: wir haben Zeit genug! Drohe mir, daß du mich stundenlang in dieser Stellung beläßt, wenn ich nicht ordentlich ausführe, was gewünscht wird. Stunden sind es, die du mich mit meinem Gesicht unter dir schmachten lassen kannst! Mach es, bis ich schwarz werde. Ich fordere Wonnen dir brieflich ab. Du wirst unschwer erraten, welche größeren Wonnen ich mir zusätzlich wünsche. Ich wage

sie hier nicht niederzuschreiben. In unrechte Hände geraten soll der Brief nicht. Viele saftige Ohrfeigen haue mir herunter! Auf ein Nein höre nicht. Einem Ruf folge nicht. Auf eine Bitte achte nicht. Was meine Mutter betrifft: sieh nicht hin!
Draußen gurrt der Fernseher nur mehr leise. Die Mutter beginnt auf der Stelle, viel Likör zu trinken. Es ist die Ablenkung, die sie gesucht hat. Überall essen Familien. Die kleinen Menschen im TV können jederzeit mit einem Knopfdruck ausradiert werden. Ihr Schicksal fände dann unbesehen statt, was die Mutter nicht übers Herz bringt. Mit einem Auge, das sie riskiert, schaut sie zu. Auf Wunsch kann sie der Tochter morgen den Bericht der Fortsetzung liefern, damit das Kind bei der nächsten bitteren Folge nicht dumm aus den Augenhöhlen schaut.
Klemmer hält sich für außerhalb der Begierde stehend und objektiv den Aussichtspunkt dieses weiblichen Körpers betrachtend. Doch unmerklich wird er schon ergriffen. Der Leim der Gier verklebt seine diversen Denkarten, und die bürokratischen Lösungen, die Erika ihm vorschreibt, geben ihm die Richtlinien für ein Handeln im Sinne seiner Lust.
Klemmer wird von den Wünschen der Frau sacht in Mitleidenschaft gezogen, ob er will oder nicht. Noch liest er die Wünsche als Außenstehender vom Papier ab. Doch bald wird er vom Genuß verändert werden!
Erika erwünscht sich eines, daß ihr Körper kraft Begierde erwünscht ist. Dessen will sie gewiß sein. Je mehr er liest, desto lieber möchte sie es schon hinter sich haben. Dunkelheit zieht auf. Kein Licht wird eingeschaltet. Das Straßenlicht reicht noch aus.
Stimmt es wirklich, wie es hier steht, daß sie ihm die Zunge in den Hintern stecken muß, wenn er rittlings auf ihr sitzt. Klemmer bezweifelt sehr, was er liest, und schiebt es auf schlechte Beleuchtungsverhältnisse. Die Frau kann es so nicht gemeint haben, die derartig Chopin spielt. Das und nichts anderes ist der Frau jedoch sehr erwünscht, weil sie immer nur Chopin und Brahms gespielt hat. Jetzt erbittet sie sich Vergewaltigung, welche sie sich mehr als eine stetige Ankündigung von Verge-

waltigung vorstellt. Wenn ich mich nicht rühren und regen kann, sprich mir bitte von Vergewaltigung, nichts könnte mich dann davor bewahren. Doch sprich bitte stets mehr, als du tatsächlich unternimmst! Du sagst mir voraus, daß ich mich vor Wonne nicht auskennen werde, gehst du brutal, aber gründlich mit mir um. Brutalität und Gründlichkeit, die schwererziehbaren Geschwister, die bei jedem Trennungsversuch laut schreien. Wie Hänsel und Gretel, ersterer schon im Hexenofen. Der Brief verlangt von Klemmer, daß Erika sich vor Wonne nicht auskennen wird, folgt Klemmer nur in allen seinen Punkten dem Brief. Mit Wonne soll er ihr viele saftige Ohrfeigen herunterhauen. Vielen Dank im voraus! Bitte tu mir nicht weh, steht unleserlich zwischen den Zeilen.

An Klemmers steinhartem Schwanz zu ersticken wünscht sich die Frau, während sie so eingezwängt ist, daß sie sich nicht im geringsten bewegen kann. Was hier steht, ist die Frucht von Erikas jahrelangen stillen Überlegungen. Sie erhofft jetzt, daß aus Liebe alles ungeschehen bleibt. Darauf bestehen wird sie dann, doch sie wird mit einer grundsätzlichen Liebesantwort dafür entschädigt, daß er sich weigert. Liebe entschuldigt und verzeiht, ist Erika der Meinung. Das ist auch der Grund, weswegen er ihr in den Mund spritzen soll bitteschön, und zwar bis ihr die Zunge fast abbricht und sie eventuell erbrechen muß. Sie stellt sich schriftlich und nur schriftlich vor, daß es bei ihm so weit gehen soll, daß er sie anpißt. Obwohl ich mich wahrscheinlich anfangs dagegen sträuben werde, soweit mir deine Fesseln dies erlauben. Mache es oft und recht ausgiebig mit mir, bis ich mich nicht mehr dagegen sträube.

Ein flirrender Klavierschlag erfolgt von der Mutter, weil die Handhaltung des Kindes nicht gestimmt hat. Unbestechliche Erinnerungen springen aus der unerschöpflichen Schachtel von Erikas Schädel hervor. Dieselbe Mutter trinkt derweil Likör und dann einen anderen Likör, der farblich kontrastiert. Die Mutter ordnet ihre Gliedmaßen, findet aber die eine oder die andere nicht sofort und ergreift Maßnahmen fürs Zubettgehen. Es ist Zeit und spät.

Klemmer hat den Brief ausgelesen. Er ehrt Erika nicht mit der Gabe der direkten Anrede, denn diese Frau ist dessen nicht würdig. Klemmer findet in seinem Körper, der unwillentlich reagiert, einen willkommenen Mitschuldigen. Durch Schrift hat die Frau Kontakt mit ihm aufgenommen, doch eine schlichte Berührung hätte nach Punkten weit mehr gezählt. Den Weg zarter fraulicher Berührung ist sie bewußt nicht gegangen. Dennoch scheint sie mit seiner Begierde grundsätzlich einverstanden. Er greift nach ihr, sie greift nicht nach ihm. Das kühlt ihn ab. So antwortet er der Frau mit Schweigen auf den Brief. Er schweigt so lange, bis Erika ihm eine Antwort vorschlägt. Sie erbittet sich, daß er den Brief zwar beherzigt, aber nicht herzeigt. Im übrigen folge deinem Gefühl. Klemmer schüttelt den Kopf. Erika widerspricht, daß er Hunger und Durst ja auch zu folgen pflegt. Erika sagt, daß er ihre Telefonnummer hat und ja anrufen kann. Überlege dir alles in Ruhe. Klemmer schweigt ohne Nachschlag und Vorhalt. Seine Hände und Füße sowie sein ganzer Rücken schwitzen. Zahlreiche Minuten sind vergangen. Die Frau, die eine gefühlsmäßige Reaktion erwartet hat, ist enttäuscht, denn es folgt nur seine zwanzigste Frage, ob das ernst gemeint sei. Oder soll das ein schlechter Scherz sein? Klemmer bietet ein Bild träger Ruhe, die gleich explodiert! So sehen nur Menschen in höchster Besitzgier, allerdings noch vor deren Befriedigung, aus. Erika forscht, wo seine Gefühls-Treuegabe denn bleibt? Bist du mir jetzt etwa böse? Ich hoffe nicht. Erika versucht einen zaghaften Präventivschlag, daß es nicht heute sein muß. Morgen ist auch noch ein Tag, auf den man es schieben kann. Im Schuhkarton befinden sich auf jeden Fall heute schon die vorherbestimmten Stricke und Seile. Es ist ein ganzes Sortiment. Sie beugt einem Einwand vor und sagt, daß sie leicht noch mehr davon kaufen könne. Man kann Ketten nach Maß anfertigen lassen im Fachhandel. Erika spricht ein paar Sätze, passend zur Farbe ihres Willens. Sie spricht wie im Unterricht, die Lehrerin. Klemmer spricht nicht, weil im Unterricht der Lehrer alleine spricht. Erika verlangt: rede jetzt!
Klemmer lächelt und antwortet im Scherz, daß man darüber ja

reden kann! Er forscht vorsichtig, ob sie jedes Maß verloren hat. Er klopft bei ihr an, ob sie erotisch vollkommen außer sich geraten sei.

Daraufhin befürchtet Erika zum ersten Mal, daß Klemmer sie jetzt schlägt, bevor es noch angefangen hat. Für die banale Sprache des Briefs entschuldigt sie sich vorschnell, weil sie eine Atmosphäre entspannen möchte. Ohne Ekel und mit guter Laune sagt Erika, der Bodensatz der Liebe sei letzten Endes reichlich banal.

Kannst du eventuell immer in meine Wohnung kommen bitte? Und zwar deshalb, weil du mich dort von Freitag abends bis Sonntag abends! in deinen grausam süßen Fesseln schmachten lassen könntest, wenn du dich getraust. Ich möchte nämlich so lange es geht in deinen Fesseln, nach denen ich mich so lange schon sehne, schmachten.

Klemmer macht nicht viele Worte davon her: vielleicht läßt es sich machen. Kurze Zeit später gibt er an, daß es ihm jetzt aber bitter ernst sei, wenn er sagt, er denke gar nicht daran! Erika wünscht, daß er sie jetzt innig küßt und nicht schlägt. Sie sagt voraus, daß mittels Liebesakts vieles in Ordnung gebracht werden kann, was aussichtslos schien. Sag mir etwas Liebes und setze dich über den Brief hinweg, erbittet sie unhörbar. Erika hofft, daß ihr Retter schon da ist, und hofft ferner auf Diskretion und Verschwiegenheit. Erika hat entsetzliche Angst vor Schlägen. Sie schlägt daher vor, daß wir einander ja noch weitere Briefe schreiben können. Es kostet für uns nicht einmal das Porto. Sie prahlt damit, daß es darin noch ordinärer zugehen könnte als in diesem Brief. Es war ja nur ein Anfang, der nun gemacht ist. Ist es gestattet, noch einen Brief zu schreiben? Vielleicht geht es diesmal schon besser. Die Frau sehnt sich, daß er sie heftig küßt und nicht schlägt. Er kann ruhig schmerzhaft küssen, wenn er nur nicht zuschlägt. Klemmer antwortet darauf, das macht nichts. Er sagt danke gern und: bitte bitte. Er spricht fast ohne Ton.

Erika kennt den Ton von der Mutter her. Hoffentlich schlägt Klemmer mich nicht, denkt sie furchtsam. Sie betont, daß er alles, sie betont: alles mit mir machen kannst, wenn es nur weh tut, denn es gibt kaum etwas, wonach ich mich nicht sehne. Klemmer solle ihr verzeihen, daß sie, glaubt sie, nicht schön geschrieben habe. Hoffentlich schlägt er nicht unvermutet zu, befürchtet die Frau. Sie verrät dem Mann, daß sie diese Sehnsucht nach Schlägen schon seit vielen Jahren gehabt habe. Sie nimmt an, endlich den Herrn gefunden zu haben, nach dem sie sich sehnte.

Aus Furcht spricht Erika von etwas ganz anderem. Klemmer antwortet: danke gut. Erika erlaubt Klemmer, daß er ab heute ihre Kleidung aussuchen darf. Er kann gegen Verstöße hinsichtlich der Kleiderordnung scharf vorgehen. Erika reißt den großen Kasten auf und zeigt eine Auswahl. Sie nimmt etliches vom Bügel und läßt anderes dran hängen, das sie nur vorweist. Elegante Garderobe schätzt er hoffentlich, erweist sie ihm einen bunten Anblick. Ich kann auch etwas, das dir besonders gefällt, eigens kaufen! Geld spielt keine Rolle. Für meine Mutter spiele ich die Rolle des Geldes, mit dem sie knausert. Um meine Mutter kümmere du dich also gar nicht. Was ist deine Lieblingsfarbe, Walter? Es war kein Scherz, was ich dir geschrieben habe, duckt sie sich unvermittelt vor seiner Hand. Du wirst mir doch nicht böse sein? Wenn ich dich bitten dürfte, mir ein paar persönliche Zeilen zu widmen, würdest du dies tun. Wie du darüber denkst und was du dazu sagst?

Klemmer sagt auf Wiedersehen. Erika duckt sich, hoffend, daß die Hand liebevoll niederfällt, nicht vernichtend. Das Türschloß lasse ich gleich morgen einbauen. Erika bietet Klemmer dann den einzigen Schlüssel zur Tür an. Denk dir nur, wie nett das wird. Klemmer schweigt vor dem Vorschlag, Erika zehrt sich nach Zuwendung aus. Er wird hoffentlich freundlich reagieren, bietet sie ihm jederzeit Zutritt zu sich an. Egal wann. Klemmer zeigt keine Reaktion, die über Atmen hinausgeht.

Erika beschwört, daß sie alles tun wird, was sie Klemmer aufgeschrieben hat. Sie betont: aufgeschrieben ist aber nicht vorgeschrieben! Und aufgeschoben ist nicht aufgehoben. Licht dreht Klemmer auf. Er spricht nicht und er prügelt nicht. Erika erforscht, ob sie ihm bald wieder schreiben dürfe, was ich möchte. Erlaubst du, daß ich weiterhin dir postalisch antworten darf, bitte? Klemmer gibt keinen Hinweis, worauf antworten. Walter Klemmer antwortet: einmal abwarten! Seine Stimme erhebt er über den dunklen Einheitswert Erika, der erschrocken stirbt. Er wirft ihr versuchsweise ein Schimpfwort zu, aber wenigstens schlägt er nicht. Er gibt Erika Namen und gibt ihnen das Beiwort alt dazu. Erika weiß, daß man auf solche Reaktionen gefaßt sein muß, und schützt ihr Gesicht mit den Armen. Sie nimmt die Arme wieder fort, wenn er jetzt schlagen muß, dann bitte. Klemmer versteigt sich dazu, daß er sie nicht einmal mit einer Zange anrühren würde. Er schwört, daß die Liebe vorhin da war, doch jetzt vorbei ist. Er wird sie, was ihn betrifft, nicht suchen gehen. Es graust ihm vor ihr. Solch einen Vorschlag wagt sie zu machen! Erika bettet ihren Kopf zwischen die Knie hinein, wie man bei einem Flugzeugabsturz dem Tod vorbeugt. Sie beugt den Prügeln von Klemmer vor, die sie wahrscheinlich überlebt. Er schlägt sie deshalb nicht, weil er sich an ihr seine Hände nicht dreckig machen möchte, wie er angibt. Den Brief wirft er der Frau zu, vermeintlich ins Gesicht. Doch er trifft nur den gebückten Hinterkopf. Er läßt einen Brief auf Erika schneien. Unter Liebenden bedarf es des Briefs als Medium nicht, verspottet Klemmer die Frau. Nur bei Liebesbetrug benötigt man die schriftliche Ausflucht.

Erika sitzt auf ihrem Diwan fest. Sie hat Füße in neuen Schuhen nebeneinandergestellt. Ihre Hände liegen je auf einem Knie. Ohne Hoffnung wartet sie auf etwas in der Art eines Liebesanfalls von seiten Klemmers. Unwiderrufliches spürt sie: diese Liebe droht zu vergehen! Seine Liebe wird doch nicht vergangen sein, ersehnt sie sich. Noch ist er hier, so lange ist Hoffnung. Sie erhofft sich zumindest leidenschaftliche Küsse bittesehr. Klemmer beantwortet die Frage mit danke nein. Sie wünscht sich innigst, daß er, anstatt sie zu quälen, die Liebe in der österreichischen Norm an ihr tätigt. Wenn er sich leidenschaftsmäßig an ihr ausließe, stieße sie ihn mit den Worten: zu meinen Bedingungen oder gar nicht zurück. Ein Umwerben mit

Mund und Händen erwartet sie sich von dem Schüler, der unerfahren ist. Sie zeigt es ihm. Sie zeigt es ihm.
Sie sitzen einander gegenüber. Nah ist das Heil durch Liebe, doch der Stein vor dem Grab ist zu schwer. Klemmer ist kein Engel, und Frauen sind ebenfalls keine Engel. Den Stein wegzuwälzen. Erika ist hart zu Walter Klemmer in bezug auf ihre Wünsche, die sie ihm alle aufgeschrieben hat. Nebst Brief ist sie eigentlich wunschlos. Danke hervorragend! Wozu noch Worte machen, fragt Klemmer. Wenigstens prügelt er nicht.
Er umschlingt die fühllose Kredenz mit aller Kraft, deren er fähig ist, und rückt ihr millimeterweise zu Leibe, ohne daß Erika hilft. Er rückt sie vom Fleck, bis eine Luftschleuse entsteht, in die hinein er die Türe öffnen kann. Wir haben einander nichts mehr zu sagen, sagt Klemmer nicht. Grußlos geht er hinaus und schlägt die Wohnungstür hinter sich zu. Gleich darauf ist er fortgegangen.

Die Mutter schnarcht laut in ihrer Betthälfte unter Einwirkung von ungewohntem Alkohol, der nur auf Gäste anzuwenden ist, die nie kommen. Bei ihr hat vor vielen Jahren, ebenfalls in diesem Bett, Begierde zur hl. Mutterschaft geführt, und die Begierde wurde beendet, sobald dieses Ziel erreicht war. Ein einziger Erguß tötete Begierde und schuf Raum für die Tochter; der Vater schlug zwei Fliegen mit einer Klappe. Und erschlug sich selber gleich mit. Aus innerer Trägheit und schwachem Geist heraus vermochte er die Folgen dieses Ejakulats nicht abzusehen. Jetzt läßt sich Erika in ihre eigene Betthälfte gleiten, und der Vater ist unter der Erde begraben. Erika hat sich nicht gewaschen und auch sonst nicht geputzt. Sie riecht streng nach ihrem eigenen Schweiß, einem Tier im Käfig gleich, wo sich Schweißgeruch und Wildnisdunst sammeln und nicht abziehen können, denn der Käfig ist zu klein. Will sich ein Tier umdrehen, muß das andere ganz an die Wand rücken. Erika legt sich

schweißüberströmt neben ihre Mutter und liegt schlaflos vor sich hin.
Nachdem Erika mindestens zwei Stunden schlaflos und vollständig gedankenlos in ihrem eigenen Saft dagelegen ist, wacht die Mutter plötzlich auf. Nur ein Gedanke des Kindes muß sie erweckt haben, denn bewegt hat sich das Kind nicht. Der Mutter fällt sofort wieder neu ein, wovor sie am Abend mittels Likörs floh. Die Mutter schnellt sich silbrig hell, ohne Sonnenlicht noch aufblitzend, zu dem Kind herum und erweist ihm eine schwere Anschuldigung, gekoppelt mit einer gefährlichen Drohung und der Utopie einer Körperverletzung. Es folgen Geröllhalden voll unbeantworteter Fragen ohne Ordnung nach Prioritäten oder Dringlichkeitsstufen. Da Erika schweigt, wendet sich die Mutter beleidigt ab. Sie interpretiert ihre Beleidigung dahingehend, daß ihr vor der Tochter ekelt. Doch gleich dreht sich die Mutter erneut zur Tochter zurück und macht eine akustische Neuauflage der Drohungen, nur stärker. Erika preßt immer noch die Zähne aufeinander, die Mutter flucht und schimpft. Die Mutter schreit sich infolge von wilden Beschuldigungen in etwas hinein, das ihr aus der Kontrolle entgleitet. Die Mutter gibt dem Alkohol nach, der immer noch in ihrem Geäder wütet. Der Eierlikör wirkt sich tückisch aus. Und der Schokobrand tut es ihm gleich.
Erika macht einen halbherzigen Liebesangriff, denn die Mutter denkt sich bereits weitreichende Konsequenzen für ihr gemeinsames Zusammenleben aus, vor denen der Mutter selbst am meisten graut, zum Beispiel ein eigenes Bett für Erika!
Erika läßt sich von ihrem eigenen Liebesversuch mitreißen. Sie wirft sich über die Mutter und deckt diese mit Küssen vollauf ein. Sie küßt die Mutter, wie sie es seit Jahren nicht mehr in Erwägung gezogen hat. Sie greift die Mutter an den Schultern fest an, und die Mutter schlägt zornig um sich, wobei sie niemanden trifft. Erika küßt in die Mitte der Schultern hinein, wobei sie auch nicht immer trifft, denn die Mutter wirft ihren Kopf jeweils auf die andere Seite, wo gerade nicht geküßt wird. Dieses Gesicht der Mutter ist im Halbdunkel nur ein heller

Fleck, umgeben von kunstblonden Haaren, die der Orientierung helfen. Erika küßt wahllos in diesen hellen Fleck hinein. Aus diesem Fleisch ist sie entstanden! Aus diesem mürben Mutterkuchen. Erika drückt ihren nassen Mund der Mutter vielfach ins Antlitz und hält die Mutter eisern mit den Armen fest, damit sie sich nicht dagegen wehren kann. Erika legt sich zuerst halb, dann dreiviertel auf die Mutter drauf, weil diese ernsthaft um sich zu prügeln beginnt und mit den Armen zu dreschflegeln sucht. Zwischen Erikas gespitztem Mund rechts und Erikas gespitztem Mund links versucht der Muttermund unter hektischem Kopfschlagen auszuweichen. Die Mutter wirft ihren Kopf wild herum, um den Küssen entkommen zu können, es ist wie bei einem Liebeskampf, und nicht Orgasmus ist das Ziel, sondern die Mutter an sich, die Person Mutter. Und diese Mutter kämpft jetzt entschlossen los. Vergebens, denn Erika ist kräftiger. Sie schlingt sich, wie Efeu um ein altes Haus, um diese Mutter, die gewiß kein gemütliches altes Haus ist. Erika saugt und nagt an diesem großen Leib herum, als wollte sie gleich noch einmal hineinkriechen, sich darin zu verbergen. Erika gesteht der Mutter ihre Liebe, und die Mutter keucht das Gegenteil, nämlich, daß sie ihr Kind ebenfalls liebe, doch solle dies Kind sofort aufhören! Wirds bald! Die Mutter kann sich gegen diesen Gefühlssturm nicht wehren, der von Erika zu ihr herüberweht, doch sie ist geschmeichelt. Sie fühlt sich mit einemmal umworben. Es ist eine Grundvoraussetzung für Liebe, daß man sich aufgewertet fühlt, weil ein anderer uns vorrangig beantragt. Erika beißt sich in der Mutter fest. Die Mutter beginnt, Erika schlagend abzuwehren. Je mehr Erika küßt, desto mehr drischt die Mutter auf sie ein, um sich erstens zu schützen und um das Kind zweitens abzuwehren, das die Kontrolle über sich eingebüßt zu haben scheint, obgleich es nichts trank. Die Mutter sagt in verschiedenen Brülltonarten: aufhören! Die Mutter gebietet energisch Einhalt. Erika braust unvermindert kußrasend über die Mutter einmal hin und einmal her. Sie schlägt, weil keine erwünschte Reaktion von der Mutter erfolgt, auf diese Mutter fordernd, wenn auch leicht, ein. Sie

schlägt verlangend, nicht bestrafend auf die Mutter ein, die es als böswilligen Akt mißversteht und droht und schimpft. Mutter und Kind haben die Rollen getauscht, denn das Schlagen obliegt stets der Mutter; diese hat von oben den besseren Überblick auf das Kind hinunter. Die Mutter glaubt, sich entschieden gegen die parasexuellen Attacken ihres Schößlings wehren zu müssen, und ohrfeigt blind in die Dunkelheit hinein.
Die Tochter reißt der Mutter die Hände weg und küßt die Mutter auf den Hals, in kryptosexueller Absicht, eine seltsame und ungeübte Liebende. Die Mutter, die ebenfalls in der Liebe keine feinere Ausbildung genossen hat, wendet eine falsche Technik an und trampelt um sich herum alles nieder. Das alte Fleisch wird dabei am stärksten mitgenommen. Es wird nicht als Mutter geachtet, sondern rein als Fleisch. Erika weidet das Fleisch der Mutter mit den Zähnen ab. Sie küßt und küßt. Sie küßt die Mutter wild. Die Mutter erklärt es zur Schweinerei, was die aus der Kontrolle geratene Tochter mit der Mutter aufführt. Es nützt ihr nichts – so ist die Mutter seit Jahrzehnten nicht mehr geküßt worden, und es kommt noch mehr! Denn es wird noch heftig weitergeküßt, bis, nach einem endlosen Kußtrommelwirbel, die Tochter erschöpft halb auf der Mutter liegenbleibt. Das Kind weint über dem Gesicht der Mutter, und die Mutter baggert dieses Kind von sich herunter, wobei sie fragt, ob das Kind verrückt geworden sei. Als keine Antwort erfolgt und keine erwartet wird, befiehlt die Mutter jetzt sofortigen Schlaf, denn morgen ist auch ein Tag! Man weist auf berufliche Aufgaben hin, die an diesem Tag lauern. Die Tochter stimmt zu, daß jetzt geschlafen werden muß. Die Tochter tastet noch einmal wie ein blinder Maulwurf nach dem Hauptkörper ihrer Mutter, doch die Mutter schaufelt der Tochter Hände fort. Die Tochter hat für ganz kurze Dauer das bereits schütter gewordene dünne Schamhaar der Mutter betrachten können, das den fett gewordenen Mutterbauch unten verschloß. Das hat einen ungewohnten Anblick geboten. Die Mutter hat dieses Schamhaar bislang strengstens unter Verschluß gehalten. Die Tochter hat absichtlich während des Kampfes im Nachthemd

der Mutter herumgestiert, damit sie dieses Haar endlich erblicken kann, von dem sie die ganze Zeit wußte: es muß doch dasein! Die Beleuchtung war leider höchst mangelhaft. Erika hat ihre Mutter sinnvoll aufgedeckt, damit sie alles, aber auch alles betrachten kann. Die Mutter hat sich erfolglos dagegen verwahrt. Erika ist stärker als ihre leicht abgeschundene Mutter, betrachtet man es einmal rein körperlich. Die Tochter schleudert der Mutter ins Gesicht, was sie soeben erblickt hat. Die Mutter schweigt, um es ungeschehen zu machen.

Beide Frauen schlafen dicht an dicht ein. Die Nacht ist nur noch kurz, bald kündigt sich der Tag durch unangenehme Helligkeit und lästige Vogelrufe an.

Nicht schlecht erstaunt ist Walter Klemmer über diese Frau, denn sie wagt, was andere bloß versprechen. Widerwillig beeindruckt ist er, nachdem er eine Atempause der Überlegung gemacht hat, von den Grenzen, gegen die sie sich lehnt, um sie etwas nach außen zu verschieben. Der Spielraum ihrer Lust wird sicher ausgeweitet. Klemmer ist beeindruckt. Bei anderen Frauen haben in diesem Raum gerade nur ein Klettergerüst und eine oder zwei Wippschaukeln Platz auf staubigem Gelände und zersprungenem Beton. Doch hier liegt ja ein ganzes Fußballfeld plus Tennisplätzen und Aschenbahn vor dem beglückten Benützer! Erika kennt ihre Umzäunung seit Jahren, die Mutter hat die Pflöcke eingeschlagen, doch sie gibt sich nicht damit zufrieden; sie reißt diese Pfähle heraus und scheut sich nicht, neue mühselig einzuhämmern, anerkennt der Schüler Klemmer. Er ist stolz, daß der Versuch ausgerechnet mit ihm gemacht werden soll, darauf kommt er nach längerer Überlegung. Er ist jung und bereit zu Neuem. Er ist gesund und bereit zur Krankheit. Offen ist er für alles und jedes, egal aus welcher Richtung. Er ist aufgeschlossen und willig, auch noch ein weiteres Tor sperrangelweit aufzureißen. Sogar aus dem Fenster würde er sich even-

tuell lehnen, so weit, bis er fast den Halt verlöre. Nur mehr auf den äußersten Zehenspitzen stünde er! Er riskiert bewußt etwas und freut sich des Risikos deshalb, weil er es ist, der es auf sich nimmt. Ein unbeschriebenes Blatt ist er bisher gewesen, das auf die Schwärze eines ihm unbekannten Druckers wartete, und niemand wird etwas ähnliches je gelesen haben. Er wird fürs Leben davon geprägt sein! Er wird nachher nicht mehr derselbe sein, der er vorher war, denn er wird mehr sein und mehr haben.
Er wird sich notfalls auch zur Grausamkeit entschließen können, was diese Frau betrifft, denkt er sich aus. Er wird ihre Bedingungen vorbehaltlos annehmen und ihr die seinen diktieren: größere Grausamkeit. Er weiß genau, wie es ablaufen wird, nachdem er sich einige Tage von ihr ferngehalten hat, um zu erproben, ob das Gefühl die unmenschliche Zerreißprobe des Verstandes überstehen wird. Der Stahl seines Geistes bog sich durch, doch er brach nicht unter den Gewichten der Versprechungen, die die Frau ihm gemacht hat. Sie wird sich ihm in die Hände geben. Er ist stolz auf Proben, die er ablegen wird, er wird sie vielleicht beinahe töten!
Dennoch ist der Schüler froh, eine Distanz von mehreren Tagen hergestellt zu haben. Dunsten lassen ist besser als den kleinen Finger reichen. Er wartet seit ein paar Tagen ab, was die Frau, die nun an der Reihe ist geliebt zu werden, im Maul da anbringt, einen toten Hasen oder ein Rebhuhn. Oder nur einen alten Schuh. Den Unterricht bei ihr läßt er eigensinnig und eigenmächtig ausfallen. Er hofft, daß die Frau ihm daraufhin schamlos nachstellt. Dann wird er versuchsweise nein sagen und warten, was sie als nächstes unternimmt. Derzeit bleibt der junge Mann lieber mit sich allein, einen besseren Kameraden kennt der Wolf nicht, bevor er die Ziege trifft.
Was Erika angeht, so hat sie das Wort Verzicht schon vor Jahren kennengelernt, nun wünscht sie sich vollkommen zu verändern. Die vielbenutzte Presse ihrer Gier drückt auf ihre Wünsche, schon rinnt es rot hervor. Sie blickt ständig auf die Tür, ob der Schüler daraus hervortritt, doch alle anderen Schüler kommen, er nicht. Er bleibt unentschuldigt fern.

In Klemmers beständiger Unterrichtssucht, die vieles beginnt und weniges beendet, sogar japanische Kampfsportarten, Sprachen, Bildungsreisen, Kunstausstellungen, nimmt der Lerngierige seit einiger Zeit auch noch Unterricht in der benachbarten Klarinettenklasse, um Grundbegriffe zu erwerben, die er später auf dem Saxophon im Hinblick auf Jazz und Improvisation auszuweiten wünscht. Nur das Klavier und dessen Herrscherin meidet er neuerdings. Nach den Grundbegriffen von vielerlei Leistungsgebieten pflegt Klemmer meist abzubrechen. Er hat wenig Ausdauer. Doch jetzt möchte er ein Hochleistungsgeliebter werden, die Frau fordert ihn dazu heraus. Dann wieder beklagt er, hat er Zeit dazu, das Korsett klassischer Musikausbildung, das ihm, der gern einen guten Tropfen Aussicht genießt, die nicht durch Grenzen verunziert wird, viel zu eng ist. Er ahnt weites Land, er vermutet Felder, die er nie gesehen hat, und natürlich auch kein anderer vor ihm. Er hebt Zipfel von Tüchern an und läßt sie erschrocken wieder fallen, nur um sie gleich wieder aufzuheben, hat er wirklich richtig gesehen? Er glaubt es kaum. Die Kohut trachtet immer danach, ihm diese Felder und Auen zu verwehren, doch privat lockt sie unaufhörlich damit. Den Sog der Grenzenlosigkeit spürt der Schüler. Im Unterricht ist diese Frau unerbittlich, sie hört das Kleinste, Geringste schon von weitem, im Leben will sie zum Flehen gezwungen werden. Sie wickelt ihn ja auf dem Klavier vollkommen ein, in dieser elastischen Bandage aus Fingerübungen, Trillerübungen, Czerny-Schule der Geläufigkeit. Es wird für sie ein Schlag ins Gesicht werden, daß erst die Konkurrenz der Klarinette ihn aus der einschnürenden Kontrapunktik befreit hat. Wie wird er dereinst improvisieren können, auf dem Sopransaxophon! Klemmer übt Klarinette. Er übt nun viel weniger auf dem Klavier. Neue Musikgebiete erschließt er sich entschlossen und plant, in einer Studenten-Jazzband, die er persönlich kennt, anzufangen, bis er, über sie hinausgewachsen, eine eigene Gruppe begründen wird, die Musik nach seinem Vorbild und seinen Angaben machen wird, und deren Namen er zwar weiß, aber noch geheimhält. So etwas wird seinem ausge-

prägten Freiheitsdrang in musikalischer Hinsicht entsprechen. Für die Jazzklasse hat er sich schon angemeldet. Arrangieren will er lernen. Er will sich zuerst anpassen, fügen, jedoch zur rechten Zeit mit einem atemberaubenden Solo springbrunnengleich aus der Formation hervorbrechen. Nicht leicht einzuordnen ist sein Wille, nicht leicht fügt sich sein Wollen wie sein Können in die Schatulle des Notenheftes ein. Munter rudern seine Ellbogen am Körper, heiter fließt sein Atem ins Rohr, er denkt an nichts. Er freut sich. Er trainiert den Ansatz und das Wechseln der Blätter. Schöne Fortschritte sind bereits in weiter Ferne ersichtlich, spricht sein Klarinettenlehrer und freut sich des Schülers, der bedeutende Vorkenntnisse von der Kohutseite her hat und den er der Kollegin hoffentlich entwenden kann. Um sich beim Abschlußkonzert in seinem Licht zu sonnen.
In raffinierter Wanderausrüstung nähert sich eine Frau, die man nicht sofort wiedererkennt, der Tür der Klarinettenklasse, um zu warten. Sie muß hierher, und daher will sie hierher. Erika Kohut hat sich einem Anlaß gemäß ausstaffiert, wie es ihre Art ist.
Hat er ihr nicht Natur verheißen, der Schüler Klemmer, Natur frisch aus dem Tiegel, und weiß nicht er am besten, wo diese Natur zu suchen wäre? Dem erschrocken mit seinem kleinen schwarzen Instrumentenkasten aus der Tür tretenden Schüler bietet sie unsicher stammelnd eine gemeinsame Flußpromenade an. Jetzt sofort! Er muß doch schon an ihrem Aufzug gemerkt haben, was sie plant. Der Grund meines Kommens, sagt sie: durch den Fluß und in die Wälder. Mit dieser korrekt ausgerüsteten Dame öffnen sich sogleich Geröllhalden von Leistung, donnernde, unappetitliche Gletschermoränen. In einer wenig einladenden Bergstation soll zielbewußte Anstrengung nachgewiesen werden; Bananenschalen und Apfelgehäuse auf dem Boden, einer hat in die Ecke gekotzt, und all die entwerteten Zeugnisse, diese verdreckten Papierfetzen in den Ecken und Winkeln, diese abgerissenen Fahrscheine kehrt keiner je in den Mist.
Erika hat sich, wie Klemmer bemerken wird, vollständig neu

eingekleidet; die Kleidung entspricht dem Anlaß und der Anlaß der Kleidung. Die Kleidung scheint, wie immer bei ihr, die Hauptsache zu sein, überhaupt bedarf die Frau stets des Schmuckes, um sich zur Geltung zu bringen, und Wald allein hat noch keine Frau je geschmückt. Die Frau soll umgekehrt ja den Wald aufputzen mit ihrer Gegenwart, darin gleicht sie dem Tier, das durch Jagdgläser beobachtet wird. Erika hat sich feste Wanderschuhe gekauft und sie gut mit Fett eingelassen, damit sie nicht in der Feuchtigkeit rosten. In diesen Schuhen könnte sie getrost mehrere Kilometer zurücklegen, falls gewünscht. Sie hat eine sportliche Karobluse, einen Trachtenjanker und Kniebundhosen angelegt, dazu rote Wollstutzen. Sie hat sogar einen kleinen Rucksack mit Labseligkeiten! Sie hat kein Seil, denn sie ist nicht fürs Extreme. Und wäre sie fürs Extreme, dann ohne Netz und Seil; ganz ohne Rettungsanker würde diese Frau sich möglicherweise der Wildnis der körperlichen Wühlereien aussetzen, bei denen man nur auf sich und den Partner angewiesen ist.

Erika hat den Plan, sich dem Mann in winzigen Gabelbissen zuzuteilen. Er darf sich nicht an ihr überessen, er soll ständig bohrenden Hunger nach ihr leiden. So stellt sie es sich vor, wenn sie allein mit ihrer Mutter ist. Sie spart mit sich und gibt sich nur ungern aus, nachdem sie Überlegungen vielfältiger Art angestellt hat. Mit ihren Pfunden wuchert sie. Das Kleingeld ihres modernden Körpers wird sie Klemmer geizig auf den Tisch zählen, sodaß er denkt, es ist mindestens doppelt soviel, wie sie in Wirklichkeit ausgibt. Nach ihrem frechen brieflichen Vorstoß hat sie sich ganz zurückgenommen, was ihr nicht leichtgefallen ist. Im Sparschwein ihres Leibes steckt sie fest, in diesem bläulich angelaufenen Tumor, den sie ständig mit sich herumschleppt, und der bis zum Platzen prall ist. Für diesen Wanderdreß zum Beispiel, den sie anhat, mußte sie im Sporthaus einiges hinblättern. Sie kauft Qualität, doch wichtiger ist ihr Schönheit. Ihre Wünsche sind weitgehend. Klemmer mustert die Frau in aller Ruhe, in der die Kraft liegt. Seine Augen flanieren gemächlich über Trachtenknopfimitate und eine kleine silberne Uhr-

kette (auch Imitation) im Jägerstil, die, hirschzahnbewehrt, über Erikas Bauch läuft. Erika winselt ihn an, daß ihr Wanderungen für heute versprochen wurden, die sie nun einzufordern gekommen ist. Er fragt, warum ausgerechnet hier, jetzt und heute? Sie sagt: Erinnerst du dich nicht, daß du *heute* gesagt hast? Wortlos hält sie ihm die Coupons seiner unvorsichtigen Versprechungen hin. Es ist ihr ausdrücklich zugesichert worden, und zwar für: heute. Er hat seinerzeit vorgeschlagen: heute. Der Schüler soll nicht denken, die Lehrerin vergißt etwas. Klemmer spricht, es ist nicht der Ort und nicht die Zeit. Erika stellt ihm sofort fernere Orte und bessere Zeiten in Aussicht. Bald wird das Liebespaar keine Umwege über Wälder und Seen mehr benötigen. Doch heute könnte die Aussicht über Gipfel und Wipfel das Verlangen des Mannes vielleicht verstärken.
Walter Klemmer überlegt. Er entscheidet, nicht allzuweit hinausgehen zu müssen, um etwas Neues auszuprobieren. Wissenschaftlich interessiert, wie er immer ist, bietet er an: Erika wird staunen! es an Ort und Stelle zu tun. Wozu in die Ferne schweifen? Außerdem kann er dann noch bequem um drei im Judoklub sein! Nur eins treiben darf man mit der Liebe nicht: Scherz. Ist es ihr Ernst, so ist es ihm schon lange recht. Bittesehr. Bisher ist er liebevoll und zutraulich gewesen, aber er kann auch brutal sein, wird er beweisen. Ganz wie gewünscht. Erika Kohut zerrt den Schüler statt ihm ordnungsgemäß zu antworten in das Kabinett der Putzfrauen, das immer unversperrt ist, wie sie weiß. Er soll jetzt zeigen, was in ihm steckt. Von der Frau geht die treibende Kraft aus. Er muß jetzt zeigen, was er nie gelernt hat. Putzmittel riechen streng und stechend, Werkzeuge zur Reinigung stapeln sich. Erika bittet einleitend um Verzeihung, weil sie dem jungen Mann keinen Brief hätte zumuten dürfen. Sie führt diesen Gedanken noch weiter aus. Sie sinkt vor Klemmer in die Knie und bohrt sich mit ungeschickten Küssen in seinen widerstrebenden Bauch hinein. Ihre Wanderknie, nicht bewandert in höherer Liebeskunst, baden im Staub. Ausgerechnet das Reinigungskabinett ist der schmutzigste Raum. Nagelneue Profilsohlen glänzen. Schüler und Lehrerin sind jeweils auf

ihrem eigenen kleinen Liebesplaneten angeschweißt, auf Eisschollen, die, abstoßende, unwirtliche Kontinente, voneinander forttreiben. Schon ist Klemmer peinlich berührt von Demut und abgeschreckt von Forderungen, welche diese Demut ohne Übung doch dafür umso lauter zu stellen sich berechtigt dünkt.
Diese Demut brüllt lauter, als je unverstellte Gier brüllen könnte. Klemmer antwortet: bitte sofort aufstehen! Er sieht, sie hat ihren Stolz vor ihm über Bord geworfen, und sofort setzt er seinen Stolz darein, nie über Bord zu gehen. Notfalls wird er sich am Ruder festbinden. Schon, und es hat kaum erst angefangen, sind die beiden nicht mehr miteinander zu vereinen, dennoch wünschen sie sich stur zu vereinigen. Die Gefühle der Lehrerin, dieser warme Aufwind, wehen empor. Klemmer will eigentlich gar nicht, aber er muß, weil es von ihm gewünscht wird. Er preßt die Knie zusammen, ein verlegenes Schulkind. Die Frau rast über seine Oberschenkel und bittet um Nachsicht und Vorstoß. Wie schön könnten wir es jetzt haben! Büschel ihres Fleisches klatschen auf den Fußboden. Erika Kohut macht eine Liebeserklärung, die darin besteht, daß sie nichts als langweilige Forderungen, ausgeklügelte Verträge, mehrfach abgesicherte Abmachungen anbietet. Klemmer gibt Liebe nicht. Er sagt hoppla nicht so geschwind. So schnell schießen die Preußen nicht. Erika beschreibt, wie weit sie unter diesen oder jenen Umständen gehen möchte, und Klemmer plant doch höchstens einen Rundgang durch den Rathauspark im mäßigen Tempo. Er bittet: nicht heute, nächste Woche! Da habe ich dann mehr Zeit. Heimlich beginnt er, als seine Bitten nichts nützen, an sich herumzustreicheln, doch es bleibt wie tot an ihm. Diese Frau treibt ihn in einen saugenden Raum, in dem sein Instrument zwar gefragt ist, auf Fragen jedoch nicht reagiert. Hysterisch zerrt, klopft, schüttelt er. Sie hat noch nichts davon bemerkt. Als Liebeslawine rast sie auf ihn zu. Schluchzt jetzt schon, nimmt einiges, was sie früher gesagt hat, zurück, verspricht dafür Besseres zum Ersatz. Wie erlöst sie jetzt ist: Endlich! Klemmer werkt kalt an seinem Unterleib, er dreht das Werkstück, schlägt mit eisernen Geräten drauf. Es stieben die Fun-

ken. Er fürchtet sich vor den so lang ungelüfteten Innenwelten dieser Klavierlehrerin. Sie wollen ihn ganz verzehren! Erika erwartet gleich zu Anfang offenkundig alles, was er hat, und noch nicht einmal seinen kleinen Zipfel hat er hervorgeholt und ihr vorgeführt. Sie macht Liebesbewegungen wie sie sich das vorstellt. Und wie sie es von anderen gesehen hat. Sie gibt Signale von Ungeschick, die sie mit Signalen von Hingabe verwechselt, und sie empfängt dafür Signale der Hilflosigkeit. Er MUSS jetzt und KANN daher nicht. Er sagt als Ausrede: mit mir nicht, merk dir das! Erika beginnt, an seinem Reißverschluß zu zerren. Sie reißt oben sein Hemd heraus und tobt, wie es bei Liebenden üblich und eingebürgert ist. In Klemmer geschieht nichts, womit sich etwas beweisen ließe. Enttäuscht mit Sohlen klirrend, wandert Erika nach einiger Zeit in dem Verschlag auf und nieder. Sie bietet eine vollständig eingerichtete Gefühlswelt zum Ersatz. Sie erklärt etwas durch Übererregung und Nervosität und wie froh sie trotzdem dieses äußersten Liebesbeweises ist. Klemmer kann nicht, weil er muß. Das Müssen geht von dieser Frau in magnetischen Wellen aus. Sie ist das Müssen schlechthin. Erika hockt sich nieder, ein großgewachsenes Ungeschick, ein linkisch seine Knochen zusammenfaltendes Verhängnis, und schraubt sich küssend zwischen die Oberschenkel des Schülers. Der junge Mann ächzt, als löse diese Beharrlichkeit etwas in ihm aus, er stöhnt das letzte, nämlich: du fesselst mich so nicht. Du fesselst mich nicht. Doch im Prinzip ist er gern bereit, jederzeit, in der Liebe etwas Neues auszuprobieren. Er wirft Erika schließlich in Hilflosigkeit um und schlägt ihr mit der Handkante leicht in den Nacken. Ihr Kopf sinkt gehorsam nach vorne und vergißt seine Umgebung, die er nun nicht mehr sehen kann. Nur den Boden der Kammer. Die Frau vergißt sich selbst in der Liebe leicht, weil von ihr wenig vorhanden ist, das sie zu bedenken hätte. Klemmer lauscht nach draußen und zuckt zusammen. Er stülpt sich den Mund der Frau rasch über sein nach kurzer Aufmerksamkeit wieder sinkendes Geschlecht, wie einen alten Handschuh. Der Handschuh ist zu groß. Mit ihm geschieht nichts, und mit Klemmer geschieht auch nichts, wäh-

rend das Wesen der Lehrerin in der Ferne bescheiden verdämmert.
Klemmer stößt wild in ihren Mund, und er bleibt dabei einen Beweis schuldig. Sein schlaffer Schwanz schwimmt, ein fühlloser Korken, auf ihren Gewässern. An den Haaren hält er sie dennoch fest, denn vielleicht wächst ihm etwas dabei. Mit einem halben Ohr horcht Klemmer auf den Gang hinaus, ob die Putzfrau nicht kommt. Alles übrige an ihm lauscht ins Geschlecht, ob es sich regt. Durch Liebe gebändigt und gleichzeitig klein zusammengestutzt, leckt die Lehrerin an Klemmer herum, eine Kuh und ihr neugeborenes Kalb. Sie verheißt, daß es schon noch werden wird, und daß sie beide endlos Zeit haben, nun, da ihre Leidenschaft nicht mehr zu bezweifeln ist. Nur nicht nervös werden! Versprechungen, undeutlich ausgestoßen, machen den jungen Mann rasend, der den Befehl dahinter als Zwischenton heraushört. Befiehlt ihm diese Vorgesetzte nicht ständig Fingersätze und Pedaltritte an bestimmten Stellen von Musik? Ihr Musikwissen stellt sie über ihn und, unter ihm vergehend, ekelt sie ihn mehr an, als er sagen kann. Sie macht sich klein vor seinem Schwanz, der seinerseits klein bleibt. Klemmer stößt und hämmert Erika, die Brechreiz aufsteigen fühlt, in den Mund, doch nach wie vor vergebens. Mit halb vollem Mund tröstet die Frau noch liebevoll und verweist auf Künftiges. Es werden künftige Freuden sein! Keiner sieht ihre Augen; sie ist nicht Befehlserteilerin, sie ist nur Haar, Hinterkopf, Nacken, eine Unergründlichkeit. Ein Liebesautomat, der auch auf Fußtritte nicht mehr reagiert. Und der Schüler will nichts als sein Instrument daran schärfen. Sein Instrument hat im Grunde nichts mit seinem übrigen Körper zu tun. Während die Liebe stets die ganze Frau ergreift. Die Frau hat den Drang, die Liebe ganz auszugeben und das Wechselgeld liegenzulassen. Erika und Walter Klemmer sagen im Verein, heute geht es nicht, sicher wird es später gehen. Erika sieht als den tiefsten Liebesbeweis: das Nichtgelingen. Klemmer ärgert sich tobsüchtig über seine Unfähigkeit und hält die Frau dafür an den Haaren fest, schmerzhaft fest, damit sie ihm jetzt nicht in ihre üblichen

verwaschenen Unentschlossenheiten entkommt. Nun ist sie einmal hier, nützen wir es aus und ziehen wir sie vereinbarungsgemäß kräftig an den Haaren. Jeder von ihnen schreit einvernehmlich etwas von Liebe hervor.
Doch an dieser Aufgabe sinkt der Stern des Schülers. Er wächst nicht an ihr. Es öffnet sich ihm nicht, dieses Labyrinth, sosehr er auch am Faden zieht und zerrt. Kein gerader Pfad der Lust erschließt sich zwischen ungestutzten Bäumen und Sträuchern. Die Frau faselt von Wäldern voll der irrsinnigsten Erfüllungen, und kennt zur Not doch nur Brombeeren und Steinpilze. Doch die behauptet sie sich durch langes Warten verdient zu haben. Der Schüler war fleißig, dafür winkt ein Preis. Der Preis besteht in Erikas Liebe, die der Schüler nun erhält. Sie erwartet, das weiche Würmchen zwischen Gaumen und Zunge ungeschickt herumwälzend, von ihrer künftigen Lust eine Art Lehrwanderpfad mit sauber beschrifteten Gewächsen. Man liest ein Schild und ist erfreut, kennt man einen lang vertrauten Busch wieder. Man sieht dann die Schlange im Gras und ist entsetzt, weil sie kein Schild trägt. Die Frau erklärt diesen unwirtlichen Ort zu ihrer beider Liebesort. Hier und jetzt! Der Schüler stößt wortlos in die weiche Höhlung ihres Mundes, dieses tonlose Horn, hinein, in dem er Zähne schwach fühlt, die er gut zu verstecken rät. Zähne fürchtet der Mann in einer solchen Situation mehr als Krankheiten. Er schwitzt und keucht, Leistung vortäuschend. Er stößt hervor, daß er immer an ihren Brief denken müsse. Wie dumm. Sie ist mittels Briefs schuld daran, daß er Liebe nicht ausführen kann, sondern immer nur an die Liebe denken muß. Sie hat Hindernisse aufgebaut, diese Frau.
Die bekannte und vertraute Größe seines Geschlechts, von der er der Frau, die sein Geschlecht noch nie gebührend gewürdigt hat, aufgeregt berichtet, erfreut ihn ansonsten wie der neue Baukasten den wißbegierigen Jungen. Die Größe stellt sich nicht ein. Mit dem freundlichen Eifer der Lust geht die Lehrerin, die Lust noch nie verspürt hat, auf die detaillierte Beschreibung ein. Sie stimmt ihm zu und freut sich heute schon sehr darauf, das und noch mehr! bald mit ihm erleben zu dürfen. Sie

versucht dabei, seinen Schwanz unauffällig auszuspucken, muß ihn aber gleich darauf wieder einnehmen, befiehlt der Schüler Klemmer in Verkennung des Lehrverhältnisses seiner Frau Lehrerin. Er gibt so schnell nicht auf! Ohne Zucker soll sie diese bittere Medizin nehmen. Die ersten Schrecknisse von Versagen, an dem sie vielleicht schuld ist, umspülen Erika Kohut. Noch immer versucht ihr junger Schüler, sich gedankenlos geschlechtlich zu erfreuen, was ihm nicht gelingt. In der Frau, die solche Abgründe mit ihrem ganzen Sein ausfüllt, wächst das dunkle Schiff der Furcht, schon setzt es die Segel. Ohne es zu wollen, muß sie schon, aus der Raserei erwacht, Einzelheiten des winzigen Raumes wahrnehmen. Durch das Kabinettfenster eine tief darunterliegende Baumkrone. Ein Kastanienbaum. Das geschmacklose Drops von Klemmers Liebesfortsatz wird vom Mann in ihrer Mundhöhle festgehalten, der Mann preßt sich als Ganzes gegen ihr Gesicht und stöhnt sinnlos. Aus den Augenwinkeln sieht Erika schielend ein beinahe unmerkliches Wippen der Äste dort unten, die von Regentropfen bedrängt zu werden beginnen. Blätter werden ungebührlich beschwert und sinken hinab. Dann unhörbares Prasseln, ein Guß geht nieder. Ein Frühlingsmorgen hält nicht, was er einmal versprach. Lautlos beugen die frischen Blätter sich dem Ansturm der Tropfen. Geschosse aus dem Himmel treffen Äste. Noch immer stopft der Mann sich der Frau in den Mund und hält sie dabei an Haaren und Ohren fest, während draußen Naturgewalten überwältigend regieren. Sie will immer noch, und er kann immer noch nicht. Er bleibt klein und locker, anstatt kompakt und fest zu werden. Der Schüler kreischt jetzt vor Wut, er knirscht mit den Zähnen, weil er heute sein Bestes nicht geben kann. Er wird sich heute bestimmt nicht in das Loch ihres Mundes, der an ihrem besseren Teil, dem Oberteil, gelegen ist, entladen können.

Erika denkt nichts, sie würgt, obwohl sie kaum etwas im Mund hat. Aber für sie reicht es. Es steigt in ihr hoch, und sie ringt nach Atem. Der Schüler reibt jetzt als Ersatz für geschlechtliche Härte seinen von Drahthaaren kratzenden Unterleib heftig an ihrem Gesicht und schilt sein Werkzeug aus. Es steigt in Erika auf. Mit Kraft reißt sie sich los und erbricht in einen alten Blechkübel, der gefällig zur Benützung dasteht. Es hört sich an, als käme einer herein, doch der Kelch marschiert draußen vorbei, ohne einzutreten. Die Lehrerin beruhigt den Mann zwischen den einzelnen Brechfanfaren, daß es nicht so schlimm gewesen sei wie es aussehe. Sie spuckt Galle aus ihren Tiefen heraus. Sie hält die Hände über dem Magen verkrampft und verweist, halb besinnungslos, auf spätere und viel größere Freuden. Eine Freude war das heute zwar nicht, aber bald kommt die Freude aus der Startbox unaufhaltsam hervorgeschossen. Zu Atem gekommen, bietet sie unermüdlich noch viel heftigere, ehrlichere Gefühle an, poliert sie mit einem weichen Tuch und weist sie prahlerisch vor. Das alles habe ich für dich zusammengespart, Walter, jetzt ist es soweit! Sie hat sogar zu kotzen aufgehört. Mit Wasser will sie ein wenig nachspülen und bekommt eine leichte Spielohrfeige dafür. Der Mann wütet, tu das nicht noch einmal inmitten der Vorgebirge meiner absoluten Raserei. Nun hast du mich vollends aus dem Konzept gebracht. Bis zu meinen schneeigen Gipfeln hast du es nicht abwarten können. Den Mund hast du dir nach mir nicht auszuwaschen. Erika stammelt probeweise ein abgegriffenes Liebeswort und wird dafür ausgelacht. Regen trommelt gleichmäßig. Die Scheiben werden überwaschen. Die Arme schlingt die Frau um den Mann und beschreibt etwas ausufernd. Der Mann antwortet ihr damit, daß sie stinkt! Ob sie wisse, daß sie stinke? Er wiederholt den Satz noch mehrmals, weil er so schön klingt, wissen Sie, wie Sie stinken, Frau Erika? Sie begreift es nicht und leckt wieder schwach an ihm. Doch es ist nicht so, wie es sein könnte. Draußen wird es vor Wolken immer dunkler. Klemmer repetiert sinnlos, weil es schon beim ersten Mal verstanden wurde, daß Erika so stinkt, daß das ganze Kammerl schon ekelhaft nach ihr unduftet. Sie hat ihm einen Brief geschrieben, und jetzt lautet seine Antwort: er will nichts von ihr, und außerdem stinkt sie unerträglich. Klemmer reißt Erika sacht an den Haaren. Sie soll die Stadt verlassen, damit er ihren ganz eigentümlichen und widerlichen Geruch, diese tierhafte Ausdünstung der Fäulnis nicht mehr aufnehmen muß mit seinen jungen und neuen Nüstern. Pfui Teufel, wie Sie stinken, das können Sie sich gar nicht vorstellen, Frau Fachlehrerin.

Erika läßt sich ins warme Nest, ins leibwarme Bächlein der Scham hineingleiten wie in ein Bad, in das man vorsichtig eintaucht, weil das Wasser ziemlich dreckig ist. Sprudelnd steigt es an ihr empor. Schmutzige Schaumkronen der Beschämung, die toten Ratten des Versagens, Papierfetzen, Holzstücke der Häßlichkeit, eine alte Matratze, mit Spermaflecken getränkt. Es steigt und steigt. Es treibt höher. Glucksend ruckt die Frau an dem Mann in die Höhe, bis zur unerbittlichen Betonkrone seines Kopfes gehoben. Der Kopf spricht monotone Sätze, die von noch mehr Gestank handeln, als dessen Verursacherin der Schüler seine Klavierlehrerin ausgemacht hat.

Erika fühlt den Abstand zwischen der behausten Welt und dem Nichts. Angeblich soll sie, Erika, stinken, wie der Schüler angibt. Er ist bereit, es zu beschwören. Erika ist bereit, bis zu ihrem Tod zu gehen. Der Schüler ist bereit, diesen Raum zu verlassen, in dem er versagt hat. Erika sucht einen Schmerz, der im Tod mündet. Klemmer verschließt seine Hosentür und will zum Ausgang hinaus. Erika möchte mit brechenden Augen betrachten, wie er ihr die Gurgel zudrückt. Ihre Augen werden sein Bild bis in ihre Verwesung hinein festhalten. Er hört auf zu sagen, daß sie stinkt, sie ist für ihn schon nicht mehr auf der Welt. Er will gehen. Erika will seine tötende Hand niederfallen spüren, und die Scham legt sich ihr, ein riesiges Kissen, auf den Leib.

Schon gehen sie über den Korridor. Einer geht neben dem andern her. Es ist ein Abstand zwischen ihnen. Klemmer beschwört leise, wie angenehm es sei, daß sich ihr altertümlicher Gestank in diesen größeren Weiten ein wenig verliere. Im Kabinett war der Gestank wirklich unerträglich! kann sie ihm ruhig glauben. Er empfiehlt ihr herzlich, die Stadt zu verlassen.

Nach einer Weile treffen Lehrerin und Schüler auf dem Gang den Herrn Direktor, vor dem Klemmer den Schülergruß demütig absolviert. Erika tauscht mit ihrem Vorgesetzten den Kollegengruß aus, weil der Vorgesetzte nicht auf Abstand besteht.

Der Direktor läßt es dabei nicht bewenden, sondern begrüßt in Herrn Klemmer herzlich den Solisten des nächsten Abschlußkonzerts. Dann spricht er einen Glückwunsch dazu aus. Erika antwortet ihm, sie habe sich, was den Solisten betrifft, noch nicht entschieden. Dieser Schüler hier läßt merklich nach, das steht fest. Sie muß es sich noch überlegen, ob der Schüler K. oder ein anderer. Noch weiß sie es nicht. Sie wird es aber rechtzeitig bekanntgeben. Klemmer steht da und spricht nicht dazu. Er hört zu, was die Lehrerin spricht. Der Direktor schnalzt mit der Zunge zu den schrecklichen Fehlern, die Erika Kohut beschreibt, weil der Schüler Klemmer sie andauernd begeht. Erika spricht unangenehme Tatsachen, die den Schüler betreffen, laut aus, damit der Schüler ihr nicht Heimlichkeiten vorwirft. Das Üben hat er vernachlässigt, wofür sie Beweise hat. Sie mußte feststellen, daß Eifer und Fleiß bei ihm stetig abnahmen. Dafür kann er nicht auch noch belohnt werden! Der Direktor erwidert darauf, daß sie den Schüler schließlich besser kenne als er und somit auf Wiedersehen. Gute Besserung, empfiehlt er dem Schüler K.

Der Direktor ist in sein Direktorenzimmer gegangen.

Klemmer wiederholt vor Erika Kohut, daß sie grauenhaft stinkt und die Stadt schleunigst verlassen soll. Er könnte auch andere Dinge von ihr berichten, doch den Mund will er sich nicht schmutzig machen. Es genügt schon, daß *sie* stinkt, da muß er nicht auch noch stinken! Den Mund gehe er sich jetzt ausspülen, in der Mundhöhle sogar spüre er ihren Gestank. Bis in den Magen spüre er ihren entsetzlichen Lehrerinnengestank. Sie könne nicht wissen, wie ekelerregend ihre körperliche Ausdünstung sei, und wie gut, daß sie es sich nicht einmal vorstellen könne, wie höllenmäßig sie stinke.

Beide entfernen sich in zwei verschiedene Richtungen, ohne sich auf einen gemeinsamen Grundton, ja ohne sich auf eine gemeinsame Tonart außer der des übelkeitserregenden Stinkens von Erika Kohut geeinigt zu haben.

Mit Eifer und Umsicht geht Erika Kohut ans Werk. Sie wollte über ihren Schatten springen und konnte es nicht. Vieles tut ihr weh. Weniges an ihr ist auserwählt worden. Sie ist ganz wirr. In einer Television ist ihr erschienen, wie man Türen auf andere Weise als mit Schränken verbarrikadieren kann. Der Kriminalfilm hat es vorgezeigt. Indem man eine Stuhllehne unter die Klinke rückt. Die Mühe ist unnötig, denn die Mutter schläft, wie neuerdings öfter, süß und friedlich, wobei sie süßlichen Alkohol durch Poren und Rachepolypen rücksichtslos verdunstet.

Erika greift zu ihrem heimischen Schatzkästlein und durchkämmt reichhaltige Vorräte. Hier stapeln sich Reichtümer, die Walter K. noch gar nicht kennengelernt hat, weil er die Beziehung zwischen ihnen durch unflätiges Geschimpfe zu früh zerschlug. Dabei fing es für die Frau gerade erst an! Endlich war sie soweit, und da zog er sich ganz in sein Gehäuse zurück. Erika wählt Wäscheklammern und, nach Zögern, auch noch Stecknadeln, einen ganzen Haufen Stecknadeln, die einer Plastikdose entnommen werden.

Unter Geträne setzt sich Erika die gierigen Blutegel der frohbunten Plastik-Wäscheklammern an den Leib an. An Stellen, die für sie leicht erreichbar sind und später durch blaue Flecken gekennzeichnet sein werden. Weinend zwängt Erika ihr Fleisch ein. Sie bringt ihre Körperfläche aus dem Gleichgewicht. Sie bringt ihre Haut aus dem Takt. Sie spickt sich mit Haus- und Küchengerät. Sie schaut fassungslos auf sich und sucht nach noch freien Plätzen. Wo eine leere Stelle aufscheint im Register ihres Leibes, wird sie gleich zwischen die gierigen Scheren der Wäscheklemmen gezwickt. Der straff gespannte Zwischenraum wird heftig mit Nadeln gestochen. Die Frau gerät außer Fassung über ihre Handlungsweise, die Konsequenzen haben kann, und weint lauthals. Sie ist ganz allein. Sie sticht sich mit Nadeln, die vielfarbene Plastikköpfe tragen, jede Nadel einen eigenen Kopf in eigener Farbe. Die meisten fallen gleich wieder heraus. Unter die Fingernägel zu stechen, wagt Erika wegen Schmerz nicht. Winzige Blutpolster lagern bald auf der Wiese ihrer Haut. Die

Frau weint heftig und ist ganz allein mit sich. Nach einer Weile hört Erika auf und stellt sich vor den Spiegel. Ihr Bild fräst sich ihr mit Worten von Schaden und Spott ins Hirn. Es ist ein buntes Bild. Es ist ein im Prinzip recht fröhliches Bild, wäre der Anlaß nicht so traurig. Erika ist vollkommen allein. Die Mutter schläft wieder einmal tief vor lauter Likör. Macht Erika vor dem Hilfsmittel des Spiegels eine unverwüstete Körperstelle ausfindig, schon greift sie zu Klemme oder Nadel und weint die ganze Zeit dabei. Sie jagt sich die Instrumente an und in den Körper. Ihre Tränen fließen an ihr hinab und sie ist ganz allein.

Nach geraumer Weile werden Wäscheklammern und Stecknadeln von eigener Hand Erikas abgenommen und säuberlich in ihre Behältnisse zurückgelegt. Schmerz läßt nach, Tränen lassen nach.

Erika Kohut geht zur Mutter ihr Alleinsein beenden.

Es wird wieder einmal Abend, die Ausfallstraßen füllen sich mit vernunftlos heimrasendem Verkehr, und auch Walter Klemmer sondert hektische Aktivität in einem klebrigen Faden ab, um nicht ungenutzt müßiggehen zu müssen. Er unternimmt nichts sonderlich Aufregendes, doch in Bewegung hält er sich beständig. Er strengt sich zwar nicht besonders an, doch die Zeit vergeht rasend rund um seinen Bewegungsdrang. Per J-Wagen und später U-Bahn auf eine komplizierte, verkehrstechnisch langwierige Reise macht er sich auf, von der er jetzt schon ahnt, daß sie im Stadtpark zwar enden wird, doch ein Ziel und einen Weg zu dem Ziel muß er sich erst suchen. Er geht energisch spazieren, damit es noch später wird. Er schlägt Zeit tot. Den Willen hat er, das steht für ihn fest. An wehrlosen Tieren, die im Park angeblich hausen, wird er sich beispiellos vergreifen. Sie haben im Stadtpark Flamingos und ähnliches exotisches Gezücht, das die Heimat noch nie gesehen hat, ausgesetzt, und diese Tiere fordern es heute geradezu heraus, daß

man sie überfällt, um sie in Stücke zu reißen. Walter Klemmer ist ein tierliebender Mensch, doch was zuviel ist, fließt auch bei jemand wie ihm über, und manchmal muß dann ein Unschuldiger dran glauben. Die Frau hat ihn so beleidigt, und dafür hat er sie gekränkt. Dieses Konto ist zwar ausgeglichen, aber ein Todesopfer wird zur Sühne trotzdem gefordert. Ein Tier wird sterben müssen. Auf diesen Gedanken wird Klemmer durch die Zeitungen gebracht, in denen über absonderliche Lebensweisen dieser nichtsahnenden Exoten berichtet wird und ebenso detailliert über mancherlei Schlägerei mit und Mord an ihnen.
Über Rolltreppen schießt der junge Mann ins Freie empor. Still und starr liegt schon der Park, licht und laut hingegen das Hotel davor. Kein Liebespaar läßt sich durch Herrn Klemmer verunsichern, denn nicht unerlaubt zu glotzen ist er hierhergekommen, sondern um bei Brutalitäten selbst nicht gesehen zu werden. Unbenutzte Triebe werden jetzt bei ihm rasch bösartig, was eine Frau hervorgerufen hat. Klemmer streift suchend umher und findet keinen einzigen Vogel. Er betritt unerlaubt den Rasen und schont selbst ausländisches Gesträuche beim rücksichtslosen Hindurchzwängen nicht. Sauber angelegte Blumenbeete werden in voller Absicht zertreten. Absätze knicken Frühlingsboten. Was er dieser widerwärtigen Frau geboten hat, wurde ihm nicht abgenommen, diese liebesmäßige Last, mit der er jetzt leben muß. Diese Last ist nur mäßig schwer, doch ihre Folgen sind für tierisches Leben verheerend. Auch Klemmers Körperdrang hat sich keine Bresche schlagen können, um aus seinem Häuschen hinauszuschießen. Die Frau hat sich nur ein, zwei Musikergebnisse wählerisch aus seinem Kopf herausgepickt. Das Beste hat sie ihm genommen, um es nach Prüfung zu verwerfen! Walter K. bearbeitet Stiefmütterchen mit der Schuhspitze, weil er mitten im Liebeswerben gröblichst enttäuscht worden ist. Nicht seine Schuld ist es dann, wenn er versagt. Wenn Erika auf diesem Pfad weitergeht, wird sie Schlimmeres erfahren, als sie sich je träumen ließe. Klemmer ritzt sich an Riesendornen von einem Busch, und es schnellen ihm Elastikzweige ins Gesicht, als er gewaltsam durchbricht, weil er jenseits

des Busches Wasser gerochen hat. Er ist ein waidwundes Jagdtier, das der Jäger, entgegen jeglichem Jagdbrauch, angeschossen laufen ließ. Das Herz hat dieser dilettantische Jäger nicht getroffen. Daher ist Klemmer jetzt für jeden, aber auch jeden, eine potentielle Gefahr!
Ein giftiger Liebeszwerg, streift er durch diesen nächtlichen Erholungsraum, der eigentlich nur für den Tag gedacht ist, um sich an unschuldigen Tieren abzureagieren. Er sucht einen Wurfstein, findet jedoch nichts dergleichen. Er hebt einen kurzen Prügel auf, der von einem Baum abgefallen ist, doch das Holz ist morsch und leicht. Da eine Frau etwas Grausames von ihm gefordert hat, der ihr Liebe anbot, muß er sich fleißig bücken, um eine bessere Waffe als morsches Holz zu suchen. Da er der Frau nicht Herr werden konnte, muß er jetzt den Rücken krumm machen und unermüdlich Holz sammeln. Mit diesem Stöckchen lacht ihn der Flamingo aus. Es ist kein Prügel, es ist ein dürres Ästchen. Klemmer, der keine Erfahrung hat, aber Neues erleben möchte, kann sich nicht vorstellen, wo Vögel nächtens ruhen, um ihren Peinigern zu entgehen. Vielleicht haben sie eine eigene Hütte für sich allein! Hinter Rowdies, die viele Vögel schon erschlagen haben, will Klemmer keinesfalls zurückstehen. Er wittert Wasser, das ihm vertraute Element, nun schon stärker. Dort hält sich, wie in den Zeitungen beschrieben, die rosafarbene Beute irgendwo auf. Verschiedenes rauscht im Wind und hört nicht mehr auf damit. Helle Wegschlangen winden sich herum. Da er nun einmal so weit vorgedrungen ist, würde Klemmer sogar mit einem Schwan vorliebnehmen, einem Tier, das sich leichter ersetzen läßt. An diesem Gedanken liest Klemmer ab, wie nötig er schon ein Ventil für seinen überkochenden Zorn braucht. Ruhen die Vögel untätig auf dem Wasser, wird er sie anlocken. Ruhen sie am Ufer still, muß er sich nicht naß machen.
Anstatt der Vogelrufe hört man nur ferne Autos in stetigem Strom dröhnen. So spät noch unterwegs? Bis hierher verfolgt die Stadt mit ihrem Lärm den Erholungssuchenden, bis in die städtischen Grünzonen, diese Lungen Wiens. Klemmer, in der

Grauzone seines maßlosen Zorns, sucht jemand, der ihm endlich einmal nicht widerspricht. Daher sucht er jemand, der ihn nicht versteht. Der Vogel flüchtet möglicherweise, doch er macht keine Widerrede. Klemmer tritt seine eigenen nächtlichen Bahnen ins Gras. Mit nächtlichen Einsamen, die ebenfalls herumstreichen, fühlt er innere Verwandtschaft. Über andere Nachtschwärmer, die herumstreunen und die Hände von Damen dabei umklammern, fühlt er Überlegenheit, weil sein Zorn viel stärker ist als das Feuer der Liebe. Bis hierher flieht der junge Mann die Nähe von Frauen. Gekreische breitet sich von einer kleinen Schallquelle her ringförmig aus, unmelodisch wie es nur ein Vogelschnabel oder ein Anfänger auf einem Musikinstrument hervorzubringen vermag. Da ist der Vogel schon! Bald wird von Vandalenakten berichtet werden, und mit der druckfrischen Zeitung kann man vor die verhinderte Geliebte hintreten, weil man Leben vernichtete. Dann kann man das Leben der Geliebten gleichfalls brutal zerstören. Lebensfäden kann man abschneiden. Diese Frau Kohut hat sich permanent über seine Gefühle lustig gemacht, unverdient ging seine Liebe monatelang auf sie nieder! Seine Leidenschaft prasselte aus dem Füllhorn seines Herzens auf sie herab, und sie hat ihm diesen süßen Regen wieder zurückgestopft. Nun erhält sie, und selbst ist sie daran schuld, die Quittung in Form eines grausamen Vernichtungswerks.
Die ganze Zeit, die Klemmer verschwenderisch damit verbraucht, einen bestimmten Vogel ausfindig zu machen, schläft diese Frau, die heute besonders früh ins Bett gegangen ist, in ihrem Zuhause trübe vor sich hin. Sie arbeitet sich ahnungslos durch den Schlaf hindurch, und Klemmer durch die nächtlichen Matten der Stadt. Klemmer sucht und findet nicht. Er geht jetzt einem anderen Ruf nach, kann dessen Urheber jedoch nicht ausmachen. Er wagt sich nicht recht vor, um nicht seinerseits unter einem Holzknüttel schmählich in die Knie zu brechen. Die Straßenbahnen, die bis vor kurzem noch zur Orientierung am Parkesrand entlang geklingelt haben, fahren jetzt unter anderem Namen unterirdisch, wo man sie nicht hört. Klemmer kann sich

nicht orientieren, wohin seine Reise geht. Möglich wäre immerhin, daß sie tiefer in die Wildnis hineinführt, wo es heißt fressen oder gefressen werden. Statt Speise zu finden, würde Klemmer dann selber zur Beute! Klemmer sucht einen Flamingo, und ein anderer sucht vielleicht schon nach einem Gimpel mit einer Brieftasche. Mit Getrampel bricht der Mann durch das Gebüsch und in frei daliegende Wiesen ein. Links und rechts wartet er nur auf eine Belanglosigkeit, von einem Spaziergänger wie er einer ist zum besten gegeben, und im vorhinein macht er sich schon darüber lustig. Er weiß: über nichts außer Nahrung und Familie macht der Wanderer sich Gedanken und über die äußere Form der Tier- und Naturbestände rings um ihn her, welche ihn besorgt machen, sinken die unersetzlichen Vorräte daran doch aus Verschmutzungsgründen stetig. Der Spaziergänger wird erklären, weswegen die Natur ausstirbt, und Klemmer wird bewirken, daß ein kleiner Teil der Natur dabei mit gutem Beispiel vorangeht, droht er ins Dunkel hinein. Mit der einen Hand umfaßt Klemmer seine Brieftasche fest, mit der anderen Hand klammert er sich an seinen Knüttel. Er kann es dem Flaneur nachfühlen, daß dieser sich Sorgen macht.
So weit auch gestreift wird, kein Vogel findet sich ein. Doch es findet sich unvermutet, am Rande aufgegebener Hoffnungen, schließlich doch etwas – ein verknäultes Paar in einem weit fortgeschrittenen Stadium von Lust. Genau erkennt man das Stadium nicht. Walter Klemmer tritt beinahe auf Frau und Mann, die miteinander ein Gesamtwesen von stets sich ändernder äußerer Form ergeben. Sein Fuß tappt ungeschickt auf ein hingeworfenes Kleinkleidungsstück, und sein anderer Fuß stolpert beinahe ins wütende Fleisch, das ein anderes Fleisch im Konsumwahn vereinnahmt. Darüber rauscht ein mächtiger Baum, der, selbst unter Naturschutz stehend und ungefährdet, das heftige Atmen fast bis zum Schluß sorgsam getarnt hat. In seiner Gier nach dem Vogel hat Klemmer nicht darauf geachtet, wohin er trat. Sein Haß entlädt sich auf dieses Fleisch, das unvermutet am Wegesrand erblühte, andere Blüten schamlos knickend, weil es sich ausgerechnet in einem städtischen Beet

gewälzt hat. Diese Blumen kann man nun wegwerfen. Nichts als seinen Leichtknüppel findet Klemmer, um aktiv am Kampf der Leiber teilzunehmen. Jetzt wird es sich erweisen, ob: schlagen oder geschlagen werden. Hier zwängt man sich schließlich doch noch in den allgemeinen Liebeswettkampf hinein, und zwar als lachender Dritter. Klemmer schreit laut eine Unflätigkeit. Er schreit sie aus tiefstem Herzen. Er wird ermutigt, weil das Paar ihm nicht widerspricht. Ein Werkzeug wird geschwungen. Hastig zerrt jemand Sachen hinauf und andere wieder herunter, es ordnet sich vor Klemmer. Schweigend und watteweich fuhrwerken die Mitwirkenden mit sich und ihren Hülsen. Etliches scheint durcheinandergeraten zu sein und wird flüchtig zurechtgebogen. Ein leichter Regen fällt. Wiederhergestellt werden ursprüngliche Zustände. Ohne Freundlichkeit wird von Klemmer erklärt, was die Folge von Verhaltensweisen sein wird. Er schlägt mit dem Knüttel rhythmisch gegen seinen rechten Oberschenkel. Er fühlt sich unermüdlich immer stärker werdend, weil keine Widerrede gewagt wird. Die tierische Angst des Paares lastet auf Klemmer und ist besser als von einem echten Tier herrührend. Ein Anspruch auf Züchtigung läßt sich riechen. Sie warten nur darauf. Es ist der Grund, weshalb der Park sie nächtens anzieht. Offener Raum dehnt sich ringsumher. Schon richtet sich das Paar in Klemmers Umzingelung häuslich ein, indem es nichts auf Klemmers schnelle Wutschreie entgegnet. Klemmer spricht von: Drecksäuen und Schweinen! Die Einfälle, die ihn beim Musikhören in Überfülle beschleichen, wirken angesichts von Leben und Lust abgedroschen. Musikalisch weiß er, wovon er spricht, hier sieht er, wovon zu sprechen er sich immer weigert: von dieser Banalität der Fleischlichkeit. Kein romantischer Liebesgarten, doch immerhin ein städtischer Garten. Das Liebespaar verharrt in konturlosen Baumschatten. Sie werden es offenkundig demütig annehmen, ob Denunziation oder eiliger Hieb. Regen fällt stärker. Kein Schlag fällt. Die Sinne des Paares sind auf Schutz und Unterstand eingeschworen: kommt der Hieb jetzt noch? Der Angreifer zögert. Das Paar zieht sich, hoffentlich unbemerkt, rücklings in eine Deckung zurück. Sie möchten: aufstehen! laufen! laufen! Die beiden sind noch sehr jung. Klemmer sah soeben Minderjährige sich wie die Schweine herumwälzen. Er will den Stock endlich von sich weg und in fremde Nachgiebigkeit hineinschleudern, doch die Waffe schlägt immer noch gegen den eigenen Schenkel. Nicht ohne Beute will man aus dieser Nacht hervorgehen. Indem er hier steht und Angst entsteht, erringt Klemmer etwas, das er der derzeit schlafenden Erika mitbringen kann. Dazu einen Hauch frischer Luft aus weiten Flächen, den sie dringend nötig hat. Klemmer schwingt frei im Raum, eine frisch geölte Türangel. Schwingt er vor, droht den Liebenden Schmerz, schwingt er zurück, gibt er vielleicht Fluchtwege frei. Die beiden Kinder sind zurückgewichen, bis sie etwas Feststehendes im Rücken spüren, das sie zunächst an Flucht hindert. Ohne seitlich auszubrechen, werden sie den Weg nicht finden, obwohl der Wille da ist. Die Situation sagt Klemmer plötzlich zu, er macht gewohnte Muskelübungen. Er überprüft im Stehen ein, zwei Paddelreflexe, nur ohne Wasser. Dieses lebende Bild hat Inhalt, ist aber leicht überschaubar. Gegner: zwei Stück. Etwas Handliches, das noch dazu feige ist und nicht kämpfen will. Ergreift Klemmer diese Gelegenheit oder läßt er sie ungenutzt vorübergehen. Herr der Situation ist er. Verständnis kann er erklären oder als Rächer gestörten Parkfriedens und verderblicher Jugend auftreten. Er kann auch eine Ordnungsmacht verständigen. Er muß sich jetzt nur rasch entschließen, denn die herrschende Menschenleere reizt immer heftiger zur Flucht. Klemmers Haltet Den Dieb würde nichts fruchten, er steht nur unnütz weiter in der Landschaft, und das Land seines Zorns wiche zurück, seine Opfer wären längst fort. Das junge Paar bemerkt einen stimmlich unsicheren Vorbehalt in dem, was dieser Mann sagt. Vielleicht eine Unentschlossenheit Klemmers, die er vorschnell gezeigt hat, ihm selbst ganz unbewußt, doch den beiden Kindern ein Signal! Er scheint von seinem Standpunkt der Gewalt unmerklich abgerückt zu sein. Sie machen sich das zunutze. Sie ergreifen eine Gelegenheit beim Schopf. Da nicht im Wasser, fragt sich Klemmer: was tun? Die beiden nehmen einen kurzen Umweg um den Baumstamm herum und laufen rasch fort. Sie werden von Klemmers massiver Anwesenheit förmlich nach hinten geschleudert. Dumpf prallen ihre Sohlen auf den Wiesenuntergrund. Hell leuchtet an manchen Orten das Unterfutter der Wiese, die Erde auf. Eine Art Jacke haben sie auf der Flucht vergessen, oder ist es ein kurzer Mantel? Ein Kindermantel. Klemmer macht keine Verfolgungsanstrengung. Er trampelt lieber auf der liegengebliebenen Jacke herum. Er sucht keine Börse darin. Er sucht keinen Ausweis darin. Er sucht keine Wertgegenstände darin. Er stapft mehrfach über die Jacke hinweg und richtet sich in seinem Getrampel häuslich ein, ein gefesselter Elefant, der aufgrund von Fußfesseln nur Zentimeter Spielraum hat, die er aber zu nutzen versteht. Er stampft die Jacke in den Grund hinein. Er weiß keinen Grund dafür anzugeben. Dennoch wird er immer zorniger, der ganze Rasen jetzt sein eingeschworener Feind. Eigensinnig und ohne innere Ruhe tritt Walter Klemmer in einem ihm eigenen Rhythmus in das weiche Ruhekissen vor ihm. Er gönnt dem Kissen die Ruhe nicht. Klemmer zertrampelt die Strickjacke und wird nur langsam müde.

Wieder aus dem Park draußen, geht Walter Klemmer eine Weile durch Straßen hindurch und fragt sich nicht ernsthaft nach seinem Ziel. Orientierungslosigkeit bemächtigt sich seiner, gepaart mit leichtfüßiger Kraft, während andere bereits schlafen. In seinen Eingeweiden ein schwebender Ballon von Gewalt. Der Ballon stößt nirgends an eine Körperwand. Klemmer erscheint sein Gehen ziellos, doch schon halb ist es in eine bestimmte Richtung gewandt, in Richtung einer bestimmten Frau, die er kennt. Vieles erscheint Klemmer feindselig, doch er stellt sich keiner dieser Gegnerschaften, dazu ist ihm sein Ziel zu kostbar: eine ganz besondere Frau mit Talent. Er schwankt zwischen zwei, drei Frauen und entscheidet sich dann doch für die eine. Diese Frau opfert er nicht um einer Kampfhandlung willen. Daher geht er ab jetzt Gewalttätigkeit entschlossen aus dem Weg, wird sie aber keinesfalls scheuen, stellt sie sich ihm von Angesicht zu Angesicht. Er läuft über eine Rolltreppe in eine fast leere Passage hinunter. Er kauft an einem kleinen Wagen ein halbflüssiges Softeis. Er erhält das Eis lieblos und achtlos von einem mit Mütze verkleideten Mann, der nicht ahnt, wie nahe er durch diese Unachtsamkeit dem Geschlagenwerden kommt. Der Mann wird schließlich nicht geschlagen. Seine Mütze versinnbildlicht einen Matrosen oder Koch oder beides, das Gesicht ohne jedes Alter versinnbildlicht Müdigkeit. Das Eis wird von Klemmers trichterförmigem Mund oben in zwei raschen Schlucken aus der Tüte gerissen. Wenige kommen an, wenige gehen weg. Wenige bleiben in dem Glasgehäuse vom Passagen-Schnellimbiß sitzen. Das Eis war lauwarm und schlapp. Beharrlichkeit nistet in Klemmers bequemer Ruhe. Sein Kern festigt sich langsam, eine zarte Anstrengung formiert sich zum Angriff. Wichtig ist ihm nur mehr der Endpunkt seiner Reise, wo er, geht es nach ihm, bald ankommen wird. Nicht ohne Streitlust, doch ohne zu streiten, durchmißt Klemmer Straßen in Richtung einer bestimmten Frau. Sicher wartet die bewußte Person auf ihn. Und nun kehrt er, unbescheiden in seinen Wünschen, kompromißlos in seinen Forderungen, zu ihr zurück. Er hat ihr einiges mitzuteilen, das ihr ganz neu sein wird, und er hat etliches auszusagen. Er hat einiges auszuteilen. Der Bumerang Klemmer ist überhaupt nur vom Ort dieser Frau ausgezogen, um dorthin, beladen mit neuen Zielvorstellungen, zurückzukehren. Klemmer sucht das Zentrum seines Innensturms auf, wo angeblich totale Windstille herrschen soll. Er erwägt kurz, noch ein Café aufzusuchen. Ich will kurz unter richtigen Menschen verweilen, denkt sich Walter Klemmer aus, kein unbilliges Verlangen für einen, der ebenfalls in erster Linie Mensch sein möchte und dauernd daran gehindert wird. Er sucht das Café nicht auf. Schmutzige Tischlappen hinterlassen klebrige Spuren auf Aluminiumtheken, unter denen in Schaukästen buntglasierte oder mittels Schlagobers aufgedunsene Torten und Kuchen ruhen. Gestockte Tropfen, fettige Schmierer auf den Resopalbrettern an den Würstelständen. Noch kein Morgenwind, den man als wundes Wild wittert. Ein Tempo wird erhöht. Am Taxistand nur ein einziger Wagen, der aber auch gleich angerufen wird.

Klemmer ist jetzt bei Erikas Haustor angelangt. Lebhaft die Freude des Ankommens, wer hätte das gedacht. Zorn wohnt im Klemmerhäuschen. Kein Versuch vom Mann, sich mittels Steinchen bemerkbar zu machen, wie es Jugendliche bei ihrem Mädchen tun. Er ist erwachsen geworden, ganz über Nacht, der Schüler Klemmer. Er hätte es selbst nicht vermutet, wie schnell eine Frucht reif wird. Er unternimmt nichts, um hineingelassen zu werden. Er blickt zu verschiedenen dunklen Fenstern hinauf und orientiert sich lautlos. Er blickt zu einem bestimmten dunklen Fenster hoch, von dem er nicht weiß, wem es gehört. Er ahnt, daß das Fenster teilweise Erika und teilweise deren Mutter gehört. Er hält es für das eheliche Schlafgemach. Für das Ehepaar Erika/Mutter. Klemmer durchschneidet das liebevoll gestraffte Band zu Erika und knüpft das Band zu etwas Neuem, bei dem Erika nur eine Nebenrolle, die Rolle des Mittels zum Zweck spielt. Arbeit und Vergnügen werden sich in Zukunft die Waage bei ihm halten. Bald beendet er sein Studium und hat wieder mehr Zeit für sein nasses Hobby. Er wünscht keine unerwünschte Zuwendung von dieser Frau mehr. Er wünscht nichts Unerledigtes. Er wird sich der Frau gegebenenfalls zuwenden oder nicht. Eine Schweißrinne gräbt sich ihm in die rechte Schläfe, wo es seit einiger Zeit vom raschen Laufen hinabrinnt. Atem pfeift. Es sind Kilometer, die er bei ziemlich warmem Wetter gerannt ist. Eine diesbezügliche Atemübung wird gemacht, die dem Sportler vertraut ist. Klemmer fällt auf, daß er Gedanken ausweicht, um Undenkbares nicht denken zu müssen. Alles in seinem Kopf rasch und vergänglich. Die Eindrücke wechselnd. Das Ziel klar, die Mittel vorgezeichnet.
Klemmer drückt sich in die Nische des Haustors und zieht den Reißverschluß seiner Jeans hinunter. Er schmiegt sich in die mütterliche Höhlung des Tors, denkt an Frau Erika und masturbiert. Zusehern bleibt er verborgen. Er ist dabei zerstreut, doch sich seines Kerns, der sich dort unten gebildet hat, konzentriert bewußt. Er hat das angenehme Leibesbewußtsein. Er hat den Rhythmus der Jugend. Er leistet Arbeit an und für sich. Kein Nutznießer außer ihm. Den Kopf in den Nacken gelegt, ona-

niert Klemmer zu einem dunklen Fenster empor, von dem er nicht einmal weiß, ob es das richtige Fenster ist. Er ist ungerührt und unerbittlich. Er ist von nichts ergriffen, als er sich zäh beackert. Das Fenster erstreckt sich unerhellt über seinem Kopf wie eine Landschaft. Sein männlichkeitsgestützter Standort ist ein Stockwerk tiefer gelegen. Klemmer masturbiert heftig, er hat nicht das Ziel, je damit fertig zu werden. Er bearbeitet das Feld seines Körpers ohne Lust und Freude. Er will nichts wiederherstellen und nichts zerstören. Er will nicht zu dieser Frau hinauf; öffnete jedoch einer das Haustor, ginge er glatt zu dieser Frau hinauf. Nichts könnte ihn aufhalten! Klemmer reibt so diskret an sich herum, daß ihm jeder ohne Argwohn das Haustor öffnen würde, der ihn sieht. Er könnte ewig hier stehenbleiben und weiter tätig sein, er könnte auch sofort versuchen, sich Einlaß zu verschaffen. Es bleibt ihm überlassen, was er tut. Ohne zu beschließen, hier auf einen späten Heimkömmling zu warten, der ihm das Tor aufsperrt, wartet Klemmer hier auf einen späten Heimkömmling, der ihm das Tor aufsperren wird. Und wenn es bis zum Morgen dauert. Und wenn er warten muß, bis morgens der erste aus dem Haus herauskommt. Klemmer zerrt an seinem aufgeblähten Schwanz und wartet, bis das Tor sich öffnet.

Walter Klemmer steht in seiner Nische und denkt sich aus, wie weit er gehen würde. Er hat jetzt deutlich die Gelüste Hunger und Durst, beide auf einmal. Doch auf das Gelüst nach der Frau bezieht er sich, indem er sich reibt. Er erfährt an seinem Leibe, und sie soll es am eigenen Leib erfahren, was es heißt, Spiele ohne Ziele mit ihm zu treiben. Packungen ohne Inhalt ihm anzudrehen. Ihre weiche Leibeshülle muß ihn aufnehmen! Aus ihrem lauwarmen Bett wird er sie reißen, von der Seite der Mutter weg. Niemand kommt. Niemand sperrt ihm das Tor weit auf. In dieser veränderlichen Welt, in der es nun Nacht

geworden ist, kennt Klemmer nur die Konstante seiner Gefühle, und er geht schließlich telefonieren. Abgesehen von dezenter Entblößung, hat er sich beim Tor ruhig und diszipliniert verhalten. In Erwartung von möglichen Spätheimkehrern. Nach außen hat er ein Bild von ruhiger Zornlosigkeit geboten. Innen treten ihn seine Sinne in den Leib. Die Heimkehrer sollen ihn nicht so sehen, sie sollen kein Mißtrauen fassen. Ergriffen ist er von Gefühlen. Er ist von sich angerührt. Gleich steigt ihm die Frau vom hohen Roß der Kunst und in den Fluß des Lebens hinein. Sie wird Teil von Handel und Schande. Die Kunst ist kein trojanisches Pferd, spricht Klemmer tonlos die Frau dort oben an, die nur in der Kunst nach Inhalten gräbt. Eine Telefonzelle steht unweit. Sie wird gleich benützt. Klemmer verachtet den Vandalen, der die Telefonbücher aus der Verankerung gerissen hat, nun kann vielleicht Leben nicht mehr gerettet werden, weil eine Nummer gesucht und nicht gefunden wird.
Erika Kohut schläft einen unruhigen Schlaf des Gerechten neben ihrer Mutter, die sie oft ungerecht behandelt hat und dennoch ruhig dahinträumt. Diesen Schlaf verdient Erika nicht, streift doch einer ihretwegen unruhig umher. Mit dem bekannten Ehrgeiz ihres Geschlechts hofft sie noch im Traum auf guten Ausgang und endlichen Genuß. Sie erträumt sich, daß der Mann sie im Sturm erobern möge. Bitte sei so gut. Heute hat sie freiwillig auf das Fernsehen verzichtet. Dabei hätte sie gerade heute ihr Lieblingsmotiv betrachten können, ausländische Straßen, auf die sie sich geschwind projiziert, in Geborgenheit sich suhlend. Sie wünscht sich derart übertriebene Beachtung und Hinwendung, wie sie die Fernsehfiguren erhalten. Meist amerikanische Landschaften ohne Ende, weil dieses Land fast keine Grenzen kennt. Vielleicht werde ich mit diesem Mann sogar eine kleine Reise unternehmen, denkt Erika Kohut beklommen, aber was geschieht derweil mit der Mutter. Ein Abtreten zum rechten Zeitpunkt gelingt nicht jedem. Unwillkürlich reagiert ihr Körper mit Feuchtigkeit, die er absondert, vom Willen kann er nicht immer gesteuert werden. Die Mutter schläft durch Gnade nichtsahnend. Es klingelt jetzt das Telefon, wer kann das

so spät noch sein. Erika schrickt hoch und weiß auf der Stelle, wer das so spät noch sein kann. Eine innere Stimme, mit der sie verwandt ist, sagt es ihr. Diese Stimme trägt zu Unrecht den Namen der Liebe. Die Frau freut sich ihres Liebessieges und hofft auf einen Pokal. Sie wird diesen in ihrer neuen eigenen Wohnung nebst Blumenvasen auf einen Ehrenplatz stellen. Sie ist ganz befreit. Durch das dunkle Zimmer und Vorzimmer tappt sie zum Telefon. Das Telefon schreit. Von ihren Bedingungen wird sie nur aus Liebesgründen abgehen können, freut sie sich im voraus, daß sie von ihren Bedingungen jetzt Abstand nehmen darf. Welch Erleichterung. Die liebesmäßige Gegenseitigkeit ist schließlich ein Ausnahmsfall, liebt doch meist nur einer, und der andere ist damit beschäftigt, davor zu flüchten, so weit ihn die Füße tragen. Dazu gehören eben zwei, und einer von ihnen hat soeben den anderen, der ebenso empfindet, angerufen; ist das nicht fein. Es kommt gelegen. Es trifft sich gut. Die Lehrerin hat im Bett nichts von sich als eine warme Mulde hinterlassen, die langsam auskühlt. Sie hat im Bett ihre Mutter zurückgelassen, die noch nicht aufwacht. Das undankbare Kind, das die langjährige bewährte Gefährtin schon vergißt. Es verlangt der Mann telefonisch, daß ihm sofort das Haustor aufgesperrt werden möge. Erika umklammert den Haltegriff des Telefons. Solche Nähe hat man auch wieder nicht erwartet. Man hat eigentlich in zärtlichsten Worten die Ankündigung von Nachtwünschen und baldiger, vollständiger Nähe erwartet, vielleicht morgen etwa um drei, in dem und dem Café. Erika hat einen präzisen Plan von dem Mann erwartet, um ein Nest hineinzubauen. Sie werden es morgen und die folgenden Tage erst einmal genau durchsprechen! Man wird diskutieren, ob die Beziehung ewig halten wird, dann wird man die Beziehung eingehen. Der Mann genießt und wartet ungern darauf, die Frau errichtet an derselben Stelle ganze Wohnblocks, weil bei ihr das Ganze in seiner schrecklichen und bedrohlichen Gesamtheit betroffen ist. Jene unliebsame Tatsache: die Frau und ihre Gefühlswelt. Gleich stellt diese Frau komplizierte, wespennestähnliche Gehäuse her, um sich darin einzurichten, und man wird sie nicht mehr los, hat sie erst einmal zu bauen angefangen, befürchtet Walter Klemmer ganz im allgemeinen. Er steht wieder vor dem Tor und wartet auf dessen Öffnung nach außen, was Erika guttäte. Jetzt oder Nie! erwägt Erika pedantisch bis zum letzten und holt den Schlüsselbund. Die Mutter schläft weiter. Nichts schießt ihr während des Schlafens durch den Schädelkern, weil sie ihr Haus und eine Tochter darin schon hat. Pläne scheinen ihr unnötig. Die Tochter erwartet sekündlich die Belohnung für langjährige disziplinierte Leistungen. Dafür hat es sich ausgezahlt. Die wenigsten Frauen warten auf den endlich Richtigen, die meisten nehmen den ersten, kleinsten Besten. Erika wählt den letzten, der kam, und er war tatsächlich der Beste von allen. Durch niemand kann er übertroffen werden! In Zahlen und Äquivalenten denkt die Frau wie aus Zwang. Sie bildet sich ein, daß es ihr zusteht für treue Dienste im Kunstbereich. Wenn männlicher Wille sie sogar von der lang erprobten Mutter wegführt, kann das Werk gelingen, bitte, mir ist es recht. Der Student ist fast mit dem Studium fertig, sie verdient Geld dazu. Der Altersunterschied ist unerheblich, entscheidet sie für ihn mit.

Erika schließt das Tor auf und gibt sich dem Mann ganz in die Hand, wobei sie Vertrauen hat. Sie scherzt, daß sie in seiner Gewalt ist. Sie beteuert, daß sie am liebsten meinen dummen Brief ungeschehen machte, doch geschehen ist geschehen. Das Malheur ist passiert, sie macht es aber wieder gut, Liebster. Wozu brauchen wir Briefe, da wir uns ohnedies bis ins Kleinste und Geheimste kennen. Gegenseitig hausen wir in unseren raffiniertesten Gedanken! Und unsere Gedanken speisen uns ständig mit ihrem Honig. Erika Kohut, die den Mann um keinen Preis an sein körperliches Versagen zu erinnern wünscht, sagt: Bitte, nur herein! Walter Klemmer, der sein körperliches Versagen am liebsten ungeschehen machte, betritt das Haus. Vieles ist ihm zur Benutzung freigestellt, und dem Mann schmeichelt die Auswahl. Manches wird er sich heute einfach nehmen! Er sagt zu Erika: damit das gleich klar ist. Nichts Schlimmeres als eine Frau, welche die Schöpfung neu schreiben

will. Dieses Motiv für Witzblätter. Klemmer ist ein Motiv für einen großen Roman. Er genießt sich selbst und zehrt sich dabei nie auf. Im Gegenteil, er genießt seine Kälte, diesen Eiswürfel in der Mundhöhle. In Freiheit Besitz sich anzueignen bedeutet, jederzeit gehen zu können. Der Besitz bleibt zurück und wartet. Das Stadium dieser Frau verläßt er bald, könnte er beschwören. Das gegenseitige Gefühl, dieses von ihm ursprünglich ernstgemeinte Angebot, hat die Frau ja abgelehnt. Nun ist es zu spät. Jetzt zu meinen Bedingungen, schlägt K. vor. Ein zweites Mal wird er nicht ausgelacht, versichert K. ehrenwörtlich. Er fragt in Drohung, wofür sie ihn hält. Diese Frage wird durch häufige Benutzung nicht besser.
Walter Klemmer stößt die Frau in die Wohnung hinein. Ein dumpfer Wortwechsel ist die Folge, weil sie es sich nicht gefallen läßt. Manchmal beugt sie durch Wortwechsel sogar schon vor. Während des Wortwechselns beklagt sich Erika bei dem Mann, daß er sie in die eigene Wohnung, in der er nur Gast ist, hineingestoßen habe. Dann legt sie aber eine schlechte Gewohnheit ab: das ewige Nörgeln. Ich muß noch viel lernen, spricht sie in Bescheidenheit. Sogar eine Entschuldigung bringt sie in den Klauen an, legt sie dem Mann als Beute, noch bluttriefend, vor die Füße. Sie will es nicht schon zu Anfang verpatzen, denkt sie. Sie bereut, daß sie schon vieles falsch gemacht hat, das meiste gleich am Anfang. Aller Anfang ist schwer, beweist Erika die Bedeutung richtigen Beginnens. Die Mutter wacht nun langsam, zögernd auf, wegen grellen Wortgeklingels, wie sie erkennen muß. Die Mutter hat die Ambition zu herrschen. Wer spricht hier mitten in der Nacht laut wie am Tage und noch dazu in meiner eigenen Wohnung mit meiner eigenen Tochter? Der Mann reagiert mit einer Drohgebärde. Die beiden Frauen mauern bereits an einem Gegenschlag in Form einer geschlossenen Druckwelle, die auf den einsamen Mann zurollt. Hast dus nicht gesehen, erhält Erika eine Ohrfeige in das Gesicht, bevor sie sichs recht versieht. Nein, sie hat nicht falsch gesehen, der Schlag wurde vom Mann Klemmer geführt, und mit Erfolg! Erstaunt hält sie sich die Backe und erwidert nichts darauf. Die

Mutter ist baff. Wenn einer hier schlägt, dann sie. Ein wenig später, als Klemmer nichts spricht, erwidert Erika darauf, er solle sofort verschwinden! Die Mutter schließt sich dem an und kehrt schon den Rücken. Sie beweist damit, daß das Schauspiel sie anekelt. Klemmer fragt die Tochter leise und stimmlos triumphierend, so hast du es dir ursprünglich nicht vorgestellt, nicht wahr. Die Mutter ist erstaunt, daß der Mann erst nach Streit verschwindet. Es interessiere sie aber gar nicht, was hier gesprochen werde, versichert sie in die Luft hinein. Noch erhebt sich keine Stimme laut, um sich durchdringend zu beklagen. Da trifft schon ein zweiter Schlag die andere Wange der Frau Erika. Es ist keine liebevolle Begegnung von Haut zu Haut. Der Nachbarn wegen wimmert Erika nur leise. Die Mutter wird aufmerksam und muß erkennen, und das in ihrer angestammten Tür, daß ihre Tochter zu einer Art Sportgerät degradiert wird von diesem Mann. Die Mutter weist empört darauf hin, daß fremdes Eigentum beschädigt wird, nämlich ihres! Die Mutter folgert daraus: verschwinden Sie auf der Stelle. Und so rasch Sie können.

In werkzeughafter Aneignung umklammert der Mann die Tochter dieser Mutter. Erika ist noch halb schlafgelähmt und weiß nicht, wie es möglich ist, daß Liebe so schlecht gelohnt wird, nämlich *ihre* Liebe. Wir erwarten für unsere Leistungen immer Lohn. Wir glauben, daß die Leistungen anderer nicht belohnt zu werden brauchen, wir hoffen, daß wir sie billiger kriegen können. Die Mutter schreitet zu Aktivitäten, zu denen sie auch die Polizei zuzuziehen wünscht. Sie wird daher mit einem lebhaften Stoß in ihr Zimmer zurückgeschleudert und fällt unsanft rücklings zu Boden. Dazu sagt ihr Klemmer seine Meinung, daß sie nicht sein Gesprächspartner ist! Die Mutter kann es nicht fassen. Immer lag jede Auswahl nur bei ihr. Klemmer versichert, wir haben Zeit, notfalls die ganze Nacht. Erika blüht jetzt nicht mehr so lichthungrig empor. Sie wird von Klemmer befragt, ob es das sei, was sie sich vorgestellt habe. Sie sagt sirenenhaft anschwellend, daß nein. Die Mutter krabbelt sich in sitzende Stellung empor und stellt dem Studenten etwas Furchtbares in

Aussicht, an dem die Mutter maßgeblich beteiligt sein wird. Sie wird sich, wenn es zum Äußersten kommt, der Hilfe Außenstehender sogar bedienen, beschwört die alte Frau Heilige. Und es wird ihm noch leid tun, daß er einer schonsamen Frau, die im Prinzip selber Mutter werden könnte, das antut. Er soll an *seine* Mutter denken! Diese tut der Mutter leid, weil sie ihn gebären mußte. Als die Mutter sich unter diesen Worten zur Tür vorgekämpft hat, wird sie noch einmal rüde zurückgestoßen. Walter K. muß zu diesem Zweck seine Erika kurz ablegen. Das Zimmer der Mutter wird dann von ihm versperrt, mit der Mutter in dessen engen Grenzen. Der Schlüssel zu diesem Schlafgemach dient dazu, die Tochter strafweise auszusperren, falls gewünscht und nötig. Ausgesperrt, denkt die Mutter im ersten Schock und kratzt an der Tür herum. Die Mutter winselt und droht reichhaltig. Klemmer wächst an Widerständen. Die Frau: Gefahr für den Leistungssportler vor schwierigen Wettkämpfen. Erikas und seine Wünsche stürzen ineinander. Erika greint, so habe ich mir das nicht vorgestellt. Sie spricht den Spruch von Theaterbesuchern: Ich habe mir mehr erwartet! Einerseits wird Erika von ihrem Fleisch überflutet, andrerseits von fremder Gewalt, die aus zurückgewiesener Liebe entstand.

Erika erwartet, daß er sich jetzt zumindest entschuldigt, wenn schon nicht mehr, aber nein. Sie begrüßt es, daß die Mutter sich nicht einmischen kann. Endlich löst man Privates völlig privat. Wer denkt jetzt an Mutter und Mutterliebe, außer demjenigen, der ein Kind herstellen will? Aus Klemmer spricht der Mann. Erika sucht durch eine gezielte, wenn auch geringfügige Entblößung den Willen des Mannes aktiv anzufachen. Sie fleht, bis die Späne auflodern und man bald einen dickeren Klotz Verlangen nachlegen kann. Ins Gesicht wird sie zum wiederholten Male geschlagen, obwohl sie sagt, bitte nicht auf den Kopf! Sie hört etwas über ihr Alter, das mindestens fünfunddreißig beträgt, ob sie will oder nicht. Von seinem sexuellen Widerwillen wird sie langsam getrübt. Ihre Pupillen verschleiern sich zunehmend. Endlich die Wohltaten von Haß werden Klemmer gespendet, er ist bezaubert; die Wirklichkeit klärt sich ihm auf wie

ein verhangener später Sommertag. Nur aus Unwahrhaftigkeit gegen sich selbst konnte er diesen wunderbaren Haß so lange mit Liebe bemänteln. Dieser Liebesmantel hat ihm lange gefallen, doch jetzt fällt er herab. Die Frau auf dem Boden hält verschiedenes für leidenschaftliches Sehnen, und nur der Leidenschaft wäre sein Verhalten halbwegs angemessen. Soviel hat Erika Kohut einmal gehört. Doch jetzt ist es genug, Liebster. Beginnen wir mit etwas Besserem! Den Schmerz möchte sie aus dem Repertoire von Liebesgesten gestrichen sehen. Jetzt fühlt sie es am eigenen Leibe und erbittet sich, wieder zur Normalausführung der Liebe zurückkehren zu dürfen. Nähern wir uns mit Verständnis dem Du. Walter Klemmer bemächtigt sich der Frau gewaltsam, die vorgibt, es sich jetzt anders überlegt zu haben. Bitte nicht hauen. Mein Ideal ist jetzt doch wieder die Gegenseitigkeit der Gefühle, ändert Erika alte Meinungen zu spät. Sie gibt die neue Meinung von sich, daß sie als Frau viel Wärme und Zuwendung brauche, und hält sich die Hand vor den Mund, der an einer Ecke blutet. Es ist ein unmögliches Ideal, erwidert der Mann. Er wartet ja nur, daß die Frau sich ein wenig zurückzieht, dann setzt er ihr nach. Es ist der Instinkt des Jägers, der ihn vorantreibt. Es ist der Instinkt des Wassersportlers und Technikers, der vor Untiefen und Felsen warnt. Greift die Frau nach ihm, schon ist er fort! Erika fleht Klemmer an, seine guten Seiten zu zeigen. Doch dieser lernt die Freiheit kennen.
Walter Klemmer schlägt Erika seine rechte Faust nicht zu fest und nicht zu schwach in den Magen. Das genügt, um sie erneut hinfallen zu lassen, die doch vorhin schon aufrecht stand. Erika biegt sich mittschiffs um ihre an den Leib gepreßten Hände zusammen. Es ist der Magen. Ohne schöne Anstrengung war der Mann dazu fähig. Er trennt sich nicht von sich, sondern im Gegenteil, noch nie war er mit sich so einer Meinung. Es wird von ihm gehöhnt, wo denn ihre Stricke und Seile bleiben? Und wo die Fesseln? Ich führe nur Ihre Befehle aus, gnädige Frau. Jetzt helfen dir Knebel und Riemen nichts, spottet Klemmer, der die Effekte von Knebel und Riemen ohne solche Hilfsmittel hervorbringt. Likörverschwommen trommelt die Mutter gegen

ihre Tür und weiß nicht, wie ihr geschieht und was tun. Sie wird auch davon nervös gemacht, daß sie nicht sieht, was der Tochter geschieht. Eine Mutter sieht auch ohne zu sehen. Sie achtete der Freiheit ihres Kindes nicht, und nun geht ein anderer mit dieser Freiheit unachtsam um. Ab heute werde ich diesbezüglich doppelt gut aufpassen, verspricht sich die Mutter und hofft nur, daß dieser junge Mann noch etwas übrig läßt, das der Aufsicht wert ist. Sie hat das Kind endlich zurechtgebogen, und nun verbiegt er es aufs neue. Die Mutter rast ein wenig.
Einstweilen lacht Klemmer das von ihm verkrümmte Fleisch aus, daß es bei deinem Alter aber höchste Eisenbahn ist! Erika flennt im Hinblick auf gemeinsam Erlebtes und Erlittenes im Unterricht. Sie beschwört ihn, erinnerst du dich nicht gern an Unterschiede zwischen Sonaten? Er macht sich über Männer lustig, die sich alles von Frauen gefallen lassen. Dazu gehört er nicht, und sie überspannte den Bogen. Sie ist eine überspannte Person, und wo sind jetzt ihre Peitschen und Bande? Klemmer stellt sie vor die Wahl: entweder du oder ich. Seine Lösung lautet: ich. Doch in meinem Haß entstehst du neu, tröstet der Mann und sagt laut seine Meinung damit. Indem er ihren von den Armen nur notdürftigst geschützten Kopf leicht malträtiert, wirft er ihr einen harten Brocken zum Kauen hin: Wenn du nicht Opfer wärst, könntest du keins werden! Er fragt sie, indem er sie traktiert, was jetzt mit ihrem herrlichen Brief geschehe? Antworten erübrigen sich.

Die Mutter befürchtet hinter der Zimmertür das Schlimmste für ihren kleinen Einpersonen-Privatzoo. Erika bringt weinend die Wohltaten vor, die sie dem Schüler erwies, nämlich unermüdlichen Eifer bei der Heranbildung musikalischen Geschmacks und musikalischer Vervollkommnung. Erika erwähnt heulend die Wohltaten ihrer Liebe, die sie dem Mann und Schüler als Fleißaufgabe zukommen ließ. Sie versucht zu herrschen, und nackte Gewalt nur hindert sie daran. Der Mann ist stärker. Erika geifert, daß er ja nur mit nackter Körperkraft herrschen könne, und wird dafür doppelt und dreifach geschlagen.

In Klemmers Haß wächst die Frau plötzlich frei heraus wie ein Baum. Dieser Baum wird zurechtgestutzt und muß einstecken lernen. Es klatscht dumpf Hand auf Gesicht; die Mutter hinter ihrer Tür weiß nicht, was passiert, doch sie weint aus Aufregung mit und erwägt einen der zahlreichen Schritte dieses Abends zum schon halb ausgeschlachteten Likörschrank, zur kl. Hausbar. Nicht erwogen wird, um Hilfe zu rufen. Denn das Telefon steht unerreichbar im Vorzimmer.
Klemmer schilt Erika ihres Alters wegen kräftig aus, und eine Frau in einem solchen Zustand hat betrefflich Liebe nichts von ihm zu erwarten. Er hat ihr in dieser Hinsicht immer nur etwas vorgespielt, es war ein wissenschaftliches Experiment, verleugnet Klemmer ehrenwerte Bedürfnisse. Und wo sind jetzt deine berühmten Stricke, durchschneidet er die Luft wie mit einem Rasiermesser. Sie soll sich an Menschen ihres eigenen Alters oder noch älter halten, schlägt er vor und auf sie ein. Der Mann ist in einer Paarbeziehung meist älter als die dazugehörige Dame. Klemmer schlägt ohne zu zielen auf die Frau ein. Diese Wut hat nicht die Gelegenheit eines zugefügten Übels oder Unrechts gesucht, im Gegenteil. Die Wut wurde aus Anlaß von Verliebtheit langsam wenn auch gründlich ausgebildet. Erika erwies diesem Mann nach eingehender Überprüfung die Erkenntlichkeit ihrer Liebe, und wumm, was passiert . . .?
Zwecks Weiterkommens in Leben und Gefühlen muß die Frau vernichtet werden, die über ihn sogar gelacht hat, zu Zeiten, da sie noch leicht triumphierte! Sie hat ihm Fesselung, Knebelung, Vergewaltigung zugetraut und zugemutet, jetzt erhält sie, was sie verdient. Schrei nur, schrei nur, fordert Klemmer auf. Die Frau weint laut darüber. Die Mutter der Frau weint hinter ihrer Tür ebenfalls. Sie weiß nicht einmal genau warum.
Erika krümmt sich ein wenig blutend embryonal zusammen, und das Zerstörungswerk schreitet fort. In Erika erwachsen dem Mann nun viele andere, die er immer schon zu beseitigen wünschte. Er schleudert ihr ins Gesicht, daß er noch jung ist. Ich habe das ganze Leben noch vor mir, ja, jetzt wird es sogar erst richtig schön! Nach Beendigung des Studiums mache ich

lange Urlaub im Ausland, hält er ihr den Köder vor, den er sogleich wegzieht: Allein! Daß du jung bist, kann man von dir nicht gerade behaupten, Erika, nicht wahr. Ist er jung, ist sie alt. Ist er Mann, ist sie Frau. Walter Klemmer tritt Erika, die am Boden liegt, launisch gegen die Rippen. Er tut es gerade so dosiert, daß nichts zerbricht. Wenigstens über seinen Körper herrschte er stets. Walter Klemmer tritt über die Schwelle Erika in die Freiheit hinaus. Sie hat es persönlich herausgefordert, indem sie über ihn und seine Begierde zu herrschen wünschte. Das hat sie nun davon. Er hat ein düsteres Gefühl und eine Vorahnung in bezug auf diese Frau. Die Frau mißbilligt jetzt laut seinen Haß, aber nur, weil sie körperlich darunter leiden muß. Sie schreit hell auf und beginnt ungeordnet zu bitten. Diesen Aufschrei hört die Mutter und schließt sich ihm in dumpfer Wut an. Es kann sein, daß der Mann ihr an der Tochter nichts mehr zu beherrschen übrig läßt. Animalische Angst, daß dem Kind etwas geschieht, beseelt die Mutter außerdem. Sie hat den Antrieb, gegen die Tür zu treten und zu drohen, doch diese Tür gibt weniger nach als anno dazumals der kindliche Wille. Die Mutter äußert Befürchtungen, die man, kraft Tür, nicht deutlich versteht. Die Mutter kreischt Übles hinsichtlich gewaltsamen Eindringens. Sie hält der Tochter die prophezeiten Folgen der männlichen Liebe vor Augen, doch die Tochter hört es nicht. Die Tochter weint jetzt ungezügelt und wird in den Bauch getreten. Diese Handlungsweise Klemmers wälzt sich lustvoll in allgemeiner weiblicher Mißbilligung. Klemmer freut sich, diese Mißbilligung unbeachtet zu lassen. Der Mann will auslöschen, was Erika je gewesen ist, und es gelingt nicht. Erika erinnert ihn dauernd, was sie ihm einst war. Ich flehe dich an, fleht sie. Die Mutter äußert hintertürig die Befürchtung, daß ihr Kind sich aus Furcht vor dem Mann kleinmacht und duckt. Dazu Beschädigung des Leibes. Die Mutter fürchtet um ihre ältliche Leibesschote. Sie fleht Gott und dessen Sohn an. Da Verlust endgültig wäre, bangt die Mutter, daß sie ihrer Tochter verlustig gehen könnte. Lange Jahre der mühevollen Dressur, wie fortgeblasen wären sie. Neue Kunststücke mit dem Mann

träten an ihre Stelle. Die Mutter wird Tee kochen, wenn sie nur erst wieder heraus darf und jemand Tee wünscht. Sie fistelt etwas von Revanche! und behördlicher Meldung! Erika flennt über einen Liebesabgrund hinweg. Zu frivol schienen ihre schriftlichen Bitten diesem Mann, gibt er an. Zu demütigend sein Versagen, gibt er an. So lange ging sie niemals in der Öffentlichkeit herum und dachte, dadurch würde sie die Beste. Doch einmal öffentlichem Leben ausgesetzt, ist ihr Anteil verschwindend gering. Und bald ist es zu spät.
Erika liegt auf dem Boden, unter ihr der verrutschte Vorzimmerläufer. Sie sagt schone mich. Nur für diesen Brief allein hat sie es als Strafe nicht verdient. Klemmer ist entfesselt, Erika ist nicht gefesselt. Der Mann schlägt leichthin und fragt ätzend, na wo ist er jetzt, dein Brief. Das hast du nun davon. Er prahlt, daß Fesselung nicht nötig war, wie sie jetzt sieht. Er fragt bei ihr an, ob der Brief jetzt helfen könne? Das ist alles, was du davon hast! Klemmer erläutert der Frau unter Leichtschlägen, daß sie es so und nicht anders gewollt habe. Erika bringt weinend dagegen vor, daß sie es so nicht gewollt habe, sondern anders. Dann mußt du dich das nächste Mal eben präziser ausdrücken, schlägt der Mann vor und auf sie ein. Er beweist der Frau unter Tritten die einfache Gleichung ich bin ich. Und ich schäme mich dessen nicht. Ich stehe dazu. Er bedroht die Frau, daß sie ihn so nehmen muß wie ich eben bin. Wie ich bin so bin ich. Erika hat das Nasenbein angesplittert und eine Rippe von dem Tritt. Sie verbirgt ihr Gesicht in den Händen, wobei Klemmer sagt, er gibt ihr recht. Dieses Gesicht ist nicht so besonders, nicht wahr. Es gibt schönere, sagt der Spezialist und wartet, daß die Frau vorbringt, es gebe ebenso auch häßlichere. Ihr Nachthemd ist verrutscht, und Klemmer erwägt eine Vergewaltigung. Doch als Mißachtung weiblichen Geschlechtsreizes sagt er, zuerst muß ich einmal ein Glas Wasser trinken. Er bedeutet Erika, daß sie jetzt weniger Reiz für ihn habe als ein hohler Baumstamm, in dem der Bienenschwarm noch haust, für den Bären. Erika ist ihm nie durch Schönheit ins Auge gestochen, sondern durch Musikleistung. Und nun kann sie genausogut ein paar Minuten

warten. Ich habe das Problem auf meine Weise gelöst, bescheidet sich der Technikstudent. Die Mutter flucht. Erika denkt an Flucht. Sie ist im Denken geübt, nicht aber im Handeln. Durch fugendichte Abgeschlossenheit hat sie keinen Preis errungen.
In der Küche läuft lange Wasser, der Mann liebt es kalt. Er ist sich im klaren darüber, daß seine Handlung Folgen haben kann. Als Mann nimmt er sie auf sich. Das Wasser hat einen Beigeschmack von Unbehagen. Auch sie wird die Folgen tragen müssen, denkt er schon mit größerer Freude. Mit dem Klavierunterricht ist es für ihn sicher zu Ende, dafür fängt es mit dem Sport erst richtig an. Niemand von den Anwesenden ist irgend etwas besonders angenehm. Trotzdem muß es getan werden. Keiner lenkt versöhnlich ein. Klemmer horcht darauf, ob die Frau teilweise Schuld auf sich nimmt. Du bist zu einem kleinen Teil auch selber schuld, mußt du zugeben, gibt Klemmer vor der Frau zu. Man kann nicht jemand aufs äußerste reizen und dann auf dem Eis tanzen. Wenn es einem zu wohl wird, kann man schließlich nicht das Gatter öffnen.
Klemmer tritt wütig in die Tür eines Zauberschranks mit unbekanntem Inhalt, der jäh aufspringt und unerwartet einen Mistkübel mit eingelegter Plastiktüte vorzuweisen hat. Durch die Druckwelle hopsen oben zahlreiche Abfälle heraus und verteilen sich auf dem Küchenboden. Hauptsächlich Knochen. In einer Pfanne verbranntes Fleisch. Unwillkürlich wird von Klemmer darüber hingelacht. Draußen schmerzt dieses Lachen die Frau. Sie macht einen Vorschlag, daß wir über alles reden können, bitte. Schon gibt sie sich öffentlich einen Teil Schuld. Solange er hier ist: Hoffnung. Nur nicht fortgehen bitte. Sie will aufstehen, kann es aber nicht und fällt zurück. Die Mutter schreit hinter ihrer Barrikade, die sie nicht aufgebaut hat, nach der Tochter: wie geht es dir? Die Tochter antwortet ihr, danke, es geht. Es wird alles erledigt. Die Tochter fleht den Mann an, die Mami herauszulassen. Sie kriecht unter Mamarufen zur Tür, und die Mutter ruft hinter der Tür Erikas Namen verstärkt hervor. Im selben Atemzug äußert die Mutter einen Fluch, wie es so ihre Art ist. Klemmer ist vom kalten Wasser gestärkt

worden. Er ist vom kalten Wasser etwas abgekühlt worden. Erika hat die Muttertür fast erreicht, wird jedoch vom Schüler zurückgeworfen. Sie bittet erneut, nicht auf Kopf oder Hände. Klemmer berichtet ihr, daß er jetzt nicht auf die Straße kann in dem Zustand; er erschreckte dort nur dreist die meisten. Durch ihre Schuld ist er in solch einen Zustand geraten, sei ein bißchen lieb zu mir, Erika. Bitte. Er rast jetzt hochtourig über die Frau hinweg. Er schleckt ihr total das Gesicht ab und erbittet sich Liebe. Wer verschenkt diese großzügiger und zu geringfügigeren Bedingungen als eine liebende Frau? Unter Liebesbitten knöpft er sich auf, indem er den Reißverschluß hinunterzieht. Mit der Bitte um Liebe und Verstehen dringt er in die Frau kurz entschlossen ein. Er verlangt jetzt energisch sein Recht auf Zuneigung, das jeder hat, auch der Schlimmste. Klemmer, der Schlimme, bohrt in der Frau herum. Er wartet auf das Stöhnen der Lust bei ihr. Erika verspürt nichts. Es kommt nichts. Es tut sich nichts. Entweder ist es zu spät oder noch zu früh dafür. Die Frau bringt öffentlich vor, daß sie das Opfer einer Betrügerei zu sein scheint, weil sie nichts spürt. Diese Liebe ist im Kern Vernichtung. Sie hofft sehr, Klemmer wünscht, daß sie ihn liebt. Klemmer beschlägt leicht Erikas Gesicht, um ein Stöhnen hervorzuzaubern. Ihm ist es im Kern egal, weshalb sie stöhnt. Erika wünscht sich Begierde, doch sie begehrt nichts und empfindet nichts. Sie bittet deshalb den Mann, rasch aufzuhören! Dadurch, daß er sie jetzt wieder heftiger schlägt, mit der flachen Hand, unter ermüdenden Liebesbitten, wird es zu einer einzigen Gewalttour. Eine extreme Bergbesteigung. Die Frau gibt sich nicht mit frohem Willen, doch der Mann Klemmer erwünscht es sich von ihr aus freien Stücken. Er hat es nicht nötig, eine Frau zu zwingen. Er schreit sie an, sie solle ihn freudig aufnehmen! Er sieht das unbewegte Gesicht, dem seine Anwesenheit keinen Stempel als den des Schmerzes aufdrückt. Soll das heißen, daß ich genausogut gehen könnte, fragt Klemmer unter Schlägen. Klemmer erbringt für diese Frau seine persönliche Bestleistung, damit seine Gier endlich beseitigt wird. Ein für allemal, wie er ihr androht. Erika wimmert aufhören, denn es tut weh. Rein aus

Trägheit oder Faulheit kann sich Klemmer nicht aus der Frau herauslösen, bevor er fertig ist. Er bittet: liebe mich, er schleckt an ihr und schlägt abwechselnd. Er bewegt sich zornrot und legt Kopf an Kopf. Die Mutter wünscht Beendigung. Sie schlägt im Maschinengewehrtakt gegen die Tür. Sie läßt ein Schnellfeuer los, ungeachtet der Nachbarn. Klemmer erhöht sein Tempo, seine Geschwindigkeit ist mittlerweile recht hoch. Er schießt nicht über das Ziel hinaus, sondern genau ins Ziel hinein. Der sportliche Meister hat es vollbracht. Noch im selben Atemzug säubert er sich auch schon flink mit einem Tempotaschentuch, welches er als feuchten Knäuel auf den Boden neben Erika hinwirft. Er ersucht, niemandem etwas davon zu erzählen. Zu ihrem eigenen Besten. Er entschuldigt sich für sein Benehmen. Er erklärt sein Benehmen damit, daß es ihn überkommen habe. So gehts einem. Er verspricht Erika vage etwas, die am Boden liegenbleibt. Ich habe es jetzt leider eilig, fordert der Mann auf seine Weise Verzeihung. Ich muß jetzt leider gehen, entbietet der Mann auf seine Weise der Frau Liebe und Verehrung. Hätte er jetzt eine einzelne rote Rose, schenkte er sie Erika glatt. Er grüßt sie mit dem Verlegenheitswort also servus und sucht auf dem Vorzimmertischerl nach dem Schlüsselbund mit dem Haustorschlüssel. Es tut nicht gut: zwei Frauen so alleine miteinander, gibt er Erika zum Abschluß eine Lebenshilfe. Er zieht an ihren Zügeln. Sie soll den Generationsunterschied doch vorurteilslos bedenken! Klemmer schlägt Erika vor, öfter unter Leute zu gehen, wenn nicht mit ihm, dann allein. Er bietet sich als Begleiter für Veranstaltungen an, von denen er weiß: nie wird er mit Erika dort hingehen. Er gesteht, also das wärs. Ob sie so etwas noch einmal mit einem Mann probieren werde, fragt er interessehalber die Frau. Er gibt sich selbst die einzig logische Antwort darauf: danke nein. Er malt, um mit Goethe zu sprechen, den Teufel an die Wand, daß man Geister, die man rief, nicht los wird, und lacht darüber. Er muß lachen: siehst du, so ergehts einem. Er rät: aufpassen! Sie soll jetzt eine Platte auflegen, um sich zu beruhigen. Nicht auf französisch empfiehlt er sich, denn er hat sich jetzt zum wiederholten Male laut verabschiedet.

Er fragt, ob ihr nichts fehle, und beantwortet sich selbst die Frage mit: es wird schon! Bis du heiratest, ist alles wieder gut, blickt Klemmer kraft Volksweisheit in die Zukunft. Ungeküßt muß er auch diesmal nach Hause gehen, doch dafür hat *er* geküßt. Er geht nicht ohne Lohn. Seinen Lohn hat er eingetrieben. Und auch die Frau hat die gebührende Belohnung erhalten. Wer nicht will, der hat schon, reagiert Klemmer auf Erika, nachdem diese körperlich nicht auf ihn reagiert hat. Er springt die Treppe hinunter, sperrt sich das Tor auf, wirft den Schlüsselbund wieder hinein, und zwar auf den Boden. Die Mieter werden schutzlos in einem unabgesperrten Haus zurückgelassen, während Klemmer seiner Wege zieht. Er nimmt sich noch im Gehen vor, Passanten, soweit es sie noch zu sehen gibt, frech oder arrogant ins Gesicht zu blicken. Er wird heute abend eine lebende Provokation darstellen und Schiffe hinter sich verbrennen. Er turnt auf dem Barren der Gewißheit, daß diese beiden Frauen über das Geschehene kein Wort verlieren werden, in ihrem eigenen Interesse. Nur kurz erwägt er etwaige Folgekosten, Zinssätze. Es kommen keine Autos mehr, und wenn doch, so hilft ein jugendlicher Reflex, und man springt rasch entschlossen zur Seite. Jung und schnell, nimmt Klemmer es aber auch mit jedem auf! Er sagt: heute nacht könnte ich Bäume ausreißen! Er ist darüber beruhigt, daß es ihm jetzt viel besser geht als vorhin. Er pißt kräftig gegen einen Baum. Er läßt ganz bewußt nur positive Gedanken sein Hirn passieren, das ist das ganze Geheimnis seines Erfolgs. Sein Gehirn ist nämlich ein Einweg-Gehirn! Einmal gebrauchen, und dann löschen. Klemmer will keine schweren Gewichte mehr mit sich herumschleppen, nimmt er sich als Vorsatz vor. Er geht jetzt als Herausforderung mitten auf der Straße.

Der neue Tag trifft Erika alleine an, doch von der Fürsorge der Mutter verklebt, verpflastert. Diesen Tag hätte Erika gut mit dem Mann gemeinsam beginnen können. Man-

gelhaft vorbereitet tritt die Frau dem Tag gegenüber. Niemand wendet sich an ein öffentliches Organ, um Walter Klemmer zu arretieren. Schön ist dagegen das Wetter. Die Mutter schweigt in ungewohnter Weise. Sie tut hier und dort einen gutgemeinten Einwurf, verfehlt aber den Korb, den sie, der Tochter wegen, zu hoch gehängt hat. Jahrelang wurde der Korb immer ein Stück höher gehängt. Jetzt sieht man ihn kaum noch. Die Mutter läßt verlauten, die Tochter solle mehr unter Menschen gehen, um neue Gesichter und Tapeten kennenzulernen! Im Alter der Tochter ist es dafür höchste Zeit. Die Mutter hält ihrem schweigenden Kind rechnerisch vor, immer mit mir alter Frau zusammen ist nicht gut, du junger Übermut. Bei der Menschenunkenntnis Erikas, die sie erst kürzlich unter Beweis stellte, trifft diese vielleicht zum zweiten Mal in einem Jahr den Falschen. Die Mutter spricht darüber, was für Erika gut ist. Daß Erika es auch einsieht, ist der erste Schritt zur Selbsterkenntnis. Daß es noch andere Männer gibt, vertröstet die Mutter ängstlich auf ein nebuloses Später. Nicht unfreundlich schweigt Erika. Die Mutter befürchtet, daß Erika jetzt nachdenkt, und gibt dieser Befürchtung Ausdruck. Wer nicht spricht, könnte gut denken. Die Mutter fordert auf, Gedanken öffentlich preiszugeben und nicht in sich hineinzufressen. Was man denkt, muß man der Mutter gegenüber auch aussprechen, damit diese informiert ist. Die Mutter ängstigt sich vor einer Stille. Ist die Tochter rachsüchtig? Wird sie eine unverschämte Rede wagen?
Es geht die Sonne auf, unter ihr Staubwüsten. Rot wäscht es über die Fassaden. Bäume haben sich mit Grün überzogen. Sie entschließen sich, zum Schmuck zu gereichen. Blumen setzen Knospen, um das Ihre dazuzutun. Leute gehen darin herum. Die Rede quillt ihnen aus den Mündern.

Vieles tut Erika weh, und sie bewegt sich aus Vorsicht nicht jäh. Ihre Verbände sind nicht immer körpergerecht, aber dafür liebevoll angebracht worden. Der Morgen könnte Erika anregen, einen Grund dafür zu suchen, wozu sie sich all die Jahre von allem abgeschlossen hat. Um eines Tages groß

hervorzutreten aus den Mauern und alle zu übertreffen! Warum nicht jetzt. Heute. Erika zieht ein altes Kleid aus der verflossenen kurzen Mode an, das Kleid ist nicht so kurz wie andere Kleider damals. Das Kleid ist zu eng und geht im Rücken nicht ganz zu. Es ist vollständig veraltet. Auch der Mutter gefällt das Kleid nicht, es ist ihr zu kurz und zu eng. Die Tochter steht an allen Ecken und Enden vor.
Straßen wird Erika betreten, um alle zu verblüffen, dazu wird ihre Anwesenheit allein ausreichen. Erikas Ministerium des Äußeren trägt ein veraltetes Kleid, nach dem sich mancher spöttisch umdreht.
Die Mutter macht zur Ablenkung einen Ausflugsvorschlag, aber in diesem Aufzug gehst du mir nicht. Die Tochter hört es nicht. Davon ermutigt, holt die Mutter Wanderkarten hervor. Aus alten staubigen Fächern, in denen noch der Vater wühlte, mit dem Finger sich Pfade zusammenstellend, Ziele suchend, Jausenstationen aufspürend. In der Küche steckt die Tochter ungesehen ein scharfes Messer in die Handtasche. Es sieht und schmeckt sonst immer nur tote Tiere. Die Tochter weiß noch nicht, ob sie einen Mord begehen wird oder sich dem Mann lieber küssend zu Füßen werfen. Später wird sie die Entscheidung treffen, ob sie ihn sticht. Oder ob sie ihn leidenschaftlich und ernstgemeint anfleht. Sie hört der Mutter nicht zu, die anschaulich Wege beschreibt.
Die Tochter wartet auf den Mann, der kommen soll, um sie anzuflehen. Sie setzt sich still an das Fenster und rechnet Fortgehen und Bleiben gegeneinander auf. Für das Bleiben wird vorerst gestimmt. Morgen gehe ich vielleicht, entscheidet sie. Sie schaut auf die Straße hinunter, gleich darauf geht sie fort. Jetzt beginnt bald die Morgenvorlesung an der technischen Universität, Fachrichtung Klemmer. Sie hat das einmal von ihm erfragt. Liebe ist ihr Wegweiser dorthin. Sehnsucht ihre unwissende Beraterin.
Schon geht Erika Kohut fort und hat die Mutter hinter sich zurückgelassen, die Erikas Gründe erforscht. Die Zeit ist der Mutter seit langem wohlvertraut als extrem bösartige fleisch-

fressende Pflanze, doch ist es nicht ungewohnt früh, sich ihr auszusetzen?
Das Kind beginnt den Tag im allgemeinen später, daher setzt auch die Erosion des Tages später ein.
Ihr warmes Messer in ihrer Tasche umklammert Erika und geht durch Straßen zu Fuß in Richtung ihres Ziels. Sie bietet einen ungewohnten Anblick, wie dazu gemacht, Menschen zu fliehen. Die Leute scheuen sich nicht zu starren. Sie machen im Umdrehen Bemerkungen. Sie schämen sich nicht ihrer Meinung über die Frau, sie sprechen sie aus. In ihrem unentschlossenen Halbminikleid wächst Erika zu voller Höhe empor, mit Jugend in scharfen Wettkampf tretend. Allerorten deutlich sichtbare Jugend verlacht die Frau Lehrerin offen. Die Jugend lacht über Erika bezüglich deren Äußerlichkeit. Erika lacht über die Jugend bezüglich deren Innerlichkeit ohne rechte Inhalte. Ein Männerauge signalisiert Erika, sie sollte nicht ein so kurzes Kleid tragen. So schöne Beine hat sie nun auch wieder nicht! Lachend schreitet die Frau herum, das Kleid paßt nicht zu ihren Beinen und die Beine passen nicht zum Kleid, wie auch der Moderatgeber sagen würde. Erika erhebt sich aus sich heraus und über andere. Sie hat eine Bangigkeit, ob sie mit diesem Mann fertig wird. Jugend spottet auch in der Innenstadt. Erika höhnt lauthals zurück. Was die Jugend kann, kann Erika besser. Sie macht es schon länger.
Erika geht über freie Plätze vor Museen. Tauben fliegen auf. Vor dieser Entschlossenheit! Touristen gaffen zuerst auf die Kaiserin Maria Theresia, dann auf Erika, dann wieder auf die Kaiserin. Flügel knattern. Öffnungszeiten sind angeschlagen. Die Straßenbahnen auf dem Ring gehen auf Ampeln los. Sonne flimmert durch Staub. Hinter dem Gitter des Burggartens beginnen junge Mütter ihren Tagesmarsch. Die ersten Verbote werden auf Kieswege hinabgeschleudert. Von ihrer Höhe hinab tropfen die Mütter ihren Geifer. Anschwellendes Geheul, die Wunderwaffe, antwortet darauf. Allerorten verständigen sich jetzt zwei oder mehrere. Kollegen finden sich zusammen, Freunde geraten in Streit. Autofahrer rinnen ener-

gisch über die Opernkreuzung, weil die Fußgänger ihnen aus den Augen gegangen sind und sich nur mehr im Untergrund aufhalten, wo sie Schaden, den sie anrichten, selber verantworten müssen. Sie finden dort keine Sündenböcke: die Autofahrer. Geschäfte werden betreten, nachdem sie von außen ausführlich begutachtet wurden. Einige schlendern bereits ohne Ziel. Die Bürobauten am Ring schlucken Person um Person, welche sich mit Export und Import befaßt. In der Konditorei Aïda sehen Mütter der geschlechtlichen Betätigung ihrer Töchter ins Auge, die ihnen gefährlich verfrüht erscheint vom Beginn an. Sie preisen den Einsatz ihrer Söhne in Schule und Sport.
Die Verirrung eines leibhaftigen Messers umgreift Erika Kohut in ihrer Handtasche. Geht ein Messer auf die Reise oder wird sich Erika auf den Canossagang zu männlicher Verzeihung machen? Sie weiß es noch nicht und wird es erst an Ort und Stelle entscheiden. Noch ist das Messer Favorit. Tanzen soll es! Die Frau steuert die Secession an und hebt frei das Haupt zur Blätterkuppel. Darunter zeigt ein stadtbekannter Künstler heute etwas, nach dem die Kunst nicht mehr sein kann, was sie vorher war. Von hier aus ist die Technik, der Gegenpol zur Kunst, schon ferne sichtbar. Erika muß nur noch die Kreuzung unterqueren und durch den Resselpark. Fallweise weht Wind. Stimmen jugendlicher Wißbegier häufen sich hier schon. Blicke streifen Erika, die sich ihnen stellt. Endlich streifen auch mich einmal Blicke, frohlockt Erika. Solchen Blicken ist sie Jahre um Jahre aus dem Weg gegangen, indem sie einhäusig blieb. Doch was lange währt, wird endlich doch scharf hervorstechen. Nicht unbewaffnet setzt sich Erika den Blicken aus, braves Messer du. Jemand lacht. Nicht jeder lacht so laut. Die meisten lachen nicht. Sie lachen nicht, weil sie außer sich selbst nichts anderes sehen. Sie bemerken Erika nicht.
Gruppen junger Leute gerinnen aus dem fließenden Strom heraus. Sie bilden Stoßtrupps und die Nachhut. Engagierte junge Menschen machen entschlossen Erfahrungen. Sie sprechen andauernd darüber. Die einen wollen Erfahrungen mit sich

machen, die anderen lieber Erfahrungen mit anderen, je nach Wunsch.

Vor der Fassade der technischen Hochschule auf Säulen die metallischen Männerköpfe berühmter Naturwissenschaftler dieses Instituts, die Bomben und Stauwerke erfanden.

Krötenartig hockt die riesige Karlskirche inmitten einer öden Wüstenei, in der ihr immerhin keine Autoabgase mehr drohen. Wasser sprudelt selbstsicher geschwätzig herum. Man geht rein auf Stein, außer im Resselpark, der eine grüne Oase vorstellen soll. Auch mit der U-Bahn kann man fahren, wenn man nur will.

Erika Kohut entdeckt Walter Klemmer inmitten einer Gruppe von gleichgesinnten Studenten in verschiedenen Stadien des Wissens, die miteinander laut herumlachen. Aber nicht über Erika, die sie gar nicht wahrnehmen. Es wird lautstark demonstriert, daß Walter Klemmer heute nicht blaugemacht hat. Er hat sich von dieser Nacht nicht länger ausruhen müssen als von anderen Nächten. Erika zählt drei Jungen und ein Mädchen, das ebenfalls etwas Technisches zu studieren scheint und damit eine technische Novität bildet. Das Mädchen wird von Walter Klemmer fröhlich umschultert. Es lacht laut auf und birgt seinen blonden Kopf kurz an Klemmers Hals, welcher seinerseits einen blonden Kopf zu tragen hat. Das Mädchen kann vor lauter Lachen nicht stehen, wie es mittels Körpersprache aussagt. Das Mädchen muß sich auf Klemmer stützen. Die anderen pflichten ihm bei. Auch Walter Klemmer lacht voll auf und schüttelt Haar. Sonne umfängt ihn. Licht umspielt ihn. Laut lacht Klemmer weiter, und die anderen stimmen vollhalsig zu. Was ist denn gar so komisch, fragt ein später Hinzugekommener und muß sofort hell mitlachen. Er wird angesteckt. Es wird ihm etwas in prustenden Stößen geschildert, und nun weiß er erst, worüber er lacht.

Er übertrifft die andern noch, weil er eine Zeitspanne an Lachen nachzuholen hat. Erika Kohut steht da und sieht. Sie schaut zu. Es ist heller Tag, und Erika schaut zu. Als die Gruppe genügend gelacht hat, wendet sie sich dem Gebäude der technischen Universität zu, um es zu betreten. Dazwischen müssen sie immer

wieder herzlich auflachen. Sie unterbrechen sich selbst durch Lachen.
Fenster blitzen im Licht. Ihre Flügel öffnen sich dieser Frau nicht. Sie öffnen sich nicht jedem. Kein guter Mensch, obwohl nach ihm gerufen wird. Viele wollen gerne helfen, doch sie tun es nicht. Die Frau dreht den Hals sehr weit zur Seite und bleckt das Gebiß wie ein krankes Pferd. Keiner legt eine Hand an sie, keiner nimmt etwas von ihr ab. Schwächlich blickt sie über die Schulter zurück. Das Messer soll ihr ins Herz fahren und sich dort drehen! Der Rest der dazu nötigen Kraft versagt, ihre Blicke fallen auf nichts, und ohne einen Aufschwung des Zorns, der Wut, der Leidenschaft sticht Erika Kohut sich in eine Stelle an ihrer Schulter, die sofort Blut hervorschießen läßt. Harmlos ist diese Wunde, nur Schmutz, Eiter dürfen nicht hineingeraten. Die Welt steht, unverwundet, nicht still. Die jungen Leute sind gewiß für lange im Gebäude verschwunden. Ein Haus grenzt an das andere. Das Messer wird in die Tasche zurückgelegt. An Erikas Schulter klafft ein Riß, widerstandslos hat sich zartes Gewebe geteilt. Der Stahl ist hineingefahren, und Erika geht davon. Sie fährt nicht. Sie legt sich eine Hand an die Wunde. Niemand geht ihr nach. Viele kommen ihr entgegen und teilen sich an ihr, Wasser an einem tauben Schiffsrumpf. Keiner der schrecklichen und jede Sekunde erwarteten Schmerzen trifft ein. Eine Autoscheibe lodert auf.
Erikas Rücken, an dem der Reißverschluß ein Stück offensteht, wird gewärmt. Der Rücken wird von der immer kräftiger werdenden Sonne leicht angewärmt. Erika geht und geht. Ihr Rücken wärmt sich durch Sonne auf. Blut sickert aus ihr heraus. Menschen blicken von der Schulter zum Gesicht empor. Einige wenden sich sogar um. Es sind nicht alle. Erika weiß die Richtung, in die sie gehen muß. Sie geht nach Hause. Sie geht und beschleunigt langsam ihren Schritt.

Elfriede Jelinek **Im Lauf der Zeit**

Film ist Bewegung, ein Zeitvergehen, das auf genauester Planung beruht. Nur die brutalsten Maßnahmen können die Bilder zwingen, sich in eine bestimmte Aufeinanderfolge zu begeben und dort zu bleiben, in der Bewegung, aber man hat sich vorher genau ausgerechnet, wie das zu geschehen hat. Film suggeriert, daß alles, was ist, berechenbar sei. Aber jedes Leben, auch das eigene, vergeht, während man sich noch diesen oder jenen Film auf der Leinwand anschaut. Das eine Vergehen, das im Film, kann man berechnen, das des eigenen Lebens nicht. Wenn man selbst also ein Vergehen begeht und nicht lebt, kommt man ins Gefängnis, das man dann zur Strafe auch noch selber sein muß. Erika Kohut im Film weiß das, aber sie kann nichts dagegen tun. Und während die Kader im Leben um die Wette schuften, laufen die Kader im Film so einfach dahin, sie machen Sport. Ihr Sport ist das Laufen. Oder: Indem das Leben auf der Leinwand vorher genau berechnet wurde, wird suggeriert, daß auch das Leben: machbar sei. Man kann es ja versuchen. Weit wird man damit nicht kommen.

Vielleicht ist das alles aber nichts als ein Spiel zwischen Subjektivierungen und Objektivierungen, denn die Menschen fühlen sich als Individuen und damit immer, bisher, als Spielbälle des Lebens, das scheint sich jetzt langsam zu ändern, denn neue Technologien stellen ja immer mehr die Machbarkeit von Leben in den Vordergrund. Stellen sie sich also immer mehr ihr Sein als etwas Machbares vor, die Menschen? Oder setzen sie es als ein Objektives, und damit wird es ja immer mehr, auch in der Kunst, vor allem im Film, der Leben schließlich ab-bildet, ein Gegenstand, ein Gegenstand einer Vorstellung, die ihrerseits anderen Vorstellungen von Seinsmöglichkeiten gegenübergestellt wird? Sozusagen das Planbare, das dem Geplanten, das aber wiederum Ziel eines künstlerischen Willens eines Regisseurs ist, gegenübersteht?

Da hat Michael Haneke ein Drehbuch geschrieben, zunächst für einen anderen Regisseur, dann hat er es für sich selbst genommen und einen Film gedreht, nach einem meiner Bücher. Er hat also etwas, das ich geschrieben hatte, zur Grundlage von Berechnungen und Planungen genommen, und diese präzisen Planungen (es ist ja fast unglaublich, was man alles berechnen und beachten muß, wenn man einen Film dreht! Ich würde schon an den ersten fünf Sekunden scheitern, denn ich verlange von einer Handlung, von Ereignissen, daß sie mich an der Hand nehmen und voranziehen, daß ich sozusagen nicht weiß, wo ich landen werde, ja, und das verlange ich, wie gesagt, nicht etwa daß ich es nur zuließe!) zielen auf eine Endlosigkeit, eine Weite ab, in der alles möglich ist und nichts. Man wirft Lebenstrümmer hinein, und sie ordnen sich in einem hübschen Mahlstrom, der in eine bestimmte Richtung fließt, oder sie werden aus rasender Drehung heraus wieder ausgespuckt, so wie Menschen, die nicht leben können, vom Leben wieder ausgespuckt werden bzw. sich selber wegschmeißen. Abfälle. Erika Kohuts.

Diese Weite des Lebens, in der man verlorengeht: dagegen die Kunst! Der Film nutzt die Weite der Zeit, die ungefähr eineinhalb Stunden dauert, und die Weite der Bilder, die inzwischen einfach überallhin können, und bestünden sie aus Spielzeugstädten, die von Spielzeugbombern zertrümmert werden. Egal, diese Zeit-Bild-Welt wird angefüllt, sie wird vom Regisseur genützt, und sie zeigt wiederum Schauspieler, die wirkliche Menschen darstellen oder Menschen, die ein Autor sich ausgedacht hat, als benutzbar, denn sie werden ja benutzt, um Kunst, einen Film zu erzeugen, und sie werden benutzt, um eine bestimmte Filmhandlung zu zeigen. So ist Michael Haneke in die kleine, überschaubare (eigentlich recht enge) Welt der Erika Kohut eingedrungen, die ich mir selber ausgedacht habe, und die ich sogar selber zum Teil gewesen bin (beides probiert, Leben wie Kunst: kein Vergleich! Aber Ihnen erlaube ich das Vergleichen schon gar nicht!), wobei noch zu fragen wäre, wie verzweifelt ich als Autorin mir selbst, als gewissermaßen Hauptfigur dieser Geschichte, die Planbarkeit meines eigenen Schicksals damit selber einreden wollte, lassen Sie mich ausreden, denn Ausreden fürs ungelebte Leben gibt es nicht, und auch die Kunst hat mich nicht retten können, Spielball meines eigenen Lebens geworden zu sein, da könnte man endlos weiter überlegen, aber, wie gesagt, wir haben nur eineinhalb bis zwei Stunden dafür, und mehr hätte niemand für mein Schicksal übrig, doch ich schweife ab, und das darf der Film nicht, es ist ja vorher alles genau festgelegt worden, auch die Ausschweifungen, ich meine die Abschweifungen, und so ist also Michael Haneke mit seiner Verfilmung in meine kleine Welt eingedrungen, die ich im nachhinein als eine geplante verkleidet habe, was sie möglicherweise war, möglicherweise aber auch nicht, er ist eingedrungen und hat sie für Kunst benutzt, was ich selber aber vorher auch schon getan hatte, nur halt in einem Buch, besser man sieht es aber vor sich, um es nicht nachzumachen, niemals, und was ich eigentlich sagen wollte, ist: diese Kunst-Ödnis, vor der jeder zu Recht Angst hat, ist, trotz aller intrikaten Planungen, nicht beherrschbar, man kann sie nur nutzen. Aber wenn man sie nutzt, nutzt man sie aus, und man nutzt die Figuren aus, und man nutzt die Vorbilder für die Figuren aus, und man beweist, daß diese Figuren, die in der Kunst hergestellt wurden, dann nicht mehr beherrscht werden können, egal, ob sie sich selbst beherrschen können oder nicht, und je mehr man sie in den Griff zu bekommen sucht (und das kann Haneke sehr gut: sie in den Griff bekommen, sie machen keine Sekunde mit ihm, was sie wollen, genauso wie die Menschen keine Sekunde machen, was sie eigentlich wollen, aber glauben, sie täten es, wenn sie nur könnten), um so mehr stößt man, und stoßen sie, die Kunstfiguren, meine Kunstfiguren und ich selber also, etwas aus, wie ein Tintentisch Tinte, aus sich selbst heraus, daß alles nicht planbar ist, daß Das Alles nicht planbar ist (nicht daß eben nichts planbar ist, das ist ein Unterschied!), das Nichts ist aber auch nicht planbar, diese Figuren geben also eine Flüssigkeit oder etwas Ähnliches von sich, und sie nebeln sich selber ein, je besser sie ausgedacht worden sind, um so mehr Flüssigkeit, die sie wieder verdunkelt, und im letzten Aufflackern von etwas, das man gerade noch sieht, werden sie Unwesen und ungewöhnlich, und sie werden zu dem Nichtplanbaren, und daher zu Leben wie Nichtleben zugleich. Sie werden ihre eigenen Ausnahmen und damit: einzigartig, gerade indem sie sind wie alle.

Michael Töteberg **Filmsplitter**

Fragmente einer Produktionsgeschichte

Heiß. «Die Filmemacher reißen sich um Elfriede Jelineks Roman ‹Die Klavierspielerin›», wußte das österreichische Magazin «profil» im Januar 1989 zu berichten. «Der Roman lag kaum auf dem Ladentisch, da war er bereits Spekulationsobjekt bundesdeutscher Filmproduzenten.» Die Option geht an einen altgedienten Autorenfilmer, doch der läßt den Termin ungenutzt verstreichen. Der Autorin ist das nicht unlieb: Sie favorisiert die Pläne der Wiener Experimentalkünstlerin Valie Export. Das Projekt wird bei der österreichischen Filmförderung eingereicht und von der Kommission einstimmig befürwortet, scheitert aber beim Fernsehsender ORF. «Vermutlich war das extreme Mutter-Tochter-Verhältnis der springende Punkt», orakelt die abgewiesene Filmemacherin. Das Projekt ist gestorben. Neue Anwärterin für eine Option: die Schauspielerin Christine Kaufmann. Eine überraschende Anfrage kommt aus den Niederlanden: Der holländische Autor Hugo Claus, auch am Film interessiert, fragt nach den Rechten. Näher liegt der Vorstoß des Produzenten Veit Heiduschka und seiner Wega-Film: Er kennt Elfriede Jelinek seit dem Studium, sein Regisseur heißt Paulus Manker. Der Vertrag wird geschlossen, einzige Bedingung seitens Elfriede Jelineks: kein ORF-Geld, denn mit dem österreichischen Fernsehen will sie nichts mehr zu tun haben. Gemeinsam geben Autorin und der «Möchtegern-Verfilmer» («profil») Szene-Blättern Interviews. Jelinek denkt an einen «kleinen, dreckigen, privaten Film», eine «Schlüsselloch-Reportage», Manker hat anderes im Sinn: eine Koproduktion mit Hollywood, schließlich ist «The Piano Teacher» inzwischen auch in den USA herausgekommen und euphorisch besprochen worden. Kathleen Turner wäre seine Traumbesetzung für die Rolle Erika Kohut. Das war 1989.

Schriftsteller sind Vampire. Elfriede Jelinek, geboren 1946 in Mürzzuschlag in der Steiermark. Ein spätgeborenes Einzelkind; in der Familie dominiert die Mutter, während der Vater langsam in den

Wahnsinn abdriftet. Erste Veröffentlichungen 1967, erster Roman «wir sind lockvögel baby!» 1970, erstes Theaterstück «Was geschah, nachdem Nora ihren Mann verlassen hatte» 1977. Der Roman «Die Klavierspielerin» erregt gleich bei seinem Erscheinen 1983 großes Aufsehen. Die Autorin erklärt: «Es ist natürlich kein autobiographisches Buch, aber es ist ein Buch, in dem im Gegensatz zu den meisten meiner anderen Bücher eigenes Leiden etwas weniger verschlüsselt ist.» Die Essenz einer Kindheit: Erziehung zur Außergewöhnlichkeit, erkauft durch Lustverzicht und Körperfeindlichkeit. «In diesem Buch hab ich mich und meine Mutter ausgesaugt. Schriftsteller sind ja Vampire.»

Mit sieben Jahren lernte sie das Klavierspiel, Geige mit acht, Orgel mit dreizehn; sie hat Klavier und Komposition am Wiener Konservatorium studiert, das Orgelspiel mit Diplom abgeschlossen. Olga Jelinek war entsetzt, als sie den Roman las: «Ich habe doch nur das Beste gewollt, ich hab's doch nur gut gemeint. Und du hast es doch freiwillig und gerne gemacht.» Die Tochter: «Ich gebe zu, daß ich z.B. Kammermusik sehr gern gemacht habe, aber dafür muß man auch lange üben, und man kann sich als Kind einfach nicht gegen seine Eltern durchsetzen, kein Kind kann das.»

Elfriede Jelinek geht ins Kino. Was sie vielleicht zur Kunst erzogen habe, aber das ginge den meisten ihrer Generation so, seien weniger Bücher als Filme gewesen. «Besonders die Nouvelle Vague in Frankreich, die Filme von Godard waren die großen Erlebnisse, die wir kulturell hatten. Auch nicht diese fließenden Übergänge, sondern diese harten Schnitte, die starken Kontraste, die Godard in seinen Montagefilmen angewendet hat.» Aber sie schaue sich auch gerne Kommerzfilme an, gesteht sie freimütig (und kann in einem Interview begeistert über «Diva» und «Die flambierte Frau» erzählen). Science-fiction- und Gruselfilme schätzt sie besonders, über Herk Harveys «Carnival of Souls» oder die «Alien»-Tetralogie (mit ihrer Bezugnahme auf «Metropolis») hat sie Essays geschrieben.

Ganz am Anfang ihrer Schriftsteller-Laufbahn hat sie für den ORF ein Landschafts-Feature gedreht: «Die Ramsau am Dachstein», aus dem Material hat sie ein Jahr später ein Hörspiel geschnitten: «Porträt einer verfilmten Landschaft». «Die Ausgesperrten» war zunächst eine Filmidee, wurde dann ein Roman, für dessen Verfilmung durch Franz Novotny Jelinek das Drehbuch schrieb und dafür einen deutschen Drehbuchpreis erhielt. Ein Sonderfall: «Malina», Jelineks Drehbuch zur Verfilmung von Ingeborg Bachmanns Roman durch Werner Schroeter. Sie fand darin ihr zentrales Thema – für Frauen ist es unmöglich, Sexualität und Kreativität zugleich zu leben –, das den Regisseur offensichtlich wenig interessierte. Überhaupt klaffen Drehbuch, gedruckt nachzulesen, und realisierter Film weit auseinander: Schroeter hat entscheidende Sequenzen hinzuerfunden, viele Angebote Jelineks im Drehbuch ignoriert. Natürlich wußte sie, daß der Regisseur ihrem Filmtext eigenständige Bilder entgegensetzen würde: dies akzeptiert sie nicht nur, sie lässt sich von der Reibung provozieren und hofft, daß sie im Werk produktiv wird. Dieses Mal war das Ergebnis wenig überzeugend, wobei «Malina» sehenswert ist dank einer überragenden Hauptdarstellerin: Isabelle Huppert.

«Film ist überhaupt: Gespenstersehen.» Der Satz steht in einem Horrorfilm-Artikel, doch man darf ihn als Jelineks Kino-Credo verstehen. «Die Leinwand ist der Ort, wo etwas erscheint und spurlos wieder verschwindet.»

Trau nicht deinen Augen. Michael Haneke, geboren 1942 in München. Die Eltern sind Schauspieler, die Ehe wird bald geschieden. Aufgewachsen in Niederösterreich, studiert er in Wien, versucht sich als Autor und Kritiker, wird Redakteur beim Südwestfunk in Baden-Baden. Nach mancherlei Umwegen kann er ab 1974 eigene Fernsehfilme inszenieren und 1989 seinen ersten Kinofilm realisieren: «Der siebente Kontinent».

«Die emotionale Vergletscherung der Gefühle» ist sein Thema, die er radikal ausstellt in Filmen wie «Benny's Video», «71 Fragmente einer Chronologie des Zufalls» oder «Funny Games». Die Filme schockierten und verstörten, zwingt Haneke doch den Zuschauer unerbittlich, sich mit der alltäglichen Gewalt auseinanderzusetzen, einer Gewalt, die im Mainstream-Kino konsumiert und goutiert wird – gedanken-, aber nicht folgenlos. In «Funny Games» fragt die Mutter ihren Folterer: «Warum bringen Sie uns nicht gleich um?» Die Antwort: «Sie vergessen den Unterhaltungswert.» Dieser Satz zielt unmittelbar auf uns, den Voyeur im Kinosessel.

Ungewöhnlich auch Hanekes überlegter, sparsamer Einsatz von Musik – den Szenen unterlegte, illustrierende «Filmmusik» ist ihm ein Greuel. Die musizierenden Geschwister in «Lemminge» – ein Film, der um 1959 in Wiener Neustadt spielt, dem Ort, wo der Filmemacher aufgewachsen ist – verweisen auf einen Kindheitstraum: Haneke wollte eigentlich Konzertpianist werden.

Doch noch. «Im Moment bin ich am Zweifel, ob ich die ‹Klavierspielerin› wirklich verfilmen soll», bekannte Elfriede Jelinek in einem Gespräch. «Das wird sicher ein Film, der sehr mit ästhetischen Problemen und einer Filmsprache zu kämpfen hat. Ich arbeite ja in diesem Buch sehr mit Sprache, und wie man das in eine Filmästhetik überträgt, ist unklar.» Dann wischte sie die Zweifel wieder beiseite. «Andererseits ist ein Film über eine Voyeurin unheimlich gut.»

Der Roman ist ein Sprachkunstwerk. Es gibt in diesem Buch überhaupt keine direkte Rede, keinen einzigen Dialogsatz, der in ein Drehbuch übernommen werden könnte.

Mit dem Drehbuch hatte die Wega-Film Michael Haneke beauftragt: ein Freund des vorgesehenen Regisseurs Paulus Manker. Der hatte in mehreren Fernsehfilmen Hanekes mitgewirkt, übrigens auch die Hauptrolle in «Die Ausgesperrten» gespielt. Das Drehbuch lag 1990 vor – nur die Verfilmung kam nicht zustande.

Gut zehn Jahre später: Beginn der Dreharbeiten in Wien, als österreichisch-französische Koproduktion, jetzt mit Haneke als Regisseur. Am Set tauchte Jelinek nicht auf – «sie ist froh, wenn jemand eigenständig mit ihren Texten arbeitet», erklärte Haneke einer Journalistin. Einige Male traf man sich, um praktische Fragen zu besprechen. Natürlich erfuhr das alte Drehbuch noch Veränderungen, nicht zuletzt deshalb, weil der Film – im Gegensatz zum Roman – nun in der Gegenwart spielt. Die drei Hauptdarsteller Isabelle Huppert, Annie Girardot und Benoît Magimel stammen aus Frankreich, also wurde überwiegend auf französisch gedreht, während Udo Samel und Susanne Lothar deutsch sprachen: Für die deutsche Fassung mußte der französische Teil synchronisiert werden und vice versa. Tonschnitt und Mischung fanden in Frankreich statt, Bildschnitt in Österreich.

Vor der Uraufführung gab der Regisseur noch ein Interview. Journalisten-Frage: Polarisieren und provozieren Sie gern? «Meine Filme sind nicht darauf angelegt, aber ohne Rigorosität ist Kunst ganz einfach nicht möglich. Ich versuche nur, ein Thema so genau wie möglich abzuhandeln. Elfriede Jelineks Roman steht nicht gerade für das 20-Uhr-15-TV-Unterhaltungsprogramm. Ich habe das Drehbuch nach der Romanvorlage geschrieben und versucht, mit filmischen Mitteln zu erzählen. Es kann schon sein, daß sich der eine oder andere aufregt.»

Die Premiere in Cannes, im Wettbewerb der Internationalen Filmfestspiele, wurde ein Triumph: «Ein irritierendes, beeindrukkendes Kinoerlebnis», so unisono die Presseresonanz. Dem Urteil schlossen sich auch die Juroren an: Isabelle Huppert und Benoît Magimel wurden als beste Darsteller ausgezeichnet, Michael Haneke erhielt den Grand Prix der Jury.

Besetzung

Erika Kohut	Isabelle Huppert
Walter Klemmer	Benoît Magimel
Die Mutter	Annie Girardot
Anna Schober	Anna Sigalevitch
Frau Schober	Susanne Lothar
Dr. Blonskij	Udo Samel

Stab

Buch und Regie	Michael Haneke Nach dem gleichnamigen Roman von Elfriede Jelinek
Produzenten	Veit Heiduschka, Martin Karmitz, Alain Sarde
Ausführender Produzent	Michael Katz, Yvon Krenn
Produktionsassistenz	Nathalie Kreuther, Christine Gozlan
Koordination	Ulrike Lässer
Kamera	Christian Berger
Schnitt	Monika Willi, Nadine Muse
Ton	Guillaume Sciama
Mischung	Jean-Pierre Laforce
Musikberatung	Martin Achenbach
Kostüm	Annette Beaufaÿs
Production Designer	Christoph Kanter

Eine Koproduktion von Wega-Film und MK2

Der Regisseur

Michael Haneke wurde 1942 in München geboren. Er studierte in Wien und arbeitete von 1967 bis 1970 für das Fernsehen. Seitdem ist er als unabhängiger Drehbuchautor und Regisseur tätig, letzteres auch für die Bühne. Zu seinen bekanntesten Filmen gehören: *Der siebente Kontinent* (1989), *Benny's Video* (1992), *71 Fragmente einer Chronologie des Zufalls* (1994), *Funny Games* (1997), *Code unbekannt* (2000). Daneben hat er zahlreiche Fernsehfilme gedreht, zuletzt 1996/97 *Das Schloß* nach dem Roman von Franz Kafka.

Elfriede Jelinek

Mit kalter Schärfe analysiert **Elfriede Jelinek** die alltägliche Gewalt an Frauen. «Es gibt Dinge, die werden mir als Frau von den Kritikern nicht verziehen. Es gilt als einer Frau angemessen, hübsch, intelligent, sparsam und sensibel zu schreiben. Aber ein Extremismus in der Schilderung wird mir als Frau nicht zugestanden.» Elfriede Jelinek wurde mehrfach für ihr Werk ausgezeichnet, unter anderem mit dem Heinrich-Böll-Preis (1986) und dem Georg Büchner Preis (1998).

Gier *Ein Unterhaltungsroman*
400 Seiten. Gebunden
Parodie, Porno, Kriminalstück und Abrechnung mit dem Österreich der Anständigen, Fleißigen und Feschen.

Die Ausgesperrten *Roman*
(rororo 15519)
«Es ist bemerkenswert, mit welchem Detailreichtum Elfriede Jelinek die Spielarten kleinbürgerlichen Verhaltens aufzeigt, präzise eingeschrieben in die Zeitgeschichte des österreichischen Wirtschaftswunders.» *FAZ*

Die Klavierspielerin *Roman*
(rororo 15812)
«Eine literarische Glanzleistung.» *Süddeutsche Zeitung*

R. Friedrich / U. Nyssen (Hg.)
Theaterstücke *Was geschah, nachdem Nora ihren Mann verlassen hat oder Stützen der Gesellschaft. Clara S. musikalische Tragödie. Burgtheater. Krankheit oder Moderne Frauen*
(rororo 12996)

3242/10

rororo Literatur

Die Liebhaberinnen *Roman*
(rororo 12467)

Die Kinder der Toten *Roman*
672 Seiten. Gebunden und als rororo 22161

Stecken, Stab und Stangl. Raststätte. Wolken. Heim.
Neue Theaterstücke
(rororo 22276)

Ein Sportstück
192 Seiten. Pappband und als rororo 22593

wir sind lockvögel baby!
Roman
(rororo 12341)

Lust
(rororo 13042)

Michael *Ein Jugendbuch für die Infantilgesellschaft*
(rororo 15880)

Totenauberg *Ein Stück*
96 Seiten. Pappband.

Oh Wildnis, oh Schutz vor ihr
Prosa
288 Seiten. Kartoniert und als rororo 13407

3239/7